암부르
드마르프 평원
로우강
가넬로크

하얀 늑대들

White Wolves

II

윤현승 장편소설

제우미디어

윤현승

1978년생. '다크문'으로 1999년부터 작품 활동을 시작해 이후 '하얀 늑대들',
'라크리모사', '뫼신사냥꾼' 등을 출간했으며, 2018년 현재 온라인에서
'이스트로드 퀘스트'를 연재하는 등 활발한 활동을 이어가고 있다.

하얀 늑대들 · II

초판 1쇄 2018년 7월 5일
초판 9쇄 2024년 6월 19일

지은이 윤현승
펴낸이 서인석 | **펴낸곳** 제우미디어 | **출판등록** 제 3-429호
등록일자 1992년 8월 17일 | **주소** 서울시 마포구 독막로 76-1 한주빌딩 5층
전화 02-3142-6845 | **팩스** 02-3142-0075 | **홈페이지** www.jeumedia.com

제우미디어 소설 공식 카페 cafe.naver.com/jeunovels
제우미디어 네이버 포스트 http://post.naver.com/jeumediablog
제우미디어 페이스북 www.facebook.com/jeumedia

ISBN 978-89-5952-612-3
978-89-5952-610-9 (set)
• 파본은 구입하신 서점에서 교환해드립니다.

만든 사람들
출판사업부 총괄 손대현 | **편집장** 전태준 | **책임 편집** 성건우
기획 홍지영, 박건우, 장윤선, 안재욱, 조병준
디자인 총괄 크리에이티브그룹 디헌 | **영업** 김금남, 권혁진

1부

캡틴 카셀

◆ 차례 ◆

Chapter 14 로일과 라틸다 ◆ 007
Chapter 15 카모르트의 왕 ◆ 066
Chapter 16 붉은 장미 백작 ◆ 089
Chapter 17 회의 ◆ 107
Chapter 18 12쏜즈 ◆ 144
Chapter 19 에노아 후작 ◆ 164
Chapter 20 로일 울프 ◆ 187
Chapter 21 우물 ◆ 206
Chapter 22 제너럴 세이게이 ◆ 229
Chapter 23 덴모주 ◆ 272
Chapter 24 드마르프 평원 전투 ◆ 315
Chapter 25 수화 ◆ 353
Chapter 26 블랙풋 ◆ 368
Chapter 27 장미 가시와 하얀 늑대 ◆ 415

◈Chapter 14◈

로일과 라틸다

로일과 라틸다, 안나, 달마르는 노르만트 구석에 위치한 이발관의 2층에 머물고 있었다. 여길 숙소로 정한 건 의사 때문이었다. 이발사 모튼은 머리 깎는 솜씨는 엉망이지만 병을 치료하는 건 여느 의사보다 뛰어났다. 군의관 경험도 있어 검상을 꿰매는 실력도 아주 뛰어나, 달마르도 금방 치료했다.

"의사 때문이면 왕실에 가도 되지 않아요? 카모르트의 방식은 모르지만, 라틸다 정도 되면 왕실에서도 특별 대우를 해줄 것 같은데?"

로일은 창문 근처에서 주변을 살피며 물었다. 라틸다는 그가 뭘 그리 유심히 살피나 보려고 옆에 섰지만, 빨래가 잔뜩 널린 골목을 지저분한 아이들이 뛰어다니는 것만 보였다. 아이들에게 뛰지 말라고 소리치는 한 여인의 고함만 쩌렁쩌렁 울렸다.

멀리 보이는 중앙로에서는 또 요란한 행렬이 이어지고 있었다. 오늘만 해도 몇 번이나 저런 귀족들의 행렬이 보였다.

"왕실은 사실상 뤼미에르 백작의 영역이나 다름없어요. 적이 제공하는 방에 머물면 편할 수가 없겠죠."

"여기 이발사는 믿을 만하고요?"

"모튼은 아버지께서 젊었을 때 많은 도움을 주었던 사람이에요. 받은 은혜를 잊지 않는 사람이기도 하죠."

"이발사라는 게 그렇게 돈을 많이 버는 직업이었나요? 모튼이 내는 식사나 대우가 보통이 아니던데요."

"무리하는 걸지도 모르죠. 어렸을 때부터 날 딸처럼 대해줬으니 지금도……."

사실 라틸다를 대하는 모튼의 태도는 더 이상 예전 같지 않고, 불편해 보였다. 그렇게 스스럼없이 지내던 아버지와도 이제는 어깨동무를 하지 않을 것 같았다. 라틸다는 활발한 척하며 말했다.

"그보다 오늘 저녁 이야기를 해두죠. 파티는 여섯 시부터 시작이지만 우리는 일곱 시에 갈 거예요. 안나가 정장을 한 벌 줄 거예요. 원래 달마르가 입어야 하는 건데 당사자가 지금 침대에 누워있으니 당신이 입도록 해요."

라틸다는 로일의 체형을 살피며 고개를 갸웃했다.

"말라 보이는데 은근히 근육질이군요. 달마르가 덩치가 큰 편이라 걱정이었는데, 당신에게도 맞겠어요."

로일은 어깨만 으쓱해 보였다.

"그런데 로일, 노르만트에서 볼일이 있다고 하지 않았어요? 그게 선약이라면 먼저 볼일을 봐도 좋아요."

"예, 친구들을 만나야 하죠. 하지만 그쪽에서 먼저 절 찾을 테니 걱정하지 않아도 됩니다."

라틸다는 어떻게 그런 게 가능한 걸까 궁금했지만 묻지 않았다.

"좋아요. 대신 외출할 때는 꼭 내게 보고해 줘요."

로일은 웃음으로 대답을 대신했다.

그 미소를 보는 순간, 라틸다는 로일에 대한 자신의 감정이 변해가고 있음을 알았다. 잊었다고 생각했던, 잊어야 했던 어린아이 같은 설렘이 가슴을 채우고 있었다. 라틸다는 자신의 방으로 돌아가 문을 닫고 등을 기댔다.

'사심 없이 친절하게 대해주는 남자에게 잠깐 혹할 수야 있겠지. 잊어버리자.'

라틸다는 바깥을 내다보며 마음을 달랬다.

왕의 도시라고는 해도 큰길에서 벗어난 곳은 낡은 집과 좁은 골목으로 이어진 허름한 주택가였다. 아까부터 뛰놀던 아이들이 과일을 수레에 싣고 힘겹게 언덕을 오르는 노인과 부딪쳐 과일이 길바닥을 굴렀다. 아이들은 달아났고 노인은 알아듣기도 힘든 거친 욕을 내뱉었다.

빨래를 널던 아낙이 지나가는 여자와 얘기를 나누기 시작하더니 어느새 손을 멈추고 수다만 떨었다. 탁자에 앉아 체스를 두던 노인은 자기보다 나이 어린 상대방에게 뭐라고 화를 내고 있었는데, 잘 들리지 않았다.

이런 일상적인 풍경을 보니 적어도 여긴 전쟁터도 아니고, 검은 기사가 급습할 곳도 아니라는 생각에 잠시 위안이 되었다.

라틸다는 드레스를 갈아입기 위해 옷을 벗고 거울 앞에 섰다. 속옷만 입은 자신의 몸을 바라보니 미적지근한 혐오감이 기어 올라왔다.

'난 뭘 위해 꾸미고, 뭘 위해 아름다운 옷을 입고, 누굴 위해 허리와 가슴을 강조하려고 이런 옷을 입고 있는 걸까? 전쟁도 나 때문에 난 거나 다름없는데.'

라틸다는 전쟁의 원흉이라는 주위의 손가락질이 못 견디게 힘들었다. 두 백작의 전쟁 야욕에 그녀가 희생양이 되었다는 동정의 말을 들어도 딱히 괴로움이 사라지는 것은 아니었다.

그때 노크 소리가 들렸다. 라틸다는 안나라고 생각하고, 문 쪽을 보지도 않고 대꾸했다.

"들어오렴."

그러나 문은 열리지 않고 로일의 목소리가 들렸다.

"접니다. 들어가도 될까요?"

"안 돼요!"

라틸다는 본능적으로 벗은 옷으로 가슴을 가리며 소리쳤다.

"그럼 여기서 말씀드릴게요. 저 잠시 친구 좀 만나러 다녀오겠습니다."

"아아, 치, 친구요?"

라틸다는 헛기침을 한 번 하고 물었다.

"어디로 가시는 거죠?"

"이 근방입니다."

"네. 그러세요."

"금방 돌아오겠습니다."

로일의 발소리가 멀어져갔다. 라틸다는 짧게 숨을 내쉬며 쥐고 있던 옷을 내려놓았다. 그리고 침대에 털썩 주저앉았다.

'방금 난 한순간 열 살짜리 어린애 같이 굴었어.'

라틸다는 잠시 마음을 가다듬었다. 그리고 하나씩 따져보기로 했다.

'곧 떠날 남자에게 왜 이렇게 흔들리는 걸까? 보기 드물게 착해서? 고작 그런 것에 붉은 장미 백작의 딸 라틸다 쟌스테인이 마음을 빼앗겼다고?'

라틸다가 유일하게 마음을 주었던 남자는 뤼미에르 백작의 막내아들이었다. 그 남자는 파티 석상에서 딱 한 번 라틸다를 보고 그대로 얼어붙어, 쥐고 있던 와인 잔을 떨어뜨렸다. 라틸다의 앞에 서자 말 한마디 못 하고 어물거렸던 모습이 엊그제 같았다. 그의 이름은 리제니 뤼미에르였다.

노골적으로 그녀의 아름다움을 찬양하거나 재산을 노리는 속마음을 감추고 접근하는 남자들과 달리 리제니는 그녀와 눈도 마주치지 못했다. 그 자신감 없는 모습, 그녀에게 잘 해주고 싶은데 뭘 해야 할지 모르는 모습에 오히려 믿음이 갔다.

라틸다는 그의 구애를 받아들여 손을 내밀고 말았다. 리제니는 그 손길 한 번에 인생 전부를 걸고 사랑을 약속했고 목숨을 걸었다.

일은 순식간에 진행되었다. 평소에는 아무 욕심도 내지 않던 아버지는 상대가 검은 사자 백작의 아들이라는 사실에 과하게 흥분했다. 게다가 약혼 선물치고는 터무니없는 금액을 불렀다. 우습게도 뤼미에르 백작은 조건을 수락하며 약혼을 허락했고 라틸다와 리제니는 결혼식만큼이나 성대한 약혼식을 치렀다.

그 다음은 악몽의 연속이었다.

아버지의 일방적인 파혼 선언, 검은 사자 기사단의 공격, 붉은 장미 기사단의 역습, 전쟁…….

'따지고 보면 리제니는 나랑 대화도 거의 해본 적이 없어. 내 얼굴만 본 거야. 내가 좋아하는 꽃이 뭔지, 어떤 음식을 좋아하고 어떤 음악을 듣고 어떤 꿈을 꾸는지 전혀 몰라. 알려고 하지도 않았어. 그리고 나 역시 리제니에 대해 아무것도 모르고, 알려고 하지 않았지.'

또 누군가 노크했다. 이번에는 안나였다. 안나는 방으로 들어와 말끔하게 다려진 드레스를 침대에 내려놓았다.

"또 복잡한 얼굴을 하고 계시는군요."

"안 복잡해. 아주 단순한 생각을 하고 있지."

라틸다는 안나의 도움을 받아 드레스를 입으며 속마음을 털어놓았다.

"끈 너무 세게 조이지 마. 오늘은 편하게 먹고 싶은 거 다 먹을 거니까. 며칠째 마른 빵만 먹어서 혓바닥에 금이 가는 것 같아."

"좋으실 대로."

안나는 적당한 선에서 매듭을 묶었다.

"그래서 무슨 단순한 생각을 하고 계셨는데요?"

안나가 물었다. 라틸다는 방금 했던 생각을 고스란히 털어놓았다. 그러자 안나는 아무렇지도 않게 잔인한 말을 했다.

"그럼 얼굴에 칼질이라도 하는 건 어때요? 그럼 외모만 보고 했던 사랑인지 진실한 사랑이었는지 알게 될 거예요."

"그게 좋은 방법이라 해도 이미 때를 놓쳤어. 하려면 리제니가 사랑을 고백한 그 순간에 해버렸어야지."

"지금이라도 안 늦었어요. 하루에 여섯 끼를 드시고 중간중간 간식도 드세요. 와인보다는 맥주를 마시고, 매일 새벽마다 정원을 세 바퀴씩 뛰어다니는 이상한 취미 생활은 버려요. 그 대신 침대에 누워 꿀 치덕치덕 바른 빵을 드시는 걸로 아침을 시작하세요. 그게 보통 귀족 아가씨들의 생활이죠."

안나는 무표정하게 대꾸했다.

"칼질보다는 오래 걸리겠군."

"아가씨, 아름다움은 죄가 아니에요."

"방금 얘기 중에 내가 아름답다고는 안 했는데?"

"리제니 도련님이 반한 얼굴이라고 해두죠, 그럼. 얼마나 많은 여자들이 아가씨처럼 되고 싶어 하는 줄 아세요? 오늘 파티의 주인공은 아란티아에서 온 전설 같은 기사들일 테고 귀족들도 그들을 보기 위해 모여든 거겠지만, 막상 아가씨가 나타나면 모든 시선은 아가씨가 다 받게 될 거예요. 아가씨가 먹는 음식, 술, 옷, 향수, 화장품, 생활 습관을 알아내기 위해서라면 무슨 짓이라도 하겠지요."

"네 짜증 묻어나는 말투를 들으니, 나에 대해 그런 걸 묻는 사람들이 많은가 보네?"

"절 몰래 고용하려고 한 레이디만 셋이에요. 지금 받는 급료의 다섯 배쯤 부르더군요. 물론 목적은 아가씨가 어떤 생활을 하는지 알아내기 위함이죠."

"저런. 혹시 지금 급료가 적다는 말을 돌려서 한 거니?"

"전혀요. 제가 뭔가 필요하다면 아가씨께서는 안 사주시겠어요? 아무렇게나 꺼내 쓸 돈주머니를 모시고 사는데 굳이 더 많은 봉급 받아서 뭐 해요?"

표정이 굳어있으니 농담인지 아닌지 구별하기도 쉽지 않은 안나의 말투였다. 하지만 라틸다는 기분 좋게 웃었다.

"고마워. 기분이 풀렸어."

라틸다는 옷을 모두 입고 거울 앞에 섰다. 안나는 만족스러워하며 고개를 끄덕였다.

"오늘 모인 어떤 레이디도 아가씨 앞에서는 고개를 숙여야 할 겁니다."

풍성한 붉은 치마와 가슴 위를 수놓은 하얀 레이스 위로 장미처럼 붉은 라틸다의 머리카락이 차분하게 내려앉아 있었다. 순전히 아버지 취향 때문에 붉은색과 흰색으로 맞춰 입었지만 라틸다도 이 강렬한 색상이 싫지 않았다.

"네 말에 기분이 좋고, 이 옷이 마음에 드는 게 싫어. 그럼 방금 전의 내 신세 한탄이 가식으로 느껴지거든."

안나가 그녀의 화장을 끝내고 루비 귀걸이를 달아주고 있을 때 로일이 돌아왔다.

"로일입니다. 들어가도 되겠습니까?"

"들어와요."

로일은 조심스럽게 문을 열고 들어오더니 라틸다를 보고 잠깐 놀란 눈을 했다.

"정말 아름다우시군요."

라틸다는 고개만 살짝 까닥여주고 물었다.

"친구는 만나고 왔나요?"

"네. 당분간 라틸다의 경호원으로 있을 테니 걱정 말라고 해뒀어요."

"고마워요. 그 친구분은 같이 안 들어오셨나요? 인사라도 드리고 싶었는데요."

"사람 만나는 걸 좋아하지 않은 친구라…… 나중에 일 끝나면 만날 수 있겠지요. 계속 노르만트에 있겠다니 언제든 제 일이 끝나고 찾아가면 됩니다."

"나로서는 잘 됐군요. 우선 방에 가 계세요. 곧 출발할 거예요."

"네, 라틸다."

로일은 정중히 인사하고 물러났다. 그가 방을 나서자 라틸다의 머리를 빗겨주던 안나가 갑자기 물었다.

"저 사람을 믿으세요?"

"응? 상황이 여기까지 왔는데, 이제 와서 뭘 믿고 안 믿고를 묻니?"

"그 부분 말고요. 저 사람이 정말 평범한 용병이나 떠돌이 기사라고 생각하시냐고요."

라틸다는 대답하지 않았다. 그녀가 알아챈다면 로일은 떠나버릴 것만 같았다.

이발사 모튼은 부탁하지도 않았는데 비싼 마차를 빌려 두 마리의 하얀 말까지 붙여놓았다.

라틸다가 이발관에서 걸어 나오는 모습을 보고 길 가던 사람들마저

걸음을 멈출 지경이었다. 모튼은 장성한 자신의 딸이라도 바라보는 뿌듯한 표정으로 말했다.

"마부까지 불러드릴 수 있습니다, 아가씨."

"괜찮아요. 너무 폐를 끼쳐서 미안해요. 나중에 아버지께서 보답해 주실 거예요."

라틸다는 하얀 장갑 낀 손을 내밀었고 모튼은 그 손끝을 살짝 잡아 마차로 인도하며 말했다.

"백작님께는 오래전에 이미 너무 많은 보상을 받았습니다. 그보다 이런 건 제가 드릴 말씀은 아닙니다만……."

모튼은 라틸다가 마차 안에 들어가길 기다려 조용히 말을 이었다.

"백작님께서 예전 같은 웃음을 잃어버렸다는 것이 안타깝습니다. 힘도 군대도 없었지만, 웃음 많고 정 많았던 그때의 백작님이 더 그리운 게 제 솔직한 심정이에요."

"전쟁이 많은 것을 바꾸어 놓았죠."

라틸다는 힘없이 웃으며 말했다. 그러자 모튼이 고개를 저었다.

"반대죠. 백작님이 바뀌자 전쟁이 난 거랍니다, 아가씨."

"네?"

라틸다가 놀라 말하자, 모튼은 눈을 동그랗게 뜨고 고개를 숙였다.

"아이고, 이거 제가 무슨 망발을……."

"아니에요, 모튼! 그러지 말아요. 아저씨는 제가 어렸을 때 빨래통을 엎었다고 한 시간이나 양동이를 들고 있는 벌을 주셨던 사람이에요. 전 그때의 아저씨가 더……."

"그땐 저도 너무 어려서 그랬어요. 지금이라도 사과드릴게요, 아가씨.”

이미 모튼은 듣지 않고 있었다. 라틸다는 그저 그의 두 손을 살짝 잡아주기만 했다.

마차가 출발하고, 이발관 앞에 남은 모튼이 손을 흔들었다. 그는 다시는 보지 않을 사람처럼 마차가 보이지 않을 때까지 들어가지 않고 서 있었다. 라틸다도 마지막까지 모튼을 향해 손을 들어주었다.

라틸다는 짧은 한숨을 내쉬고 말을 모는 로일에게 말했다.

“길은 알고 가는 건가요? 그리고 마차는 굳이 당신이 몰지 않아도 됐어요. 이런 비싼 마차를 빌리면 보통 마부까지 딸려 오니까요.”

“시내 구경도 할 겸 길도 알아둘 겸 해서 모는 겁니다. 너무 염려하지 마세요. 게다가 저렇게 큰 성으로 뻗은 이 큰길에서 길을 잃는다면 말을 몰 자격도 없죠.”

“은근히 고집도 세군요.”

“그런데 라틸다의 아버님은 예전과 지금 모습이 많이 다르십니까? 아까 이발사 말을 들어보니까…….”

“그 이야기는 굳이 지금 할 필요는 없겠어요.”

라틸다는 로일의 말을 끊었다. 로일도 미련 없이 그 이야기를 중단했다. 그러나 정작 라틸다는 머뭇머뭇하다가 다시 로일에게 말을 걸었다.

“미안해요. 화난 거 아니죠?”

“예, 뭐가요?”

로일은 길가의 풍경을 구경하느라 방금 한 이야기조차 잊어버린 모습이었다. 그녀를 배려해서 일부러 그러는 건지, 그냥 기억력이 안 좋은 건지 알 수 없었다.

출발할 때 산자락에 걸려있던 붉은 태양은 왕실에 거의 도달할 즈음에는 머리 끄트머리만 남았다. 라틸다는 마차의 작은 창문을 통해 큰길 옆을 지나는 다른 고급스러운 마차도 발견했다. 화려하게 치장한 백마를 타고 거만하게 고개를 치켜 올린 귀족도 보였다.

로일은 그들 모두에게 길을 양보하며 천천히 말을 몰았다. 길을 정리하려고 나온 병사는 심지어 로일이 모는 마차를 옆으로 비키라고까지 했다. 로일은 얌전히 마차를 길 한쪽으로 비켜두고 다른 마차가 지나가길 기다려 주었다. 어떤 말을 탄 기사가 길 막지 말라고 욕을 퍼부으며 지나가도 로일은 아무 대꾸도 하지 않았다.

"남자란 권력을 탐하는 게 마땅한 존재라, 권력을 탐하지 않거나 가지고 있는 권력을 쓸 줄 모르는 남자는 존재 가치가 없대요."

옆에 앉은 안나가 무릎에 두 손을 올린 차분한 자세로 말했다.

"누가 그런 얘기를 해?"

"어느 책에서 봤어요."

"혹시 그거 로일 얘기니?"

"로일과…… 로드 리제니 얘기죠."

"책이 다 옳은 건 아니야. 함부로 말하지 않았으면 좋겠구나."

안나는 창밖을 내다보면서 말했다.

"로일을 보세요. 또 혼나고 있군요."

그것도 귀족이나 경비병도 아니고, 다른 귀족의 마차를 몰고 있는 마부에게 혼나는 것이다. 마부는 고래고래 소리를 질렀다.

"지금 이 마차에 어떤 귀한 분이 타고 계신지 모르겠느냐? 어디 가문의 문장도 달고 있지 않은 마차로 대로를 가로막고 있는 거냐?"

로일이 모는 마차 앞을 고급스러운 휘장을 단 두 대의 마차가 막는 바람에 사거리가 잠시 혼잡해졌다. 먼저 길에 진입한 건 로일의 마차였는데도 경비병이 달려오더니 로일의 말을 끌어당겨, 다른 쪽 길로 인도하려고 했다. 그제야 로일은 경비병에게 부드럽게 말했다.

"죄송합니다만 이 마차도 왕실로 갑니다. 그쪽이 아니에요."

경비병이 투덜거리며 '개나 소나 다 오는 파티가 됐나' 하는 말을 덧붙였다.

로일이 다시 마차를 출발시키며 뒤에 대고 물었다.

"이 마차도 충분히 좋아 보이는데 어째서 다들 귀족이 타고 있을 거라고 생각하지 않는 거죠?"

"가문을 상징하는 문장을 달지 않았거든요."

라틸다가 큰 소리로 대답해주고 안나에게 말했다.

"마차에 빨간 장미라도 몇 개 꽂고 올 걸 그랬지?"

"농담할 때가 아닙니다, 아가씨. 지금 로일을 겁주는 저 귀족들은 라틸다 아가씨의 손짓 하나에 겁을 먹을 하급 귀족이에요. 그런 귀족들에게 무시당하는 걸 내버려 두다니! 경호원의 직무 태만입니다."

"로일은 공식적으로 내 경호원이 아니니 정확히 말해 직무 태만이라고 할 수는 없지. 그리고 그게 로일의 권력욕이랑 무슨 상관이야?"

"도적떼를 혼자서 박살내 버린 남자가 정작 저런 보잘것없는 남자들을 상대로는 약하기 짝이 없는 게 웃겨서 해 본 말이에요. 힘을 가졌는데도 그 힘을 안 쓰는 게 권력을 가졌는데도 권력을 쓰지 않는 로드 리제니와 비슷해서요."

갑자기 마차가 멈췄다.

'또 다른 귀족들 때문에 멈췄나? 아무래도 내가 직접 나서야겠어.'

라틸다가 몸을 일으키려는 순간, 익숙한 목소리가 들렸다. 당연히 왔다고 생각했어야 했는데, 그만 잊고 만 남자였다.

"마차에 타고 계신 귀부인께서는 누구신가?"

"쟌스테인 백작의 따님께서 타고 계십니다."

로일이 대답했다.

"아, 제대로 찾았군."

허둥대는 발소리가 마차로 다가왔다.

"라틸다, 나요. 리제니."

리제니가 마차 창문을 두들기자, 라틸다는 천천히 창문을 열었다.

아버지처럼 숱 많은 검은 머리에, 짙은 눈썹이 좌우로 처져 있어 항상 울 것 같은 눈을 한 남자가 숨을 헐떡이며 서 있었다. 그는 라틸다를 보자마자 한껏 미소를 지었다. 하지만 라틸다가 일부러 눈만 깜빡이며 아무 말도 하지 않자, 점차 표정이 굳었다.

라틸다는 한참 뜸을 들이다가 입을 열었다.

"오랜만이군요, 리제니. 반년만인가요?"

"전에 에노아 후작님의 파티에서 뵙고 처음이구려."

"그때보다 많이 말랐네요, 리제니."

"당신은 그때보다 훨씬 아름다워졌구려. 아니, 내가 당신을 처음 봤을 때보다 항상 그 다음이 더욱 아름답소. 그래서 더욱 내게서 멀어지는 느낌이오."

"제가 당신과 멀어지는 것은 제 의지와 상관없는 일이에요. 아시잖아요, 리제니. 그런데 절 기다리고 계셨나요?"

"당신이 올 거라는 소식을 아버지께 전해 듣고 어제부터 기다리고 있었소. 마차마다 다 들춰봤지 뭐요?"

"이러고 계신 걸 뤼미에르 백작께서 아시면 많이 섭섭해하실 거예요."

"내가 당신을 사, 사랑하는 것은, 아, 아버지와 아무 상관도 없는 일이오, 라틸다."

리제니는 더듬긴 했지만 끝까지 말을 이었다.

"오랫동안 생각해왔소. 에노아 후작의 파티에서 아무 말도 하지 못하고 당신이 다른 남자와 춤을 추는 것을 멍청히 바라본 이후 더욱 마음을 굳혔소. 당신을 사랑하오. 세상 누구보다도, 다른 무엇보다도!"

예전 같았으면 감동했을 말이었다. 하지만 더는 아니었다. 이제 그녀는 어린애가 아니었고, 이 남자도 더 이상 어린애로 남아선 안 됐다. 라틸다는 잔인해지기로 결심했다.

"그게 사랑이 아니라는 걸 당신도 알 거예요. 지금까지 몰랐다면 이제부터는 알아야 해요. 그리고 우리가 이 자리에 같이 서 있는 걸 누가 보기라도 하면 당신은 물론이고 저도 입장이 난처해져요. 가세요."

그러나 리제니는 쉽게 물러서지 않았다.

"당신의 약혼자였다는 책임감 때문에 이러는 게 아니오. 내 마음은 진심이오. 당신은 지금 이 전쟁의 씨앗이 파혼 때문이라고 자책하고 있소. 그래서 자신의 감정을 거부하는 거요. 하지만 그렇지 않소. 이 전쟁은 우리의 약혼과 상관없이 오직 아버님들끼리의 권력 다툼 때문에 일어난 문제지 않소? 나는 당신을 위해서라면 뤼미에르라는 성을 버릴 수도 있소. 나는 검은 사자의 아들일 뿐, 나 자신이 검은 사자는 아니……."

"저를 위해서 당신의 가문을 버리겠다고요? 그런 남자는 더더욱 신뢰할 수 없어요. 리제니, 저를 봐요. 저는 평범하기 짝이 없는 나약한 여자예요. 모두의 축복을 받으며 성대한 결혼식을 치르고 싶은 꿈이 있고, 전쟁 걱정 없는 곳에서 단란한 가정을 꾸미고 싶은 꿈이 있어요. 지금 이 상태로 우리가 맺어지면 모두에게 불행만 됩니다. 당신도, 나도, 아버님도, 당신의 아버님도."

리제니는 입을 다물었다.

"그냥 가요. 부탁이에요. 당신이 정말 저를 사랑한다면, 당신이 무얼 먼저 해야 할지 알 거예요. 로일, 출발하세요."

말을 출발시키려 하자, 리제니는 다급하게 로일에게 손짓했다. 그 표정이 너무 간절했는지 로일은 채찍질하려던 손을 내렸다.

"라틸다, 그럼 이거 하나만 대답해주시오. 당신은…… 날 사랑하오?"

"저는 당신처럼 사랑이라는 단어를 남발하지 않겠습니다. 이것만 말씀 드리고 싶어요. 처음에는 그랬지만, 지금은 모르겠어요."

리제니는 마차에 올려놓은 손을 힘없이 떨어뜨렸다. 로일은 잠시 둘 사이를 지켜보다가 마차를 출발시켰다. 리제니는 늘어뜨린 손을 천천히 올려 멀어지는 라틸다를 향해 손을 흔들고 있었다.

라틸다는 한 남자의 사랑을 걷어찬 게 아니라 마치 어린애를 괴롭힌 기분에 빠졌다. 안나가 손을 잡아주자, 라틸다는 숨을 들이쉬며 정면을 주시했다.

"괜찮아, 안나. 난 울지 않아."

로일이 모는 마차는 다리를 지나 왕의 성으로 들어갔다.

리제니는 라틸다의 마차가 성으로 완전히 들어가는 것까지 지켜보았다. 시종 중 하나가 다가와 그의 어깨를 두들겼다.

"힘내십시오. 옛말에 쉽게 넘어오는 여자는 진짜 여자가 아니라 했습니다. 여자란 자고로 정복하기 어려울수록 나중에 침대에 눕혔을 때 진정 성취감을……."

리제니가 그 시종을 확 쏘아보았다.

"네놈이 감히 미래의 내 아내 될 사람을 두고 성취감이라고 말한 거냐?"

"죄, 죄송합니다!"

리제니는 말머리를 돌렸다.

"라틸다는 전쟁 없는 곳에서 단란한 가정을 꾸미고 싶다고 말했어. 내가 이 전쟁을 끝내길 원하고 있는 거다. 그리고 축복받는 결혼식을 하고 싶다는 것 또한 같은 뜻이겠지."

시종이 리제니의 말을 좇아가며 물었다.

"도련님이 이 전쟁을 끝내는 건 곧 주인님의 승리를 뜻하는 게 아닙니까? 그럼 레이디 라틸다는 자기 아버지의 패배를 원하는 겁니까?"

"여자란 늘 그렇듯 싸움의 승리를 원하는 게 아니라, 싸움이 없길 바라는 법이지. 레이디 라틸다 역시 스스로 나약하고 평범한 여자라 하지 않았느냐?"

"이미 벌어진 전쟁이 승패 없이 어떻게 끝날 수 있습니까?"

시종이 이해가 안 된다는 듯 묻자 리제니는 어깨를 으쓱했다.

"두 어른이 화해하면 되는 거 아닌가?"

"그게…… 가능한 일입니까?"

때마침 파티가 시작된다는 나팔이 울렸다. 리제니는 성을 돌아보았다.

"오늘 아란티아에서 하얀 늑대들이 왔다며?"

"네. 왜 왔는지는 모르지만요. 어쩌면 왕의 부탁을 받아 두 백작님들을 화해시키러 온 걸지도 모르죠."

리제니는 대꾸 없이 콧김만 내뿜었다. 그는 자신의 아버지가 아란티아와 전쟁을 했으면 했지, 절대 하얀 늑대들의 말을 듣고 쟌스테인 백작과 화해할 사람이 아니라는 것을 잘 알고 있었다. 리제니는 성의 반대편으로 말머리를 돌렸다.

"정말 파티에 안 가십니까?"

"가서 뭘 하겠나? 사랑하는 여인 곁으로 가지도 못하고 바라만 봐야 한다면 차라리 안 보느니만 못해. 레앙으로 돌아가겠다. 난 이 일을 형님들과 상의해봐야겠어. 나 혼자서는 무리니까."

시종들은 말없이 그의 뒤를 따랐다. 하지만 리제니는 얼마 안 가 말을 세워야 했다.

검은 갑옷을 입은 기사가 길목을 막고 있었다.

해가 저물고 서쪽에 옅게 남은 빛에 길게 늘어진 그림자가 리제니를 덮었다. 그것은 살아 있는 그림자와도 같고, 바닥을 덮는 어둠과도 같았다. 순간 주위가 갑자기 어두워진 듯한 착각이 들었다. 흥분한 말이 앞발을 들었다.

리제니는 말을 진정시키기 위해 애썼다. 시종들도 귀신이라도 본 것처럼 숨을 멈췄다.

안 그래도 얼마 없던 행인들이 검은 기사를 보고 달아나버리는 바람에, 일순간 주변의 인적이 사라졌다. 아지랑이가 피어오르는 것처럼 검은 기사의 주위는 묘하게 사물이 틀어져 보였다. 리제니도 달아나고 싶었으나, 백작의 아들이라는 자존심에 물러서지 않았다.

"누군데 감히 내 앞을 가로막는 거냐?"

기사가 타고 있는 검은 말은 앞발로 바닥을 긁더니 길게 숨을 몰아쉬었다. 코에서 하얀 연기가 진하게 뿜어져 나왔다. 리제니는 칼을 뽑으며 소리쳤다.

"나는 검은 사자 백작의 셋째 아들, 리제니 덴 뤼미에르다. 정체를 밝혀라."

"거, 검은 사자 기, 기사단이냐? 그렇다면, 다, 당장 소속을 밝혀라."

뒤에 있는 시종이 겁에 잔뜩 질린 목소리로 바보 같은 말을 했다. 그러나 검은 기사는 어느 쪽 질문에도 대답하지 않았다. 대신 커다란 창을 앞으로 세우고 말고삐를 잡아당겼다.

리제니는 뒤늦게 달아날 생각으로 말고삐를 틀었다. 그러나 그의 말은 이미 겁에 질려 발이 얼어붙어 버렸다.

검은 말은 두 번의 도약만으로 리제니와의 거리를 반으로 줄이더니 이후 가속도가 붙어 엄청난 빠르기로 달려왔다. 리제니도 마상 전투를 취미로 즐기곤 했지만 그 어떤 말도, 그 어떤 기사도 이렇게 빠르게 돌진해 오는 것을 본 적이 없었다.

의식할 수도 없을 만큼 순식간에 검은 기사의 창이 리제니의 배를 뚫고 들어갔다. 그는 비명도 지르지 못하고 창에 찔린 채로 허공에 떴다. 창끝에 꿰인 리제니는 고통에 혼미한 정신으로 검은 기사의 투구를 바라보았다. 투구 안으로 눈이나 입은 보이지 않았고 암흑만이 가득했다.

검은 기사가 창을 세게 털자, 뼈가 부서지는 소리와 함께 리제니의 몸이 바닥에 둔탁하게 떨어졌다.

두 시종은 몸이 굳어 달아나지도 못하고, 입만 뻥긋거렸다. 골목 어딘가에서 메아리처럼 여러 사람의 비명이 들렸다.

리제니는 바닥을 기어서라도 달아나려 했으나 두 걸음만큼도 움직이지 못하고 숨이 끊어졌다.

검은 기사는 죽은 리제니의 등에 창을 꽂았다. 그의 몸은 조금도 반응이 없었으나 검은 기사는 한 번 더 창을 찔러 넣었다.

검은 기사는 두 시종이 달아나는 모습을 보고도 내버려 두고, 왔던 길을 되돌아갔다.

아무도 감히 성을 빠져나가는 검은 기사의 뒷모습을 바라보지 못했다.

라틸다는 와인을 잔 속에서 굴리며 귀족들과 대신들, 파티에 초대된 일부 노르만트의 부자 상인들을 하나씩 눈여겨보고 있었다. 절반은 아는 얼굴이었고, 아는 얼굴은 모두 보기 싫은 얼굴이었다.

대부분 검은 사자 백작 편이거나 중립을 지키는 귀족들만 있었고, 붉은 장미 백작을 지원하는 귀족들은 보이지 않았다. 중립이라고는 해도 어느 정도 지지하는 쪽은 있기 마련인데, 여기 있는 이들 대부분은 검은 사자 백작과 친분을 나누고 있었다.

에노아 후작이나 고디머 백작 정도만 두 백작의 영향권에서 벗어나 있어 기댈 만했지만, 현재 이 자리에는 참석해 있지 않았다. 조만간 고디머 백작도 어느 한 쪽의 편을 들지 않을 수 없을 텐데, 지리적인 위치상 아마도 검은 사자 백작을 지지할 가능성이 높았다.

가끔 외모에 혹한 남자들이 접근하기도 했으나, 라틸다가 누구인지 알면 즉시 사과하고 물러나 버리곤 했다. 수다 떨기 좋아하는 여자들도 무리를 지어 접근했다가 라틸다가 옆에 있는 것을 발견하면 코를 찡그리며 물러나기도 했다. 안나가 얘기했던 그런 귀찮은 일이 벌어지지 않은 게 차라리 다행이었다.

한 마디로 고립된 상황이었지만, 이미 예상하고 있었던 일이라 상관없었다. 단지 조금 피곤했다. 로일도 조금 지루한 얼굴로 물었다.

"원래 왕실 파티란 게 이렇게 할 일이 없는 겁니까?"

"보통은 이렇게 얼굴 비추는 게 할 일이죠. 서로 잘 살아있냐고 안부를 묻기도 하고. 하지만 오늘처럼 파티에 참석한 모든 귀족이 뤼미에르 백작의 지지 세력이라면 얼굴 비추기나 안부 묻기도 할 수 없죠. 그래서 할 일이 없는 거고요."

"그런데 왜 한쪽 세력만 왔어요? 왕이 주최한 파티라면서요?"

"원래는 며칠 후에 열릴 예정이었어요. 그런데 고디머 백작이 하얀 늑대들이 왔다고 알리는 바람에 파티 날짜가 당겨졌죠. 그래서 멀리 있는 귀족들이 채 당도하기도 전에 파티가 열리고 만 거예요."

라틸다는 어깨를 으쓱하며 말을 이었다.

"결국 노르만트 근처, 그러니까 뤼미에르 백작의 영지 주변에 있는 귀족들만 참여하게 된 거죠. 내게 있어 여기 있는 사람들은 모두 적이에요."

라틸다는 농담조로 덧붙였다.

"그러니까 잘 지켜줘요. 언제 암살될지 모르니까."

"제 옆에서 다섯 걸음 안에만 있으면 아무 일 없을 거예요."

라틸다는 그의 담백한 말이 농담이 아닌 것 같아 순간 섬뜩했다.

로일은 이런 파티와 인연이 없는 사람인 것 같은데도, 이상하리만치 주눅 들지 않아 보였다. 귀족들이 화려한 옷과 보석으로 주위를 가득 메우는 왕실 파티라면, 어지간한 귀족들도 기가 질리기 마련이었다.

대개 라틸다의 경호를 맡은 이들은 자신이 보호할 대상이 붉은 장미 백작의 딸이라는 사실만으로 부담이 되어 석고라도 바른 듯 딱딱하게 굳어 있곤 했다. 하지만 로일은 들뜨지도 가라앉지도 않은 채, 파티가 지루한 라틸다와 거의 같은 표정으로 서 있었다.

"암살이라고 말한 건 농담이었어요. 걱정이 있다면 뤼미에르 백작이 어떤 식으로 날 망신시킬 작전을 짰는지가 걱정이죠. 유치한 장난을 칠 사람은 아니지만, 얼마 전 큰 전투에서 승리해서 기세가 등등할 거예요. 그럴 때의 뤼미에르 백작은 무서운 생각을 하곤 하죠."

"그런 것도 포함해서 지켜드릴 수 있다는 의미였어요."

로일은 입에 묻은 빵가루를 털며 말했다.

"말만으로도 고맙군요. 그런데 로일은 하얀 늑대라는 아란티아의 기사에 대해서 아세요?"

"저야…… 남들 아는 것보다는 더 알고 있다고 해도 될 것 같습니다."

로일은 곰곰이 생각해보더니 모호하게 표현했다.

"당신 같은 기사라면 그런 쪽의 지식이 나보다 많겠죠. 달마르가 이야기해 준 적이 있어요. 모든 기사들의 선망의 대상이며, 10년 전 누구도 멈추지 못할 거라던 론타몬의 정복 전쟁을 막은 울프 기사단. 그중 정예가 하얀 늑대들이라 불린다죠?"

로일은 고개만 끄덕였다. 라틸다는 이어 말했다.

"그땐 어렸지만, 아직도 익셀런 기사단이 이끌던 론타몬 군대의 웅장함을 기억해요. 드래곤이 아니고서야 그들을 막지 못할 거라고 아버지가 말씀하셨죠. 하지만 드래곤을 앞세운 가넬로크마저 패하고 결국 아란티아의 여왕이 그 전쟁을 막은 꼴이 되었다더군요. 이 정도로만 알고 있는데, 맞나요?"

"표면적으로는 그랬을지도…… 하지만 제가 알기로 론타몬의 군대는 아란티아 혼자 막은 게 아니라 모든 나라가 연합하여 이뤄낸 성과입니다. 울프 기사단은 론타몬의 진로만 막고 가넬로크와 이로피스가 다시 군세를 회복하기까지 시간을 벌어준 게 다라고 합니다."

"그래요? 그건 내가 데려온 이야기꾼이나 광대에게서 듣지 못한 이야기군요."

"제가 그런 사람들보다는 조금 더 많이 아나 봅니다."

그 뒤 한참 동안 와인 한 잔을 조금씩 나눠 마시던 라틸다는 이제 사람들의 무시마저도 지겨워져 아는 얼굴을 하나씩 로일에게 소개해주기 시작했다.

"저 사람은 디에르 자작이에요."

라틸다는 노란 콧수염을 좌우 대칭으로 기른 남자를 가리켰다. 그의 얼굴은 살집이 없어 약간 마른 쪽에 가까운데 배는 임신한 여자처럼 볼록 튀어나와 있었다. 그것을 가리기 위해 주름 있는 옷을 입었는데, 큰 효과는 없었다.

"원래 상인인데 돈으로 자작의 지위를 산 사람이죠. 어찌나 돈이 많은지 각 나라마다 자신의 저택이 따로 있다고 하더군요. 게다가 그 저택마다 부인을 따로 두는데, 부인이 몇 명이 있는지 알 수가 없대요. 아버지가 저 사람에게 빚이 있었는데, 빚을 변제해 주는 대신 날 여섯 번째 부인으로 달라고 말했죠……."

라틸다는 그의 뒤에 있는 여자를 가리켰다.

"지금 그의 옆에 있는 여자가 여섯 번째 부인일 거예요. 내게도 열여섯 살이었을 때 접근했는데 저 부인은 열다섯 살쯤 되어 보이는군요. 자기는 돈으로 울프 기사단을 고용할 수도 있다고 떠벌리고 다녔는데, 역시나 오늘 이 자리에 나타났군요."

"음, 제 생각인데 만약 하얀 늑대들에게 그런 말을 했다간 그 다음부터는 일평생 침대 신세를 지며 돈을 발가락으로 세야 할 겁니다."

어째서인지 로일은 굉장히 불쾌해하며 말했다. 하지만 라틸다는 생각으로도 통쾌해 웃음을 터트렸다.

"그럼 오늘 어쩌는지 한 번 봐야겠군요. 아, 그리고 저 옆에 하얀 드레스를 입은 여자는 쟌더프 백작 부인이에요. 쟌더프 백작이 죽은 이후에 오히려 쟌더프라는 이름을 널리 알린 능력 있는 여자죠. 하지만 태어날 때부터 한쪽 손이 기형이었던 터라 그게 콤플렉스예요. 의도적이든 아니든 누가 그 일을 언급하기라도 하면 마음속에 품고 있다가 몇 년이 지나더라도 기어이 복수하고야 말죠."

라틸다는 그녀가 했던 복수 얘기로만 한 시간쯤 더 떠들 수도 있었다.

"어렸을 때는 친한 사이였는데 아버님께서 그 손가락에 관한 농담을 하는 바람에 뤼미에르 백작의 편을 들어버렸을 정도예요. 이젠 나와도 껄끄러운 관계가 되었고요. 아까 먼저 인사했는데 아는 척도 안 하더라고요."

그때 파티장의 문이 열리며, 나팔수 중 하나가 큰 소리로 모두에게 알렸다.

"에노아 후작께서 도착하셨습니다."

다들 웅성거리며 문 쪽으로 다가갔다. 그 이전에도 많은 귀족들이 나팔수의 호명과 함께 입장했으나 지금처럼 모든 귀족이 호응하는 일은 없었다.

에노아 후작은 예순이라는 나이답지 않은 강한 눈매를 가졌고 언제나처럼 자신감이 넘쳐 보였다. 후작 뒤에는 네 명의 남자가 따르고 있었는데, 어느 쪽이 경호원이고 어느 쪽이 시종인지 구별할 수 없을 정도로 다들 덩치가 좋았다. 로일이 라틸다의 귓가에 대고 물었다.

"아까부터 에노아 후작 이야기를 많이 하던데, 누구입니까? 이 파티에 오기 전에도 몇 번 들은 기억이 나는데요?"

"카모르트에서 세 번째로 큰 영지와 군대를 가지고 있는 귀족이죠. 샤이필드 공작님이 돌아가시기 전에는 권력의 제2인자로 이 나라를 지탱하던 한 축이었어요. 지금은 세력이 많이 약해졌다고는 하나 아직도 국왕 폐하와 단둘이 대화를 나눌 수 있는 분이죠. 짐작하시겠지만 후작님은 아버지와 뤼미에르 백작, 둘 모두 싫어하세요. 안타까운 일이지만, 이해할 수 있어요."

라틸다는 천천히 설명했다.

에노아 후작은 자신을 반기는 귀족들과 하나씩 차례로 인사하더니 라틸다가 있는 곳으로 곧장 다가왔다. 짧고 하얀 지팡이를 짚고 있었으나 특별히 절룩거리거나 허리를 굽히고 걷지는 않았다. 후작이 라틸다 앞에 서자, 따라오던 시종이 당황하며 귀엣말로 무언가 조언했다. 듣지 않아도 무슨 얘기인지 짐작할 수 있었다.

'잔스테인의 딸과 이 자리에서 이야기하는 건 좋지 않습니다, 후작님.'

하지만 에노아 후작은 오히려 그 시종을 혼냈다.

"시끄럽다! 내가 그런 것에 휘둘려야 하겠느냐?"

에노아 후작은 라틸다 앞에 다가와 먼저 인사했다.

"더욱 예뻐졌구나, 라틸다. 반년 만이구나."

"안녕하세요, 후작님."

라틸다는 치마를 살짝 잡고 무릎을 굽혀 인사했다. 다른 귀족들에게 하는 것처럼 형식적으로 인사하는 게 아니라, 진심을 담아.

"바르다를 만나면 한 소리 해주려고 온 건데 어찌 된 일인지 네가 있구나. 이래서야 화를 낼 수가 없지."

라틸다가 다른 사람의 입에서 나온 아버지의 이름을 들은 건 정말 오랜만이었다.

"일정상 제가 올 수밖에 없었습니다. 아버님은…… 글쎄요."

라틸다는 적당한 대답을 찾으려다 뒷말을 흐렸다.

"그래. 차라리 잘 됐지. 바르다 녀석이 와 버리면 우리끼리만 할 수 있는 즐거운 이야기를 하지 못할 테니까. 요즘은 어떻게 지내느냐?"

에노아 후작은 카우치에 앉으며 물었다. 라틸다도 옆에 앉았다.

"나쁘지 않게 지내요. 하지만 최근에는 악몽을 꿔서 잠을 잘 못 자요."

"힘들겠구나. 못된 애비가 딸만 고생시키는 꼴이라니."

에노아 후작은 어깨를 토닥거려 주었고, 라틸다는 기분 좋게 미소 지었다. 로일은 조심스럽게 라틸다에게 말을 건넸다.

"저는 창가에 있겠습니다."

로일은 아무 티도 안 내고 창가에 섰다. 그리고 커튼을 살짝 걷어 바깥을 살폈다. 거리를 두긴 했지만 아직 라틸다로부터 다섯 걸음 밖으로 벗어난 건 아니었다.

라틸다는 후작과 사소하고 별일 아닌 소재로만 잡담을 나누었다. 어린 시절에 이불을 적신 얘기라거나 고양이처럼 나비 잡으려고 뛰었다가 연못에 빠진 실수를 즐겁게 얘기했다. 하지만 시선은 계속 로일에게가 있었다.

어떤 남자가 로일에게 다가섰다. 이런 파티 석상에서 모르는 사람끼리 대화하는 건 흔한 일이겠지만 그 상대가 수상했다. 그녀가 아는 귀족도 아니고 왕실의 시종이나 대신도 아니었다. 금발에 로일보다 키가 한 뼘쯤 작았고 덩치도 크지 않았다.

둘은 마주 보지 않고 서로 창가에 등을 기댄 채로 계속 대화를 나누었다. 멀어서 들리지 않았지만 신경이 쓰였다.

"내 얘기를 안 듣고 있구나, 라틸다."

에노아 후작이 자못 화가 난 얼굴로 말했다.

"아, 죄송합니다."

"신경 쓰이는 일이라도 있느냐?"

라틸다는 로일을 쳐다보느라 그랬다고 말할 수가 없어 대충 얼버무렸다.

"울프 기사단의 멤버가 이 파티에 끼었다고 들었습니다. 호기심에 그만 그들이 누굴까 살펴보고 있었지요."

에노아 후작은 의외라는 얼굴로 말했다.

"눈치가 빠르구나, 얘야. 맞다. 이미 하얀 늑대들은 여기에 섞여 있단다."

"정말요?"

"누구인지는 찾아냈느냐?"

"전혀요. 후작님은 아세요?"

"보통 귀족의 파티라면 모르는 사람 하나 껴있는 게 이상한 일도 아니겠지만, 왕실에서 주최한 파티라면 내가 안면이 없는 사람이 드물지. 그런데 시종도 아니고 경비병도 아니면서 귀족 행세를 하고 있는 사람이 있다면 누굴까? 오늘 처음 파티에 나선 귀족? 피오렌디노, 오늘 명단에 내가 모르는 사람이 있더냐?"

"없었습니다."

뒤에 조용히 서 있는 그의 시종, 어쩌면 경호원이 작은 목소리로 대답했다.

"그럼 그들이 하얀 늑대들이겠군."

"와아, 그런 식으로 알아낼 수 있는 건가요? 대단하세요."

"나이 들면 원래 이런 거밖에 할 일이 없어. 저기 하얀 드레스를 입고 우아한 걸음걸이로 파티장을 휩쓸고 다니며, 사내들의 애간장을 태우는 여자가 보이느냐? 너와 비슷한 나이겠구나."

에노아 후작은 갈색 머리를 가슴 쪽으로 풀어 내리고 장신구 하나 없이 리본 하나만 머리끝에 매고 있는 여자를 가리켰다. 소매를 걷어 팔뚝을 드러내고, 허리춤에 손을 올리고 등을 쭉 펴고 있는 자세가 당당했다. 언뜻 봐도 그녀는 자신의 이름을 알아내기 위해 애쓰는 남자들을 따돌리는 즐거움에 흠뻑 취해 있었다. 예전에 라틸다도 똑같은 짓을 하고 다녔던 터라 금방 알아보았다.

"저 여자가 왜요?"

라틸다가 물었다.

"하얀 늑대들이 남자들로만 구성되었다고 생각했느냐?"

"당연히 그렇게 생각했어요."

에노아 후작은 지팡이를 다른 쪽으로 돌렸다.

"그렇다면 술잔을 하나 들고 뒷짐을 지고 있는 저 키 큰 남자는? 어때 보이느냐?"

굳은 얼굴로 정면만 주시하고 있는 모습이 무서워 다들 그를 피하고 있었다. 그 다음 후작의 지팡이는 식탁 쪽을 향했다. 방금 가리킨 남자만큼 키가 크고 덩치가 있었지만 음식을 집어 먹느라고 바쁜 모습은 앞선 남자와는 반대로 행실이 가벼워 보였다.

"듣기로는 오늘 성에 들어온 하얀 늑대들은 모두 다섯이라고 들었지만 다른 둘은 모르겠구나. 아마 눈에 띄지 않는 장소에 있거나 인상이 상대적으로 흐린 이들일 게야."

"왜 이렇게 몰래 파티장에 섞여 있는 거죠? 좀 더 극적으로 등장할 줄 알았어요, 전."

"미리 이곳의 분위기를 익혀두고 싶은 게지. 하도 검술이 대단하다고 들어서 머릿속에 근육만 차 있는 기사들일 줄 알았는데, 생각보다 교활한 면이 있구나."

후작은 나직이 웃더니 천천히 자리에서 일어났다.

"나를 기다리는 손님이 많으니 너와는 나중에 또 얘기하자꾸나."

후작은 악수라도 한번 하고 싶어 안달이 난 귀족들이 줄을 서 있는 자리로 걸어갔다.

로일은 아직도 그 금발의 남자와 나란히 서서 뭔가 대화를 나누고 있었다. 어째서인지 로일은 지금까지 보지 못한 딱딱한 표정이었고, 금발의 남자는 로일에게 혼나기라도 한 것처럼 난처해하고 있었다.

라틸다는 일부러 느릿느릿 다가가 물었다.

"그사이 새 친구를 사귀셨나 보죠, 로일?"

"아아, 이 분은……."

로일은 재빨리 굳은 표정을 풀며 금발의 남자 쪽으로 손을 가리켰다. 그 남자는 로일이 소개하기 전에 먼저 자기소개를 했다.

"처음 뵙겠습니다, 레이디 라틸다. 저는 기사 카셀이라고 합니다."

라틸다도 살짝 고개를 숙였다.

"처음 뵙는 분인데, 저를 아시나 보군요?"

"방금 로일에게 들었습니다."

"그걸 알면서도 스스럼없이 인사를 해오다니, 다른 가문의 시선은 괜찮으신가요, 기사님?"

이미 라틸다는 자신을 포함해 곁에 선 두 남자를 노려보는 귀족들을 발견했다. 그녀와 시선이 마주치자 그들은 다른 곳으로 눈을 돌렸다.

"전 딱히 어느 한 쪽에 서야 할 입장은 아닙니다. 그리고 제가 접근한 건 기사 로일에게 관심이 동해서였지, 레이디 라틸다의 입장을 난처하게 할 의도는 없었습니다."

그때 마침 음악이 멈추고 나팔이 울렸다. 대신 중 하나가 큰 소리로 외쳤다.

"샤를 국왕 폐하와 뤼미에르 백작께서 입장하십니다."

경호병들은 부동자세를 취하고, 귀족들은 모자를 벗거나 한쪽 무릎을 구부렸고, 여자들은 치마를 살짝 올리며 몸을 낮추었다.

카모르트의 국왕과 함께 검은 사자 백작도 파티장 안으로 들어왔다. 어린 왕은 손을 들어 간단히 답례를 하면서 따로 마련된 자리에 앉았고, 백작은 왕 옆에 섰다. 온통 나이 많은 대신들 중에서 유독 나이 어린 대신이 커다란 두루마리를 펼쳐 큰 소리로 모두에게 알렸다.

"이 자리에 참석하신 여러분을 국왕 폐하를 대신하여 환영합니다."

귀족들은 짧게 박수를 쳤다.

"오늘 여기에 자리해주신 분들을 소개합니다. 이 파티를 주최하셨으며 지금까지 국왕 폐하를 보필하신 누벨 덴 뤼미에르 백작."

'정말 웃기는 소개말이군.'

라틸다는 냉소했으나, 파티장에서는 커다란 박수 소리가 터져 나왔다.

"암부르, 그 먼 곳에서 가장 빠른 마차로 달려와 주신 잔 말로 에노아 후작께서 지금 이 자리에 계십니다."

다시 한 번 박수가 터졌다.

"검에 대해 알고 계십니까?"

카셀이 작은 목소리로 물었다. 라틸다는 박수 치던 손을 내리고 카셀을 돌아보았다. 어차피 이제부터 소개될 귀족들에겐 박수를 보내는 예의를 차릴 의무도 없던 차였다.

"갑자기 왜 그런 질문을 하시죠?"

"제가 왜 기사 로일에게 접근했는지 궁금하신 것 같아서요. 거기에 대한 답입니다."

"답이라면서 질문을 하시네요?"

라틸다는 카셀이 던진 이상한 질문을 받아주기로 했다.

"아버님의 기사단에 아주 뛰어난 실력의 기사들이 있지요. 그런 사람들을 보고 자라, 다른 여자들에 비해서는 어느 정도 검술을 볼 줄 안다고 생각합니다. 하지만 또한 실제로 경험하지 못한 세계를 함부로 안다고 자부할 수도 없겠죠. 어떤 대답을 원하시나요?"

라틸다는 따지듯 물었다. 박수 소리와 함께 두루마리를 읽어 내려가는 대신의 목소리도 계속 이어지고 있었다.

"브로도에서 오신 파레 르 나세리 백작, 를레에서 오신 이네 르 드봉 자작, 역시 를레에서 오신 얀 마지멜 남작, 드와리에서 오신 프란 폰트리에 자작……."

카셀은 라틸다를 똑바로 바라보지는 않았으나 외면하는 건 아니었다. 그의 얼굴에는 여유가 담겨 있었다.

"당신의 경호원은 아주 대단한 실력자입니다. 저도 검에 대해 일가견이 있다고 자부하나, 이 정도 실력을 가진 사람은 본 적이 없습니다. 그래서 제가 물었습니다. 저에게 올 수 있느냐고…… 그가 가진 검의 세계를 충분히 활용할 수 있는 세계로 안내하겠다고 제안하던 중이었죠. 특별히 당신에게 고용되어 있어야 할 이유가 없다면 이 분을 양보해 주셨으면 어떨까 합니다."

"무례하시군요. 처음 보는 사람의 경호원을 데려가려 하다니!"

라틸다는 격분하여 말했다. 귀족들의 소개가 이어지는 가운데 그녀의 목소리가 짧게 울렸다. 카셀은 라틸다에게 더욱 접근하여 말했다.

"맞습니다. 무례하죠. 하지만 이 분의 실력은 제가 그런 무례를 감수할 만합니다. 만약 이 사람이 단지 당신의 경호원에 불과하다면, 당신은 세상 어디에서도 이 정도의 경호원을 만나지 못할 겁니다."

대신의 호명은 계속 이어지고 있었다.

"앤리 로 디에르 자작, 막스 카를 남작, 메르소 드 쟌더프 백작 부인……."

라틸다는 호명되는 이름들을 건성으로 듣다가 뒤늦게 카셀의 말에 대꾸했다.

"저도 로일의 검을 대단하다고 여깁니다. 하지만 세상은 넓어요. '세상 어디에서도'라고요? 그렇게 단언한다면 당신도 진짜 검술의 대가는 아닌 모양이군요."

라틸다는 공격적으로 말했으나 카셀은 여유를 잃지 않고 웃어보였다.

"제가 과장을 하고 말았군요. 그만큼 이분이 탐이 난다는 뜻입니다. 나중에라도 생각이 바뀐다면 알려주십시오."

자리에 참석한 귀족들의 이름을 모두 읊은 대신은 두루마리를 접고 새로운 손님을 소개했다.

"……그리고 오늘 이 자리를 빛내주기 위해 먼 곳에서 찾아오신 분들이 계십니다. 너무 놀라지는 마십시오. 그분들은 이미 이 자리에 여러분과 함께 서 있습니다."

귀족들의 웅성거림이 파티장 안을 채웠다. 그들은 옆에 있는 모르는 사람의 얼굴을 다시 한 번 바라보거나, 어디 숨어있는 사람이 없나 파티장의 구석을 살피기도 했다. 그러나 라틸다는 이미 그 사실을 에노아 후작을 통해 알고 있었기에 카셀의 말에만 신경 쓰고 있었다.

"구체적으로 어디로 데려가신다는 거죠?"

"데려가게 해 주시는 겁니까?"

"그건 제가 판단할 일이 아니에요. 로일은 스스로 제 옆에 있겠다고 말했으며, 저는 로일을 구속하지도 않았어요. 하지만 로일이 당신을 따라간다면, 저는 최소한 어디로 가게 되는지 알아야 할 권리는 있다고 생각합니다."

"당연히 그렇겠지요, 레이디 라틸다. 저는 로일을 아란티아로 데려갈 겁니다."

그와 거의 동시에 대신이 큰 목소리로 모두에게 알렸다.

"이 자리에 계신 모두에게 소개합니다. 아란티아에서 오신 그 유명한 울프 기사단의 기사들인 하얀 늑대들입니다."

귀족들은 박수를 치며 주위를 두리번거렸다. 군중 속에 섞여 있던 몇 명이 왕이 있는 곳으로 걸어갔다. 그중에 하얀 드레스를 입은 '신비의 여인'도 있었다. 어떻게 하면 그녀를 유혹해서 오늘 밤 침대로 꾀어낼까 고민하던 젊은 귀족들은 기절할 듯이 놀랐다. 또 쉐이든이 앞으로 나서는 모습을 보고 라틸다 근처에 있던 한 명이, '그럴 줄 알았어'라며 잘난 척하기도 했다.

"나중에 또 뵙길, 레이디 라틸다."

카셀은 가슴에 손을 올리고 고개를 숙여 인사했다. 라틸다는 너무 놀라 그의 인사를 받지도 못했다. 카셀은 곧장 국왕의 옆으로 걸어갔다.

카셀을 포함한 다섯 명의 하얀 늑대들이 왕 앞에 서서 인사한 후 돌아섰다. 귀족들이 작게 탄성을 내지르며 하얀 늑대들을 가까이 보러 다가갈 때, 로일과 라틸다는 도리어 창가 쪽으로 물러났다.

"로일, 저 사람에게 어떻게 자신의 실력을 보일 수 있었죠? 파티장에서 그 세 가지 동작을 보이기라도 했나요?"

"아아, 그게…… 설명하기 힘들군요. 보이지 않는 검술을 겨뤘달까……."

로일의 대답은 둘러대는 듯 어딘지 허술한 느낌이었지만 놀란 나머지 따질 겨를도 없었다.

젊은 대신이 좌중을 조용히 시키자, 왕이 술잔을 들고 일어났다.

"오랜만에 한자리에 모인 여러분들에게 하고 싶은 말이 참 많소. 그러나 지금 이 자리에는 귀한 손님이 왔으니 모두 그들과 함께 즐겁게 마시고 즐기도록 하시오. 아란티아의 기사들이여, 카모르트에 온 것을 환영하오.”

왕은 술잔을 높이 들었다. 귀족들도 모두 술잔을 들었다.

“아크랜드를 수호한 아란티아에 영광이 있기를.”

모두 아란티아와 하얀 늑대들을 연호했다.

하얀 늑대들은 당장 파티의 중심이 되었다. 라틸다는 그들의 이름을 금방 외울 수 있었다. 하지만 먼발치에서만 구경할 뿐, 접근하지는 않았다. 하고 싶어도 할 수가 없었다. 그들의 옆으로 다가가 한 마디라도 더 말을 건네 보려고 애쓰는 귀족들이 너무 많았다. 사람들이 하얀 늑대들 곁으로 전부 몰려간 탓에 파티장의 한쪽이 텅 비게 될 정도였다.

가만 보니 귀족들의 질문과 인사를 적극적으로 받아주는 사람은 카셀과 게랄드뿐이었다. 쉐이든이란 남자는 무서운 표정으로 팔짱을 끼고 있으니 다가가질 못하고, 던멜이라는 기사는 소개할 때만 잠시 얼굴을 보였을 뿐 지금은 어디로 갔는지 보이지 않았다. 존재감이 워낙 없어서인지 사람들은 그가 없어졌다는 사실도 눈치채지 못하는 것 같았다.

아즈윈이란 기사는 캡틴 울프의 애인이라도 되는 것처럼 옆에 꼭 붙어서 묻는 말에 아무 대답도 해주질 않았다. 심지어 방금 전까지 치근대던 남자들의 사과도 받아주지 않았다. 뒷수습하려고 쩔쩔매는 것까지 즐기고 있는 게 분명했다. 라틸다는 그런 모습이 왠지 부럽기까지 했다.

"쟌스테인 백작은 안 오고 네가 대신 왔구나, 라틸다."

굵은 목소리가 뒤쪽에서 접근했다. 라틸다는 그의 목소리에 흠칫 놀랐으나 돌아보지도 않고 대꾸했다.

"백작님께서 불편하시다면 퇴장하겠습니다."

"그럴 리가 있겠니, 라틸다?"

검은 사자 백작은 동의도 구하지 않고, 라틸다의 옆에 섰다. 라틸다는 의식적으로 그에게서 한 걸음 물러섰다.

로일은 뒷짐을 진 채로 라틸다의 옆에 좀 더 가까이 섰다. 그러자 백작의 뒤에 있던 바딩도 옆으로 다가섰다. 라틸다는 왠지 모르게 로일과 바딩이 신경전을 벌이고 있는 것 같다고 생각했다.

'로일에게 미리 경고해 둘걸. 바딩만큼은 건드리면 안 되는데.'

검은 사자 백작은 친딸이라도 대하듯 자상한 목소리로 물었다.

"너도 하얀 늑대들을 구경하러 온 거냐?"

"재미없는 귀족들의 얼굴만 구경하고 가는 것보다는 훨씬 보람이 있군요."

"오는 길에 불편한 건 없었고?"

라틸다는 고개를 확 돌려 백작의 얼굴을 쏘아보았다. 거짓말을 한다고 얼굴에 티를 낼 사람은 아니지만, 혹시라도 그럴 기미라도 보이면 즉시 검은 기사에 대한 일을 추궁해볼 생각이었다. 하지만 그는 오히려 라틸다의 살기등등한 눈빛을 의아해했다.

"……없었습니다."

"요새는 도적들이 하도 극성이라 나도 고민이 많구나. 쟌스테인 백작은 영지 관리를 어떻게 하나 모르겠다."

"두 분이 전쟁을 이어가는 동안에는 그런 문제가 그치지 않겠죠."

라틸다는 강한 어조로 대꾸했다.

"재미있는 충고를 하는구나. 그럼 내가 주는 조언을 네 아버지에게 전달하거라. 세상에는 절대 이길 수 없는 상대가 있다. 자신의 욕심을 줄이고 묵은 잘못을 사과한다면, 아주 많은 사람들이 행복해진다고 말이다."

"설마 아버지께서 제가 설득하면 넘어가는 분이라고 생각하고 그런 말씀을 하시는 건가요, 아니면 그냥 절 괴롭히려고 그런 말씀을 하시는 건가요?"

백작은 입맛을 다시며 웃었다.

"미안하구나. 없었던 말로 하려무나."

백작은 이내 뒤쪽에 선 로일을 고갯짓으로 가리켰다.

"그런데 이 친구가 네 경호원이냐? 바딩이 그러는데, 이 친구는 네 마부라고 하더구나."

"경호원 맞아요."

"달랑 한 명?"

"그게 어때서요?"

"내가 온 건 다름이 아니라 네 경호 문제 때문이다. 내 영지나 노르만트에서 네가 다치기라도 하면 그게 무슨 망신이겠니? 여기서 체류하는 동안 내 호위병 몇 명을 너에게 붙……."

"필요 없습니다! 고양이 무리를 끌고 다니느니, 한 마리 호랑이를 데리고 있는 편이 안전하죠."

라틸다는 백작의 말을 중간에서 끊으며 거절했다. 백작은 허허 웃으며 바딩을 돌아보았다. 바딩은 언제나처럼 예의 바르게 제안했다.

"제가 직접 이끄는 기사단 중 세 명을 추려 댁에 도착하실 때까지 안전하게 모셔다드리겠습니다. 이곳에는 붉은 장미 백작의 군대에 가족을 잃은 사람들이 많습니다, 레이디 라틸다. 지금 경호로는 위험한 일이 벌어질 수도 있습니다."

허를 찔려, 라틸다는 뭐라 대꾸할 말도 찾지 못했다.

'어떤 식으로 날 망신 줄까 했더니 이런 방식을 택했군.'

백작이 그를 저지했다.

"그만둬라, 바딩. 파티 석상에 어울리지 않는 말이구나."

"죄송합니다."

"이해하거라, 라틸다. 바딩은 정말로 네 안위가 걱정돼서 한 말이야. 워낙 직설적인 성격이라 그런 말이 나온 모양이다. 경호 문제는…… 네가 싫다면 어쩔 수 없지."

백작은 다시 한 번 무시하는 눈길로 로일을 쳐다보았다. 라틸다는 로일이 화난 표정이라도 짓길 바랐지만, 이럴 때조차 그는 무덤덤하게 서 있었다.

백작은 여전히 인자한 어조로 말을 이었다.

"하지만 언제라도 원한다면 나를 찾아오너라. 어떤 지원이라도 아끼지 않으마. 비록 상황이 이렇다 한들, 한때 내 며느리가 될 뻔했던 아이를 박하게 대하지는 않는다."

"고맙습니다, 백작님. 하지만 저는 정말 괜찮습니다."

검은 사자 백작은 물러나, 파티장의 다른 곳에서 다른 귀족들과 이야기를 계속했다. 그가 멀어지자 라틸다는 약이 잔뜩 올라 로일을 노려보았다.

“왜 아무 말도 하지 않았어요?”

“무슨 말을 해요?”

“당신을 무시하는 말을 그렇게 해대는데, 화도 안 나요? 아까 밖에서도 그랬고…… 당신은 방금 하얀 늑대들의 캡틴도 인정한 사람이라고요.”

“아, 그건 일부러 한 거니까 화를 낼 필요는 없었어요.”

“일부러요?”

“바딩에게 검술 실력이 없는 사람으로 보였어요.”

라틸다는 눈살을 찌푸렸다.

“그렇게 보이다니요?”

“약하게 보이도록 내버려 두었다고요. 설명하기 복잡하지만 뭐랄까…… 바딩은 방금 절 시험했습니다. 하지만 전 반응하지 않았죠. ‘그런 걸’ 할 수 있다니, 바딩이 엄청난 실력자라는 뜻이죠.”

라틸다는 검은 사자 백작의 등에 거의 붙듯이 가깝게 따라다니는 바딩을 돌아보며 말했다.

“다들 카모르트 최강의 기사라고들 하더군요. 전 잘 모르겠지만 이런 말도 있어요. 바딩과 싸우면 상대는 오직 검은 망토만 보게 된다…….”

라틸다는 머리 위로 손을 휘저었다.

“하지만 왜 일부러 약하게 보인 거죠? 맹수는 포효하여 자신을 과시하죠. 그건 싸우지도 않고 상대를 물리칠 수 있는 방법이기 때문이에요. 왜 자신을 작게 보이려고 한 거죠?”

"제 경우에는 그렇게 하는 게 싸움을 피하는 방법이거든요. 언짢았나요?"

"그래요. 당신이 망신을 당하는 건 곧 내가 망신을 당하는 것과 같으니까요."

"그래요? 전 싸움을 피하면 라틸다가 좋아할 줄 알아서 그랬어요. 하지만 다음부터는 당신이 원하는 대로 할게요."

"그래요! 그렇게 하세요."

로일은 지나치게 진지한 얼굴로 고개를 끄덕였고 라틸다는 조금 후련해졌다.

'또 이 남자 앞에서 어린애처럼 칭얼거렸어. 하지만 이젠 창피하지 않네.'

검은 사자 백작이 가고 다른 귀족이 접근했다.

"이게 누구신가, 레이디 라틸다? 전에 봤을 때는 어린애였는데, 지금은 아주 성숙한 여인이 되었군."

라틸다는 그의 목소리를 듣는 순간 인상부터 찡그렸다. 앤리 로 디에르 자작. 파티장에서 가장 만나기 싫은 사람이었다.

그는 예전에 안면이 있었다는 이유만으로 파티 때마다 친분을 드러내며 다가왔다. 로일은 디에르 자작을 위해 얌전히 뒤로 물러나 주었다.

'로일에게 미리 말해 둘 걸. 이 남자가 접근하면 쫓아내 달라고.'

라틸다는 억지 미소를 지으며 디에르 자작에게 인사했다.

"앤리 로 디에르 자작. 어디에 계신가 했더니 제 등 뒤에서 접근해오시는군요. 오랜만입니다."

라틸다는 한껏 비아냥거렸지만, 디에르는 오히려 자신을 환영해준다고 착각한 나머지 튀어나온 자기 배만큼이나 커다란 친근감을 내보였다. 그를 따르는 경호원마저 하나같이 느글거리는 눈동자로 라틸다를 바라보고 있었다.

"아까부터 말을 걸고 싶었지만 보는 눈이 많아서 조금 자제했소. 지금은 다들 하얀 늑대들에 정신이 팔려 있길래 조금 시간을 내었지."

디에르는 꽤나 배려한다는 말투로 말했다.

"붉은 장미 백작께서는 잘 계시오?"

"궁금하면 직접 뵈러 오시죠, 덴모주로."

"허허, 거긴 너무 멀어서 말이오. 흐음, 옆에 있는 분은?"

"제 경호기사예요."

"으음, 그럼 내 호위병들과도 말이 통하겠군. 둘 다 브로도 지방에서 열린 검술 대회에서 우승한 경력을 가진 뛰어난 검사들이라오. 백작의 따님을 경호할 정도니 검에 대한 이야기를 나눌 만하겠지."

디에르는 로일에게 권했다.

"저어기 저쪽으로 좀 떨어져서 나의 병사들과 따로 시간을 갖는 게 어떤가? 난 레이디와 잠시 지난 일을 이야기할까 하네."

그는 허허 웃으며 음식 기름 묻은 손을 슬그머니 라틸다의 어깨에 올려놓았다.

'이렇게 나올 줄 알았어. 자, 이제 내가 비명을 꽥 지르고 모두의 시선을 받으면서 퇴장할 시간이야.'

라틸다가 소리를 지르려고 배에 힘을 주는데, 로일이 그의 손을 움켜쥔 게 더 빨랐다. 디에르는 숨죽인 비명을 질렀다.

브로도 지방 검술 대회에서 우승했다던 호위병 둘은 당장 로일에게 달려들었지만 로일이 꺼내든 놀라운 무기에 그대로 움직임을 멈췄다. 과일을 찍어 먹던 손가락 길이의 포크였는데, 둘은 거대한 삼지창에라도 위협을 당한 듯 경직되었다. 로일은 디에르 자작에게 경고했다.

"물러나시오. 레이디께서 좋아하지 않으십니다."

자작은 그 와중에도 화를 내고 있었다.

"놔라, 이놈! 네놈이 감히 누구 몸에 손을 대는 거냐?"

"미안하지만 디에르 자작, 내게 명령을 내릴 수 있는 사람은 한 명뿐이오."

로일은 그의 손을 움켜쥔 채로 라틸다에게 물었다.

"싸움을 피하지 말라고는 하셨지만, 그래도 자리가 자리니만큼 의향을 여쭤보도록 하지요. 이분을 어떻게 할까요?"

라틸다는 은근히 이 상황이 즐거워, 놀리는 투로 말했다.

"놔드려요. 그러지 않아도 뼈가 안 좋은 분이에요."

로일은 자작을 놓아주고 그의 호위병 목에 들이댄 포크도 거두었다. 자작은 손을 주무르며 로일을 죽일 듯이 노려보았다.

"목숨을 가벼이 여기는구나, 꼬마야. 여긴 검은 사자 백작의 영지 바로 옆인 동시에 나의 투자 도시이기도 한 곳이야. 내 명령 한 마디면 네 목 하나 따는 건 일도 아니다."

"둘 중 어느 쪽이 제 목을 따는 겁니까?"

로일은 포크를 들이댔던 호위병들을 바라보았다. 둘 다 분노로 얼굴이 빨개졌다. 자작은 당장 달려들려는 둘을 저지한 후 천천히 말을 꺼냈다.

“네가 아직 내 위치를 모르나 보군. 내가 지갑만 열어 보이면 내 밑에 모일 용병이 얼마나 되는지 아나? 난 원한다면 하얀 늑대들도 고용할 수 있는 사람이야!”

그 말에 괜스레 라틸다가 화가 났다.

“디에르 자작, 당신이 평소에 얼마나 그런 말을 남발하는지 알겠군요. 그분들이 손님으로 오신 이런 파티 석상에서까지 그런 소리를 하다니!”

“상관 마시오. 그보다 레이디께선 아랫것 교육부터 제대로 하는 게 어떻소?”

점점 열이 올라 서로의 목소리 톤이 올라갈 즈음에 하얀 드레스를 입은 여자가 불쑥 끼어들었다. 울프의 기사, 아즈윈이었다.

갑자기 모두 말을 멈췄다. 그녀는 마치 자기도 모르게 여기에 서 있게 되었거나, 아니면 아주 우연히 지나가다 끼어든 것처럼 보이려는 듯 과장된 손동작을 보였다.

“어머나, 미안해요. 남 얘기 엿듣는 건 취미가 아니지만, 갑자기 하얀 늑대들 이야기가 나온 것 같아 얼른 끼어들었어요. 하지만 여기에는 아는 얼굴이 하나 있네요. 이왕 왔으니 인사라도 해야겠죠?”

그녀는 춤이라도 청하듯 디에르에게 손을 내밀었다.

“아까 저한테 돈 몇 푼 준다는 말로 아름다운 저택으로 끌고 가려고 했던 앤리 로 디에르 자작님, 맞죠? 제가 기억력이 안 좋아서요. 이름이 맞나 모르겠네.”

아즈윈은 장난기 가득한 미소로 디에르의 코앞까지 다가갔다. 키 작은 자작은 어쩔 수 없이 그녀를 올려다보며 뒤로 물러나야 했다.

"아, 아까는 제가 좀 무례했소. 용서하시오."

디에르는 뒤늦게 사과했다.

"그건 됐어요. 그런데 하얀 늑대들을 고용하신다구요? 자, 얼마를 주실 건가요? 액수만 맞는다면 기꺼이 당신의 저택을 찾아가겠습니다."

"사, 사과할 기회를 주시오, 기사 아즈윈. 어떤 악의가 있어서 그런 게 아니오."

"사과는 무슨 사과? 그냥 돈이나 줘요. 얼마 줄 건데? 나 별로 안 비싼데 얼른 불러 봐요. 이거 좋은 기회 아니에요? 어머나, 세상에 이분이 하얀 늑대들을 돈으로 고용한대요, 글쎄!"

아즈윈은 웃으며 한 마디 할 때마다 한 걸음 다가갔고, 디에르는 그때마다 한 걸음씩 물러섰다. 점점 울상이 되어가는 디에르 자작은 급기야 식탁에 걸려 더 이상 뒷걸음질도 치지 못했다.

라틸다는 얼마 전에 카모르트에서 제일 웃긴 연극이랍시고 공연한 희극이 떠올랐다. 지금 이 상황이 그것보다 백 배는 더 재미있었다. 아즈윈은 멀뚱히 서 있는 디에르의 호위병들을 힐끔 보더니 말했다.

"너희들 주인이 이렇게 위험에 처했는데 뭘 멀뚱히 서 있는 거야? 얼른 도와드려야지."

그들은 머뭇거리기만 할 뿐, 뭐라 대꾸도 하지 못했다. 아즈윈은 짧게 콧김을 내뱉더니 말했다.

"앞으로 호위병을 뽑으려거든 돈이 아니라 신의로 뽑으세요. 그리고 당신이 협박한 이 검사분은 벌써 하얀 늑대들의 캡틴이 지목했으니 건드릴 생각 말아요. 제가 이렇게 간절히 부탁드렸는데도 그를 건드린다면 저도 디에르 자작을 건드릴 거예요. 이렇게요."

아즈윈은 디에르의 이마를 손가락으로 쿡 찔렀다. 디에르는 고개만 끄덕인 후 사람들 틈으로 달아났다. 아즈윈은 헛기침을 한 번 하더니 라틸다 쪽으로 돌아섰다.

"레이디 라틸다, 본의 아니게 당신의 시간을 방해하고 말았군요. 캡틴이 여기 멋진 기사가 한 명 있다고 해서 구경하러 왔습니다. 검술은 어떨지 몰라도 일단 보기에 무척이나 잘생긴 분이군요. 지루한 파티장에서 발견한 보석이랄까? 춤은 출 줄 아세요, 기사님?"

로일은 빙그레 웃으며 가슴에 손을 얹어 인사했다.

"처음 뵙겠습니다, 기사님. 저도 당신처럼 아름다운 분과 춤이라도 한 곡 추고 싶지만, 보다시피 저는 제 고용주의 곁에 있어야 합니다."

"그럼 어쩔 수 없지요."

아즈윈은 동료들이 있는 쪽으로 걸어가며 손을 흔들었다.

"안녕, 멋진 기사님. 나중에 또 만날 수 있으면 좋겠군요."

로일도 손을 들어 보였다. 시끄러운 사람이 나타났다 사라지니 갑자기 주변이 조용해지는 기분이 들었다.

"당신은 유난히 하얀 늑대들의 눈에 띄나 보군요. 이쯤 되면 아란티아로 가야 하는 거 아니에요? 나와 한 약속 같은 건 잊어버려도 좋아요. 내 생각에는 아란티아에 당신의 미래가 있는 것 같아요."

"저는 제가 좋아하는 일을 하는데 다른 건 계산하지 않습니다. 그리고 지금은 당신의 옆에 있는 게 가장 즐거운 일이에요."

"그건 기쁜 말이지만, 당신을 옆에 두기에는 너무 부담스러운 게 아닌가 싶군요."

“제가 원하기도 했지만 또한 당신이 원해서 제가 있는 겁니다. 그러니 당신이 원하면 저는 언제든 떠나겠습니다.”

라틸다는 손을 내저었다.

“오해 말아요. 당신이 싫다는 게 아니에요. 그냥…… 아란티아의 기사가 되는 건 당신 같은 검사들이 바라는 꿈이 아닌가 해서. 그런 꿈을 그렇게 쉽게 버린다는 건 내가 봐도 너무 아까워요.”

“저는 먼 미래를 바라보고 행동하는 사람이 못 됩니다. 언제나 눈앞의 일에만 집중하죠.”

“그리 좋은 성격이라고는 못 하겠군요.”

“고치려고 노력 중이죠. 그래도 지금은 아니에요. 하지만 만에 하나라도 제가 떠나길 바란다면…….”

라틸다는 그의 어깨에 손을 얹어 말을 막았다.

“아니에요. 그만하죠. 미안해요. 또 내가 솔직하지 못했어요. 옆에 있어 줘서 고마워요. 이 말이 하고 싶었어요.”

라틸다는 진심을 담아 말했다. 로일은 묵묵히 고개만 끄덕이고 파티가 진행되는 내내 라틸다의 옆을 지켜주었다.

“허면 캡틴 카셀, 당신들이 이 나라를 빼앗으러 온 게 아니라고 어떻게 증명하겠나?”

파티장을 쩌렁쩌렁 울리는 노인의 목소리가 들렸다. 에노아 후작이었다.

초반의 들뜬 분위기가 가라앉고, 조용한 음악과 귀족들의 숨죽인 목소리만 이어지고 있는 가운데 노인의 강한 어조는 좌중을 순식간에 집중시켰다. 파티장에서 들리는 모든 소리를 소음인 양 차단하고 있던 라틸다도 흠칫 놀랄 정도였다.

울프 기사단의 캡틴은 놀란 기색 하나 없이 대꾸했다.

"질문을 하신 분의 성함을 여쭤도 실례가 안 될지 모르겠습니다. 제가 아직 이곳 귀족들의 이름을 다 외우질 못해서."

"나의 이름은 잔 말로 에노아일세. 하지만 내 이름이 이 자리에서 중요한 건 아니겠지."

에노아 후작이 지팡이를 짚으며 캡틴 울프에게 걸어갔다. 최대한 파티장의 구석에 숨어 있던 라틸다는 급히 후작에게 가까운 자리로 다가갔다. 로일이 뒤를 따라왔다.

"나를 비롯한 많은 이들이 그 점을 우려하고 있네. 예전이라면 모르겠지만 이제 아란티아라면 모든 나라들이 두려워하고 있는 대국이지. 그런 나라의 가장 유명한 기사단이 직접 이 나라를 방문했다? 그렇다면 이는 뭔가 다른 목적이 있다고 해석될 만도 하지 않은가, 캡틴 울프?"

'에노아 후작님이 왜 저러시지? 노골적으로 시비를 걸고 있어.'

라틸다는 파티장에 있는 누구보다 긴장했다. 하지만 정작 카셀은 아무렇지도 않게 대꾸했다.

"영광입니다. 에노아 후작님께서는 우리 다섯 명이 이 나라의 운명조차 바꿀 수 있다고 과찬해 주시는군요."

"좋은 뜻으로 말한 게 아닐세."

에노아 후작은 지팡이를 바닥에 쿵 찍으며 말을 이었다.

"단순히 국왕 폐하와 아란티아 여왕 사이에 있었던 과거의 약속 때문에 놀러 왔다고 믿는 이들도 있는 모양인데, 내 생각에는 그렇지 않네. 내가 먼저 솔직히 말했으니 자네도 솔직히 말을 해줘야 할 걸세, 캡틴 울프."

"거짓을 말할 생각은 추호도 없습니다, 에노아 후작. 그러면 저도 묻겠습니다. 후작께오선 전쟁이 벌어지면 누굴 위해 싸우시겠습니까?"

카셀의 말에 거기 모인 귀족들의 행동이 멈췄다. 먹고 마시는 손도, 대화에 열을 올리던 입도, 심지어 파티장을 후덥지근하게 달구던 사람들의 호흡조차 멈췄다. 라틸다도 기겁했다.

'이봐요, 캡틴. 그런 말은 파티장에서 할 게 아니야. 칼밖에 모르는 기사라 이런 발언을 조심해야 한다는 기본적인 상식도 없는 모양이군. 이 자리에 누가 있는지 모르고 있는 건가?'

라틸다는 저도 모르게 검은 사자 백작의 눈치를 보았다. 검은 사자 백작도 마시던 와인을 내리고 카셀을 바라보았다.

'후작님도 그래요. 이런 얘기를 하고 싶었으면 캡틴을 어디 다른 곳으로 끌고 가서 조용히 하셔야지, 왜 공개석상에서 모든 이의 눈길을 끌려 하는 건가요?'

라틸다는 에노아 후작 쪽으로 눈길을 돌렸다.

"지금 날 도발하려는 건가, 캡틴?"

"솔직해지자고 하셔서 저도 솔직하게 궁금한 걸 여쭈었을 뿐입니다."

"지금 자넨 이 자리에 있는 귀족들을 두 편으로 나누고 있네."

카셀은 어깨를 으쓱하며 식탁에 앉아있는 샤를 국왕을 돌아보았다.

"두 편이요? 왜 두 편이죠? 여기 폐하가 계신데."

귀족들은 웅성거렸고 에노아 후작은 고개를 갸웃했다. 불쾌해하는 얼굴로 한쪽 눈썹을 꺾고 한쪽 입술이 움찔거렸다. 그 표정은 오직 절친한 사이만 아는 그의 버릇이었다. 그는 지금 즐거워하고 있었다.

"자네는 지금 외국의 침략 전쟁에 대해 물었군."

"후작님께서 먼저 저희더러 이 나라 빼앗으러 온 거 아니냐고 묻지 않았습니까? 그래서 물은 겁니다. 후작은 아란티아와 전쟁이 나면 자신의 영지만 지킬 건지, 아니면……."

"나와 샤이필드 공작은 샤를 3세 국왕 폐하께서 태어날 때부터 이 나라에 봉사를 해왔네. 그런 내게 그딴 질문을 하다니!"

"다른 분들은 어떻습니까?"

카셀은 두 손을 활짝 펼치며 좌중을 돌아보았다. 별거 아닌 동작이었지만, 말하는 타이밍이 적절하여 순식간에 분위기가 환기되었다.

"전쟁이 일어나면 어느 편에 서겠습니까? 아아, 정말 바보 같은 질문이었군요. 당연히 국왕 폐하를 위해서겠지요. 그런데 여기 있는 모든 분들을 상대로 하얀 늑대들 다섯 명이 카모르트를 빼앗겠다고요? 말도 안 되지요!"

카셀은 에노아 후작을 다시 돌아보며 말했다.

"저희는 국왕 폐하를 뵙기 위해 찾아온 것 외에는 어떤 목적도 없습니다. 이 방문 자체가 아란티아 여왕님께서 카모르트 국왕 폐하께 드리는 선물일 뿐입니다."

에노아 후작은 그 나이에도 건강한 이를 드러내 보이며, 지팡이로 바닥을 또 한 번 툭 쳤다.

"어리군, 캡틴 카셀. 나는 그런 어린아이 같은 대답을 기대한 건 아닐세."

"실제로 어립니다, 전."

"그래 보이는군. 국왕 폐하와의 일이 끝나고 내 영지로 한 번 찾아오게. 자네, 야단 좀 맞아야겠어."

"전 할아버지한테 하도 야단을 많이 맞아서 익숙합니다. 절 혼내려면 아주 세게 야단치셔야 할걸요?"

카셀의 농담에 긴장된 분위기는 순식간에 풀어지고, 다들 웃었다. 라틸다도 안심했다. 그러나 한편으로는 이상하기도 했다. 농담으로 끝난 것 같지만 방금 둘 사이에 뭔가 합의가 오고 갔다. 그게 뭔지 로일에게 묻고 싶었지만 또 한 번 파티장 바깥이 소란스러워지며 말을 꺼낼 수가 없었다.

사실 그 소란은 카셀과 에노아 후작이 다툴 때부터 시작된 것이었다. 파티장에서 상당히 먼 곳부터 출발한 요란한 소리는 조금씩 가까워졌고 끝내 경비병들이 움직였다.

대신들은 누군가에게 '안됩니다!'라고 소리 지르고 있었다. 우습게도 대신들이 필사적으로 만류를 하는데 정작 소란을 진압해야 할 왕실의 경비병들은 근처까지만 가고 움직이지 못했다. 정확히는 겁을 집어먹은 것이었다.

라틸다는 가슴이 철렁 내려앉았다.

'아빠가 온 거야.'

문에서 멀지 않은 곳에 자리하고 있던 검은 사자 백작이 자리에서 일어났다. 옆에 있던 바딩은 파티장에서 유일하게 무기가 허용된 경비병에게 손을 내밀었고, 경비병은 감히 바딩의 손길을 거역하지 못하고 칼을 내주었다.

하얀 늑대들도 대화를 멈추고 문 쪽으로 고개를 돌렸다. 왕도 무슨 일인가 궁금해 하며 자리에서 일어났다.

"무장을 하고 파티장에 들어가시면 안 됩니다, 쟌스테인 백작님."

늙은 대신은 마지막까지 부탁했으나, 먹히지 않았다.

'그야 당연하지. 아빠는 집에서도 칼을 내려놓는 법이 없는데 하물며 이런 곳에서야.'

닫힌 문이 벌컥 열리며 붉은색 판금 갑옷과 커다란 칼로 무장한 기사들이 파티장 안으로 들어왔다. 모두 열두 명이었다. 음악이 멈춘 실내에 철컥거리는 금속음이 울리며, 시끄럽던 귀족들은 입을 다물었다.

열을 맞춰 들어오던 기사들이 걸음을 멈추자, 파티장에 정적이 내려앉았다. 누군가 실수로 컵을 떨어뜨려 깨지는 소리가 났다.

열두 명의 기사들 사이로 그들과 같은 무장을 한 라틸다의 아버지가 걸어왔다. 찰랑거리는 붉은 머리에, 사십 대 중반의 나이로는 보이지 않는 탄탄한 피부와 젊은 기사들과 다를 바 없는 엄청난 근육질의 몸매를 과시하고 있었다. 라틸다조차 아버지의 등장에 긴장했으니 다른 사람들은 말할 것도 없었다.

"여전히 화려한 걸 좋아하는군, 바르다!"

뤼미에르 백작이 소리쳤다.

검과 갑옷으로 중무장한 기사들이 파티장을 장악했는데도 검은 사자 백작은 전혀 두려워하는 기색을 보이지 않았다. 오히려 그는 천천히 붉은 장미 백작에게 다가가기 시작했다. 바딩은 검은 사자 백작의 옆에 거의 붙어 있다시피 따라갔다.

"반년 만이오, 뤼미에르 백작. 나도 폐하가 있는 파티장에 이런 복장으로 오는 것은 싫소."

아버지가 말했다. 라틸다가 듣기에도 비열하고 잔혹한 목소리였다.

"미친 짓이지."

검은 사자 백작이 강조했다.

"맞소. 미친 짓. 허나 당신의 영지나 다름없는 이 도시에 맨몸으로 들어오는 것 또한 미친 짓인 건 마찬가지! 둘 다 미친 짓이라면 나는 안전한 쪽을 택하겠소."

"나는 언제나 자네의 명예를 중히 여기지. 그런데 자네는 내 명예를 중히 여기지 않는가 보군. 내가 설마 폐하의 도시에 들어온 자네를 공격하리라고 생각했는가?"

"당신의 명예가 내 목숨만큼이나 가치 있소?"

검은 사자 백작의 눈썹이 살짝 위로 꺾여 올라갔다.

붉은 장미 백작은 파티장 안을 빠르게 훑으며 말을 이었다.

"얼마 전까지만 해도 나는 당신이 내 명예를 존중하는 것과 비교할 수 없을 정도로 당신의 명예를 존중했소. 그러나 지금은 그렇다고 할 수 없겠군. 내 딸이 당신의 기사단에게 공격을 당했다는 소리를 듣고 내 목숨은 나 스스로 지키기로 했소."

"무슨 헛소리냐?"

검은 사자 백작은 기어이 흥분해 소리쳤다. 붉은 장미 백작은 그에 대꾸하는 대신 국왕을 향해 소리쳐 말했다.

"이런 모습으로밖에 인사드릴 수 없음을 용서하십시오, 폐하. 지금 카모르트에서 벌어지는 전쟁에 대해서는 언제나 죄송스럽게 생각하고 있습니다. 그러나 얼마 전, 이곳을 향하던 제 딸아이가 검은 기사들의 공격을 받았다는 정보가 있었습니다."

그의 말이 채 끝나기도 전에 검은 사자 백작은 큰소리로 맞받았다.

"터무니없는 모함이다, 바르다. 설사 검은 기사의 공격을 받았다고 한들 그게 나의 기사단이라는 증거라도 있는가?"

"어떤 오해에도 변명하지 않는 뤼미에르 백작께서 왜 그런 말을 하시오? 폐하, 이제 와 이런 복장으로 예를 따지지는 않겠습니다. 그러나 내 딸을 공격하다니, 이건 선을 넘은 도발입니다."

붉은 장미 백작도 지지 않고 소리쳤다. 어린 국왕은 두 백작의 엄청난 기백에 밀려 목소리까지 떨릴 정도로 당황했다.

"두, 둘 다…… 우선 진정하시오. 특히 붉은 장미 백작은 일을 너무 과격하게 해결하려 하지 마시오. 나는 두 사람의 전쟁에 대해 일부는 이해하고 있으며, 둘이서 조만간 합의를 이룰 거라고 믿고 있소. 그러나 이런 식으로 상황이 악화되는 것은 원하지 않소."

"그렇다면, 폐하. 뤼미에르 백작에게서 내 부하들이 죽고 내 딸이 위험에 처한 일에 대한 사과를 받고 싶습니다."

붉은 장미 백작은 손가락으로 검은 사자 백작을 가리켰다.

"지금 이 자리에서 말입니다!"

검은 사자 백작은 이글거리는 눈으로 그를 노려보았다.

"험한 꼴 보이지 마라. 폐하와 모든 귀족들이 보고 있는 자리다. 최대한 너의 명예를 지켜줄 테니 지금 이 자리에서 물러나라. 머리를 식히고 돌아오면 오늘 저지른 잘못에 대해 용서를 구할 기회를 주겠다."

"지금 누가 저지른 잘못에 대해 용서를 구하란 소리요?"

"라틸다! 이 자리에 있으면 대답해라. 널 공격한 검은 갑옷의 기사가 정말 나의 기사단이 맞느냐?"

검은 사자 백작이 묻자, 즉시 붉은 장미 백작이 소리쳤다.

"이런 강압적인 질문에 대답할 거 없다, 라틸다."

라틸다는 입도 열지 못하고 두 백작을 번갈아 바라보기만 했다. 모든 사람의 시선이 자기를 향하는 것도 부담스러웠다.

"뤼미에르 백작, 난 당신의 명예를 지켜줌과 동시에 당신이 먼저 사과하고 항복할 기회를 주려고 지금까지 전면전을 피해왔소."

다시 붉은 장미 백작의 목소리가 모두의 시선을 가져갔다.

"당신이 믿고 있는 검은 사자 기사단과 군대가 얼마나 과대포장 되었는지, 당신이 선대 때부터 지켜왔던 힘이라는 것이 얼마나 나약한지 가르쳐 주겠소. 그러니 노르만트에는 머무르지 마시오, 뤼미에르. 나는 국왕 폐하께서 거처하는 이 도시를 건드리고 싶지 않으니까."

계속되는 붉은 장미 백작의 말에 검은 사자 백작도 분을 참지 못하고 소리 질렀다.

"그런 말을 하고 이 자리를 떠날 수 있을 거라 생각하느냐?"

"폐하 앞에서 피라도 보고 싶은 거요?"

붉은 장미 백작이 두 걸음 다가왔고, 거기에 맞춰 바딩이 검은 사자 백작의 앞으로 나섰다. 그러자 붉은 장미 백작을 지키는 열두 명의 기사들이 거의 동시에 한 발을 앞으로 내디뎠다. 철컥하는 금속음이 유난히 크게 퍼졌다. 그들의 손은 이미 칼 위에 올라가 있었다. 놀란 여자들이 짧게 비명을 질렀고, 남자들도 겁에 질려 더욱 뒤로 물러났다.

"둘 다 자제하시오. 소, 손님이 있는 자리요."

국왕이 엄히 말했다.

붉은 장미 백작은 그제야 왕의 옆에 서있는 카셀을 발견했다. 어색하나마 카셀은 이런 상황에서도 미소를 지으며 인사했다.

"처음 뵙겠습니다, 잔스테인 백작."

"하얀 늑대들의 캡틴이군."

붉은 장미 백작은 잠시 굳은 얼굴로 카셀을 노려보았다. 카셀은 난처해하면서도 웃는 낯을 일그러뜨리지 않았다.

"내 부하들이 얼마 전에 당신과 만났다고 하더군?"

"기사 리토르 말씀인가요? 네, 좋지 않게 만나 좋지 않게 헤어졌지요."

"허면 왜 그 길로 나를 찾지 않았는가? 그대가 먼저 들를 곳은 코홀룬이 아니라, 나의 영지 덴모주였다."

모두의 시선이 카셀을 향했다. 라틸다도 그의 대답을 기다리게 되었다.

"전 카모르트의 지리에 대해 잘 모릅니다. 코홀룬은 노르만트 가는 길목에 있어서 우연히 들렀을 뿐이지요."

카셀은 어깨를 으쓱하더니 말을 이었다.

"절 혼내고 싶어서 덴모주에 오라 하시는 거면, 에노아 후작님께 야단맞은 다음에 가겠습니다."

앞에 있었던 대화를 모르는 붉은 장미 백작은 그의 엉뚱한 대답에 인상을 찌푸렸다. 라틸다로서도 아버지가 당황하는 모습은 정말 오랜

만에 본 셈이었다.

붉은 장미 백작은 콧김을 한 번 세게 내뱉은 다음 파티장 한가운데로 들어왔다. 그가 지나가는 방향에 모여 있는 귀족들이 좌우로 피해 길이 하나 생겼다. 라틸다는 자신에게 다가오는 아버지가 조금 무서웠다.

"괜찮으냐, 라틸다?"

투구를 옆구리에 끼고 피처럼 붉은 갑옷으로 무장한 아버지의 모습은 지나치게 웅장하여, 가끔 라틸다는 자신이 어린아이로 돌아간 듯한 기분을 맛보곤 했다.

"아무렇지도 않아요. 그런데 그 일은 어떻게 아시고……?"

라틸다는 작은 목소리로 물었다.

"네가 머물렀던 마을의 와인 상인에게 들었다. 그 말을 듣고 한 번도 쉬지 않고 여기까지 달려왔지. 달마르에게 확인해 봤더니 확실히 사자의 기사들이 맞다고 그러더구나."

"맙소사, 달마르는 지금 겁에 질려 검은 솥뚜껑만 봐도 검은 갑옷이라고 떠들 겁니다. 오늘 아침에야 겨우 상태가 회복되었으니 아직 제정신을 차린 것도 아니에요."

라틸다는 다른 사람에게 들리지 않게 더욱 작은 목소리로 말했다.

"아버지는 그들의 모습을 보지도 않으셨잖아요. 여긴 왕실이에요. 경거망동하지 마세요."

붉은 장미 백작은 주위 시선에는 전혀 개의치 않고 소리쳤다.

"모든 상황은 내가 알아서 한다. 너는……."

"아무것도 하지 말라는 거죠? 알아요. 아버지께서 다 알아서 하시겠죠."

라틸다는 아버지를 지나쳐 붉은 갑옷을 입은 열두 명의 기사 쪽으로 걸어갔다. 기사들은 그녀를 통과시켰으나, 뒤따르는 로일의 길을 막았다. 육중한 판금 갑옷의 벽에 막혀 로일이 걸음을 멈추자, 라틸다는 버럭 화를 냈다.

"모두 비켜요. 바보 같으니! 이 사람은 나의 경호 기사입니다."

따라오던 붉은 장미 백작이 물었다.

"경호? 못 보던 친군데, 누구냐?"

"이건 제 일이니 제가 알아서 할게요."

라틸다는 반항기 가득한 목소리로 대꾸했다. 붉은 장미 백작은 콧방귀를 뀌며 기사들에게 손짓했다. 그제야 로일이 지나갈 수 있는 길을 터주었다.

"자네는 우선 딸 관리나 잘 해야겠군. 저래선 어떤 남자도 데려가지 않을 걸세."

멀찌감치 서 있는 검은 사자 백작이 한마디 했다.

"당신 아들 관리나 하시오. 남의 딸에게 치근덕대지 말라고."

그에 질세라 검은 사자 백작에게 대꾸한 뒤, 붉은 장미 백작도 파티장을 나섰다.

"저 열두 명 없이는 어디에도 못 가는 자가 명예를 따지다니 우습지 않은가?"

닫힌 문을 통해 뤼미에르 백작의 목소리가 울렸지만, 아버지는 전혀 신경 쓰지 않는 듯했다.

"미안해요, 로일. 상황이 복잡해졌군요."

라틸다가 말했다.

"사과할 일이 아닙니다, 라틸다."

로일은 라틸다의 등 뒤에 바짝 붙은 채로 대꾸했다.

"그렇게 경계할 필요 없어요. 이제부터는 저 열두 명이 우릴 지켜줄 테니까요."

라틸다는 저 열두 명이 얼마나 대단한 기사들인지 설명하려고 했다. 그런데 로일이 엉뚱한 소리를 했다.

"네? 전 지금 저 열두 명으로부터 라틸다를 지키고 있었는데요? 하지 말까요?"

라틸다는 점점 로일의 정체가 궁금해졌다. 하지만 역시나 알아내고 싶지 않았다.

◈Chapter 15◈

카모르트의 왕

붉은 장미 백작이 라틸다를 데리고 떠난 뒤에도 파티장에는 아직 많은 귀족들이 남아 있었다. 그들은 오늘 있었던 일들을 자기들의 입장에서 정리하고 분석하느라 여념이 없었다. 최근 서로 대화할 만한 공통 화제라고는 두 백작의 피비린내 나는 전쟁뿐이었던 터라, 하얀 늑대들이라는 소재는 밤새 떠들어 댈 만한 매력적인 소재였다. 하지만 결국 그날 밤의 가장 중요한 얘깃거리는 붉은 장미 백작의 선전 포고였다.

남은 음식과 식기를 치우는 시종들과 시녀들이 바쁘게 돌아다녔고, 거의 쉬지 않고 몇 시간이나 계속 음악을 연주했던 악단들도 유난히 힘들었던 하루를 끝내고 자신의 악기를 챙겼다.

파티장 바깥에는 오늘 있었던 일을 빨리 다른 이들에게 알리고 싶어 서둘러 집으로 돌아가는 귀족들도 있었으나, 대부분 성내 별궁 또는 노르만트에 따로 마련된 숙소로 돌아갔다. 왕실의 경비들은 귀족들이 돌아가는 길목을 지키고 있었는데, 경비 대장은 그들의 위치가 맞지 않는다며 호통을 치고 있었다. 아직 하얀 늑대들과 한마디 이야기도 못했다며 따로 만날 수 없냐고 왕실의 시종에게 몰래 돈을 쥐여주는 귀족도 있었다.

카셀은 북쪽 탑 망루에 서서 횃불로 이어진 귀족들의 귀가 행렬을 구경하면서 좀 전에 있었던 파티장의 일을 복기하고 있었다. 파티 내내 냉정한 정신을 유지하기 위해 제대로 마시지도 먹지도 못했는데 긴장이 풀리자 이제 와서 배가 고프기 시작했다. 검은 사자 백작에 이어, 샤를 국왕, 에노아 후작에, 붉은 장미 백작까지…… 얼마 전까지 근방 영주의 아들의 친구만 봐도 심장을 졸여야 했던 농부의 자식에게는 너무 큰 압박이었다.

특히 마지막에 나타난 잔스테인 백작의 출현은 카셀에게도 충격적이었다. 에노아 후작처럼 하얀 늑대들의 방문 자체에 의심을 품고 공격해올 귀족은 하나쯤 나타날 거라 예상하고 있었다. 거기에 대한 대처는 이미 쉐이든과 상의해 두었기 때문에 당혹스러운 일은 아니었다. 하지만 잔스테인 백작은 내일에나 만나게 될 거라고 생각해, 대비를 전혀 하지 않았던 것이다.

작전도 없이 적을 만난 꼴이니 카셀은 이후에 벌어질 일들을 짜내느라 짧은 시간 동안 머리를 셀 수 없이 굴려봐야 했다. 다행히도 잔스테인 백작은 사태를 더 키우지 않고, 자신의 딸만 데리고 사라져 주었다.

물론 로일도 함께.

쉐이든은 파티가 끝난 후 로일이 붉은 장미 백작 쪽에 합류해 있는 상황을 좋아해야 할지 말아야 할지 걱정했다. 카셀은 결과적으로 로일이 그쪽 첩자가 된 셈이니 희망적이라고 생각했으나, 다른 하얀 늑대들의 생각은 달랐다. 로일은 계획대로 움직인다는 개념을 잘 모르는 데다 자신의 행동이 끼칠 여파를 계산하지도 않는다는 것이다.

사실 파티장에서 처음 만난 로일은 카셀을 향한 시선이 그리 곱지 않았다.

파티장에 있는 로일을 발견하고 먼저 접근한 건 카셀이었다. 이미 던멜은 노르만트의 이발관에 있는 로일을 찾아내어 하얀 늑대들이 정한 룰을 알려주었다고 했다. 누군가 먼저 행동하면 다른 사람은 그대로 따른다!

그래서 카셀은 모르는 사람인 척 행동했고, 로일은 그 룰에 따라주었다.

'붉은 장미 백작의 따님을 경호하는 검사입니까?'

'맞습니다.'

카셀은 로일이 맞는지 확인하기 위해 물었다.

'카모르트 분이 아니신 것 같은데, 어디에서 오셨습니까?'

'말하면 친구들에게 혼날 곳에서.'

로일은 재치 있게 대꾸했고 카셀은 웃음을 터트렸다. 카셀은 로일도 다른 하얀 늑대들처럼 유쾌한 사람이며 좋은 관계가 될 것이라고 믿어 의심치 않았다.

'저는 카셀입니다.'

'로일입니다. 그런데 파티장에 무기 반입은 금지라 들었습니다만.'

로일은 카셀의 허리를 힐끔 확인했다. 카셀은 그가 이전 울프 기사단의 캡틴이자, 보검의 주인이었다는 사실을 떠올렸다.

'보검이라는 이유로 파티장에 들고 다니는 걸 허가받았죠.'

'어디에서 주웠습니까?'

'패잔병들의 마을에서.'

로일은 잠시 입을 다물었다. 카셀은 그가 먼저 무슨 말이든 할 거라고 생각했지만 침묵이 길어져 먼저 말했다.

'앞으로는 어찌하실 겁니까?'

'들은 대로 하겠습니다.'

'서로 어긋난다면, 그때는 임기응변으로.'

'알겠습니다. 그런데 어떤 경위로 캡틴이 된 겁니까?'

어딘지 모르게 로일의 말투는 쌀쌀맞았다.

'하얀 늑대들이 모두 모여 임명해 주었지요.'

'모두라 했습니까?'

로일은 웃고 있었지만 무서울 정도로 냉정한 목소리였다.

'어어, 그 말씀은 당신이…….'

카셀은 듣는 귀를 염두에 두느라 코홀룬에서 벌어진 일들을 자세히 설명하지 못했다.

'다른 친구들이 뭐라 말했든, 내 뜻이 거기에 더해지지 않았음을 알아두십시오. 그러니 보검을 돌려줄 시점은 정확히 정해두는 게 좋을 겁니다.'

마침 라틸다가 나타나는 바람에 둘의 대화는 거기에서 끊겼다.

돌이켜 생각해 보아도 로일에게 인정받지 못했다는 사실이 확실해지자, 이렇게 상쾌한 바람이 부는 망루인데도 카셀은 마음이 무거웠다. 그리고 잠깐 동안 옆에 샤를 국왕이 서 있는 것도 깜빡하고 있었다.

"아까 에노아 후작의 말을 고려한다면, 그대와 단둘이 있는 게 위험할 수도 있겠군. 안 그런가?"

왕이 물었다.

"거꾸로 생각하십시오. 위험한 일이 일어나지 않게 하려고 단둘이 있는 거라고."

예전에는 이름만 들어도 송구스러울 대단한 사람들을 하도 많이 접했더니 이제 한 나라의 국왕과 단둘이 있는 것도 부담스러운 일이 아니었다. 차라리 지금은 쉬는 시간이 되어 주었다.

"몇 번이나 말씀드리지만 저희는 폐하를 도우려고 온 겁니다."

"지난 몇 년간 많은 일을 겪으면서 나는 겁 많은 토끼가 되어버렸네. 이해하게."

카셀과 동갑쯤 되는 어린 왕은 소년처럼 웃었다.

"그보다 그대는 두 백작을 본 소감이 어떤가?"

"폐하의 근심이 어느 정도인지 알겠더군요. 길들이지 않은 맹수를 마당에 키우고 있는 심정이시겠습니다."

국왕은 난간에 손을 짚었다. 침묵이 그의 뜻을 대변했다. 카셀은 왕이 먼저 말을 꺼낼 때까지 기다렸다.

"알고 있는지는 모르겠으나, 나의 아버지 샤를 2세께서 십 년 전 론타몬 전쟁에서 패한 후 고통 속에서 돌아가시고 14살 때 즉위한 몸이다. 부왕의 곁에서, 카모르트가 가장 위대한 귀족 정치를 펼치는 아크랜드의 강국에서 힘없는 약소국으로 침몰하는 모습도 보았고, 론타몬 정복 전쟁의 첫 희생 국가가 되어 치욕적인 항복 문서를 쓰는 모습도 보았다."

왕은 쥐어짜듯 말을 이었다.

"억지로 국왕 자리에 앉아 샤이필드 공작의 도움으로 겨우겨우 국정을 꾸려가다가 공작마저도 죽고 나니 내가 할 수 있는 일은 아무것도 없게 되더군. 뤼미에르 백작의 입김에 이리저리 떠밀리다가 이제는 잔스테인 백작의 눈치까지 함께 봐야 하는 신세지. 가끔 내가 과연 국왕의 자리에 있을 자격이 있는가 생각할 때가 있다. 그리고 그때마다 나 자신이 얼마나 한심스러운지 모른다."

카셀은 상황을 비관적으로 해석하며 자학하는 상대를 북돋아 줄 수 있는 방법이란 건 없다고 생각하며, 그냥 듣기만 했다. 왕은 한참이나 찬 바람을 쐬다가 화제를 바꾸어 물었다.

"그보다 아란티아의 여왕은 잘 계신가? 처음 뵐 때가 5년 전이었지. 인상적인 만남이었어."

"어땠습니까, 폐하께서 본 아란티아의 여왕님은?"

카셀은 왕의 이야기를 통해서 아란티아의 여왕을 만나볼 생각이었다. 사실 하얀 늑대들도 여왕 새나디엘에 대해 물으면 무척이나 난처해 했다.

'여왕 폐하에 대해 제가 미리 알아둬야 할 게 있지 않을까요?'

카셀의 질문에 쉐이든은 괴상한 대답을 안겨주었다.

'네가 지어내라. 어떻게 지어내도 전혀 이상하지 않을 거다.'

'그럼 천상에서 내려온 천사처럼 묘사하든, 지옥에서 올라온 악마로 묘사하든 상관없단 뜻이죠?'

카셀이 비꼬며 말하자 게랄드가 주장했다.

'악마 쪽이야.'

'천사 쪽이야.'

아즈윈은 또 그 문제로 게랄드와 싸웠다.

그들의 상반된 의견은 카셀에게 오히려 잘된 일이었다. 여왕에 대해 잘 몰라도 부자연스러운 게 아니기 때문이었다.

"론타몬이 물러난 후 각 나라가 서로 연합을 이루기 위해 모인 자리였다. 한 나라의 국왕으로서 참가했는데도 긴장하게 될 정도로 쟁쟁한 사람들의 모임이었지. 사실 그 자리에 있는 누구라도 그랬을 거다. 서로 명성으로만 듣고, 얼굴을 보는 건 처음인 전쟁 영웅들의 첫 상견례이기도 한 자리였으니까."

왕은 고작 몇 년 전에 있던 일을 백 년쯤 전의 일을 떠올리는 노인처럼 눈살을 찌푸리며 얘기했다.

"이로피스의 왕실 기사단장이나 가넬로크의 루에머스 집정관도 그 자리에 있었지. 아아, 드래곤 기사단의 데라둘 마치는 정말 강렬한 인상이었다. 물론 울프 기사단의 캡틴 퀘이언은 말할 것도 없었지. 그렇게 젊은 데도 좌중을 압도하는 분위기가 정말이지…… 죽은 익셀런 기사단의 웰치까지 모였다면 아크랜드의 최고 기사는 다 모인 셈이었다. 캡틴 퀘이언은 같은 울프 기사단의 캡틴이지만, 그대와는 전혀 다른 인상이었지. 뭐랄까……."

카셀은 침을 삼키고 왕의 뒷말을 기다렸다. 그러나 왕은 잠깐 고민하는 듯싶더니 이내 고개를 저었다.

"아니, 기억이 잘 안 나는군. 그저 달랐다는 것만 기억나. 특별히 두 사람을 비교할 생각은 없다. 어쨌든 가넬로크에서 열린 그 회의는 일주

일간 계속되었는데, 나는 첫째 날 정원에서 발견한 세상에서 가장 아름다운 여인과의 만남을 아직도 기억하고 있다."

어린 왕은 첫사랑을 회상하듯 아련하게 말했다.

"비가 조금 내리는 정원이었다. 그대도 알지는 모르겠지만 가넬로크의 정원은 천상을 표현한 듯 아름답지. 그런 곳에 살짝 젖은 긴 금발의 여인이 하얀 옷을 입고 호수를 바라보고 서 있는 걸 우연히 훔쳐보게 되었는데, 마치 천사가 내려온 것 같았어…… 전설 속의 요정이라 해도 좋지."

짧게 한숨을 쉬는 모습을 보니 첫사랑처럼 회상하는 게 아니라 진짜로 첫사랑인 모양이었다. 카셀은 마치 다 이해한다는 듯 그냥 웃어 보이기만 했다.

"난 홀린 듯 그녀에게 다가가 유치하게도 사랑을 고백해 보았다. 그대라면 이해하겠지? 스무 살도 안 된 청년이 왕이라는 권력을 내세워 미녀 한 명을 얻어 보려는 그 고약한 심보를! 뻔히 드러나 보이는 속셈이었겠지. 그런데도 그녀는 웃으며 내 이야기를 조용히 들어주었어."

왕의 눈에는 눈물까지 살짝 맺혀 있었다.

'아란티아에 원군을 청한 건 정치적인 목적 때문만은 아니겠군.'

왕의 표정을 살피며 카셀은 생각했다.

"나는 혼자서만 많은 이야기를 늘어놓았고, 그녀는 아무 말도 하지 않았지. 그런데도 마음은…… 한없이 편안했어. 그리고 이야기를 오래 할수록 불순한 마음으로 접근한 자신이 창피해졌지. 믿을지 모르겠지만 그 여인은 시간이 갈수록 점점 빛이 났고 처음에 금발이었던 머리카락이 어느 순간 하얗게 빛을 내지 않겠나? 이런 순백의 미녀에게 남자의 욕정을 품고 달려들었다는 사실에 혐오감이 일 지경이 되어버렸지. 그래서 순수함을 드러내고 싶은 마음이 앞선 나머지, 마치 홀린 듯이 고백을 해버렸어."

"어떻게 고백하셨습니까?"

"뻔하디뻔한 말로. '처음 본 순간 당신을 사랑하게 되었소. 나와 함께 나의 왕국으로 간다면 당신에게 내 모든 것을 주겠소.' 지금 생각하면 창피해 죽을 지경이군."

"여왕님 대답은요?"

누군가에게 털어놓고 싶었던지, 왕은 금방 대답해 주었다.

"일단 크게 웃더군. 그리고 이렇게 말했어. '지금 넌 나한테 카모르트를 주겠다는 거야, 아니면 아란티아를 달라는 거야?' 그 말을 듣고서야 비로소 그녀가 새나디엘 여왕이라는 걸 알았고 난 순식간에 다섯 살짜리 꼬마가 되어버렸지. 정신이 돌아왔을 때 새나디엘 여왕은 그 정원을 떠난 후였고……."

국왕은 약간은 즐거워하며, 그리고 약간은 쑥스러워하며 자신의 부끄러운 과거를 말했다. 그리고 화들짝 놀랐다.

"이런, 내가 지금 무슨 소리를…… 잊어버려라. 아무에게도 하지 않았던 얘기였으니."

"제 동료들에게도 말하지 않겠습니다."

카셀은 웃으며 말한 다음 왕의 귓가에 대고 속삭이듯 말했다.

"이왕 이렇게 된 거 제 얘기도 하지요. 스케일이 작아서 그렇지, 누가 더 창피한 꼴인지 봐주십시오."

카셀은 루우룬 마을에서 자신이 전쟁터로 나가게 된 계기였던 쟈넷과 루치에 관련된 얘기를 했다. 루치를 질투해서 집을 뛰쳐나온 부분을 약간 각색해서 용병이 됐다고만 말했다. 국왕은 기분 좋게 웃었다.

"우리 둘 다 정말 형편없는 연애 감각을 가지고 있는 모양이군."

"형편없기로는 제가 한 수 위죠. 제 동료 중에 아즈윈 있죠? 전 아직도 아즈윈이 다리를 드러내놓고 자고 있기라도 하면 치마를 들춰보고 싶어 안달이 납니다. 사춘기도 못 벗어난 꼴이죠. 이건 정말 비밀입니다, 폐하. 아즈윈에게 말하면 전 죽을 거예요. 비유 같은 게 아니라 진짜로."

카셀은 뒷말을 강조했다.

"캡틴 울프가 동료 여자 기사에게 흑심을 품고 있다니, 두고두고 비밀로 해야 할 일이군."

"저도 여왕님에 대해 많은 것을 안다고 생각하지 않지만, 누구든 여왕님을 마주하면 그런 신비로움에 휩싸여 실수를 저지르기 마련이죠. 저 역시 여왕 폐하를 뵐 때마다 허둥대며 눈을 어디다 둬야 할지 모른답니다. 하지만 막상 그분과 이야기를 시작하면 그런 긴장감을 금방 잊어버려요."

카셀은 아즈윈이나 쉐이든이 말한 여왕의 모습과 지금 국왕의 묘사를 결합해 말했다. 다행히 그것은 왕의 기억 속 여왕과 일치하는 모양이었다. 그리고 엉뚱하게도 카셀은 자신의 상상으로 만들어낸 새나디엘 여왕을 만나보고 싶어졌다.

"아무에게나 허락하지 않는 아름다움이란 거겠지."

국왕은 웃음 지었다.

"그럼 새나디엘 여왕님과의 만남은 그게 끝입니까?"

카셀의 새삼스러운 물음에 왕은 뭐가 이상하냐는 듯 답했다.

"그 뒤로는 만난 적이 없었다. 그런 회의가 여러 번 있는 게 아니니까."

"첫눈에 반한다는 것은 아주 중요한 일입니다. 폐하께서는 그 느낌을 무시하신 겁니다."

"상대가 아란티아의 여왕인데도 감정에 충실해야 한다는 건가?"

"때론 충실해야 할 때도 있는 게 아닙니까? 그분과 만나 즐거웠다면 최소한 또 다른 만남을 기약할 수도 있었습니다. 하지만 폐하는 그 즉시 그분과의 인연을 끊으려 했군요."

"무슨 소린지 잘 모르겠군."

카셀은 크게 심호흡했다. 다시 한 번 상상 속 여왕을 끄집어내었다. 아즈윈에게 여왕에 대해 물었을 때, 그녀는 세상의 고귀함과 순수함을 모두 쓸어 담은 것 같은 모습의 여왕을 묘사하며 거기에 한 가지 덧붙였다.

'의외로 그분은 외로워해. 친구가 없거든. 가끔 내가 말 상대 해주러 찾아가면 어린아이처럼 기뻐해. 어찌나 심심해하는지 가끔 동네 처녀처럼 변장하고 마을을 돌아다니기까지 한다니까.'

카셀은 이 자리에서 국왕의 진심을 끌어내야 했고 그것을 위해, 아무리 아란티아의 여왕이라 해도 이용해 먹을 수밖에 없었다.

'여왕 폐하, 제가 지금 잘못 말하는 거면 나중에 사과드릴게요.'

카셀은 천천히 상상 속의 여왕이 하는 말을 국왕에게 전했다.

"폐하께서는 이미 잊어버렸을지 모르나, 여왕 폐하께서는 아직도 그때의 짧은 만남을 기억하십니다. 그래서 여기 우리가 온 것입니다. 알

현실에서 뤼미에르 백작의 눈치가 보여 폐하께 마치 거짓을 말하는 양 선물 이야기를 꺼냈습니다만, 사실 선물은 진짜 있습니다. 하얀 늑대들, 세상 모든 기사들을 압도하는 다섯 명의 기사가 바로 새나디엘 여왕님께서 수년 전 한 번 만난 친구에게 보내신 선물입니다. 마음껏 쓰셔도 좋습니다."

샤를 왕은 말문이 막혀 몇 번이나 입을 열었다가 닫았다. 그는 기쁜 표정을 지었지만 곧 슬픈 표정으로 바뀌었고, 슬픈 얼굴로 난처한 미소를 짓기도 했다.

"새나디엘 여왕이 날 친구라고 불렀나?"

"네. 정확히 그렇게 말씀하셨습니다."

카셀은 속으로 그의 등을 떠밀었다.

'자, 샤를 국왕, 이제 말해요! 하얀 늑대들의 힘으로 국왕의 권력을 발휘하겠다고!'

그러나 국왕은 갑자기 눈물을 보였다.

"폐, 폐하?"

카셀은 깜짝 놀란 나머지 자기도 모르게 말을 더듬었다. 금발에 푸른 눈동자를 한 가늘디가는 몸매의 국왕이 눈물을 보이며 고개를 옆으로 돌리고 있으니, 절로 동정심이 일었다.

"아무도……."

그는 뒷말을 잇기 힘들어했다.

"아무도 날 친구라도 말하지는 않는데…… 그때 그 철부지 청년을 그분은 친구라고 부르는군."

카셀은 예상치 못한 상황에 준비한 계획대로 얘기를 끌어내지 못했다.

'어? 이렇게까지 감동하면 안 되는데.'

원래대로라면 아란티아에 원군 요청을 한 이유라든가 국왕으로서 해야 할 업무를 구체적으로 얘기해야 할 차례였다. 그러나 국왕은 그저 울고만 있었다. 카셀은 그가 우는 이유를 짐작만 할 뿐이었다.

'여왕이 친구라고 불러줘서? 고작 그런 이유로?'

문득 카셀은 고향에서 자신을 친구라고 불러줄 사람, 자신이 친구라고 부를 사람이 단 한 명도 없다는 사실을 떠올렸다. 루치를 빼고는 딱히 누구에게 괴롭힘을 당하지도 않았지만 터놓고 지내는 사이도 없었다. 그제야 카셀은 그의 외로움을 알 수 있었다.

왕의 주변에는 온통 늙은 신하들뿐이었다. 하지만 귀족들의 지원을 받아 그들을 대변할 줄밖에 모르는 노인들이 친구가 되어줄 수는 없을 것이다. 세력이 약한 귀족들은 어떻게든 어린 국왕을 이용해 자신의 이득을 챙기기 급급하고, 세력이 큰 귀족은 그를 무시했다.

믿고 의지할 아버지도 없었다. 아버지처럼 여겼을 샤이필드 공작이 죽은 다음에는 의지할 곳조차 완전히 잃은 것이다.

왕이 스스로를 겁먹은 토끼라고 표현할 때 카셀은 그가 너무 심약하다고 생각했지만 이해가 갔다. 누군들 같은 상황에서 그리되지 않을 수 있겠는가? 카셀은 샤를 국왕의 손을 잡았다.

"너무 큰 의미를 담진 않으셔도 됩니다. 사실 간단하게 생각할 수도 있지 않습니까, 폐하? 우리도 곧 좋은 친구가 될 수 있을 겁니다."

"그대랑 내가?"

"정확히 말하면 외로움을 아는 사람들끼리 잡담이나 나누는 사이가 되자는 거죠."

왕은 눈물을 닦더니 고개를 저었다.

"우리 둘이 친구가 되게 주변이 가만 둘 것 같은가?"

"적어도 지금 이 순간은 우리 둘뿐 아닙니까? 여기서 우리 둘이서 '뤼미에르 이 개자식' 하고 떠들어도 아무도 모를 걸요. 안 그래요? 바람도 세고 경비병도 멀리 떨어졌으니 안 들릴 거예요."

카셀은 어깨를 으쓱했다.

"개, 개자식?"

국왕은 그 단어를 살짝 웅얼거린 것만으로도 흠칫 놀랐다. 하지만 조금씩 용기를 내어 크게 말해 보더니 급기야 밤하늘에 대고 버럭 소리를 질렀다.

"뤼미에르 이 개자식아!"

카셀은 황급히 그의 손목을 붙잡았다.

"저기, 방금은 너무 컸어요."

"어? 그, 그랬나?"

"왕이랑 무슨 이야기 했어?"

아즈윈은 탑에서 내려온 카셀에게 대뜸 물었다. 주위에는 아직 왕의 경비와 시종이 있었으나, 카셀은 말하길 주저하지 않았다.

"국왕 폐하의 첫사랑 이야기."

쉐이든이나 게랄드는 무슨 엉뚱한 소리냐 했지만, 아즈윈만큼은 알

만하다는 눈빛으로 고개를 끄덕였다. 왕의 경비들은 왕이 내려올 때까지 하얀 늑대들의 눈치를 보느라 여념이 없었다. 말을 걸고 싶지만 차마 용기를 내지 못하는 모습들이었다.

얼마 전까지만 해도 카셀은 왕실 경비병만 될 수 있다면 자존심 따위는 다 팔아먹을 수도 있었다. 거기에 뽑히려면 얼마나 힘든 과정을 거쳐야 할까? 단지 실력만으로 뽑히는 자리도 아닐 것이다. 연줄이든 시험이든 통과해야 할 과정은 얼마나 복잡할 것이며, 왕실 예법이라든가 경비병의 임무 등 공부해야 할 건 또 얼마나 많을 것인가?

그런데 지금 그런 사람들이 도리어 카셀에게 존경어린 눈빛을 보내고 있었다. 그리고 카셀은 그들의 시선이 진짜 자신이 아닌, 캡틴 울프를 향하고 있다는 것을 알기에 기쁘지 않고 그저 부담스럽기만 했다. 방금 전까지 이 나라의 왕과 대면하고 농담을 주고받았던 시간도 믿어지지 않았다.

숙소에 돌아갈 때까지 하얀 늑대들은 아무 말도 하지 않았으나, 모두 한자리에 모인 방에서 게랄드가 갑자기 큰 소리로 말했다.

"붉은 장미 백작이 오늘 데리고 들어온 놈들 중에 내가 아는 얼굴이 하나 있더라."

"그건 뭔 뜬금없는 소리야?"

아즈윈은 별로 관심도 없는 이야기를 한다고 면박을 주려 했으나, 게랄드가 이어 말하는 게 더 빨랐다.

"백작이 파티장에 이끌고 들어온 그 열몇 명 되는 기사 놈들 있잖아."

"정확히는 열두 명이었지. 붉은 갑옷 입고."

"우드라 나이트라고, 내가 말한 거 기억나? 그걸 조직한 녀석이 그 녀석이야. 이름이 뭐였더라, 리…… 리크? 리케? 기억이 안 나네. 하여간 그 당시 나랑 겨뤄서 유일하게 지지 않는 놈이었지. 아, 기억났다. 링케!"

"호오, 불의 용병 게랄드께서 그 시절에 인정하는 녀석도 있었어?"

"용병 시절에는 걔 말고도 경쟁자는 제법 있었으니까. 혼자서 검을 단련한다는 게 말이 돼? 내 경우에는 그 녀석과의 경쟁이 꽤 도움 되었어. 그 녀석, 만약 울프 기사단 시험에 응했다면 1차는 틀림없이 합격했을 거야. 충분하고도 남지."

게랄드의 말에 카셀이 긴장하며 물었다.

"같은 수준이 열두 명이나 된다고요?"

"그런 놈이 그렇게 흔할 리가 있겠어? 아마 그 녀석이 리더겠지. 내가 아는 녀석의 성격을 고려해보면 대장이 아닌 채로 그 자리에 있을 리가 없어. 하여간 녀석이 나와 헤어진 후 게으름 피우며 뱃살만 키운 게 아니라면 지금도 제법 할 걸."

쉐이든이 턱을 톡톡 두들기며 말했다.

"그건 나중에 또 얘기해 보자. 국왕과 나눈 얘기 중에 중요한 건 없었나, 카셀?"

"별 얘기 없었어요. 하지만 제 뜻이, 아니 우리 뜻이 제대로 전달되었다면 아마 내일 국정 회의를 소집할 거예요."

카셀의 말에 아즈윈은 의자에 앉아 몸을 앞뒤로 흔들면서 물었다.

"우리가 할 일이란 건 그 국정 회의에 참가해서 국왕이 뭔가 얘기하는 걸 들어주기만 하면 되는 건가? 난 아직도 우리가 카모르트에 온 목적 자체를 모르겠어.”

“모호한 문제지. 여왕님도 딱히 어떤 일을 하라고 지시한 게 아니니까. 구체적으로 칼을 들이댈 적이 있는 것도 아니고.”

쉐이든도 아즈윈의 말에 동의하며 카셀에게 물었다.

“내일 국정 회의에서의 계획은?”

“굳이 없어도 되지 않을까요? 정말로 우리는 뒤에서 뒷짐 지고 서 있는 게 고작이겠죠. 공식적으로 말해, 대신 중 한 명이라도 우리가 회의에 참가하는 걸 못마땅하게 여기면 그 자리에 서 있을 명목도 없고요. 국왕 폐하가 우리를 보호해주길 기대하기도 힘들어요. 잠깐 얘기해봤는데도 너무 소심해서…….”

“붉은 장미 백작은 이미 전쟁을 선포한 거나 다름없는 발언을 했다. 아무리 그게 노르만트와 왕실을 배제한 백작끼리의 전쟁이라고는 해도 둘의 세력을 생각하면 결코 왕실이 안전할 수는 없으니, 국왕이 소심해질 만도 하지.”

쉐이든이 말했다.

“여하튼 하얀 늑대라는 존재가 내일 회의에서 어떤 역할을 해야 할지는 회의 내용에 달려 있으니 굳이 지금 정하지는 않겠습니다. 하지만 저는 붉은 장미 백작보다 더 걱정되는 일이 있어요. 검은 기사와 암살자들.”

나름대로 긴장감이라도 조성해보려고 카셀은 낮은 어조로 말했으나, 반응은 시큰둥했다. 아즈윈은 아예 딴 얘기를 시작했다.

“아, 그보다 붉은 장미 백작의 딸, 이름이 라틸다라고 했지? 보통이 아니더라. 두 백작의 전쟁이 발발한 표면적인 이유가 그 여자 때문이랬지? 확실히 그 정도 미모의 여자와 파혼하면 내가 남자라도 전쟁 벌이겠더라. 그 여자의 호위병 맡은 누구 씨는 좋겠네."

"당연히 사나이라면 한 번 반한 여자를 위해 전쟁을 불사해야지!"

게랄드가 아즈윈에게 들으라는 듯이 주먹을 꽉 쥐고 말했다.

"어째 네가 얘기하니까 규모가 되게 작게 느껴진다?"

게랄드와 아즈윈이 그걸 계기로 또 재미없는 말싸움을 시작하려 하자 카셀이 말했다.

"제가 보기에는 아즈윈도 누구 못지않아요. 그 하얀 드레스를 입고 앞에 나타났을 때는 정말이지…… 전 정신이 혼미했을 정도였거든요."

카셀은 아직도 그 드레스를 입고 있는 아즈윈을 가리키며 말을 이었다.

"정말 잘 어울려요, 아즈윈. 지금도 눈을 마주칠 때마다 아찔해요."

"난 나의 캡틴이 언제나 옳은 말만 하는 걸 진작부터 알고 있었어."

아즈윈이 손바닥을 내밀었고, 카셀은 얼결에 손뼉을 마주쳤다. 게랄드가 화를 냈다.

"야, 카셀. 아즈윈 가지고 놀지 마! 쟤 보기보다 순진해서 그런 말해 주면 진짜 줄 안단 말이야."

"진짠데요?"

"응. 나도 그렇게 생각해."

게랄드가 동의했다.

"게랄드 옷도 멋져요. 물론 제 개인적 견해로는 도끼를 휘두르는 모습이 더 멋있지만요."

카셀은 엄지를 치켜세웠다. 게랄드가 장난스레 카셀의 목을 휘감았다.

"나도 나의 캡틴이 언제나 옳은 말만 한다는 것쯤은 알고 있었어."

그러자 옆에서 쉐이든도 카셀에게 물었다.

"난?"

"칭찬 다 떨어졌는데요?"

카셀의 농담에 쉐이든은 한 방 먹었다며 큰 소리로 웃었다.

'아, 난 이 사람들이 정말 좋은가 보다. 이런 얘기만 하고 있어도 행복하고 설레. 심장이 터질 것처럼.'

카셀은 노르만트에 오기 전 야영할 때 모닥불 앞에서 아즈윈과 춤추던 순간을 떠올렸다. 게랄드는 그에게 검술을 가르쳐주었고, 쉐이든은 정치에 대한 다양한 사고방식을 얘기해주었다. 그 순간들을 잠깐씩 떠올리기만 해도 지나치게 즐거운 나머지 솟구치는 감정을 자제하려 애써야 할 정도였다.

"자, 그럼 내일 할 일도 있고 오늘 일도 많았으니…… 이만 쉴까요?"

카셀이 제안하자마자 다들 깜짝 놀라는 얼굴이었다. 특히 아즈윈은 눈까지 동그랗게 떴다.

"이렇게 차려입느라 시간도 오래 걸렸는데 아깝게 벌써 자라고? 어차피 이런 옷 입은 모습 보여줄 사람, 너희들밖에 없단 말이야. 니들도 그런 옷 입은 거 오랜만이지 않아? 더 떠들다 자자."

"맞아. 게다가 아까 어깨에 힘주고 있느라 밥도 제대로 못 먹었어."

쉐이든의 말에 게랄드는 이해가 안 간다는 표정으로 말했다.

"왜 안 먹었어?"

"너처럼 무덤덤하지 못해서 말이다."

"어, 이 자식…… 나 상처받아버린다?"

게랄드가 따지는 사이 던멜이 수화로 말했다. 옆에서 아즈윈이 해석해주었다.

"던멜도 와인 먹고 싶어 죽겠는데 참느라 혼났대."

그리고 아즈윈은 던멜에게 입 모양을 보여주지 않고 카셀에게 말했다.

"던멜 재는 보기보다 되게 소심해. 이럴 때면 꼭 지나치게 긴장하거든."

이것은 던멜을 상대로 한 아즈윈만의 농담 방식이었다. 듣지 못하는 장애를 가진 사람을 상대로 듣지 못하게 하는 방식의 농담이라니, 카셀은 상상도 못 할 일이지만 아즈윈은 거침이 없었다. 아즈윈은 누구나 차별하지 않고 놀렸다. 그게 던멜에게는 배려가 되었다. 그리고 이렇게 장난을 친 다음에는 기어이 던멜에게 정확히 입 모양을 보이며 한 번 더 놀렸다.

"던멜 넌 좀 취해도 아무도 못 건드리거든! 빈틈 하나도 안 보이면 재수 없어!"

쉐이든과 게랄드가 계속 티격태격했고, 아즈윈은 던멜을 혼내고 있었다. 짧은 경험상 이들이 이런 대화를 시작하면 절대 쉽게 끝나지 않았다. 그리고 오늘 왕실 주방에는 아직 많은 음식과 술이 남아있다는 걸 카셀은 알고 있었다. 카셀은 문을 열고 밖에 있는 시종을 불렀다.

"파티장에 썼던 와인 남았으면 두어 병 갖다 주세요. 적당히 먹을 안주도 필요한데 따로 요리할 필요는 없어요. 남은 거면 충분합니다."

"가장 빨리 되는 것부터 차례로 올리겠습니다."

시종은 대답하고 공손히 물러났다. 카셀이 다시 방 안으로 돌아오자 넷은 벌써 자리를 준비해두고 있었다. 게랄드는 '나는 사소한 걸로 상처받지 않는다.'라는 주제를 두고, 상처받은 얼굴로 토의를 시작하고 있었다.

루우룬에서는 누구도 밤늦게 대화하는 걸 즐기지 않았다. 카셀은 지루한 밤을 홀로 책을 읽으며 보냈고 가상의 친구를 만들어 대화를 나누기도 했다. 그러나 지금은 같이 할 친구가 있었다. 왜 그동안의 야영이 짜릿할 정도로 즐거웠는지, 그는 이제야 알 수 있었다.

"내일 일은 내일 생각하는 거고, 될 일은 되도록 내버려 두는 거야."

게랄드는 아직도 멀뚱히 서 있는 카셀의 손을 우악스럽게 잡아서 의자에 강제로 앉혔다. 그날 밤은 늦게까지 잡담을 이어갔다.

와인을 직접 잔에 따르는 쉐이든의 모습을 보고 있자면 자신이 다다를 수 없는 이상형을 바라보는 기분이 들었다. 쉐이든은 항상 느긋했고, 말하는 상대를 배려하면서도 자신의 뜻을 분명히 밝혔다. 카셀은 자신에게 없는 기사로서의 경험을 어디서 배워야 할지 고민할 필요가 없었다. 쉐이든이 있었다. 단지 그를 흉내 내어 태도를 익히는 것만으로 다른 귀족과 기사들을 상대할 수 있을 것 같았다. 귀족을 상대한다는 생각조차 한 달 전이라면 꿈도 못 꿀 일이었다.

게랄드는 카셀이 가장 이상으로 여기는 허물없는 친구와 같았다. 때로 과격한 농담을 하고는 그것을 수습하기 위해 노력하다가 더 무너지기도 했다. 그래도 절대 농담을 주워 담지는 않았다. 그는 자신의 농담으로 상대를 웃길 때까지 기어이 이야기를 계속했는데 카셀은 그런 노력 자체가 재미있었다. 아즈윈과 말다툼을 자주 하지만 그것은 자신의 패배를 전제로 한 싸움이었기에 감정싸움으로 번지지 않았다.

처음에는 아즈윈과 게랄드의 그런 괴이한 관계가 잘 이해가 되지 않았다. 하지만 몇 번 겪어보니 아즈윈의 격한 장난은 게랄드에게만 한정되어 있다는 걸 알았다.

'아즈윈이 게랄드에게 어리광을 부리고 있는 거구나.'

그걸 알고 나니 게랄드가 더 대단해 보였다. 아즈윈처럼 자존심 강한 여자가 전력을 다해 부딪치는 어리광을, 감히 어느 남자가 받아줄 수 있단 말인가. 오직 게랄드만 그렇게 할 수 있었다.

아즈윈을 바라보고 있으면, 어쩔 수 없이 예쁘다는 생각이 먼저 떠올랐다. 쉐이든처럼 지식이 많지는 않지만 호기심이 왕성해 카셀의 얘기를 잘 들어주고 많은 얘기를 끌어냈다. 책 얘기는 관심 없을 줄 알았지만 일단 그 얘길 시작하면 그녀와 며칠 밤을 지새울 수도 있을 것 같았다.

던멜은 말을 할 수 없었으나 그게 그의 단점이 되지는 않았다. 심지어 던멜은 그것을 자신의 약점으로 여기지도 않는 것 같았다. 대화를 하며 카셀은 수화를 조금씩 배워갔고, 던멜은 쉬운 단어부터 조금씩 전달했다. 아마 던멜에 대해 더 많은 것을 알게 되는 건 수화를 더 익힌 후가 될 거라고 카셀은 생각했다. 대신 카셀은 대화 내내 던멜을 바라보며 얘기했다.

짧은 만남을 가진 로일도 깊은 인상으로 남아 있었다. 비록 좋은 쪽은 아닐지라도.

'착각하면 안 돼. 넌 언제고 루우룬으로 돌아가야 할 농부야.'

카셀은 자신을 다독이면서 한편으로는 이 꿈과 같은 시간을 좀 더 즐기도록 흐트러지는 마음을 내버려 두었다.

“난 그렇게 평범한 인생은 들어본 적이 없어.”

게랄드는 카셀의 지루하기 짝이 없는 시골 얘기를 즐겁게 듣더니 말했다.

“감상평 한 번 상큼하구나. 남의 인생을 그렇게 평가해버리면 어떻게 해?”

아즈윈이 면박을 줬고 쉐이든이 거들었다.

“솔직히 말해 카셀의 농사 얘기가 울프들의 검술 얘기보다 재미있는데?”

와인은 금방 떨어졌고 피곤한 눈의 시종이 또 허둥지둥 세 병을 더 가져왔다. 쉬는 시간도 없이 떠드는데도 화제는 떨어지지 않았고, 누군가 길게 이야기하더라도 듣는 이들은 지루해하지 않았다. 가끔 게랄드가 안 먹히는 농담으로 분위기를 흐려놓긴 했으나, 그런 것도 나쁘지 않았다. 누구도 내일을 위해 이만 잠자리에 들자는 말을 하지 않았다.

◆Chapter 16◆

붉은 장미 백작

평소에도 손님이 그리 많지 않았던 작은 이발관 건물에 사람들이 북적거렸다. 그리고 입구에는 이런 민가에 전혀 어울리지 않는 중무장 기사들이 떡 하니 지키고 있었다. 늦은 밤에 커다란 창을 세우고 선 기사들을 보고 위화감을 느낀 사람들은 이발관이 있는 골목을 지나가지도 못하고 먼 길을 돌아가야 했다. 급한 나머지 그 길을 지나갈 수밖에 없는 사람들도 행여 그 기사들과 눈이라도 마주칠까 두려워 고개를 숙이고 황급히 달려갔다.

"그래서 넌 이 아비가 오해를 한 나머지 있지도 않은 일로 호들갑스럽게 사태를 악화시키고 있다는 소리냐?"

이발관 2층에 있는 좁은 방에는 세 명의 기사와 쟌스테인 백작, 그리고 로일이 서 있어서 곧 벽이 터질 것 같았다. 그 안에는 라틸다는 홀로 작아진 기분이 들었다. 키만이 아니라 마음까지도. 라틸다는 기죽지 않으려고 억지로 큰 소리를 내어 말했다.

“예. 왜 제 말은 안 들으면서 달마르와 안나의 말은 철석 같이 믿으시는 거죠? 아버지는 믿고 싶은 걸 믿고 계신 거예요. 그 괴물들은 검은 사자 기사단이 아니었어요. 아버지는 뤼미에르 백작님을 싫어하지만 그분이 바보가 아니라는 건 알잖아요. 그런 분이 저를 공격할 때 검은 갑옷을 입힌 기사를 보내겠어요? 저라면 붉은 장미 깃발을 들고 있는 기사단을 보냈을 거예요.”

“자신을 과시하지 못해 안달이 난 자다. 나의 기를 꺾기 위해서라면 검은 갑옷에 광이라도 내서 나타날 사람이지. 그리고 만약 정말로 네가 그 자리에서 죽었다면 그의 작전은 적중했을 것이다. 난 아마 상심하여 전쟁이고 뭐고 다 포기했을 테니까.”

쟌스테인 백작은 뒤늦게 걱정스러운 아버지의 목소리로 말을 이었다.

“얘야, 네가 공격받았다는 말을 듣고 내가 얼마나 마음 졸였는지 아느냐?”

“절 걱정하는 게 아니라 비난하는 것처럼 말씀하시는군요.”

“그리 말하지 않았다. 넌 애비를 항상 나쁜 쪽으로 몰아세우는구나.”

그는 답답한 듯 방 안을 서성대길 멈추고 커다란 의자에 앉았다. 철제 의자인데도 갑옷의 엄청난 무게에 다리가 구부러질 것처럼 삐걱거렸다. 그는 덴모주의 성 안이 아니고서는 절대 갑옷을 벗지 않았다.

“난 달마르의 통찰력을 간과하지 않는다.”

그는 옆에 선 달마르에게 물었다.

"다시 한 번 말해 보거라. 네 부대와 내 딸을 공격한 것이 어느 기사단이냐?"

머리에 붕대를 감고 팔을 막대로 고정시킨 달마르의 얼굴은 초췌하다 못해 시체 같았다.

"죄, 죄송한 말씀입니다만, 또 라틸다 아가씨께서 저리 확신하시니 저도 검은 사자 기사단이 아닐지도 모른다는 말씀을 드려야……."

쟌스테인 백작은 피식 웃었다.

"그럼 난 네 부정확한 이야기를 믿고 왕실을 쳐들어간 셈이구나. 선전포고나 다름없는 말을 하고 말이지."

달마르는 겁에 질려 거의 우는 표정이었다. 라틸다가 끼어들어 말했다.

"선전포고나 다름없는 말을 한 건 아버지의 선택이었어요. 달마르 탓으로 돌리지 말아요. 설사 달마르가 뤼미에르 백작이 광기에 미쳐 칼을 휘두르는 모습을 봤다고 확신한다 해도 판단은 아버지가 내리셨어야죠."

"오오, 현명한 내 딸. 네가 조금만 더 크면 시집 같은 거 보낼 필요 없이 내 옆에서 장군 자리 하나 맡아도 되겠구나. 그럼 너를 공격한 검은 기사에 대한 얘기를 직접 해보겠느냐?"

"믿지 못하실 걸요."

"내 딸의 말을 내가 왜 안 믿겠느냐?"

아버지는 턱에 손을 대고 얘기해 줄 때까지 기다리겠다는 자세를 취했다. 하는 수 없이 라틸다는 보고도 믿지 못했던 광경을 천천히 설명했다.

"그들은 인간이 아니라고 할 정도로 괴이한 존재였습니다. 만약 그게 정말 검은 사자 기사단에서 선별한 최정예의 두 명이었다 해도 달마르가 이끄는 경호 부대가 그렇게 어이없이 당했겠어요? 설사 지금 아버지를 경호하는 12쏜즈라도 그 두 괴물에게는 당해내지 못했을 거예요."

붉은 장미 백작은 허허 웃으며 뒤에 선 기사에게 눈짓을 주었다.

"들었나, 링케? 카모르트에 자네보다 대단한 기사가 있다고 주장하는군."

장미 기사단의 캡틴이자 12쏜즈를 이끄는 금발의 기사 링케가 낮은 어조로 말했다.

"외람된 말씀이오나, 라틸다 아가씨. 카모르트 내에서 우리 열두 기사를 꺾을 존재는 없습니다. 이 점에 대해서는 제가 먼저 사과드리겠습니다. 만약 우리 중 두 명만 아가씨의 경호부대에 섞여 있었다면 이런 불상사는 생기지 않았을 겁니다."

라틸다는 화를 내려다 링케의 감정 없는 눈동자를 보고 입을 닫았다. 링케는 위협하지도 윽박지르지도 않고, 단지 쳐다보기만 해도 대화 상대를 몇 걸음 뒤로 물러나게 하는 묘한 카리스마가 있었다. 라틸다도 예외는 아니었다.

"당신들의 용맹은 굳이 그런 식으로 나서서 말해주지 않아도 충분히 알아요, 링케. 하지만 지금은 아버지와 대화중이니 끼어들지 말아요."

라틸다는 고개를 획 돌려 다시 백작에게 시선을 향했다.

"오히려 좋은 기회라고 생각해요, 아버지. 사과하세요!"

"누구에게? 국왕 폐하에게?"

"아니요! 뤼미에르 백작에게요."

아버지는 어이가 없다는 듯 한숨을 내쉬었다. 라틸다는 아버지의 손을 붙잡았다.

"아버지가 먼저 사과를 한다면 그분은 스스로의 명예 때문에라도 아버지의 사과를 받아들여야 해요."

"그 작자가? 내 사과를? 어림도 없지!"

"아니요. 받아줄 거예요. 아니면 절 보내세요. 제가 사과하고 올게요."

"미쳤구나. 널 사자 아가리에 던져 넣으란 말이냐?"

"거꾸로 생각해 보세요. 리제니가 뤼미에르 백작님의 사과를 전한다며 찾아오면 아버지는 리제니를 네 조각으로 쪼개서 상자에 담아 돌려보내기라도 할 건가요?"

"이제 네 입에서 별 얘기를 다 듣겠구나. 내가 그 멍청한 녀석을 뭐하러 네 조각을 내? 밥이나 먹여서 얌전히 돌려보내겠지."

"맞아요! 아니, 오히려 아버지는 리제니를 지키기 위해 12쏜즈를 붙이지 않겠어요? 괜히 우연한 사고에 휘말리지 않도록 말이에요."

백작은 대꾸하지 않았다.

"뤼미에르 백작도 같아요. 오히려 아버지가 리제니를 대하는 것보다 제게 훨씬 더 잘 해주실 거예요. 감정적으로 용납이 안 된다면, 전략적으로 생각해 보세요! 사태가 커졌으니 더 잘 먹힐 거예요. 먼저 사과하면 아버지의 이름은 더 높아질 것이고, 뤼미에르 백작은 경쟁적으로 자신의 관대함을 과시하고 싶어 사과를 받아주겠지요."

라틸다는 아버지의 얼굴에서 고집이 한풀 꺾인 걸 발견했다.

"전 전쟁터의 전략에 대해 아무것도 모르는 여자애예요. 하지만 전쟁터에만 전략이 있는 게 아니라는 건 알아요. 먼저 사과한다고 아버지의 자존심이 꺾일 리 없어요. 아무도 그렇게 생각하지 않을 테니까요."

"그럼 대체 널 공격한 검은 기사는 뭐란 말이냐?"

백작은 한결 누그러뜨린 목소리로 물었다. 라틸다는 이 기회를 놓치면 영원히 아버지를 설득하지 못할 것 같아 필사적으로 머리를 쥐어짰다.

"누군가의 음모예요. 어쩌면 제삼자, 그러니까 다른 귀족이나 다른 나라의 소행일지도 몰라요. 이 나라 최고의 군사력을 가진 두 귀족끼리 싸움이 붙으면 덕을 볼 어떤 세력! 따지고 보면 멋진 작전 아니에요? 아버님께서 절 사랑하고 아끼시는 걸 알고서 그 점을 이용하려는 거죠."

"네 입에서 그런 적극적인 얘기가 나오니 반갑긴 하다만……."

얼굴에 불만은 가득 품었지만, 결국 아버지는 고개를 끄덕였다.

"……좋다. 네 소원이 정 그렇다면 사람을 보내 뤼미에르의 의향을 물어보고 할 수 있다면 대화로 풀어보도록 하자꾸나. 네 말대로 만약 그 검은 기사란 게 정말 뤼미에르 백작의 소행이 아닌 제삼자의 짓이라면, 오히려 또 다른 심각한 문제가 될 수도 있을 테니."

라틸다는 안도했다.

"고맙습니다, 아버지. 얘기해 보시면 뤼미에르 백작님도 그리 나쁜 사람이 아니라는 걸 알 거예요."

"그 점까지 바뀔 리는 없다, 얘야. 그건 하늘이 깨져도 바뀔 수 없어. 네 말대로 이건 전략이야."

잔스테인 백작은 삐걱거리는 의자에서 일어나 밖에서 기다리고 있던 겁먹은 이발사에게 말했다.

"이보게, 모튼. 빵 같은 거 없나? 출출하군."

"백작님을 위해 만찬을 준비 중입니다만."

모튼은 어색하게 굽실거리며 말했다.

"자네 사정에 무슨 만찬이야? 빵이면 돼. 잼이나 좀 곁들이면 좋겠군."

"재, 잼 파는 곳이 문을 닫아서…… 어디서 구해야 할지……."

"당연히 자네 먹던 걸 가져오면 되지. 허허, 모튼 이 친구, 이제 날 아예 이방인 취급하는군. 어째 그리 허리를 굽히고 있나? 노르만트에서 날 무서워하지 않아도 될 사람이 딱 두 명 있는데, 바로 내 딸이랑 자네야. 그러니 어서 가서 빵이나 들고 오게나. 아, 참! 잼이 없으면 치즈나 버터도 좋지."

모튼은 여전히 어색한 미소로 고개를 끄덕이며 아래층으로 내려갔다.

"흐음, 소중한 친구 하나가 저렇게 되어버렸군그래."

"누가 봐도 아버지 탓이에요."

라틸다가 지적했다.

"내가 모튼을 대하는 모습이 달라졌니?"

"적어도 그런 갑옷을 입고 찾아오지는 않으셨죠."

"흐음."

백작은 짜증 나는 얼굴로 입맛을 다셨다.

잠시 후 모튼은 낡은 나무 식기에 식빵 몇 조각과 산딸기 잼을 담아

왔다. 기사 중 하나가 대신 받았다.

"제가 먼저 한 조각 시식해볼까요?"

기사가 아주 진지한 얼굴로 물었다. 모튼이 흠칫 놀라자 백작은 식빵을 들고 그 위에 잼을 한 숟가락 얹었다.

"그딴 소리 해서 내 오랜 친구를 겁먹게 만들 거냐? 아무래도 내가 자네를 너무 불편하게 만드는 것 같군. 내려가 보게, 모튼. 우린 내일 아침 일찍 떠나겠네."

"펴, 편히 쉬다 가십시오, 백작님."

모튼은 깊이 허리를 숙여 인사하고 계단을 내려갔다. 백작은 식빵을 우물거리며 먹다가 계속 라틸다의 뒤를 얌전히 지키고 있는 로일을 바라보았다. 로일은 링케만큼이나 초점 없는 눈으로 백작과 12쏜즈를 바라보기만 할 뿐 특별히 눈에 띄는 행동은 하지 않고 있었다.

"그보다 왕실에서부터 널 졸졸 따라다니는 저 친구에 대해 묻자꾸나. 경황이 없어서 자세히 이야기하지 못했구나."

라틸다는 로일에게 손짓하여 자신의 옆에 서게 했다.

"로일이라고 해요. 마을에 갇혀 움직이지 못하고 있을 때 절 도와준 기사예요. 또 혹시라도 제가 이 도시에서 해라도 입을까 봐 계속 곁에 있어 주었답니다. 로일, 인사해요."

로일은 살짝 고개를 숙인 후 말했다.

"로일이라고 합니다. 이로피스 출신의 용병입니다."

"이로피스?"

백작은 의심스러운 눈길로 그를 훑어보았다.

"용병이라면 누구를 위해 일해 보았지? 이로피스에 내가 아는 이름이 조금 있다만…….”

“없습니다. 그리고 출신은 이로피스지만 실제로 활동은 가넬로크에서 했습니다. 드래곤 기사단에 들려고 했으나, 외국인인 데다 귀족 가문도 아니라 입단 시험도 받지 못했지요.”

“가넬로크의 드래곤 기사단은 까다롭기로 정평이 나 있지. 그럼 떠돌이로군.”

라틸다가 아버지의 과격한 언어 선택을 지적하려 했으나 로일은 그 말을 대수롭지 않은 듯 받아들였다.

“맞습니다. 한 일이 년 정도 더 수행하다가 어디 정착할 생각입니다.”

“용병 출신으로는 정착하기가 쉽지 않지. 지금도 용병 생활 중인가?”

로일은 눈동자를 한 바퀴 돌려보더니 고개를 저었다.

“지금은 어디에도 소속되어 있지 않습니다.”

“거짓말이 서툰 친구라 다행이군. 자네는 용병도 떠돌이도 아니야. 사실대로 말하지 않으면 이 자리에서 죽을 수도 있네.”

백작의 경고가 떨어지는 순간, 뒤에 대기하고 있던 장미의 기사들이 허리에 찬 칼에 손을 얹었다.

“아버지!”

라틸다는 당장 소리 질렀다. 백작은 미소 띤 얼굴로 손을 내밀었다.

“지금은 이 친구와 나와의 대화다. 네가 낄 자리가 아니다.”

“말도 안 돼요!”

라틸다가 소리 질렀다.

"괜찮아요, 라틸다."

로일은 미소로 라틸다를 안심시켜 주더니 백작에게 말했다.

"죄송합니다. 거짓말이 맞습니다."

로일은 뒤통수를 긁적였다.

"하지만 시기적인 문제죠. 전 용병 출신이 맞고 가넬로크에서 활동했던 것도 맞습니다. 단지 지금은 그렇지 않을 뿐입니다."

"그래서 지금은?"

백작은 빵을 한 조각 더 입에 물고 물었다.

"말씀드릴 수 없습니다. 적어도 백작님께는 아닙니다."

"그럼 누구에게 말할 수 있단 건가?"

"당연히 제 고용주 외에는 제 소속을 말할 의무가 없습니다. 그렇지 않을까요?"

"라틸다는 내 딸일세. 알 권리는 있어."

"라틸다를 소유하고 계십니까? 그게 아니면 백작님은 권리 없습니다."

로일이 터무니없이 순진한 어투로 말하자 백작은 큰 소리로 웃음을 터트렸다.

"그럼 난 라틸다를 통해서 자네 정체를 알아야겠군."

"그렇습니다."

"다른 걸 묻지. 자넨 어느 정도 실력인가?"

"굉장히 난해한 질문이군요."

"나름대로 표현해 보게."

"그럼 제가 라틸다를 보호하는 동안에는 누구도 라틸다에게 손대지 못할 실력이라고 해두겠습니다."

"대단한 자신감이군. 노르만트에 바딩이라는 기사가 있는 걸 알고 하는 소리인가?"

"두어 번 만나봤습니다. 굉장한 실력자 같더군요. 하지만 상대가 누구든 별로 상관은 없습니다. 지키는 것과 이기는 것은 엄연히 다른 일이니까요."

"내 딸을 보호해준 대가로 얼마를 원하나?"

"대가에 관해서는 이미 제 고용주와 상의를 끝냈습니다."

백작은 빵가루 묻은 손을 털고 팔짱을 꼈다.

"내 딸보다는 나와 거래하는 쪽이 이득일 텐데?"

"현재 절 고용한 사람은 라틸다입니다. 백작님이 아니시죠. 그러니 저를 고용하고 싶으시다면 먼저 라틸다가 절 해고할 때까지 기다리십시오."

백작은 작은 소리로 웃으며 또 물었다.

"정체도 말해주지 않고 출신도 모르겠고…… 내가 자네를 믿을 구석이라고는 없는데 이대로 내쫓으면 어쩌겠는가?"

"쫓겨나겠습니다."

로일은 좀 멍청한 표정으로 라틸다를 돌아보았다.

"단, 그 말이 라틸다의 입에서 나오면요."

백작은 짧게 손뼉을 쳤다.

"라틸다, 아주 재미있는 녀석을 주웠구나. 난 이 자가 나라는 배경을 노리고 너에게 붙은 거라고 생각했는데 아니었어. 하지만 여전히 위험하기 짝이 없는 녀석이지. 자는 도중 네 목을 따버리는 암살자로 돌변

할 수도 있고 나를 죽이려고 네 옆에 몰래 붙어있는 첩자일 수도 있지. 그래도 상관없다면 묻겠다만, 이 로일이라는 자를 너는 어떻게 쓸 생각이냐?"

라틸다는 서슴지 않고 대답했다.

"제 경호기사로 쓰겠습니다. 거기에 대해서는 아버님의 허락이 없어도 상관없습니다."

"내가 붙여준 경호원들이 마음에 안 들었나 보구나. 링케의 말대로, 네가 원한다면 12쏜즈 중 두 명을 붙여주겠다."

"필요 없습니다. 이제부터 제 경호 문제는 제가 직접 책임지겠습니다. 로일이 붉은 장미의 군대를 지켜보는 첩자라고 의심되시면 아예 절 아버님 근처에 두지 마세요."

라틸다는 더 이상의 대화는 필요 없다는 뜻으로 손을 저었다.

"좋다. 대신 항상 로일을 주시하는 눈을 붙여둬야겠다. 그 점은 이해해라. 그리고 부디 로일이 방금 자기 입으로 말했던 대로 네 경호를 맡을 만한 실력자이길 바란다."

"장담컨대 아버지께서 가장 뛰어난 실력이라 자신하는 기사를 데려와도 로일을 쉽게 대할 수 없을 겁니다. 무엇보다 파티장에서 만난 하얀 늑대들 중 한 명이 인정한 검사니까요."

"호오, 그러냐?"

눈을 반짝이는 아버지를 보고 라틸다는 방금 내뱉은 말을 후회했다.

"링케, 하얀 늑대들에 대해서 네 얘기를 조금 해 보아라."

링케는 희미하게 웃었다. 라틸다는 지금껏 그가 웃는 모습을 한 번도 본 적이 없었기에 깜짝 놀랐다.

"하얀 늑대들 중에 제가 아는 얼굴이 한 명 있더군요. 이름은 게랄드 하란. 저와 함께 용병 생활을 했던 천재 검사였습니다. 웃으라는 뜻에서 불의 용병이라는 별명을 자기한테 붙였는데, 정작 적들은 공포의 상징으로 받아들이는 바람에 당황해하던 일이 기억나는군요."

라틸다도 기억나는 이름이었다. 파티장에서 계속 먹기만 했던 남자.

"한동안 보이지 않아 전쟁터에서 죽었나보다 생각했는데, 전혀 뜻밖의 장소에서 뜻밖의 신분으로 나타나는군요. 상황이 여의치 않아 인사를 나누지는 못했으나 아마 그도 저를 알아봤을 겁니다. 용병들이란 게 대개 그렇듯 그 정도면 충분한 인사가 되었지요."

"그의 실력은 어땠나?"

백작이 물었다.

"대단했습니다. 하란과 전 아주 좋은 경쟁자였습니다. 그게 다입니다. 그는 확실히 대단한 검사라고 불릴 만하지만 결국 인간입니다. 그 사이 훌륭한 지도를 받았다면, 그때와 마찬가지로 저와 겨뤄 밀리지 않을 정도는 되어 있겠지요."

"들었느냐? 역사상 가장 뛰어난 기사라는 소문이 사실이라고 치자꾸나. 하지만 그건 10년 전 전쟁 영웅들 이야기지, 현재 멤버를 뜻하는 게 아니란다. 울프 기사단의 정예 멤버 다섯이 그토록 대단하다면, 장미 기사단의 정예이자 링케와 같은 수준의 기사가 열두 명인 12쏜즈는 어떠하겠느냐?"

백작은 만족스러운 미소를 지으면서도, 경고하는 투로 말을 이었다.

"그들에 대해 환상을 품지 말아라. 그들이 가진 명성은 인정하마. 그 명성만으로 적의 사기를 꺾을 정도겠지. 그러나 전장에서 진짜로 발휘

되는 힘마저 그런가 하면 반드시 그렇지는 않다.”

라틸다는 아버지의 말을 듣기만 했다. 관심 없다는 눈빛을 유지하면서.

“어쨌든 네가 그토록 원한다면 나도 네 경호 문제에 대해서는 관여하지 않으마. 그리고 뤼미에르 백작과의 일은 네 방식이 정말 옳은지 하룻밤만 고민해보자꾸나.”

라틸다는 고개를 끄덕이기만 하고 더 말하지 않았다. 겨우 설득해놓은 아버지가 괜한 말에 마음을 돌릴지도 몰라서.

스무 개의 촛불이 밝혀진 검은 탁자 위에 리제니의 시체가 누워 있었다. 뤼미에르 백작은 무표정한 얼굴로 아들의 시체를 내려다보았다. 촛불 아래에 핏기 없는 얼굴은 생전의 자신감 없는 표정과 별로 다를 것도 없었다. 언제나 난처한 듯 축 처진 눈썹보다 오히려 지금처럼 편안하게 눈을 감은 얼굴이 더 좋아 보였다.

‘딱 내가 원했던 아들의 얼굴을 하고 있구나, 리제니.’

무슨 일이 터져도 동요하는 일 없는 자신의 평소 모습을 보여주기 위해 백작은 차갑게 말했다. 그러나 흔들리는 어조를 완전히 숨길 수는 없었다.

“누가 발견했나?”

리제니의 시종 두 명이 고개를 숙이고 나섰다.

“저희 둘입니다.”

"시간을 얼마든지 들여도 좋으니 최대한 자세히 설명해 보아라. 왜 막내가 죽어 있느냐?"

어둠 속에서 표정도 잘 보이지 않는 백작의 표정을 살피느라 여념이 없던 한 명이 더듬거리며 전날 오후에 있었던 일을 이야기했다. 다른 한 명은 아예 입을 열 자신도 없었는지 백작의 옆에 우뚝 서 있는 바딩의 눈치만 살피고 있었다.

"검은 기사라고?"

백작이 물었다.

"예. 괴물 같은 말을 탄 검은 기사였습니다."

"라틸다를 성문 앞에서 만난 후 돌아가는 길에 검은 기사를 만났다? 그것도 노르만트 내에서?"

"예."

백작은 턱을 어루만지며 다시 리제니의 시체 앞에 섰다. 그리고 싸늘하게 식어버린 아들의 뺨을 쓰다듬었다.

"난 리제니가 누굴 시종으로 데리고 다니든 상관하지 않는다. 호위병을 데리고 다니든지, 여자를 달고 다니든지 맘대로 하라고 했지. 때문에 내 돈으로 고용된 시종 놈이 리제니가 라틸다를 만나려고 성문 앞에 멍청히 기다리게 방관한 점도, 라틸다와 결혼하고 싶어서 나 몰래 리제니가 바르다를 만나러 가는 걸 막지 않은 점도, 그 사실을 몇 달 동안이나 내게 보고하지 않은 점도, 나는 용서했다."

백작은 조용히 눈을 감았다. 억누른 분노가 어둠 속에 잠든 침묵을 흔들었다. 두 시종은 백작의 뒷말을 기다리며 오들오들 떨고만 있었다.

"하지만 내 아들이 죽는 자리에서 싸울 생각도 않고 도망친 녀석은 용서하지 않는다."

말없이 준비하고 있던 바딩이 검을 뽑아 들었다. 여태까지 계속 백작에게 자초지종을 설명하던 시종은 비명에 가까운 신음을 터트렸다. 말없이 있던 시종은 아예 입을 가리고 벽으로 물러났다.

"백작님, 저희는 이 사실을 백작님께 알려드리기 위해 이렇게 찾아왔습니다. 도망칠 생각이었다면 진작……."

"조용히."

바딩은 손가락을 입술에 댔다. 리제니의 두 시종은 피가 배어나도록 입술을 깨물었다. 바딩은 변명하려 애쓴 시종을 발로 걷어차 쓰러뜨렸다. 그리고 지금까지 아무 말도 하지 못하고 벌벌 떨기만 한 시종의 배에 칼을 찔러 넣었다.

"변명할 기회도 챙기지 못하는 녀석이라니."

바딩은 아직 자기 배에 박힌 칼날을 발견하지도 못한 시종의 가슴을 발로 걷어찼다. 칼날이 그의 배를 길게 찢으며 빠져나왔다. 촛불의 빛을 검게 반사하는 피가 샘솟았다.

"그대로 죽는 순간까지 백작님과 도련님께 사죄해라."

시종은 흘러나온 내장을 잡고 숨을 헐떡거렸지만 호흡은 점점 느려졌다.

"말 잘하는 목격자가 한 명 정도는 필요합니다. 저 녀석이 괜찮을 것 같습니다."

바딩은 칼에 묻은 피를 닦았다. 백작은 대꾸하지 않았다. 보통 백작이 침묵을 지키는 경우 바딩의 의견에 동의한다는 뜻이었다.

백작은 한참이나 리제니의 시체를 바라보기만 하다가 아들의 몸을 덮고 있는 검은 담요를 젖혔다. 바람에 촛불이 몇 개 꺼지고 리제니의 벌거벗은 몸이 드러났다. 창이 뚫고 지나간 커다란 구멍이 다섯 군데가 넘었다. 부러진 갈비뼈가 상처를 헤집고 튀어나온 데다 내장이 드러나 있었다.

격동의 세월을 보내며 수없이 시체를 봐온 백작이었지만, 아들의 시체를 보고는 몸이 떨렸다.

"백작님."

바딩이 백작을 진정시키려고 어깨를 잡았다.

뤼미에르 백작은 생전에 막내아들을 별로 좋아하지 않았다. 첫째나 둘째에 비해 리제니는 매사에 자신감도 없었고 검술이 뛰어나지도 않았거니와 총명하지도 않았다. 그는 셋째를 있으나 마나 한 존재로 여기고 있었다. 그런데 막상 그가 죽자, 백작은 마음을 다잡을 수가 없었다.

바딩은 위로를 건네기보다는 현 상황을 분석하여 말했다.

"쟌스테인 백작은 검은 기사가 라틸다를 공격했다고 말했습니다. 거짓말이 아닐 겁니다. 제가 노르만트에서 하얀 늑대들을 기다리고 있을 때 라틸다가 탄 마차는 부서져 있는 데다가 호위하는 병사조차 없이 마부만 하나 딸려 있었지요. 공격받은 흔적이 있었습니다. 또한 다른 제 부하들도 최근……."

백작은 그의 말을 끊었다.

"더 말할 것 없다, 바딩."

백작은 다시 담요로 리제니의 몸을 덮어주었다.

"보아라. 검은 기사가 라틸다도 공격하고 리제니도 공격했는데, 라틸다는 살아남았고 리제니는 죽었다. 놈의 속셈은 뻔하지 않은가?"

"쟌스테인 백작이 리제니를 죽이려고 자기 딸을 공격하는 연극을 했다고요? 설마 자기 병사를 죽이면서까지 그리 했겠습니까?"

"충분히 그럴 놈이다."

바딩이 미처 말릴 사이도 없이 뤼미에르 백작은 주먹으로 벽을 쳤다. 살갗이 찢어져 피가 나는데도 그는 고통을 느끼지 못했다.

"아직 노르만트를 빠져나가지 않았다고 했지? 놈을 잡아들여라."

◈ Chapter 17 ◈

회의

왕실의 대신들을 모두 소집하는 커다란 종이 울렸다. 한 달에 다섯 번 있는 카모르트의 휴일을 제외하고 회의는 매일 있었는데, 파티가 열린 다음날이라도 예외는 아니었다.

회의실 안에 카셀을 비롯한 하얀 늑대들이 들어와 있는 풍경에 대신들이 수군댔지만, 다행히 당신들이 왜 여기 있냐고 직접 나서서 물어보는 이는 없었다. 그들에게 하얀 늑대들은 아직 말을 걸기 쉬운 상대가 아니었다. 그리고 카셀은 계속 그런 분위기가 유지되게 만들고 싶었다.

카셀은 길게 하품했다. 전염이라도 된 듯 그 뒤를 이어 아즈윈과 게랄드도 연속으로 하품을 하고 눈물을 닦았다. 밤을 지새우고 잠깐 눈을 붙이고 나니 벌써 회의 시간이라 그들은 오늘 있을 회의에 대한 작전도 세우지 못하고 왔다. 사실 세수하고 옷을 갈아입고 온 것만으로도 다행이었다.

회의실에는 첫날 마중 나왔을 때 본 대신들보다 훨씬 더 나이 든 노인들이 많았다.

카셀은 대수롭지 않게 여겼지만, 막상 나이 어린 왕이 왕좌에 앉고 회의가 시작되자 대신들의 나이 문제가 생각보다 심각하다는 것을 깨달았다.

"해당 업무에 얽혀있는 상인들의 반발이 심각할 것입니다. 그 결정은 보류하심이 좋겠습니다."

국정회의 전에 의논할 일은 모두 세 가지였는데 모두 국왕이 의욕적으로 내놓은 의견이었다. 그러나 대신들의 반대로 통과되지 않았다.

"그 법률안은 선왕께서 결정한 부분이 훨씬 합리적이라 사료됩니다."

"교량 사업에 투자할 상인이 나오기 전까지 왕실의 재정으로는 불가능합니다."

온통 반대 의견만 나오니, 국왕 샤를 3세는 회의 내내 머리를 감싸쥐고 하고 싶은 말을 삼가기 위해 무진 애를 썼다. 은퇴한 노인들이 열심히 일하려고 뛰는 젊은이의 발목을 잡는 꼴이었다. 어제 탑 위에서 자신에게 눈물을 보인 젊은 왕의 모습이 떠올라 카셀은 안타까웠다.

"오늘 회의를 소집한 것은 다른 논의할 사항보다 더 중요한 문제가 있기 때문이오."

샤를 왕은 회의 막바지에 이르러서야 핵심을 꺼냈다.

"어제 파티에서 있었던 붉은 장미 백작의 발언을 다들 알고 있을 거요. 대신들은 그의 무례함을 따지고 싶어 하겠지만, 난 좀 더 근본적인 문제를 여기에서 논하고 싶소."

지금까지 하얀 늑대들을 신경 쓰지 않던 대신들이 시선을 카셀에게 돌렸다.

'이제부터 시작이군.'

카셀은 입술을 한 번 깨물었다가 짧게 숨을 몰아쉬었다. 지금까지는 졸음이 긴장을 막는 방패가 되어 주었지만, 막상 나서야 할 차례가 되자 잠이 확 달아났다. 아무리 실세가 없는 귀족들로 구성된 대신들이라 해도 왕실에서 잔뼈가 굵은 노인들이었다. 그들을 상대로 설전을 벌이는 것은 자신 없었다.

'노인의 조언은 겨울의 태양과 같단다. 환하게 빛나지만 누구도 듣지 않지. 촌장님을 보렴. 그렇게 현명하신데, 도대체 이놈의 마을 사람들은 들어주질 않지 않냐? 물론 노인이라고 다 같지는 않지. 글쎄, 예를 들어볼까? 아, 원로원 노인들은 장마철의 태양이라고 해야겠다. 빛나지도 않는 주제에 무지 덥거든.'

아버지의 말에 카셀은 어느 원로원에서 망신이라도 당했냐고 놀리듯이 물었다. 아버지는 뜻밖에도 당황하며 밭일을 하러 가버렸다.

국왕의 말에 루오르 대신이 처음 입을 열었다.

"붉은 장미 백작은 노르만트를 치지 않겠다고 약속을 했으며, 지금까지 두 백작의 전쟁 양상을 살펴보면 노르만트가 피해를 본 적은 없습니다. 그러니 그에게 사신을 보내 어제 한 말에 대해 문서로 확실한 약속을 얻어내는 게 중요하다고 봅니다."

카셀은 루오르가 말하는 방식과 논점을 전개하는 방식을 귀담아 들어 두었다.

"과격하긴 하나 명예를 중요시하는 백작입니다. 그를 내버려 둔다 해도 노르만트가 공격당할 일은 없습니다."

다른 대신도 말했다. 국왕은 카셀이 기대했던 말을 꺼낼 타이밍을 놓쳐 버렸고, 대신들은 왕이 망설이는 틈을 놓치지 않았다. 최소한 카셀이 보기에는 그랬다.

"1년 전에도 한 번 그는 전면전이라도 할 것처럼 떠들었으나, 검은 사자 백작에게 크게 패하고 돌아가지 않았습니까? 이번에도 그때와 조금도 다르지 않습니다. 폐하께서는 심려치 마시고 기다리심이 옳습니다."

"저는 이 문제보다 아란티아에서 온 국빈들을 위한 축제를 논의했으면 합니다."

한 나이 많은 대신이 거북이가 풀 뜯어 먹는 것보다 느리게 말을 꺼냈다.

"이는 왕실에 국한된 게 아닌 노르만트 전체의 축제와도 같으므로, 이 일을 뤼미에르 백작 한 명에게 일임하는 것보다 국정 회의에서 결정하면……."

"우리는 우리를 반기는 축제는 원하지 않습니다."

카셀은 그 대신의 말을 끊으며 말했다.

카셀은 가급적 회의에 끼어들고 싶지 않았다. 하더라도 먼저 국왕이 발언권을 줬을 때 할 생각이었다. 더 욕심을 내자면, 모든 일을 국왕이 주도하다가 적절한 시점에 하얀 늑대들을 언급하고 카셀은 결정적인 말만 던질 수 있게 되길 기대했었다. 하지만 이대로 가다간 하얀 늑대들이 그야말로 잠깐 머물러 놀다가 사라질 손님으로 취급되어 회의가 끝나버릴 것 같아, 적극적으로 끼어들기로 계획을 바꿨다.

"손님이 남의 집안 문제에 끼는 건 예의에 어긋나는 줄 압니다. 그리고 지금 논의하려 했던 축제도 단지 하얀 늑대들을 위한 환영이 아니라, 노르만트 시민들을 위한 축제의 장이 될 거라는 사실도 잘 알고 있습니다. 그러나 지금은 축제를 벌일 정도로 느긋한 시기가 아닌 것 같은데요. 괜찮으시다면 우리는 우리를 위한 축제를 거절하고 싶습니다."

"느긋한 시기가 아니라니요?"

루오르 대신이 물었다. 어제 마중 나와 인사할 때의 무표정하고 순종적이었던 얼굴은 어디 가고, 전투를 준비하는 장수처럼 무섭게 굳은 표정이었다.

"제가 이 나라의 사정을 잘 몰라서 이런 말을 하는 것일 수도 있겠지만…… 여러분들은 마치 두 백작이 벌이는 전쟁을 당연하게 여기시는군요. 노르만트만 안 건드리면 상관 안 하신다는 건가요? 파티장에서 백작 두 분이 국왕 폐하는 안중에도 없이 자기들끼리 모든 일을 결정해 버리던데, 여러분들은 그런 걸 그냥 두고만 보시겠다고요?"

카셀은 한바탕 떠든 후, 대신들이 왕의 눈치를 살피거나 아예 싸움을 걸어주길 기대했다. 하지만 오히려 눈치를 살피는 건 왕이었다.

'날 보는 것 같군. 쟈넷에게 좋아한다는 말 한마디 못하고 쭈뼛쭈뼛 눈치를 보던 농사꾼 카셀 노이.'

꽤 많은 대신들이 대놓고 카셀을 비웃는 눈빛을 드러냈다.

"캡틴 울프께서는, 그럼 이 일을 어떻게 하는 게 좋다고 생각하십니까?"

루오르가 마치 의견을 구하듯 겸손하게 물었다. 다른 대신들도 무슨 의견을 내놓든 물어뜯을 준비를 하는 눈빛으로 돌아보았다. 카셀은 물어뜯길 준비를 하고 말했다.

"붉은 장미 백작은 왕의 위에 선 자입니까? 그게 아니라면 호출하십시오. 그리고 왕의 명령으로 그를 이 자리에 세워 처벌하시면 되지 않겠습니까?"

"보아하니 폐하를 업신여기는 건 오히려 캡틴이 아닙니까? 폐하께서는 누구보다 이 나라의 평화를 원하시고 두 백작 또한 피치 못할 사정으로 전쟁을 벌이는 것뿐, 폐하와 이 나라를 아끼고 걱정하는 훌륭한 분들입니다. 호출을 하라니요? 문제를 더 악화시킬 따름입니다."

루오르가 단호한 어조로 말했다.

'교활한 영감탱이!'

카셀은 속으로 중얼거리며 천천히 루오르 쪽으로 다가갔다.

카셀은 자연스럽게 회의장의 중앙에 서서 모두의 시선을 받았다. 예전에는 군중의 눈이 자기를 노려보고 있으면 창피하고 두려웠다. 그래서 촌장은 절대 못 될 거라고 생각해, 자꾸 자길 차기 촌장으로 만들려는 현재 촌장에게 화낸 적도 많았다. 그러나 지금은 이 따가운 시선이 조금도 부담스럽지 않았다. 여기 있는 모든 이의 시선이 주는 위압감을 합해도, 말 한 마디 없이 눈만 부릅뜨고 있는 쉐이든의 시선 하나에 비할 바가 아니었다.

"현재 카모르트의 사태를 모르는 젊은이의 오만이라 치고 이렇게 제안 드리고 싶군요. 국왕 폐하의 이름으로 두 백작을 왕좌 아래 무릎 꿇게 하십시오. 그리고 전쟁을 멈추라고 왕명으로 지시를 내리십시오."

회의실에 침묵이 내려앉았다. 카셀은 그들이 어떤 논리로든 따지거나 겁이라도 먹길 기대했지만 반응이 없었다. 오히려 국왕이 겁먹은 표정을 하고 있었다. 카셀은 자신이 시비를 걸면 국왕이 수습해 주길 기대했지만 생각대로 되지 않았다.

"이거 우리가 한 수 배워야겠구려, 캡틴 울프. 그런 멋진 방법을 구상하다니요."

루오르는 느긋하게 말을 이었다.

"그런데 어제 이 나라를 어찌할 생각 없이 놀러 온 거라고 말씀하지 않았소? 이건 누가 봐도 캡틴께서 카모르트의 왕실에 영향력을 행사하려는 것으로밖에 보이지 않는군요."

다른 대신들도 웅성거리며 고개를 끄덕거렸다. 아예 팔짱을 끼고 귀찮아하는 눈빛으로 보는 이도 있었다.

그때 지금껏 말이 없던 한 대신이 입을 열었다.

"캡틴 울프의 발언은 외부인이 보기에 당연한 이야기일 수도 있습니다. 딱히 영향력을 행사하는 것으로 생각되진 않지요."

카셀이 성에서 보아온 중 가장 젊은, 어쩌면 유일하게 나이 어린 대신이었다. 카셀이나 국왕보다야 훨씬 많겠지만.

"그럼 캡틴 울프, 당신 말대로 백작을 강제로 부른다 칩시다. 순순히 오겠습니까? 설마 두 백작의 막강한 군대에 대해, 아무리 외국의 기사단이라 한들 모르지 않을 터인데?"

대신들의 웅성거림이 줄어들었다. 젊은 대신은 천천히 앞으로 나서며 말을 이었다.

"저는 어제 에노아 후작님께서 하신 말씀에 어느 정도 공감을 하는 쪽입니다. 아란티아의 위대한 기사들 다섯 명이 직접 이 나라를 방문했다면 이 나라에 정치적인 개입을 할 목적도 있겠구나 하고 말이지요. 그러나 두 백작을 상대할 만한 군대를 가지고 오지 않는 이상 그건 불가능한 일이긴 하죠. 즉, 현실적으로 우리는 두 백작을 이 자리에 소환할 만한 힘이 없습니다. 그 부분은 어쩌시려고요, 캡틴 울프?"

대신들 역시 귀족들처럼 크게 두 개의 파로 나뉘는 것 같았다. 늙은 대신들은 언제나 자신을 후원하는 귀족의 뜻을 대변할 테니 검은 사자 백작이나 붉은 장미 백작 중 한쪽을 편 들 수밖에 없었다. 결국, 왕이 세력 싸움에 끼지 않게 만드는 것이 대신들의 목적이었다. 루오르 대신의 반응은 당연했고 예상했던 대로였다.

'네가 왕의 신하들과의 설전에서 이길 필요도 없고, 이겨서도 안 된다. 왕이 자신의 의지가 담긴 발언을 하게 만들어야 해.'

쉐이든이 조언했다.

그것은 간단하면서도 어려웠다. 무엇보다 왕은 아무 말도 하지 못하고 소심하게 상황을 주시하고만 있었다. 두들겨 맞으면 움츠리기 마련이니, 카셀은 그런 왕의 마음을 이해했다. 그리고 희망이 없진 않았다. 어제 망루 위에서 샤를 국왕은 한 명의 이름을 언급했다.

'신하들 중에 게네 두나단이라는 친구가 있다.'

왕은 카셀에게 눈물을 보인 뒤로 한결 부드러워진 말투로 비밀스럽게 얘기해주었다.

'오늘 파티장에서 귀족들의 이름을 소개했던 이인데, 기억하려나 모르겠군. 나의 먼 친척이자 과거 왕실 기사단의 기사였지. 검술에 한계를 느꼈다며 몇 년 전 기사단을 그만두더니 정치로라도 나를 돕고자 대

신이 되었네. 두나단은 오래전부터 두 백작을 견제하기 위한 왕실 상비군을 양성할 것을 주장했지.'

카모르트는 기본적으로 왕실 기사단과 작은 보병 부대를 제외하고는 전통적으로 왕실에 군대를 두지 않았다. 언제나 전쟁이 벌어지면 각 지방의 영주들이 가진 군대를 소환하는 방식이었다. 이것은 전시에 많은 군대를 모으는 데 효과적면서 왕실 재정에도 부담을 주지 않아 이상적인 체제로 여겨졌다. 하지만 그 방식은 론타몬의 정복 전쟁에서 터무니없는 약점을 드러내며 깨졌다. 익셀런 기사단이 기동력을 발휘하여 왕실로 이동하는 각 지방 귀족의 군대를 각개격파 해버린 것이다.

'귀족들이 반대했겠군요?'

카셀은 이미 다음 얘기를 예상할 수 있었다.

'왕에게 군대가 생기면 자기들의 힘이 약해질 거라고 믿는 것이지. 때문에 두나단은 지금 와서 내가 군대를 가지려 하면 귀족들의 견제를 받을 테니, 외부의 도움을 받으라고 했다. 그래서 비밀리에 연락을 취한 나라가 이로피스와 가넬로크였으나, 두 나라에서는 답변이 없었다. 그나마 그때 보낸 사신들이란 게 왕실 기사단이었는데 그들이 돌아오지 않았으니, 이제 내게 군대라고는 성을 지키는 경비병이 다인 셈이다.'

왕은 은근히 왜 원군을 데리고 오지 않았느냐는 원망을 담아 말했다. 카셀은 그 문제에 대해서는 따로 변명을 하지 않았다.

어쩌면 지금 국왕이 입을 다물고 있는 것도 그 때문인지도 몰랐다. 기대했던 아란티아가 군대를 데리고 오지 않았다. 그러니 왕에겐 두 백작과 맞서 싸울 힘도 없다. 두나단의 말은 정해진 수순이었다. 이제 카셀이 대답할 차례였다.

"그 문제를 상의하기 전에 우선 저는 폐하의 의견을 여쭙고 싶습니다. 두 백작을 소환할 정도의 군대에 대해서 말입니다."

샤를 국왕은 움츠렸던 어깨를 폈다. 대신들도 당장 그 말에 항의할 준비를 했고, 카셀도 그 항의를 받아들일 준비를 했다. 그것은 카셀이 의도한 설전이었다. 상대는 정치판에서 연륜이 쌓일 대로 쌓인 베테랑이었다.

이건 지금까지와는 전혀 다른 개념의 싸움이 될 테니, 카셀은 이제부터 시작이라고 맘을 다잡았다. 그때 문이 벌컥 열리며 회의가 끊겼다.

"비켜라!"

문을 지키는 경비병도 말 한마디로 물러서게 한 후 회의실 안으로 성큼성큼 들어온 사람은 검은 사자 백작이었다.

"폐하, 무례를 용서하십시오."

뤼미에르 백작은 회의실의 중앙에 서 있는 카셀을 어깨로 툭 치고 지나가 왕 앞에 섰다. 그의 좌우로 바딩과 두 명의 기사가 각각 섰다. 무장하진 않았지만 충분히 위협적인 모습이었다.

바딩은 카셀을 돌아보더니 눈인사를 했다. 그 눈빛에서 한번 겨뤄보자던 그의 말이 떠오르자, 카셀은 등골을 타고 벌레가 한 마리 기어 올라가는 기분이 들었다.

백작은 작은 고갯짓조차 없이 우뚝 서서 샤를 국왕에게 말했다.

"제게 공식적으로 쟌스테인 백작의 체포권을 부여해주시길 바랍니다, 폐하."

"갑자기 그건 무슨 소리요, 뤼미에르? 혹시 어제 파티장에서 있었던 발언에 관해서라면……."

국왕은 두려움을 참는 목소리로 고개를 저었다.

"……그런 권한을 내줄 수 없소."

"그것 역시 충분히 이유가 될 수 있으나 폐하, 저는 그런 사소한 일에는 신경조차 쓰지 않았습니다. 그가 왕실에 무례를 범하거나 위협을 끼친 것은 한두 번이 아니며 새로울 것도 없는 일이지요. 그러나 이번 일은 다릅니다. 그자는 어제 암살자를 사주하여 제 셋째 아들을 살해했습니다."

갑자기 회의실 안이 떠들썩해졌다.

'검은 기사가 우릴 공격한 것만큼이나 갑작스럽군.'

카모르트의 다른 곳에서는 수백 명의 목숨을 내놓고 전쟁을 벌이는 두 백작이지만, 수도인 노르만트에서는 결코 문제를 일으킨 적이 없었다. 또한 명예를 중요시하여 이제껏 직접적으로 상대의 가족을 인질로 삼거나 죽이는 일도 없었다.

사실 어제도 라틸다를 인질로 잡았더라면 간단히 전쟁을 끝낼 수 있었을 테지만 뤼미에르는 그렇게 하지 않았다. 어제 갑옷을 입고 파티장 안으로 들어온 잔스테인 백작 역시 뤼미에르 백작을 그 자리에서 공격할 수도 있었지만 그러지 않았다. 수백 명의 병사들이 죽어 나갈지언정 자기 손에 직접 상대의 피를 묻힐 생각은 없었던 것이다.

"만약 그것이 사실이라면 백작의 요구는 정당하나, 어떻게 증명하시겠습니까?"

루오르가 왕을 대신하여 말했다. 백작이 루오르를 노려보자, 늙은 대신의 얼굴이 흔들렸다. 자기도 모르게 두려움을 내보인 루오르는 표정을 관리하기 위해 헛기침을 하며 고개를 숙였다가 들었다.

"어제저녁 내 아들은 쟌스테인 백작의 딸과 만난 후 검은 갑옷을 입은 기사에게 살해되었소. 이는 아들의 시종 두 명이 보았으며, 필요하다면 더 많은 목격자를 댈 수도 있소. 이를 본 사람이 서른 명도 넘소. 검은 기사는 내 아들을 죽인 다음에도 확인하듯 몇 번이나 창으로 찔렀다고 하오."

백작이 바깥에 있는 시종을 들이려 하자 루오르 대신은 손을 저었다.

"물론 백작의 말은 믿습니다. 굳이 목격자를 대지 않아도 말입니다. 허나 검은 갑옷을 입고 노르만트에 진입할 만한 기사는 오직 백작의 검은 사자 기사단뿐이지 않습니까? 검은 기사에게 살해당했다는 것은……."

"바로 그 때문이오. 어제 쟌스테인 백작은 모두가 있는 파티장에서 이런 말을 했소. 검은 갑옷을 입은 기사가 자신의 딸을 공격했기 때문에 그걸 이유로 전면전을 펼치겠다고. 만약 그 말만 있었다면 많은 사람들이 속았겠지. 나조차도 혹시 내게 과잉 충성하는 기사가 그런 짓을 저질렀나 조사해 볼 참이었으니까."

백작은 자리에서 반 바퀴 정도 돌면서 왕의 신하들을 둘러보았다.

"그러나 이로써 명백해지지 않았소? 그는 자신의 딸을 공격하여 그 검은 기사가 자기와 상관없다는 증거를 남긴 후 내 아들을 살해한 게 틀림없소. 이보다 명백한 증거는 없소."

"그건 증거가 될 수 없습니다, 뤼미에르 백작. 그 검은 기사가 갑옷으로 무장되어 있다면 투구 안의 얼굴을 본 사람이 있어야 하며, 아니면 그 검은 갑옷 안의 존재가 쟌스테인 백작과 관련이 있다는 증거가 필요합니다. 그건 추측일 뿐이지 않……."

"닥쳐라, 루오르!"

백작이 고함을 질렀다.

애써 권위를 살려 말을 이어가던 루오르의 작은 어깨가 움츠러들었다. 루오르뿐만 아니라 다른 대신들도 그의 호통 소리에, 아버지에게 한 소리 들은 어린 자식들처럼 기가 죽었다. 백작의 목소리는 회의장 전체를 압도했다.

"내게 필요한 건 증거를 분석해줄 사람이 아니라 국왕의 인장이 찍힌 소환장이오."

그 말에 누구 하나 대드는 이가 없었다. 백작은 이미 대신들과는 이야기할 것도 없다고 생각했는지 왕에게 직접 말했다.

"폐하, 쟌스테인 백작이 이 나라의 근심거리라는 건 오래전부터 있어왔던 사실입니다. 내 아들의 희생은 슬프나 이는 하나의 계기가 될 수 있습니다. 지금 쟌스테인 백작의 싹을 잘라내지 않으면 그의 힘은 더욱 막강해질 것이고, 머잖아 이 나라 전체를 뒤흔드는 악이 될 것입니다. 이는 제 아들의 죽음에 대한 복수가 아니라 그 아이의 죽음을 헛되이 하지 않겠다는 제 의지입니다. 폐하, 제게 체포 권한을 주십시오. 쟌스테인은 아직 폐하의 명령이 닿는 노르만트에 있습니다."

왕좌를 꽉 쥐고 있는 왕의 손이 흔들렸다. 그는 백작과 두나단 대신을 여러 번 번갈아 보았고, 뒤이어 백작의 뒤에 가만히 서서 왕을 주시하는 카셀의 눈치를 살폈다. 국왕이 스스로 선택해야 할 문제였기에 카셀은 그 시선에 대해 어떤 특별한 신호도 보낼 수 없었다.

샤를 국왕은 아주 오래 고민했고, 겨우 입을 열었다.

“뤼미에르 백작, 루오르 대신의 말대로 정확한 증거 없이 쟌스테인 백작을 체포할 수는 없소.”

“제 말은 증거가 안 된다는 뜻입니까?”

“그런 뜻이 아니오, 백작. 만약 잡는다면 그 검은 기사를 먼저 잡은 다음에 그자가 쟌스테인 백작과 연관 관계가 있는지 물어야 하지 않겠소? 절차를 지켜야 한다는 뜻이오.”

“이런 명백한 사건을 보고도 그런 번거로운 절차를 따르겠다는 겁니까, 폐하?”

백작이 분노를 억누르며 내뱉는 목소리는 그야말로 사자가 으르렁거리는 소리와 같았다. 그 시선을 받다 못한 왕은 도움이라도 청하듯 카셀에게 눈을 돌렸다.

‘이럴 때 절 보시면 안 되죠.’

카셀은 안타까웠지만 이미 늦었다. 백작의 눈빛이 카셀에게 향했다. 핏발이 선 그의 눈을 보자, 카셀은 맨손으로 사자 우리에 뛰어든 기분이었다.

“여긴 손님이 있을 자리가 아닌데 왜 여기 있는 건가, 캡틴 울프?”

“견학 중입니다.”

카셀은 어깨를 으쓱하며 대꾸했다.

대신들 틈에 안 보이게 서 있던 아즈윈이 발작적으로 웃음을 터트렸다가 잽싸게 입을 가렸다. 그러나 여전히 웃음을 참지 못하고 어깨를 들썩이고 있었다.

검은 사자 백작은 인상을 구기며 카셀만 힘껏 노려봤다가 다시 샤를 국왕에게 시선을 돌렸다.

"좋습니다. 폐하께서 제가 아니라 외국에서 온 한낱 기사단 캡틴의 조언을 받겠다고 결심하셨다면 저는 이후 단독으로 행동하겠습니다. 이는 제 명예와도 관련된바, 누구의 방해도, 도움도 받지 않겠습니다."

백작은 몸을 돌려 회의장을 나섰다. 나서기 직전 카셀을 스쳐 가며 그는 작은 목소리로 말했다.

"캡틴 카셀, 다시 만날 때는 더 이상 아란티아의 명예를 지켜 주지 않겠다."

백작의 뒤를 따르는 기사 바딩은 여전히 가늘게 뜬 눈으로 웃고 있었다. 그의 웃음은 묘하게 소름 끼쳤다.

'내가 여기 서 있는 것만으로도 그에게는 위협이 된다는 소리군.'

이제 두 백작 모두 하얀 늑대들에게서 등을 돌렸다. 이제 믿을 건 왕과 대신들뿐이었다. 그러나 그마저도 쉽지 않았다.

"이제 좀 카모르트 사정에 눈을 뜨셨습니까, 캡틴 울프?"

루오르는 떨리는 한숨을 길게 내쉰 후 왕에게 말을 이었다.

"폐하. 이제 와서 이런 말씀을 드려봐야 아무 소용없지만, 하얀 늑대들은 회의실에 있어선 안 됩니다. 분명 어제 파티에서는 손님으로 방문했을 뿐이라 하지 않았습니까? 지금 이런 걸로 두 백작을, 특히 뤼미에르 백작을 자극하면 수습할 길이 없습니다."

다른 대신들도 그에 동의했다.

"지금이라도 늦지 않았습니다. 뤼미에르 백작에게 정당한 체포권을 주어 잔스테인 백작을 사로잡는 게 더 좋을 수도 있겠습니다. 그는 왕실을 배반할 사람이 아닙니다. 오히려 샤이필드 공작이 돌아가신 후 비어있는 왕실 수호 가문의 자리를 그에게 맡겨도 좋을 일입니다.”

“우선 하얀 늑대들부터 이 회의실에서 내보냄이 옳은 줄 압니다.”

“누가 봐도 내정 간섭으로 보일 일입니다. 어제 에노아 후작님의 경고를 새겨볼 일입니다.”

카셀은 어금니를 악물고 그 모든 말들을 인내했다. 말 한마디 한마디가 가슴을 후벼 파는 것 같았다.

왕은 카셀을 돕지 않았다. 두나단은 대신들에게 동조하지 않았으나, 카셀을 옹호하지도 않았다. 하고 싶어도 지금 분위기에서는 하지 못할 것이다.

카셀은 그들의 말에 아무 대꾸도 할 수 없었다. 사방에서 그를 둘러싼 늙은 맹수들이 온몸을 물어뜯는 것 같았다. 칼끝이 목에 닿아있을 때조차 할 말을 다 했던 카셀이었지만, 지금은 입술이 떨어지지 않았다.

전쟁터에서 빠져나와 보검을 얻고 쉐이든을 만날 때까지 카셀은 자신의 목숨을 담보로 적과 맞섰다. 만일 지더라도 목숨만 내놓으면 끝이니 차라리 뒤를 생각하지 않고 달려들 수 있었고, 그렇기에 오히려 냉정할 수 있었다. 그러나 지금은 달랐다.

카셀은 울프 기사단을 대표하는 캡틴이었다. 실패하면 목숨을 잃는 게 아니라 하얀 늑대들의 명예를 잃는 것이었다. 명예를 위해 목숨을 내던지는 기사들의 영웅담을 재미 삼아 읽을 때는 몰랐으나 막상 그런 위치에 서자, 명예란 것이 자신의 목숨 이상으로 그를 무겁게 짓눌렀다.

'이럴 때는 뭘 하면 좋죠, 아버지?'

어느 순간 카셀은 싸움판의 중심에 서버렸고 거기에서 내려올 방법은 전혀 보이지 않았다.

"우리를 어떻게 생각하는지 잘 알았소."

그때 쉐이든이 커다란 목소리로 말하며 카셀의 옆으로 성큼성큼 다가왔다. 카셀은 잠에서 깨어난 듯 움찔했다.

쉐이든이 카셀을 공격하는 대신들 모두를 쏘아보았다. 그들은 처음으로 검은 사자 백작의 눈빛보다 무서운 눈빛을 구경하게 되었다.

"당신들이 어느 쪽을 두려워하는지 역시 아주 잘 알았소. 그러나 한 가지 말해두지. 하얀 늑대들은 당신들이 생각하는 것 이상으로 강한 병력이오."

아즈윈도 카셀의 옆으로 다가왔다. 그녀는 오히려 이런 상황이 즐거운 것 같았다.

"말해, 캡틴. 숨길 거 없잖아."

게랄드와 던멜도 카셀의 뒤에 서 있었다. 어느 순간 네 명의 하얀 늑대가 카셀의 주위를 에워싸고 있었다. 마치 화살과 창으로부터 캡틴을 보호하듯.

카셀은 지금까지 항상 싸움판의 중심에 서지 않으려고 노력했지만 이번엔 중심에 설 수 있었다. 그의 뒤에는 와인 여덟 병으로 함께 밤을 새운 친구들이자, 세상에서 가장 강한 기사들이 지키고 있었다.

카셀은 천천히 입을 열었다.

"국정 회의에 직접 참견한 것에 대해서는 사과드리겠습니다. 내정간섭이라고요? 그렇게 될지도 모르죠. 네, 에노아 후작이 제대로 짚었습니다. 우리는 여기 있기에는 너무 위험한 병력입니다."

"무슨…… 말씀을 하시는 게요?"

루오르가 물었다.

"우리들은 아란티아의 대표나 사신의 자격으로 이곳을 찾은 게 아닙니다."

카셀은 샤를 국왕과 루오르, 특히 두나단을 바라보며 또박또박 말했다.

"우리들 하얀 늑대들 다섯 명이 곧 아란티아의 원군입니다."

"오늘 회의는 아주 인상적이었습니다, 캡틴 카셀."

먼저 산책을 제안한 것은 두나단이었으나 사실 그와 단둘이 이야기를 나누고 싶었던 사람은 오히려 카셀이었다. 아란티아에 편지를 보내는 아이디어를 낸 것이 두나단이라면 가장 먼저 만나야 할 사람이기도 했다.

"아마 나이 드신 대신들 중에는 지금까지도 두근거리는 심장을 진정시키느라 숨을 헐떡이는 분도 계실 겁니다."

나무 많은 정원에서 울리는 두나단의 목소리는 불협화음 없는 음악처럼 듣기 좋았다.

카셀은 뒷짐을 지고 걸으며 말했다.

"그럴 리가요? 다들 어린 녀석이 건방지다고 생각하겠죠."

두나단은 창을 던지고 있는 사람처럼 깎아놓은 커다란 향나무 아래에서 멈추었다.

"저도 한때 기사를 꿈꾸었습니다."

"샤를 국왕께서 그런 얘기를 하시더군요."

"그럼 제가 울프 기사단을 어떻게 생각하는지도 아시겠군요."

"아마 제가 울프 기사단이 되기 전에 했던 생각과 같겠지요."

카셀은 상대가 호의적이라고 방심하지 않고 대답 하나하나에 신중을 기했다.

"그렇습니다. 당신들이 왔다고 했을 때 저는 어린아이처럼 기뻐했습니다. 단지 제 위치가 이러하니 순수하게 기뻐하지 못했던 거죠."

"이해합니다."

"지금 와서 고백하는 건데, 저는 당신들이 왔다고 했을 때 몇백 명의 원군이 온 것보다 더 기뻤습니다. 그리고 오늘 당신이 회의에서 했던 그 말을 해주길 기대했습니다. 당신들 다섯 명이 원군 그 자체라는 걸."

"그건 좀 더 극적인 효과를 위해서 말했습니다. 당연히 우리 다섯 명이 몇백 명의 기사단을 상대한다는 말은 아니니까요."

"맞습니다. 왕실에는, 정확히 말해 폐하께는 군대가 필요합니다. 그 말을 하러 이렇게 급히 만나자고 했습니다."

누가 쓴 책인지 기억이 잘 나지 않았으나, '천상의 정원'이라는 책에는 여러 나라 왕실의 정원이 잘 표현되어 있었다. 왕실의 보안상 그림은 생략되었으나, 글을 읽는 것만으로도 카셀은 정원의 한 가운데 서 있는 것 같은 착각에 빠지곤 했다. 그 중 카모르트 왕실의 정원은 이런 식으로 묘사되어 있다.

'돈 많고 차분한 독서가가 야외에 서재를 만들 작정을 하고 펼쳐놓은 것 같은 조용한 풀밭과 품격 있는 조형물이 인상적이다. 정원사 샘은 가넬로크의 드래곤 기사단 관리청의 정원도 디자인했는데, 그의 특기인 역동적인 힘을 자제하고 최대한 정숙한 분위기를 연출하기 위해 애썼다. 조용하면서도 품위 있고, 절친한 친구와 온종일 거닐고 싶은 산책로가 인상적이다.'

카셀은 그 글을 하나씩 떠올리며 두나단과의 대화와는 별도로 산책 자체를 즐기고 있었다. 그래서 절로 얼굴에 미소가 떠올랐는데 두나단이 그걸 보고 말했다.

"이 지루하고 머리 아픈 정치 이야기를 하면서도 웃고 계시네요?"

"네? 아, 이건 산책로가 좋아서……."

카셀은 얼버무렸다. 하지만 두나단은 오히려 존경심을 드러내는 시선으로 웃었다. 그리고 곧 그는 숨죽인 목소리로 말했다.

"사실 오늘 저녁에도 검은 사자 백작의 파티가 있을 예정이었습니다."

"파티를 이틀 연속으로?"

날갯짓하는 드래곤을 표현한 나무를 감상하기 위해 카셀은 걸음을 멈추었다.

"정확히는 사흘 동안입니다. 지금도 당신들을 보기 위해 올라오는 귀족들이 제법 있습니다. 하지만 파티를 주최하는 검은 사자 백작의 아들이 살해당했으니, 파티를 열 만한 분위기는 진작 깨진 셈이죠. 해서 폐하께서는 그 파티를 취소하고 대신 저녁 만찬을 위한 자리를 마련할 것입니다."

"검은 사자 백작은 참가하지 않겠군요?"

카셀도 목소리를 낮췄다.

"그걸 의도한 겁니다. 그 자리에서 폐하를 위한 군대를 소집한다는 얘기를 할 생각입니다."

"귀족들에게 군대를 요구할 겁니까?"

"카모르트 왕실에 제대로 된 군대가 없다는 건 잘 아실 겁니다."

"카모르트 왕실 기사단은 왜 약화된 겁니까?"

"몇 년 전 왕실 기사단에서 가장 뛰어난 기사와 캡틴이 말도 안 되는 이유로 기사직을 박탈당한 뒤로 그리되었지요. 그 일에 많은 기사들이 회의를 느껴 그만뒀고, 제가 기사단을 그만둔 것도 그 무렵이었죠. 폐하는 제가 검술에 재능이 없다며 그만둔 줄 아시지만요."

카셀은 몇 년 전에 그만두었다는 왕실 기사단이라는 말에 귀를 기울였다. 데이릭과 메오릭스. 절대 잊을 수 없는 이름.

'내가 팔콘을 만난 게 단순히 우연이 아니라는 생각이 드는군.'

카셀은 두나단과 대화를 이어가며 잠시 그들의 이름을 잊기로 했다.

두나단은 더욱 작은 목소리로 말을 이어갔다.

"그나마 가넬로크와 이로피스의 사절단으로 떠났던 병력이 얼마 전 시체로 발견되었습니다. 유일하게 폐하가 믿을 만한 인물이었던 캡틴 프란시스가 사망했으니, 새로 기사단을 만들기도 힘듭니다."

"우리도 여기까지 오는 길에 수차례 암살자들의 공격을 받았습니다. 내부에 방해자가 있는 게 분명하군요."

카셀은 눈을 가늘게 뜨고 쏟아지는 햇빛을 잠깐 올려다보았다. 더 이상 정원의 아름다운 풍경이 눈에 들어오지 않았다.

"폐하를 위한 군대를 꾸린다…… 말이야 좋죠."

두나단은 먼 곳에 시선을 둔 채 계속 말을 이었다.

"하지만 왕실 재정으로는 병력을 모으기도, 유지하기도 힘들고, 그럴 시간도 없습니다. 그렇다고 전쟁 한 번 치른 적 없는 노르만트 시민들에게 무작정 창을 쥐여줄 수도 없지요. 저도 국왕 폐하를 귀족들의 손아귀에서 벗어나게 하기 위해 또다시 귀족들의 힘을 빌리고 싶지는 않습니다. 그러나 현실적으로 가면 결국 그렇게 됩니다."

"이 일을 도울 귀족이 있어야겠군요. 두 백작에게 거스를 수도 있는."

"이 자리에서 말씀드리긴 곤란하지만, 도움을 줄 만한 분이 계십니다."

카셀은 이미 누군지 알 것 같았다. 하지만 그 이름을 지금 입에 올리지는 않았다.

"제가 우선 설득을 해보겠으나 더 중요한 건 캡틴 카셀, 당신이 직접 귀족들을 설득해야 한다는 것입니다."

"제가 말입니까?"

"폐하께서 직접 나설 수는 없습니다. 자칫 역효과가 날수도 있으니까요."

"귀족들에게서 벗어나기 위한 작전인데, 국왕이 직접 귀족들에게 애원할 수는 없겠지요."

"제가 할 수 있는 말도 아니고요."

카셀은 금방 두나단의 속마음을 읽었다.

'하얀 늑대들을 좋아하는 것과 별개로 카모르트를 위해 하얀 늑대들

을 이용하겠다는 뜻이로군.'

카셀은 자갈을 깔아 단단하게 다진 바닥을 발로 툭툭 치면서 물었다.

"귀족들이 하얀 늑대들을 도울까요? 카모르트 내에서 울프 기사단의 이름값이 뤼미에르 백작과 쟌스테인 백작이 주는 두려움을 능가할 거라고는 생각하지 않습니다."

"어차피 이 시점에서 그걸 두려워할 정도의 귀족들이라면 필요 없습니다."

간혹 시녀들이 정원을 지나가면서 그들과 마주치고는 고개를 푸욱 숙이고 인사했다. 모르는 얼굴도 몇 있었고, 안면이 있는 경비들도 있었다. 둘은 누가 지나갈 때마다 말을 멈추며 주의했지만 사실상 자기들의 말은 누군가 듣고 있으리라고 가정한 상태였다. 그래서 중요한 말은 생략하거나 상징적으로 에둘러 말하며 대화를 계속했다.

"강행하십시오. 제가 돕겠습니다."

두나단의 목소리에는 거짓이냐, 진실이냐를 뛰어넘어 왕을 돕겠다는 강한 의지가 돋보였다.

"좋습니다."

카셀은 고개를 끄덕였다.

둘은 저녁에 있을 만찬에서 서로 맞춰야 할 몇 가지 약속만 정하고 그 외에는 말하길 삼갔다. 두나단은 왕실의 정원이니 굳이 이렇게까지 주의할 필요는 없다고 했지만 결국 카셀의 말대로 했다. 둘은 서로의 진심을 모두 듣지도 못한 채 헤어졌다.

카셀은 정원의 왔던 길을 되돌아가며 상황을 정리했다. 누가 아군이고 누가 적인지, 또 누가 암살자를 사주하여 자기들을 노리고 있으며, 누가 외국으로 가는 사신을 공격했는지, 특히 두 백작 모두 언급하는 '검은 기사'란 어떤 존재인지 생각했다.

'노르만트로 들어올 때 기습했던 그 검은 기사와 같은 존재겠지? 전부 다 합쳐서 복잡하게 만들지 말자고 했지만, 이건 합쳐서 생각해 볼 일이야.'

암살자를 고용한 후 하얀 늑대들을 제거하면 어느 쪽이 이익을 보게 되는가? 둘 다 이익 보는 것 같기도 하고, 둘 다 그렇지 않은 것 같기도 했다.

검은 기사는 쟌스테인 백작의 딸을 죽이려 했고 뤼미에르 백작의 아들도 죽였고, 하얀 늑대들까지 공격했다. 노림수가 있는 것 같기도 했지만, 도적들까지 공격당한 걸 보면 무차별 공격 같기도 했다.

노르만트 바깥에서 벌어진 일이라면 몰라도 노르만트 안에서 벌어진 암살은 상황이 전혀 달랐다. 수천 명의 시민 중에서, 아니 범위를 좁혀 왕실을 찾아오던 수십 명의 귀족 중에서 정확히 검은 사자 백작의 아들을 집어낸 것까지 우연이라 볼 수 없었다.

그리고 두 백작의 감정싸움이 극에 달한 어제 파티의 대화를 다시 생각해보면 결국 결정타가 된 것은 검은 기사의 공격이었다. 이를 계기로 두 백작이 전면전을 벌인다면 카모르트 전체의 위기라고 봐도 좋았다.

카셀은 시간 순서를 따져보았다. 붉은 장미 백작의 딸이 공격받은 게 첫 번째, 다음에는 하얀 늑대들이 공격 받았고, 그다음 검은 사자 백작의 아들이 암살당했다. 도적들은 아마도 첫 번째와 두 번째 사이일 텐데, 불특정 다수를 공격했다는 소문 때문에 세 번으로 한정 지을 수도 없었다.

그러고 보니 아즈윈이 만난 검은 기사는 공격해오지 않고 위협만 했다.

'왜 그때는 공격하지 않았지? 도적단을 통째로 없애버릴 정도로 무시무시한 녀석들이 외형적으로 보자면 젊은 여자에 불과한 아즈윈을 피해간 셈이 되잖아.'

생각을 계속하던 카셀은 어지럽게 펼쳐진 의문들이 점차 하나로 합쳐지는 기분이 들었다.

'검은 기사는 게랄드를 공격한 다음에야 우리를 하얀 늑대들이라고 알아챈 게 아닐까? 그러니 아무리 아즈윈이 여자라도 공격하지 못한 거야. 그럼 그 전에 게랄드와 싸운 검은 기사의 공격은 무차별 공격 중의 우연이었던 거야! 우린 검은 기사의 표적이 아니었어!'

모든 것이 계획적으로 이루어졌다고 생각해버린 탓에 생겨난 맹점이었다. 암살자와 검은 기사를 동일하게 바라보는 바람에 생긴 실수이기도 했다.

'자, 다시 처음부터 생각해 보는 거야. 어쩌면 모든 의문을 풀 수 있을지도 몰라.'

카셀은 곰곰이 생각하며 걷다가 정원의 길을 가로막고 있는 사람도 못 알아보고 지나쳐 버렸다. 그 남자는 카셀이 지나갈 때까지 내버려뒀다가 일부러 뒤에서 어깨를 잡았다.

카셀은 깜짝 놀라 돌아보았다. 검은 사자 백작의 경호 기사인 바딩이었다.

"뭘 그리 골똘히 생각하십니까, 캡틴 울프?"

"바딩. 안녕하십니까. 여러 가지로 생각해 둘 게 많아서요. 산책 중이셨습니까?"

카셀은 바딩과 길게 이야기하는 게 껄끄러워 말을 빨리했다.

키 크고 잘 생긴 외모에 찰랑거리는 금발, 가까이에서 보기 부담스러울 정도로 잘생긴 얼굴…… 지금도 그를 바라보고 있자니 자신의 못난 점이 떠올라, 심적으로 패배하는 기분을 맛보게 되었다. 아마 수없이 많은 남자들이 바딩을 대하며 비슷한 고통을 당했을 것이다. 카셀은 자기만큼은 그러지 말아야지 하면서도 결국 그런 생각을 해버렸다.

"혼자였습니까?"

바딩이 물었다.

"산책 중이었습니다."

카셀은 자기도 모르게 어디선가 자기를 경호하겠다며 따라나선 쉐이든을 찾아 두리번거렸다. 그러나 정원 어디에도 그의 모습은 보이지 않았다. 불안감이 온몸을 감쌌다.

"전 그만 동료들에게……."

카셀이 서둘러 돌아가려 하자, 바딩은 기어이 그의 팔뚝을 붙잡았다. 살짝 잡았는데도 카셀은 그에게 끌려가는 듯했다.

"너무 피하지 마십시오, 캡틴 울프. 우연히 마주친 게 아닙니다. 아까부터 찾아다니고 있었습니다."

"저를요?"

"어제 말씀드리지 않았습니까? 당신과 겨뤄보고 싶다고."

카셀은 일부러 화가 난 듯 눈살을 찌푸렸다.

"당신이 아무나 붙잡고 칼을 들이미는 예의 없는 기사라고 생각지 않았습니다만."

"아무나라니! 누가 천하의 하얀 늑대들을 '아무나'라고 합니까? 저는 지금 검은 사자 기사단의 캡틴 자격으로 울프 기사단의 캡틴에게 시합을 요청하고 있는 겁니다. 정식으로!"

바딩은 카셀의 허리에 차고 있는 아란티아의 보검을 발견하고 고개를 으쓱했다.

"마침 칼도 가지고 계시는군요. 보는 사람도 없고 자리도 넓군요. 어떻습니까?"

손이 떨리고 있었다. 그걸 숨기려고 주먹을 쥐거나 등 뒤로 빼면 도리어 시선을 집중시킬 테니 내버려 두었다. 사실 지금 손이 떨리는 건지 몸 전체가 떨리는지도 구분이 안 되었다.

'빌어먹을, 쉐이든은 어디 있는 거야?'

카셀은 자연스러워 보이라고 한 손을 바지춤에 찔러 넣고 뒤통수를 긁적이는 동작을 보였다. 하지만 괜히 어색함만 더했다.

"시국이 혼란스러운 상황에, 왕실의 정원에서 칼을 부딪치고 싶지 않습니다."

"지금보다 적절한 시기는 없습니다."

바딩은 크게 심호흡을 하면서 먼 곳에 시선을 두고 웃었다.

"오늘 우리 측 기사들이 쟌스테인 백작을 체포하기 위해 떠났습니다. 하지만 쉽사리 잡혀 오리라고는 기대하지 않습니다. 잡혀 와도 골치죠. 그런 거물을 잡아두면 장미 기사단을 필두로 한 군대가 당장 노르만트로 진격할 테니까요. 어느 쪽이든 저와 뤼미에르 백작님은 오늘 노르만트를 떠나 레앙으로 돌아가야 합니다. 폐하께 누를 끼치는 일은 없도록 해야겠지요."

뤼미에르 백작이 단독으로 행동한다고는 말했으나, 카셀은 설마하니 벌써 기사단을 출동시켰을 거라고는 생각하지 않고 있었다. 상황은 카셀이 생각했던 것보다 더 빠르게 악화되고 있었다. 그리고 엉뚱하게도 평화로운 정원 한가운데에서 카셀은 왕실에 발을 들인 후 가장 위험한 상황을 맞이하게 되었다.

"그런 고로 저에게는 시간이 얼마 남지 않았습니다. 이렇게 떠나버리면 언제 당신을 또 만날지 알 수가 없지 않겠습니까?"

"그렇다고 이렇게 갑자기 시합을 요청하는 건 받아들일 수 없습니다. 뭣하면 이 불안한 시국을 정리한 다음에 다시 만나도록 하지요. 여차하면 제가 아란티아로 초청할 수도 있습니다."

카셀은 지금 이 상황만 무마해보려고 말했다.

"설마 하얀 늑대들의 캡틴께서 절차와 형식 따위에 목메어 칼을 쥐기 두려워하시는 건 아니겠지요?"

바딩은 노골적으로 실망감을 드러내며 말했다.

"절차 때문이 아닙니다. 지금은 서로가 서로를 다치게 해서는 안 되는 시기지 않습니까?"

"글쎄요, 전 별로 다칠 생각은 없습니다만?"

"대단한 자신감이군요. 전 그럴 자신이 없어서 시합을 거절하겠습니다."

"정말 거절하십니까?"

"거절합니다."

카셀은 웃으며 말했다. 바딩은 허리에 손을 얹고 나팔을 불고 있는 꼬마처럼 조각한 향나무 쪽으로 고개를 돌렸다.

"그렇습니까?"

말은 부드럽게 끝냈으나 나무를 바라보는 바딩의 시선은 화를 참고 있는 것처럼 보였다. 그러더니 갑자기 고함을 내질렀다.

"캡틴 카셀!"

멀리서 지나가는 시녀들이 깜짝 놀라 이쪽을 바라볼 정도였다. 바딩은 자제력 있고 침착했던 지금까지의 모습이 다 거짓이었다는 듯, 갑자기 칼을 꺼내 옆에 있는 정원수를 베어버렸다. 나팔을 불고 있는 꼬마의 형상을 한 커다란 나무가 단칼에 두 동강 나 옆으로 쓰러졌다. 카셀은 그의 칼이 움직이는 모양을 보지도 못했다.

"딱 하나만 묻자, 카셀."

바딩은 흐트러진 머리를 쓸어 올리며 물었다.

"너, 하얀 늑대가 맞기는 한 거냐?"

그 말을 듣는 순간, 카셀은 내장이 모조리 밑으로 쓸려 내려가는 기분이었다. 손가락 하나 움직이는 것만으로도 바딩이 자신의 실력을 모조리 간파해 버릴 것 같아서 손가락 하나 까닥일 수도 없었다.

'왼손으로 칼집을 잡아. 자, 날 봐. 이렇게 부드럽게 쥐어야 해. 손에 힘이 없으면 없을수록 근사해 보여. 알겠어? 근사해 보이는 게 핵심이야.'

카셀은 게랄드가 노르만트로 오는 이틀간 가르쳐준 것들을 하나씩 떠올렸다.

'상대가 멍청한 놈이면 뽑아. 그리고 그 검은 칼날을 보여줘. 그리고 보여줄 수 있는 가장 살벌한 인상을 지어. 그러면 도망갈 거야. 인상 쓰기는 쉐이든을 보고 단련해. 하지만 상대가 정말 강한 놈이라면 뽑지 마. 뽑지 않아야 오히려 더 그럴듯해. 로일이나 던멜이 딱 그래. 녀석들은 상대를 죽이겠다는 마음을 가질 때까지 칼을 뽑지 않아. 그래서 시합 때조차 살벌한 기운이 감돌지. 네 체형에는 로일의 어깨를 편 자세가 딱 맞아. 이렇게 하는 거야…….'

카셀은 천천히 칼집에 손을 올려놓았다. 일반적으로 칼을 뽑을 때처럼 몸을 수그리지도 않고 양발을 벌리지도 않았다. 칼을 뽑는 법까지는 배우지 못했다. 게랄드에게 '넌 정말 칼과는 안 맞는 녀석이구나'라는 핀잔을 스물다섯 번 정도 들으며 노력한 자세는 거기까지였다.

'뽑으면 난 널 죽일 수밖에 없다는 의지를 보이는 거야. 살벌할 필요도 없어. 강해 보이려고 애쓸 필요도 없어. 정말 피하고 싶다는 마음을 드러내는 거야! 강조하는데, 이건 최고의 실력자만 알아보는 자세야. 그럴 때만 써.'

게랄드가 가르칠 때 카셀은 그 부분이 말도 안 된다고 생각했다. 왜냐하면 카셀은 최고의 실력자를 구별할 실력이 없기 때문이었다. 그러나 이번에는 확신할 수 있었다. 바딩은 최고의 실력자였다.

"캡틴 바딩."

카셀은 칼을 뽑는 것과 전혀 상관없는 것처럼 오른손을 늘어뜨렸다. 언뜻 보기에는 어정쩡한 자세였다. 싸우기 싫다는 표정을 짓는 건 아주 쉬운 일이었다.

카셀의 예상대로였고, 게랄드의 가르침대로였다. 바딩은 그 자세의 의미를 알아보고 빙그레 웃어 보였다.

"이제 싸울 마음이 드시나?"

"아니오. 시합할 기회는 지금이 아니라도 얼마든지 있소."

"난 눈앞에 놓인 기회를 놓쳐본 적이 없다."

"이런 건 기회가 아니오."

"기회다. 피하지 마라."

바딩은 눈을 부릅뜨고 칼을 들었다.

카셀은 눈을 감았다. 그리고 그나마 게랄드가 가르쳐 준 자세도 풀어버렸다. 고작 며칠 배운 자세로 바딩 같은 기사를 오래 속일 자신이 없었다.

"난 피하겠소."

카셀은 그대로 휙 몸을 돌려, 다시 가던 길을 걸어가 버렸다. 바딩은 고함을 질렀다.

"이대로 네 등을 공격할 수도 있다. 내 모든 명예와 지위를 버리고서라도! 그럼 결국 넌 스스로의 목숨을 지키기 위해서라도 싸워야겠지."

카셀은 그 말에 아찔했지만, 끝까지 돌아서지 않았다. 여기에서 돌아서면 바딩은 정말로 칼을 휘두를 것이다. 차라리 그가 기사로서의 명예를 버리지 않길 믿는 편이 더 나았다. 그리고 어디선가 쉐이든이 이 광경을 보고 있기를 바랐다. 그가 아니라면 하얀 늑대들 중 누구라도!

'항상 넷 중 한 명은 옆에 붙어있겠다더니 정작 필요할 때는 어디 가 있는 거야?'

그때 바딩이 정말 카셀의 등을 베기라도 할 것처럼 한 걸음 내디디며 소리쳤다.

"카셀!"

그리고 바딩은 뭔가에 놀라 갑자기 뒤로 물러섰다가 그만 균형을 잃고 넘어졌다.

돌아보지 않겠다고 다짐했던 것도 잊고 카셀은 뒤를 돌아보았다. 바딩이 쓰러진 자리 앞에 철창이 하나 박혀 있었다. 돌을 뚫고 들어간 묵직한 창이 파르라니 떨리고 있었다.

"그렇게 원한다면……."

정원이 내려다보이는 2층 테라스에서 쉐이든이 뛰어내렸다.

"내가 상대해주겠다, 바딩."

쉐이든은 카셀과 바딩이 서 있는 자갈길을 막고 있는 풀밭을 거칠게 가로질러 왔다. 하지만 그 무시무시한 기세는 꽃밭 앞에서 멈췄다. 쉐이든은 잠깐 망설이더니 결국 꽃을 밟지 못하고 꽃밭을 빙 돌아서 창이 꽂힌 자리로 걸어갔다.

쉐이든은 바닥에 박힌 창을 힘 있게 뽑았다. 흙과 부서진 돌가루가 창날에 딸려왔다가 도로 바닥으로 후두둑 떨어졌다. 바딩도 그사이 자리에서 일어나 엉덩이를 털었다.

"하얀 늑대들 중 한 명이라면 누구든 상관없지."

쉐이든은 카셀을 돌아보며 동의를 구했다.

"어떻게 할까, 캡틴? 이런 막무가내의 시합을 받아들이는 건 나도 좋아하지 않지만, 캡틴처럼 마냥 도전을 피하는 것도 좋지는 않지."

카셀은 쉐이든의 어깨를 살짝 쥐며, 강한 어조로 말했다.

"아니, 됐어. 이런 멋진 정원에서 피를 보고 싶지 않으니까."

바딩은 어처구니가 없어 뭔가 말하려고 입을 벌렸다가 도로 닫았다. 멀리서 그들을 발견한 대신들이 뭔 일인가 하며 옹기종기 모여 이쪽을 쳐다보고 있었다. 바딩은 결국 칼을 집어넣었다.

“이런 식으로 미적지근한 건 딱 질색이다. 운명이 나를 이끈다면 다시 당신을 만나게 되겠지. 그때는 피하지 않기를 빌지, 카셀.”

바딩은 멋진 미소 뒤에 살기를 살짝 내비쳤다. 더 이상 그는 카셀에게 캡틴으로서의 예우를 보이지도 않았다. 쉐이든은 창을 팔에 끼우고 카셀 대신 대꾸했다.

“언행을 조심해라, 캡틴 바딩. 하얀 늑대의 이빨을 보고 살아남을 수 있는 건 하얀 늑대뿐이다.”

“재미있는 말이군, 쉐이든. 넌 그럴지도 모르지. 허나…….”

바딩은 돌아서며 의미심장한 말을 남겼다.

“네 캡틴이란 자가 그런 이빨을 가지고 있는지는 잘 모르겠군.”

바딩은 정원을 가로질러 사라져버렸다.

카셀도 그가 정원에서 벗어날 즈음에 반대쪽으로 걸어갔다. 쉐이든은 창을 어깨에 짊어지고 뒤를 따랐다. 겨우 아무도 없는 복도에 들어서고 나서야 카셀은 숨을 몰아쉬며 벽에 등을 기댔다.

“왜…… 늦었어요, 쉐이든? 근처에 없었던 거예요?”

“아니, 있었어. 보고 있었다.”

쉐이든은 당연하다는 듯 대꾸했다.

“네에? 보고 있었는데 가만히 있었던 거예요?”

“네가 어쩌나 보려고.”

쉐이든은 그 말을 하고 휙 지나가 버렸다. 카셀은 놀라 그의 뒤통수만 바라보았다.

“제가 잘 대처하나 지켜봤다는 뜻인가요? 그랬어요? 그래서 어땠는데요?"

카셀은 화난 목소리로 소리쳤다.

"기대보다는 못 미쳤다."

"아, 네. 그러셨어요? 그럼 뭐 하러 나타났어요? 아예 확 그냥 바딩한테 죽은 다음에나 나타나시지!"

"그럴 일은 없어."

쉐이든은 그 말만 남기고 복도 모퉁이로 사라졌다. 카셀은 씩씩대면서 괜히 애꿎은 벽을 주먹으로 쳤다. 그리고 아파서 한참 낑낑대다가 문득 쉐이든의 말에서 이상한 점을 발견했다.

"기대보다 못 미쳐?"

카셀은 중얼거렸다.

"뭘 기대했는데?"

"카셀한테 뭘 기대한 거야?"

모퉁이에서는 게랄드가 기다리고 있었다.

"보고 있었냐?"

쉐이든은 그를 지나치면서 말했다.

"보고 있었지. 네가 바딩한테 창 던지는 순간부터."

게랄드가 쫓아가면서 말했다.

"왜 그랬어? 왜 안 구해줬냐고. 뭘 기대한 거야?"

"좀 더 나은 모습."

쉐이든의 걸음이 빨라졌다. 그에 맞춰 게랄드도 걸음을 빨리하며 말했다.

"이보게, 전직 사무관 나리. 농사꾼 꼬마한테서 너무 지나친 기대치를 요구하고 있잖아. 상대는 카모르트 최고라는 녀석이야. 딱 보면 알잖아. 바딩은 여차하면 진짜로 우리한테 도전할 만한 실력자라고."

"나도 알아. 그런데……."

"그런데?"

"기대하게 만들어."

"누가?"

"카셀."

쉐이든은 문 앞에서 멈췄다. 그리고 주변에 아무도 없는지 확인하고 말을 이었다.

"내가, 아니 우리가 처음에 기대했던 것은 임시 캡틴이었다. 그런데 어느 순간 녀석은 진짜 우리의 멤버로, 우리의 캡틴으로서 존재감을 과시하더군."

게랄드는 벽에 등을 기대고 고개를 갸웃거렸다.

"으음, 그랬나?"

"캡틴의 직책을 줬는데 그걸 과시하지 않는다. 우리조차 버거워하는 캡틴의 임무를 짊어지고도 압사당하지 않는다. 회의실에서 녀석은 진짜로 울프 기사단의 명예를 걱정하면서 망설이더군. 계기는 우리가 줬지만 그런 계기를 준다고 왕과 신하들 앞에서 당당히 말할 녀석이 누가 있겠나?"

게랄드는 팔짱을 낀 채로 키득거렸다.

"너희들 둘이 짰냐? 비슷한 말을 하네?"

"누구랑?"

"아즈윈."

"아즈윈이 뭐랬는데?"

"아즈윈은 노르만트 들어서기 전에 나한테만 조용히 이렇게 말했지. 카셀이 실수해서 가짜라는 게 들통나면 자기는 그냥 모른 척하고 아란티아로 도망쳐버릴 거라고 했어. 그런데 아까 회의실에서 나서면서는 뭐라고 했는지 알아? 큰일 났다. 이제 일 터져도 그냥은 못 가게 됐어……."

쉐이든도 동의한다는 뜻으로 고개를 끄덕였다. 게랄드는 웃으면서 뒤통수를 긁적거렸다.

"다들 카셀에게 기대치가 너무 큰 거 아니야? 그러지들 마. 이쯤 되면 카셀이 우리도 못할 일을 해주기를 바라는 거야."

"그건 네 말이 맞다."

쉐이든이 문을 열며 약간 반성하는 투로 말을 이었다.

"애초에 설정해 놓은 기대치를 너무 쉽게 넘어버려서, 나도 모르게 그 이상을 요구하게 되는군."

방 안에서는 던멜이 자신의 활시위를 팽팽하게 당겨놓고 있었다.

"뭐 하냐?"

게랄드가 묻자 던멜은 수화로 대꾸했다.

'왠지 안 좋은 일이 벌어질 것 같아 준비 중이다.'

쉐이든은 그에 대해서는 더 묻지 않고 문밖에서 하던 얘기를 이어갔다.

"그래. 난 이번에도 녀석이 바딩을 어떤 식으로든 이겨낼 줄 알았어."

"결국 못 이겨냈나 보군? 네가 끼어든 걸 보니."

"아니, 끝까지 못 보고 끼어든 거야."

"왜?"

쉐이든은 사실대로 고백했다.

"보다가 내 쪽이 더 가슴이 졸였거든."

◈ Chapter 18 ◈

12쏜즈

아침이 되어 쟌스테인 백작은 이발사 모튼의 부담을 덜어주기 위해 일찍 떠나기로 했다. 하지만 라틸다를 위한 마차와 마부를 따로 준비하느라 약간 출발 시각이 더뎌졌다.

12쏜즈 열두 명 중 여섯 명만 마차를 호위했다. 열두 명이 항상 함께 행동하는 건 아니지만 아버지가 자기 영지 아닌 다른 곳에서 반만 대동하는 것이 의아해 라틸다가 물었다.

"나머지는 어디 있나요?"

"어젯밤에 노르만트 외곽으로 미리 보내뒀다. 남은 병력을 수습해서 바로 떠나야지."

"설마 군대를 몰고 오셨어요?"

라틸다가 인상을 구기며 물었다.

"그럼 뤼미에르 백작의 영지나 다름없는 곳을 맨몸으로 와야 했다는 소리냐?"

백작은 말싸움을 하고 싶지 않다는 뜻으로 먼저 말을 몰고 앞서 가버렸다.

마차가 출발하고 좌우에 기사들이 따랐다. 마차에는 라틸다와 안나, 로일이 탔다. 라틸다는 부상당한 달마르도 같이 타자고 제안했으나 그는 굳이 말을 타고 호위대의 일곱 번째가 되었다.

"아물지도 않았을 텐데, 저런 몸으로 말을 타면 상처가 벌어질 거야."

라틸다는 몸도 가누기 힘들어, 말 위에 흔들흔들 올라타 있는 달마르를 안타깝게 바라보았다.

"헛된 자존심이야. 부상자가 마차를 타고 간다고 해도 아무도 뭐라고 하지 않을 텐데."

"단순한 자존심 때문이 아니에요, 아가씨. 달마르는 최선을 다하는 겁니다. 부상을 걱정하는 건 약자들의 변명이죠. 한 번 아가씨를 보호하지 못했다는 죄책감 때문에 더욱 피할 수 없는 거예요."

안나가 그를 두둔하고 나섰다. 하지만 라틸다는 달마르가 다른 쏜즈처럼 보이고 싶어 계속 곁눈질로 힐끔거리며 자세를 고치고 있는 모습을 보며 생각했다.

'아니면 12쏜즈의 일원이 되고 싶어서 무리하고 있거나.'

아침부터 갑작스러운 기사단의 행렬에 놀란 시민들이 구경하러 나왔다. 라틸다는 이곳 사람들이 붉은 장미 백작에 대해 어떤 소문을 들었을지 표정을 보고 알 수 있었다. 그들은 두려워하고 있었고, 라틸다는 그 사실이 가슴 아팠다.

'하지만 아버지는 자랑스러워 하시겠지.'

성문을 얼마 남겨두지 않고 선두에서 말을 몰던 붉은 장미 백작이 멈췄다. 라틸다는 창문 밖으로 고개를 내밀었다가 흠칫 놀라며 머리를 얼른 안으로 집어넣었다.

다섯 명의 검은 갑옷 입은 기사들이 백작을 가로막고 있었다. 악몽 속의 기사가 아닌, 검은 사자 백작의 기사들이었다. 그런데도 악몽 속의 기사들을 만나기라도 한 것처럼 가슴이 떨렸다. 안나도 밖을 내다보고 의아해했다.

"검은 사자 기사단이군요. 무슨 일일까요?"

특별히 걱정하는 말투가 아니었던 안나도 뒤쪽에서도 접근하는 또 다른 병사들을 발견하고 숨을 들이켰다. 마차의 좌우로 창을 든 보병이 열 명씩 다가왔고, 뒤쪽 역시 다섯 명의 기사들이 배치되었다. 전투에 대해 아무것도 모르는 사람이 봐도 전략적인 포위망이었다.

붉은 장미 백작의 행렬을 구경하던 시민들은 뭔가 심상찮은 분위기를 보고, 집 안으로 도망치거나 골목 안으로 숨었다. 그 와중에도 구경거리를 놓치기 싫은 사람들은 몸만 숨기고 몰래 내다보기도 했다.

쏜즈의 기사들은 당황하지도 않고 민첩하게 말을 몰아 단번에 라틸다의 마차 주위를 에워쌌다. 하지만 달마르는 말을 제대로 몰지 못해 제자리에서 빙글 돌기만 했다.

링케는 느릿느릿 말을 몰아 붉은 장미 백작의 등 쪽에 섰다. 쏜즈 중 누구도 무기를 꺼내지 않았으나 일사불란한 방어 대형을 갖추는 모습만으로 포위하고 있는 창병들의 기세를 눌렀다.

검은 사자 기사단 역시 흔들림 없는 포위 대형을 갖췄다. 라틸다는 불안하여 옆자리에 앉은 로일을 돌아보았다. 로일은 말없이 바깥을 내다보기만 했다.

"날 재미있게 해주려고 장난치는 건 아닌 것 같고 무슨 일로 왔느냐?"

아버지가 굵은 목소리로 물었다.

"바르다 위그 쟌스테인 백작. 당신을 검은 사자 백작의 셋째 아들 리제니 덴 뤼미에르 남작의 살해범으로 체포하겠습니다. 무장을 해제하고 우리의 인도를 받으십시오."

검은 사자의 기사는 양피지 두루마리를 펼쳐 읽은 후, 백작에게 내보였다. 백작은 말에서 내리지도, 두루마리를 받지도 않았다.

"그것은 국왕 폐하의 명령이냐?"

"뤼미에르 백작의 명령입니다."

붉은 장미 백작은 코웃음 치며 대꾸했다.

"그럼 내가 응할 이유가 없다. 길을 열어라. 지나가겠다."

"안됩니다, 백작님. 명령입니다. 따르지 않으면……."

"왕이 아닌 그 누가 감히 내게 명령을 내린단 말이냐? 내 딸을 공격한 것도 모자라, 반년 동안 얼굴도 못 본 리제니의 죽음을 내 탓으로 몬단 말이냐?"

두렵긴 했으나, 호기심에 엉덩이를 들고 바깥에 고개를 내밀었던 라틸다는 아버지의 말을 듣고 그만 자리에 주저앉아버렸다.

"리, 리제니가…… 죽어?"

마차 바깥의 상황은 더욱 악화되고 있었다.

"폐하의 이름이 걸려 있는 이 도로를 피로 물들일 생각은 없습니다,

쟌스테인 백작. 무장을 해제하십시오."

"그건 내가 할 말이다. 성명을 밝혀라, 뤼미에르 백작의 기사!"

"베르틴입니다."

"기사 베르틴, 지금 당장 너의 군주에게 돌아가 내 말을 똑똑히 전해라. 나는 얼마 전 일어난 불미스러운 사태에 대해 대화를 제의할 생각이었다. 어제의 일이 결코 나의 무례라고는 생각하지 않으나 그 문제에 대해서도 조용히 대화하려 했다. 심지어 사과까지 해볼 생각이었다."

쟌스테인 백작의 목소리는 큰길 좌우로 쩌렁쩌렁 울려 퍼졌다.

"그러나 이제 늦었다. 이 시각 이후 나는 뤼미에르 백작과 어떤 협상도 하지 않으며, 어떤 대화에도 응하지 않겠다. 또한 그의 명예도, 그의 목숨도 보장해주지 않겠다. 한 마디도 빼놓지 않고 전하라, 베르틴."

베르틴은 손짓을 하여 검은 사자가 그려진 깃발을 들고 있는 기수를 불렀다. 베르틴이 기수에게 말했다.

"지금 들은 대로 가서 뤼미에르 백작께 전하라. 그리고 불행하게도 나는 쟌스테인 백작의 몸이 아니라 머리만 가져가야겠다고도 전하라."

기수는 대답하고 돌아갔다.

"전원 전투 준비!"

베르틴은 쩌렁쩌렁 울리는 목소리로 칼을 뽑았고, 그의 말을 들은 검은 사자 기사단은 일제히 칼을 뽑았다. 창병 스무 명이 창을 세워 한 걸음 다가왔다.

붉은 장미 백작은 큰 소리로 웃음을 터트리며 마차에 타고 있는 라틸다에게 말했다.

"사랑하는 내 딸아. 방금 들었느냐? 뤼미에르 백작이 대화에 응할 거라고? 이게 그자의 방식이다. 리제니가 죽었다? 널 죽이려다 실패한 일을 만회하려고 자기 아들을 죽이고 그 일을 내게 뒤집어씌우려는 거다. 능히 그럴 자다."

쟌스테인 백작은 칼을 뽑았다.

"내가 군대에서 벗어난 순간을 노리고 자기 부하를 총동원했구나. 그래, 힘으로 상대하길 원한다면 내가 가진 힘이 어느 정도인지 보여주겠다."

여섯 쏜즈의 칼이 한 호흡도 틀리지 않고 동시에 뽑혀 나왔다.

"쟌스테인 백작. 저는 분명 정중히 요구했으나 백작께서 그것을 수용하지 않으셨습니다. 마지막 기회를 드려봐야 받아들이지 않으실 테지요?"

"네 이 녀석, 베르틴. 기사가 칼을 뽑았는데 이것저것 확인할 일도 많구나."

베르틴은 지체 없이 명령을 내렸다.

"공격하라."

검은 사자 기사단과 창병은 동시에 마차 쪽으로 달려들었다. 대낮에 도심 한가운데에서 육중한 철판 갑옷을 입은 기사들의 격돌이 벌어졌다. 뒤엉킨 병장기가 부딪히는 소리와 비명이 요란하게 퍼졌다.

라틸다는 귀를 틀어막고 고개를 숙였다. 리제니의 죽음에 슬픔을 느낄 겨를도 없었다. 마차의 창문이 깨지며 시커먼 도끼창이 안으로 뚫고 들어왔다. 자신의 얼굴로 똑바로 날아드는 도끼창을 보고 라틸다는 고개를 돌리며 비명을 질렀다.

자신을 체포하려는 검은 사자의 기사들을 상대로 쟌스테인 백작은 조금도 물러서지 않고 앞장서서 칼을 휘둘렀다. 언뜻 보면 기사들과 병사들의 창이 쟌스테인 백작의 보이지 않는 검술에 막혀 튕겨 나가는 것처럼 보였지만, 실상은 백작에게 쏟아지는 공격을 옆에서 링케가 막고 있었다. 창병들이 아무리 거리를 유지하며 긴 창을 들이밀어도 링케의 창과 갑옷에 막혀 백작에게는 털끝 하나 닿지 못했다. 심지어 링케는 창병의 창을 맨손으로 빼앗아 그 주인의 목에 꽂아 넣기까지 했다.

제일 처음에 목이 날아간 검은 사자의 기사는 쟌스테인 백작을 체포하겠다고 낭랑하게 선언했던 베르틴이었다. 싸움이 시작되자마자 쏜즈 중 한 명이 달려가 칼을 두 번도 부딪치지 않고 베르틴의 목을 날려버린 것이었다. 머리를 잃은 베르틴의 몸이 말 위에서 둔탁한 소리를 내며 떨어졌다. 뒤이어 다른 검은 사자의 기사들도 차례로 말 위에서 떨어졌다.

샤를의 거리라고 이름 붙여진 대로에 검붉은 피가 넘쳤다. 병사들의 비명과 기사들의 고함 소리는 계속 이어졌다. 부서진 방패 파편이 구경하던 구경꾼 쪽으로 날아가 엉뚱한 희생자를 내기도 하며 싸움은 더욱 격렬해졌다.

한창 전방을 맡아 공격하던 쟌스테인 백작은 뒤늦게 라틸다가 타고 있는 마차의 수비가 허술할 거라는 사실을 깨닫고 뒤를 돌아보았다. 검은 사자의 기사 한 명이 커다란 도끼창으로 마차를 내리치고 있었다.

"내 딸! 라틸다를 보호하라!"

당황한 백작의 목소리는, 난장판 속에서 마차까지 닿지 못했다. 쟌스테인 백작은 앞에 있는 창병 하나를 걷어차고 말을 돌려 마차로 되돌아갔다. 링케도 뒤늦게 말머리를 돌려 백작을 앞질러 마차로 향했다.

마차의 창문이 깨지고 안에서 라틸다의 비명이 터져 나왔다.

쟌스테인 백작은 최악의 상황을 떠올렸다.

"라틸다!"

그의 외침과 동시에 붉은 피가 하늘로 뿜어져 올랐다가 마차를 공격하던 검은 사자 기사의 잘려나간 오른팔과 함께 바닥에 떨어졌다. 백작은 놀란 나머지 말고삐를 잡아당겨 멈췄다.

링케는 멈추지 않고 달려가, 팔을 잃고 비틀거리는 기사의 목을 찔러 말에서 떨어뜨렸다. 그리고 서둘러 마차 안을 살폈다. 부서진 마차 안에는 라틸다와 안나, 로일이 있었다.

"괜찮으십니까?"

라틸다는 대꾸하지 못했다. 마차 안에 다친 사람은 아무도 없었다. 링케는 백작에게 안심하라는 신호를 보냈다.

'방금 무슨 일이 벌어진 거지?'

백작은 나중에 생각하기로 하고 다시 싸움판으로 돌아서서 기사들을 지휘했다. 상황은 길게 가지 않았다. 검은 사자의 기사들이 모두 말에서 떨어지자 남은 창병들은 싸울 의욕을 잃고 후퇴했다. 마차 주위에는 시체만 가득했고 주인 잃은 말은 어디론가 달려가 버렸다.

"피해는?"

붉은 장미 백작은 피가 묻은 칼을 그대로 칼집에 꽂아 넣으며 물었다.

"없습니다. 아, 달마르가 죽었습니다."

링케는 멀지 않은 곳에 쓰러져 있는 달마르를 가리켰다. 달마르의 가슴에는 창이 두 개나 박혀 있었다. 백작은 나직이 신음했다.

"달마르의 시체를 수습해라. 라틸다는?"

"부상은 없습니다. 로일이라는 자가……."

"나도 봤다."

백작은 짧게 끊었다.

"아가씨께서 놀라셨을 겁니다."

"강한 아이야. 이 정도에 위로가 필요하면 내 딸이 아니지."

백작은 겁에 질린 채 구경하고 있는 노르만트 사람들에게 소리쳤다.

"보아라. 너희들이 직접 보고 들었듯이 이것은 뤼미에르, 검은 사자 백작이 시작한 싸움이다. 만약 그가 노르만트에 머물러 있다면 나는 국왕 폐하가 있는 도시라 하더라도 피해 가지 않겠다."

백작은 말고삐를 틀어 성문 쪽으로 향했다. 12쏜즈는 말없이 그들의 뒤를 따랐다. 붉은 피를 머금은 붉은 갑옷의 기사들이 달려가자, 성문의 경비들도 막지 못했다.

노르만트에서 한 시간 정도 되는 거리에 붉은 장미 백작이 직접 이끄는 군대가 머물러 있었다. 100명이 채 되지 않았다. 로일의 생각보다는 병력이 많지 않았다. 하지만 좀 전에 시내에서 벌어진 싸움을 고려해 보면 이 군대도 정예군일 게 분명했다.

마차는 두 개의 커다란 막사와 열 개의 작은 막사로 이뤄진 주둔지의 한가운데를 지나갔다. 지나가는 백작과 쏜즈의 기사들을 보고, 병사들은 일제히 하던 일을 멈추고 정렬했다. 로일이 소문으로만 듣던, 용병들로만 이루어져 거칠고 군기 없는 군대라고 비난받을 만한 모습은 조금도 보이지 않았다. 적어도 사흘 이상 행군을 했을 텐데도 지친 기색이나 흐트러진 자세를 하고 있는 병사도 없었다. 병장기도 잘 닦여 있었고 막사도 깨끗했다.

'쉴 때의 모습은 울프 기사단보다 낫군. 나도 같이 늘어져 있으니 할 말은 없지만.'

백작을 향해 경례하는 병사들의 우렁찬 목소리를 들으며 로일은 조금 반성했다.

라틸다는 멍한 시선으로 바깥을 응시하고 있었다. 특별히 뭔가를 바라보고 있는 게 아니었다. 그녀의 눈에는 슬픔만 차 있었다. 로일은 그녀가 의자에 내려놓은 손 위에 자신의 손을 살짝 올려놓았다.

"괜찮으십니까?"

힘없이 고개만 끄덕일 뿐, 라틸다는 말하지 않았다. 로일은 처음 마차 안을 뚫고 들어온 창을 막지 못했다는 것이 마음에 걸렸으나, 그것을 사과할 순간은 벌써 지나버렸다.

로일은 라틸다가 싸움에 놀란 것인지, 아니면 리제니의 죽음을 슬퍼하는 것인지 잠시 생각해보다가 말했다.

"그분의 죽음은 유감입니다. 진실로 당신을 사랑하는 분 같았는데……."

"정말 리제니가 죽은 걸까요? 내가 그냥 돌려보냈던 그 날 죽은 걸까요?"

혼잣말 같은 라틸다의 말에 안나가 즉시 그녀의 손을 잡고 고개를 저었다.

"아니에요. 그 일은 절대 아가씨의 잘못이 아니에요. 이건 어떤 음모이며 오해예요. 어쩌면 그분은 죽은 게 아닐지도 모릅니다. 검은 사자 백작이 쟌스테인 백작님을 잡아들이려고 만들어낸 거짓말일지도 몰라요."

"뤼미에르 백작은 그런 거짓말을 지어내지 않아."

"아직도 그 사람을 두둔하는 건가요? 오늘 일을 보세요. 대화를 시도하려는 백작님을 다짜고짜 공격했잖아요."

라틸다는 입술만 잘근잘근 씹었다.

로일은 그녀를 위로할 말도 찾지 못했고, 위로할 기회도 얻지 못했다. 12쏜즈 중 하나가 깨진 마차의 창문을 살짝 두들겼다. 아슬아슬하게 걸쳐 있던 부분이 또 한 번 부서져 바닥으로 떨어지며 소리가 났다. 라틸다는 그 소리에 흠칫 놀랐다.

"로일이라고 했던가? 백작님께서 보자 하시는군."

"전 라틸다 옆에 있겠습니다."

로일은 유리를 깨뜨린 것이 순전히 그의 잘못인 양 노려보며 말했다.

"이곳은 경호가 필요한 곳이 아니다."

그 기사는 방금 투구를 벗은 탓에, 머리카락은 지저분했고 얼굴에 묻은 피를 닦지도 않아 섬뜩한 모습이었다. 그는 무뚝뚝한 시선으로 로일을 바라보다가 라틸다에게 물었다.

“지금 이 자가 필요하십니까, 아가씨?”

“아니. 난 괜찮아.”

라틸다는 멍한 시선을 되돌리며 말했다.

“다녀와요, 로일. 난 괜찮아요.”

로일은 그녀의 말에 입맛을 다셨다.

‘괜찮지 않을 거야. 옆에 누군가 있어 주길 원해도 내색하지 않는 여자니까.’

라틸다는 노르만트에 당도할 때까지 로일을 필요로 하면서도 몇 번이나 내치려는 모습을 보였다. 하지만 로일은 억지로라도 매달려 있었다. 그 역시 간절히 바라면서도 속마음을 드러내지 못하는 연약함을 알고 있기 때문이었다.

‘누군가를 지켜보기 전까지 너는 너의 진짜 이빨을 얻지 못할 것이다.’

문득 아란티아를 떠나기 전 로일에게 떨어진, 숙제와도 같은 말이 떠올랐다.

“정말 괜찮아요. 이따 봐요.”

라틸다가 한 번 더 말했다. 로일은 하는 수 없이 마차에서 내려 그 기사를 따라갔다.

백작이 오자마자 군대는 즉각 철수를 시작했다. 이동을 시작할 때마다 게으름 피우는 놈, 뭘 해야 할지 모르는 놈, 그걸 탓하는 놈, 일을 잘못해서 헤매는 놈으로 가득한 용병단과는 사뭇 달랐다. 훈련이 잘 되고 규율이 엄격한 군대만이 보일 수 있는 절도 있는 모습이었다.

울프 기사단은 뭔가 준비를 시작하면 서로 의견 교환을 하는데 엄청난 시간을 낭비해대고, 요란하기로는 한 조각 남은 케이크를 누가 먹을 것인가를 두고 의논하는 일곱 살짜리 꼬마들 집단 같았다. 하지만 이곳은 막사를 걷고 장비를 나르는 소리 외에는 아무 소리도 들리지 않았다. 군대 전체가 12쏜즈의 차분한 분위기와 닮아 보였다.

'열두 명 중에 다른 여섯 명은 보이지 않는군. 주둔지에 미리 가서 철수 준비를 한다고 하지 않았나?'

붉은 장미 백작은 작은 막사 안에서 시종의 도움을 받아 판금 갑옷을 벗고 있었다. 그는 로일을 보고 턱짓을 하며 말했다.

"아, 왔군. 거기 앉게."

로일은 겨우 엉덩이 하나 걸칠 수 있는 나무 의자를 끌어다가 앉았다. 갑옷을 벗은 후 백작은 시종과 기사를 내보내고 똑같이 불편한 나무 의자에 앉았다. 그는 마치 이런 해방감을 느끼기 위해 신고 있었다는 듯, 체인 부츠를 벗어 던지고 홀가분한 미소를 지었다.

"나는 이 복장을 정말 좋아하지만 입고 벗을 때가 문제야. 안 그런가, 로일?"

백작은 친근하게 이름을 불렀다.

"전 그런 무거운 복장을 많이 입어보질 않았으나, 그 말씀에는 전적으로 동의합니다."

로일은 솔직하게 말했다.

"그렇다고 안 입을 수는 없지. 내가 왜 판금 갑옷을 입는 줄 아는가?"

백작은 어깨를 빙글빙글 돌리며 한숨을 토했다.

"단단해서요?"

"나야 군의 제일 뒤쪽에서 명령만 내리면 되는 위치가 아닌가? 굳이 단단할 필요는 없지. 오늘 노르만트에서처럼 격렬한 싸움을 할 일도 거의 없고."

백작은 좀 전의 전투를 벌써 잊혀진 과거 얘기하듯 넘겨버렸다.

"사실 내가 직접 전쟁터에 나올 일도 드물다. 내 군대는 이미 나라는 존재가 없어도 전쟁에서 승리할 만큼 막강한 힘을 가지고 있지. 지금까지 뤼미에르의 군대와 한 번 이기고 한 번 패하는 전쟁을 계속하는 이유는 전력의 전체를 드러내지 않기 위해서다."

백작은 땀을 닦으며 물었다.

"아, 더워서 두서없이 말하게 되는군. 뭐 좀 마시겠나?"

"아닙니다. 곧 돌아가 봐야겠습니다."

"돌아가? 어딜?"

"제 고용주에게요."

쟌스테인 백작은 무릎을 치며 웃었다.

"좋은 자세야. 안 그래도 그 얘길 하려고 부른 거다. 난 언제고 자네 같은 실력자가 하나 나타나 주었으면 했어. 요새 용병들은 돈만 밝히고 쓸 만한 녀석은 하나도 없거든. 아니, 돈을 아무리 쏟아부어도 실력 있는 녀석을 찾아내기가 힘들다는 표현이 낫겠군."

백작은 바깥에 대기하고 있는 시종에게 물을 한 잔 가져오라고 시킨 후 말을 계속했다.

"좀 진지한 얘기를 해보지. 아까 잠깐뿐이었지만 자네의 실력을 한 번 제대로 구경했네. 자네가 아니었다면 내 딸아이는 크게 다쳤거나 최악의 일을 당할 뻔했지. 그래서 얘긴데, 제안 하나 할까? 내 밑으로 들어오게."

로일은 무덤덤하게 대꾸했다.

"손 한 번 빠르시군요."

"자네가 지금 어디 소속이든 출신이 어떻든 상관하지 않겠다. 일단 장미 기사단으로 들어와. 그리고 반년, 아니 석 달만 적응 기간을 거치면 나는 자네를 12쏜즈의 한 명으로 올리겠네."

"제가 들어가면 13쏜즈가 되는 겁니까?"

"이름이야 어찌 되었든 무슨 상관인가? 사실대로 말하자면 원래 이름은 9쏜즈였네. 세 명이 늘어서 이름도 바뀐 거야. 지금 그 후보가 둘 더 있는데, 자네까지 합쳐 15가 되어도 좋지."

"몇 번이나 말씀드리지만 절 고용한 사람은……."

"아, 아, 또 그 소리! 설마하니 내가 내 딸아이의 경호 기사를 빼앗겠나? 그 문제라면 상관없다. 자네를 일단 장미 기사단에 넣은 후 고스란히 내 딸의 경호 기사로 임명하면 되니까. 하는 일은 같고 직책만 달라지는 거다. 보수는 원하는 대로. 아니면 정착할 땅과 집도 좋지. 덴모주에는 예쁜 처자들도 많아. 자네가 장미의 기사라는 직책을 가지면, 어렵지 않게 원하는 여자를 데려올 수 있을 거다. 아, 참 나이가 어떻게 되나?"

어제 파티에서 보인 근엄한 모습은 보이지 않았다. 그는 수완 좋은 장사꾼처럼 말이 빨랐다.

"스물여섯 정도입니다. 열다섯 살 이후로 나이 세는 걸 잊어버려서 정확히는 모릅니다."

"내 딸보다 두 살 정도 많군. 정착하기 좋은 나이야. 그리고 육체적으로도 가장 뛰어난 나이고. 어떤가, 내 제안이?"

로일은 잠시 고민하는 척했다. 아니, 실제로 고민했다.

'어제 던멜과 했던 얘기를 고려하면, 이 제안은 굳이 거절할 필요 없겠군.'

라틸다와 함께 파티에 가기 전날, 모튼의 이발관 옥상에서 로일은 던멜과 접촉할 수 있었다. 며칠 만에 만난 동료의 얼굴을 보고 로일은 기뻐 어쩔 줄을 몰라 했지만 던멜은 심각한 정보를 던져주었다.

첫 번째는 로일을 대신한 카셀이라는 캡틴이 생겼다는 점.

안 그래도 로일은 캡틴이라는 직위가 부담스럽고 힘들었다. 거기에 더해 보검을 잃어버린 후 우울함에 빠져 헤어 나오지 못했다. 그런데 보검을 찾았다. 다행이다! 그리고 더 이상 캡틴 자리를 맡지 않아도 된다. 그럼 더 다행이다!

다행이어야 했다. 또한 기쁠 줄 알았다.

하지만 캡틴을 맡은 사람은 하얀 늑대들 중 한 명이 아니었다. 그가 본 적도 없는 다른 사람이었다. 그러자 로일은 자신이 캡틴 자리와 보검의 주인 자리에서 물러난다는 점이 화가 났다.

'네가 기뻐할 줄 알았다.'

로일은 던멜의 수화를 보고 나서야 뒤늦게 자신의 표정이 드러났음을 깨달았다.

'나도 기쁠 줄 알았다. 그런데 화가 난다. 이상하게도.'

로일은 자신의 감정을 설명할 길이 없었다.

'어떻게 할까? 넌 반대한다고 말할까?'

'아니야. 난 카셀이란 사람을 보지도 못했잖아. 모두의 마음에 든다면 나도 불만 없어. 내가 할 일은?'

던멜은 검은 사자 백작과 붉은 장미 백작에 관련된 정보를 알려주었다.

로일은 얘기를 들으면서 깜짝 놀랐다. 서로의 얘기를 교환하면서 던멜은 더더욱 놀랐다.

'그럼 내가 할 일은 라틸다 옆에 있으면서 첩자 노릇을 하는 거구나.'

던멜은 고개를 저었다.

'굳이 그렇게 할 필요는 없을 것 같다. 이 나라 최고 실권자를 상대로 적절한 대처를 하려면 우리끼리 긴밀한 연락을 취해야 하지만 현실적으로 그렇게 하기 힘들다. 그래서 내놓은 대안이 이거다. 모든 상황을 자신의 판단대로 할 것, 그러나 자기 외의 멤버가 자신의 판단보다 먼저 다른 행동을 했을 시에는 즉시 그 행동에 따를 것.'

'틀린 판단이라도 행동을 같이하자는 뜻이구나. 그리고 난 너희가 왕실에 있는 동안 외부의 정보를 얻는 역할인가?'

'그렇다. 현재 밝혀진 우리의 적은 처음 공격해온 암살자들, 그리고 네 고용인도 공격했다는 검은 기사다. 내 생각에는 우리 진짜 적은 두 백작이 아니라, 그쪽 둘이다.'

로일은 던멜이 수화를 할 때 가급적 끼어들지 않는 편이었다. 알아보기만 하는 데에도 힘들기 때문이었다.

'마지막으로 로일 너는 우리와 아는 척해선 안 된다. 지금부터 너는 하얀 늑대가 아니다.'

'그것도 새 캡틴이 지시한 일인가?'

로일은 가시 돋친 목소리로 물었다. 어투를 알아듣지는 못해도 표정에서 로일의 속마음을 읽은 던멜은 고개를 갸웃하며 수화로 물었다.

'새 캡틴이 마음에 들지 않는가? 제법 괜찮은 녀석이다.'

'그럼 그를 직접 만날 때까지 내 판단은 미루도록 하지.'

지금 잔스테인 백작의 제안을 받아들이면 첩자 노릇을 하는데 유리할 것이다. 하지만 그렇게 하면 라틸다를 속이게 되는 셈이라 꺼림칙했다. 그래서 로일은 인생 전반에 걸쳐 항상 그래왔던 것처럼 선택을 보류하는 쪽을 택했다.

"그 제안에는 감사드립니다. 하지만 라틸다와 의논해 보기 전에는 결정을 내릴 수 없습니다."

"흐음, 그럼 라틸다와는 얼마나 오래 있을 건가?"

"라틸다가 더 이상 악몽을 꾸지 않을 때까지…… 가 아닐까 생각합니다."

"악몽?"

"모르십니까?"

"자신의 모든 고민을 부모에게 털어놓을 만한 나이는 아니니까. 장미 가시에 찔려 울면서 달려올 때가 좋았지."

백작은 막사 옆에 난 창을 내다보았다. 막사를 철거하려고 왔던 병사들이 쏜즈의 기사에게 대기 명령을 듣고 그대로 서 있었다.

"그럼 신중히 생각해 보게. 보상에 관해서라면 난 언제든 협상할 용의가 있네."

"알겠습니다. 그럼 전 가 보겠습니다."

"라틸다에게?"

"예."

백작은 희미하게 미소 지었다.

"겉으로는 강한 척해도 속은 여린 아일세. 잘 부탁하네."

막사 바깥에는 캡틴 링케와 다른 쏜즈의 기사 세 명이 기다리고 있었다. 처음 로일을 봤을 때는 지나가는 나무 한 그루 바라보는 것 이상의 집중력도 보이지 않았으나, 지금은 활시위를 당기기라도 한 것처럼 표적을 잡고 있었다. 아직도 갑옷을 벗지 않았고, 아까의 전투 중 묻은 피도 닦지 않고 있었다.

"제안을 신중히 고려해보시오, 로일. 우린 언제든 환영하겠소."

링케가 꽤나 호의적인 목소리로 말했다.

'이 녀석 게랄드에 대해 안 좋은 소리를 했지? 그럼 나도 너랑 친해질 수 없어.'

로일은 삐딱하게 고개를 까닥거렸다.

"알겠소."

"언제 가벼운 시합이나 한 번 해봅시다. 당신과 꼭 한번 겨뤄보고 싶소."

다른 기사도 돌처럼 딱딱한 어투에서 다소 풀어진 목소리로 말을 걸었다.

어째 한 명이 싫으니 다른 녀석들도 싫어졌다. 로일은 길게 대화를 나누고 싶지 않아 건성으로 고개를 끄덕이기만 했다.

로일은 곧장 라틸다를 찾아갔다. 그녀는 안나와 함께 달마르의 시체가 있는 곳에 있었다. 로일은 말없이 옆에 섰다. 라틸다는 로일에게 아버지와 무슨 이야기를 했는지 묻지 않았다. 달마르의 관은 짐을 잔뜩

실은 마차의 한쪽 옆에 놓여 있었다.

"한 가지만 약속해 줘요, 로일."

라틸다는 눈물을 참기 위해 애썼으나, 젖은 속눈썹에 모여 흐르는 한 방울까지 막지는 못했다.

"또 한 번 내 악몽 속에서 검은 기사가 걸어 나와도, 당신은 절대 죽지 말아요."

"죽지 않습니다."

로일은 작지만 단호한 목소리로 대답했다.

"약속해요."

"약속합니다."

세상 누구를 상대로도 두려움이 없던 로일이었다. 하지만 약속을 하는 순간 왠지 모르게 덜컥 겁이 났다.

마스터 퀘이언으로부터 아란티아의 보검을 받으며 캡틴으로 임명되었을 때와 똑같은 느낌이었다.

◈ Chapter 19 ◈

에노아 후작

안 좋은 소식과 안 좋은 소문이 하나씩 들어왔다. 쟌스테인 백작이 자신을 체포하러 온 검은 사자의 기사들을 전원 살해하고 노르만트는 더 이상 안전하지 못할 거라고 선언한 소식과 그 과정에서 백작의 딸 라틸다가 죽었을지도 모른다는 소문이었다. 수십 명이 목격했는데, 전투 중에 백작의 딸이 타고 있는 마차가 부서졌으며 피가 낭자했다는 것이다.

'라틸다가 죽었다고? 로일이 같이 있는 거 아니었나?'

카셀은 걱정했다. 다른 하얀 늑대들도 조금 걱정하는 것 같았다.

예고대로 이틀째 파티는 취소되었다. 뒤늦게 도착한 귀족들은 불만스러워 했지만, 대신 국왕이 직접 주최하는 저녁 만찬이 있다고 하자 빠짐없이 참가했다. 그리고 그날 날아온 이 소식에 귀족들은 적잖이 충격을 받았다.

"악의적으로 퍼트린 유언비어 아니오? 노르만트를 피해 가지 않을 거라니? 그건 그야말로 선전포고 아니오?"

한 늙은 귀족이 소심한 목소리로 묻자 루오르 대신이 침착하게 설명했다.

"사실입니다. 이 일로 검은 사자 백작님은 폐하께 폐를 끼치지 않겠다 하면서 레앙으로 떠났습니다."

"하지만 붉은 장미 백작의 딸이 죽다니? 그가 자기 딸을 얼마나 끔찍이 생각하는데 그게 사실이라면…… 오오."

다른 귀족은 거의 몸서리를 쳤다.

"죽은 건 아닐 겁니다. 소문일 뿐, 아직 아무도 시신을 확인하지 않았으니까요."

루오르 대신은 계속 딱딱한 설명만 이어갔다. 막 전채와 거품 나는 와인으로 목을 적신 귀족들이 저마다 이 일에 대해 떠드느라 큰 혼란이 일었다. 어제 파티에 참석했던 귀족들이 오늘 도착한 귀족들에게 어제 있었던 일을 설명해 주느라 여념이 없었다.

그때 샤를 국왕이 식당으로 들어왔다. 소란이 잠시 진정되고, 귀족들은 모두 테이블에서 일어났다.

"어제 참석했던 사람은 알겠지만, 저기 있는 이들은 아란티아에서 온 하얀 늑대들의 캡틴, 카셀 울프요. 그리고 왼쪽에서부터 차례대로 쉐이든, 게랄드, 아즈윈이요."

왕은 마치 음식이 어디에 놓여있는지 설명이라도 하듯 간단하게 소개를 끝내버리고 자리에 털썩 앉았다.

던멜은 참석하지 않았다. 어제 파티에 참석했던 귀족들조차 왜 어제는 다섯 명이었다가 오늘은 네 명인지 묻지 않았다. 처음부터 네 명인 것처럼 여겼다.

하얀 늑대들을 오늘 처음 본 귀족들은 물어보고 싶은 게 잔뜩 있는지 엉덩이를 들썩일 정도로 안달이 나 있었다. 샤를 국왕은 약간 긴장된 목소리로 미리 외워놓은 대사처럼 빠르게 말했다.

"소문으로도 들었을 것이고, 루오르 대신이 따로 또 설명했을 거요. 하지만 좀 더 자세한 내용은 두나단 대신이 설명할 거요. 질문은 그 다음에 받겠소."

왕이 가리키자 두나단은 냅킨으로 입술을 닦고 자리에서 일어났다. 스무 명 가까이 앉아있는 귀족들의 시선이 모두 두나단을 향했다. 뜸들인 시간이 긴 것에 비해 두나단은 빠르게 설명했다.

"오늘 아침 국정 회의 때 누벨 덴 뤼미에르 백작은 아들인 리제니 덴 뤼미에르 남작의 살해 용의자로 바르다 위그 쟌스테인 백작을 지목했습니다. 뤼미에르 백작은 폐하께 체포권을 요구하였으나 증거가 없으므로 기각했습니다. 그러자 백작은 자신의 기사들을 동원해 독자적인 행동에 나섰습니다. 그러나 실패했으며, 이로 인해 많은 기사가 죽었습니다. 여기까지는 여러분들도 아는 내용일 겁니다."

주방장이 조용히 들어와 전채에 이은 요리를 내놓을지 묻자, 시종이 손을 저었다. 주방장이 얌전히 고개를 숙이고 물러난 후 두나단은 말을 이었다.

"쟌스테인 백작은 전면전을 선언한 후 노르만트에 뤼미에르 백작이 남아있다면 여기도 공격할 수 있다는 경고를 남기고 떠났습니다. 이에 뤼미에르 백작도 노르만트를 떠나 전쟁 준비를 하겠다고 했습니다. 둘의 전쟁에 관해 지금까지처럼 국왕 폐하는 어느 쪽 편도 들지 않을 것입니다."

국왕은 언제나 두 백작의 전쟁을 방관해왔으니, 특별한 내용은 아니었다. 하지만 이어지는 두나단의 말에 대혼란이 일었다.

"그러나 만약 두 백작 중 어느 하나라도 노르만트를 공격하거나 국왕 폐하를 해하려 든다면 왕실의 군대로 그들을 진압하겠습니다."

"그게 무슨 소리요?"

당장 한 귀족이 자리에서 벌떡 일어났다. 루오르 대신이 조용히 손을 내밀었다.

"앉으십시오. 폐하의 앞입니다."

마지못해 앉았으나 그는 참지 않고 계속 말했다.

"와, 왕실에 군대가 어디 있다고 그런 말씀을 하시오, 두나단 대신? 내가 알기로 왕실 기사단조차 안 남아있을 텐데."

모두들 그 말에 동의하며 고개를 끄덕거렸다.

"지금부터 구성할 것입니다."

"폐하, 정말 두나단 대신의 말이 폐하의 뜻입니까?"

샤를 국왕은 자신 없는 목소리를 감추기라도 하듯 짧게 대답했다.

"그러하오."

다시 두나단이 말을 이었다.

"이 시각 이후로 두 백작 중 어느 한 편을 지원하는 이는 노르만트에 머무를 수 없습니다."

"엉뚱한 소리 마시오!"

귀족 중 한 명이 탁자를 주먹으로 내리치며 벌떡 일어났다. 그 귀족은 얼굴이 핏기없이 하얗게 질려 있었다.

"폐하, 지금 왕실에 상비군을 두겠다는 뜻입니까? 카모르트 전통에 정면으로 위배되는 사항입니다."

샤를 국왕은 시선을 돌렸고 이에 기가 산 귀족은 더욱 열을 올렸다.

"두 백작의 군대를 막을 수 있는 건 그들 자신밖에 없습니다. 붉은 장미 백작이 노르만트를 치겠다고 선언했다면 전통대로 다른 귀족들의 힘을 빌어야 옳습니다."

"검은 사자 백작님을 레앙으로 보낼 게 아니라 그분의 군대로 여길 방어하셔야 합니다."

다른 귀족들도 너도나도 의견을 올렸다.

"폐하께서는 신중히 생각하시고 결정을 내리십시오. 만약 지금 폐하께서 왕실에 군대를 두면 두 백작을 적으로 돌리게 될지도 모릅니다. 차라리 가만히 있으면 지금까지처럼 아무 일도 벌어지지 않을 텐데 어찌하여 스스로 화를 불러일으키려 하십니까?"

"붉은 장미 백작은 민간인도 서슴지 않고 학살한다고 했습니다. 그가 노르만트에 들어온다면 어떤 끔찍한 일이 벌어질지 모릅니다. 검은 사자 기사단과 달리 장미 기사단은 기사도도 없는 용병들로 구성되어 있으니까요."

"잠깐! 듣자듣자 하니까, 지금 무슨 소리를 하는 게요?"

탁자의 끝에 앉아있는 다른 귀족이 그 말에 반발해 벌떡 일어나 소리쳤다. 검은 사자 백작 편에 붙은 귀족 일색이었던 어제와 달리 오늘은 붉은 장미 백작의 편에 선 귀족도 있었다.

"마치 이 일이 모두 붉은 장미 백작의 탓인 것처럼 말씀하고들 있지 않소? 방금 두나단 대신이 말했듯, 이 일은 모두 검은 사자 백작이 붉은 장미 백작에게 있지도 않은 죄를 뒤집어씌웠기 때문에 일어난 일이 아니오? 게다가 국왕 폐하의 허락도 받지 않고 노르만트 내에서 단독으로 행동한다는 게 말이나 됩니까?"

"있지도 않은 죄인지 아닌지 당신이 어떻게 안단 말이오? 검은 사자 백작은 확신이 서기 전에는 움직이지 않는 신중한 분이시오."

한 사람의 말이 끝나기도 전에 다른 사람의 말이 이어졌다.

"그럼 1년 전에 장미 기사단을 도와줬다는 이유로 민간인 마을 하나를 불태운 사건은 어떻게 된 거요? 그것까지 명예로운 검은 사자 기사단의 확신에 찬 행동이라고 말씀하시겠구려."

"이번 일과 상관없는 사건을 끌어들이지 마시오."

말싸움은 끝날 기미가 보이지 않았고, 여차하면 먹고 있던 수프 그릇을 상대에게 집어 던져도 이상하지 않을 지경이 되었다.

카셀은 듣기만 하려 했으나 목소리가 섞여 그마저도 쉽지 않았다. 이쪽에서 말하면 저쪽에서 떠들고, 저쪽에서 떠들면 얌전히 앉아있기만 하던 이가 갑자기 일어나 소리 질렀다. 처음에는 한 사람의 말이 끝날 때까지 인내심 있게 기다리던 귀족들도 이제 저마다 중구난방으로 떠들어댔다.

"더 이상 이 자리에 못 있겠군. 무례를 용서하십시오, 폐하."

한 명이 자리를 박차고 나가버렸다. 그러자 대여섯 명의 귀족들이 서로에게, 상대할 수 없는 족속이라는 둥 온갖 모욕적인 말을 던져두고 가버렸다. 떠나는 이들 중 한 명은 왕에게 양해도 구하지 않았다.

잠깐 동안 수저와 그릇이 부딪히는 소리만 들리고 다들 침묵을 지켰다. 그러던 중 끝까지 참으려고 애썼던 한 명이 조심스레 일어났다.

"죄송합니다, 폐하. 저는 이 일을 붉은 장미 백작께 말씀드리러 가야겠습니다."

"저 역시 제 영지로 돌아가 검은 사자 백작의 전쟁을 돕겠습니다. 그러나 이는 모두 폐하의 안전을 위한 일임을 알아주십시오."

그 둘은 거의 동시에 서로를 노려보더니 식당의 다른 쪽 문으로 사라져버렸다. 다시 긴 침묵이 이어졌다. 더 이상 일어나는 사람은 없었으나 다들 눈치가 보이거나 적절한 때를 놓쳤기 때문이지, 이 자리에 남고 싶어 앉아있는 이는 없는 것 같았다.

두나단은 손가락을 튕겨 소리를 낸 다음 시종에게 손짓했다. 시종은 곧 주방장을 불러 식사를 가져오라고 말했다. 주방장은 탁자에 남아있는 사람들의 숫자를 세어 요리를 몇 접시나 내어올지 계산한 후 다시 주방으로 들어갔다.

"아무래도 폐하께서는 경솔한 선택을 하신 것 같습니다. 왕실에 군대를 들이는 대신 폐하의 편을 들 귀족들까지 잃으신 겁니다."

한 귀족이 조용히 입을 열었다. 그는 좀 전의 격렬한 대화가 진행되는 내내 끼고 있던 반지를 엄지손가락으로 만지작거렸고, 지금도 반지를 빙글빙글 돌리며 얘기했다.

"검은 사자 백작과 붉은 장미 백작을 적으로 가정하신 것 같은데, 그 두 분은 서로에게 창을 겨누고 있을 뿐 폐하에 대한 충성심은 변함이 없습니다. 그러나 이번 일에 대해서는 아마 그 두 분도 심각하게 받아들일 게 분명합니다."

마치 흥분하지 않았다는 자신의 감정을 과시라도 하듯 웃음 띤 얼굴이었다. 샤를 국왕은 지금 벌어진 과격한 상황에, 또 비아냥대는 귀족들의 말에 눈빛이 흔들리고 있었다.

"오늘의 저녁 만찬은 카모르트 역사에서도 길이 남을 것입니다. 폐하의 선택이 옳았는지의 여부를 떠나, 우리는 이 시간을 즐길 가치가 있습니다."

반지를 만지작거리던 귀족이 와인 잔을 치켜들었고, 다른 귀족들도 잔을 들었다.

카셀은 짧은 순간 잔을 들지 않는 사람들을 잽싸게 확인했다. 두나단과 약속한 첫 번째 행동 방침은 이것이었다. 왕의 선언이 끝난 후 귀족들이 흥분하면 그들이 무슨 행동을 하든 내버려 두고, 캡틴 울프가 개입할 때까지 다른 대신들은 기다릴 것.

카셀은 귀족들이 무슨 소리를 지껄이든 상관하지 않았다. 어차피 그들은 왕의 편이 될 수 없으니 차라리 여기서 나가주는 편이 나았다.

카셀은 와인 잔을 들고 갑자기 큰 소리로 말했다.

"제가 즐거운 식사 시간을 위한 시를 하나 읊어도 되겠습니까?"

마침 주방에서 잘 구운 양고기 요리가 나왔다. 한껏 왕을 몰아세우던 귀족들은 기대하던 하얀 늑대들의 캡틴이 말을 꺼내자 눈을 반짝였다.

두나단이 처음에 이번 사건에 대한 말을 꺼내지 않았다면 오늘의 화제는 단연 카셀이 되었을 것이다. 카셀은 그러기를 원하지 않았다. 그러나 이젠 화제의 중심이 될 차례였다. 샤를 국왕의 자신감이 더 바닥을 치기 전에!

"이것은 제가 카모르트에 도착한 지 얼마 되지 않아 전쟁터에서 만난 음유시인이 들려준 시입니다. 그에게 허가를 얻지도, 돈을 지불하지도 않은 대신 그의 이름을 이 자리에서 밝히고 싶습니다. 그의 이름은 라우레, 제가 지금까지 만난 가장 유쾌한 음유시인이었습니다."

귀족들은 별로 유명하지도 않은 그 이름을 듣고 마치 유명한 예술가의 이름이라도 들었다는 양 박수를 쳤다.

'라우레. 조금만 빌릴게요. 국왕 폐하께서 당신 노래를 듣는 것이 영광스러운 일이 되길.'

카셀은 모닥불 앞에서 소시지를 구우며 들려줬던 그의 노래와 피리 소리를 떠올렸다. 단순한 가락의 단순한 가사라 아직도 잊지 않았다.

광대가 웃으면
노래하는 사자 한 마리
광대가 노래하면
춤추는 장미 한 송이

흩날리는 갈기에 장미 꽂고
언덕 위에 춤추는 사자 보고
무서워 광대가 벌벌 떠는구나
사자야 사자야 이제 그만 추어라
장미 가시에 네 귀가 다치는구나

사자가 포효해 광대는 주저앉아
장미 가시에 찔리는 줄도 모르고 춤추는 사자

갈기에 묻은 피 언덕 위에 흩날리고,
사자야 사자야 이제 그만 추어라
내가 사는 이 언덕에서
이제 그만 물러나렴

장미가 꽃잎을 떨구고 광대는 눈물을 떨구고
언덕은 메말라 꽃잎은 생기 잃고
눈물이 마르니 광대는 웃는구나

광대가 웃으면
노래하는 사자 한 마리
광대가 노래하면
춤추는 장미 한 송이
사자야 장미야 노래도 춤도
광대에게 맡기렴

노래가 끝나자 양고기 냄새 가득한 식탁에 정적만 머물렀다. 처음에는 흥겨운 가락에 탁자를 두들기기까지 했던 귀족들은 가사 내용이 심상치 않아 이내 입을 다물었다. 그리고 노래가 끝날 즈음에는 경악에 가까운 얼굴로 카셀을 노려보고 있었다.

카셀은 빙그레 웃으며 말했다.

"샤를 국왕 폐하께서는 왕실에 군대를 들이실 겁니다. 그리고 왕실이 안정을 찾을 때까지 하얀 늑대들이 옆에 있겠습니다."

아까 왕을 위해 건배를 권했던 귀족이 의자를 넘어뜨리며 일어났다.

"하얀 늑대들은 이 나라를 빼앗기 위해 온 거요? 폐하, 카모르트를 아란티아에 바칠 생각이십니까?"

그는 카셀을 손가락질하며 이마에 핏대를 세웠다.

"이 자리에 있는 것만으로 큰 위협이 되는 존재에게 아예 군대를 맡기는 꼴이 될 겁니다. 이건 말도 안 됩니다. 폐하, 진정하십시오. 아무리 나라의 귀한 손님이라도 이렇게까지 나랏일에 개입하게 두시면 안 됩니다."

"브로도에서 오신 파레 르 나세리 백작."

카셀은 어제 파티장에서 들었던 그의 이름을 하나하나 또박또박 발음하며 말했다.

"이 자리에 있는 것만으로 위협이 되는 사람에게 삿대질을 하는 건 조금 위험한 행동 아닙니까?"

나세리 백작은 잘리기라도 한 듯 황급히 손가락을 접었다.

"오해가 있을지 몰라 미리 말해두겠소, 나세리 백작. 그리고 얀 마지멜 남작."

카셀은 반지를 만지작거리며 두 백작에게 이르겠다고 협박한 귀족을 슬쩍 바라보았다. 그는 당장 반지에서 손을 떼고 자세를 고쳤다. 와인 잔을 들며 나세리 백작의 말에 호응했던 귀족들은 일순 긴장했다.

"또 이 자리에 있는 모든 카모르트의 귀족들이여. 저는 카모르트의 국왕 폐하를 돕기 위해 여기에 왔습니다. 하지만 미리 강조하지요. 하얀 늑대들은 폐하의 옆에 서겠다고 했지, 군대를 지휘한다고 하지 않았습니다. 폐하께서 스스로 왕실이 안정되었다고 여기면 그때 우리는 미련 없이 아란티아로 돌아갈 겁니다. 지난 천 년 동안 그랬듯이 아란티아는 다른 나라의 부와 영토를 탐내지 않습니다.”

카셀은 그 말로 상대를 제압할 생각이 없었다. 하지만 귀족들은 카셀의 눈을 똑바로 바라보지도 못했다. 식탁 위의 양고기가 거의 식을 무렵이 되어서야 나세리 백작이 다시 자리에서 일어났다.

“아무리 그러셔도 카모르트의 전통을 무너뜨리려는 국왕 폐하와 캡틴 울프의 말에는 동의할 수 없습니다. 저는 노르만트를 떠나겠습니다.”

다른 귀족 한 명도 소리 나지 않도록 애쓰며 의자를 뒤로 밀었다.

“저는 아무 힘도 없는 귀족입니다. 영지조차 붉은 장미 백작에게 선물 받아 겨우 꾸려왔을 정도였습니다. 그러니 여긴 제가 있을 만한 자리가 아닌 것 같군요. 죄송합니다, 폐하.”

계속 자제하고 있던 귀족들이 하나둘 계속 자리에서 일어났다. 그들은 울프 기사단의 캡틴과 맞설 용기도 없었고, 마음 깊은 곳에 뿌리내린 두 백작에 대한 두려움을 이겨내지도 못했다. 요리만 잔뜩 남은 식탁에 하얀 늑대들과 국왕, 몇몇 대신들만 남아있었다. 그리고 아직 선택을 하지 못한 귀족 몇 명.

그들은 와인 잔을 들어 건배하지 않아 카셀이 눈여겨 봐둔 이들이었다. 그들이 바로 도움을 줄 만한 귀족들이었다. 카셀은 그중에서도 한 명의 행동을 초조하게 바라보고 있었다. 카셀이 자리에 남길 바랐던 한 명은 조용히 접시에 담긴 양고기를 썰어 먹고 있었다. 지금까지 단 한 마디도 하지 않던 그가 마침내 입을 열었다.

“훌륭한 연설이었네, 캡틴 울프. 하지만 너무 과격한 감이 없지 않아

있군. 그래서야 어디 아군을 포용하겠나?"

"제게는 덤불 속의 수많은 새보다 하늘을 높이 나는 독수리 한 마리가 필요합니다, 잔 말로 에노아 후작."

에노아 후작은 양고기를 우물거리며 말했다.

"용케 내 가문의 문장이 독수리라는 걸 알아냈군그래. 하지만 난 왕실 주방장의 요리를 너무 좋아해서 남아있는 걸세. 나이가 들어 이빨이 안 좋다 보니 이렇게 부드럽게 구운 양고기의 유혹을 이겨내기가 쉽지 않아서. 딱히 캡틴의 말에 동의하는 건 아닐세."

후작은 어제 파티장에서 그랬던 것처럼 호전적인 목소리로 말했다. 카셀은 그의 강한 어조에서 나이를 뛰어넘는 힘을 느꼈다.

"저보다 세 배나 더 사신 분과 지혜를 겨루고 싶지 않습니다, 에노아 후작. 저는 여기서 말을 접도록 하죠."

카셀은 고개를 작게 까닥이며 입을 다물었다. 후작은 눈을 살짝 치켜떴다.

"무슨 뜻인가, 그건? 내가 남길 기다린 눈치더니 이제는 나와 말을 하지 않겠다?"

"아니오. 이제부터 할 말은 제 몫이 아니라는 겁니다."

"그럼 누구 몫인가? 두나단?"

"폐하입니다."

에노아 후작은 물론이고 샤를 국왕도 화들짝 놀랐다.

카셀은 자신이 할 일을 왕에게 떠넘길 생각이 없었다. 하지만 갑자기 모든 것의 중심에 자신이 서 있어서는 안 되겠다는 생각이 불쑥 들었다. 나가버린 귀족들의 말이 틀린 건 아니었다. 왕실을 좌지우지하는 것이 캡틴 울프여선 안 된다.

"솔직해지십시오, 폐하. 이 자리에 남아있는 사람에게는 본심을 보이셔도 됩니다."

샤를 국왕은 복잡한 얼굴로 잠시 접시만 내려다보았다. 그리고 에노아 후작을 바라보며 천천히 입을 열었다. 늙은 후작은 손자뻘인 왕의 말을 초조한 얼굴로 기다렸다. 카셀을 상대로 여유가 넘쳤던 후작의 표정이 무너지고 있었다.

"도, 도와주시오, 에노아 후작. 노르만트 시민에게 군복을 입힐 수는 없소."

왕의 말에 에노아 후작은 잠시 눈을 감았다.

"폐하, 저는 캡틴 카셀의 말에 동의할 생각도 없고 도울 생각도 없습니다. 또 10년 전 전쟁에서 자국이 침략 당했을 때까지 꼼짝도 하지 않았던 아란티아를 신뢰하지도 않습니다. 오히려 지금 이 상황은 캡틴 때문에 폐하께서 곤경에 처한 꼴이지요."

에노아 후작은 음식 접시를 물리고 냅킨으로 입을 닦았다.

"솔직히 실망입니다. 이런 생각을 하셨다면 어째서 제일 먼저 저와 상의하지 않으셨습니까?"

"사과드리겠소. 하지만 내 주위에는 계속……."

"뤼미에르가 있었지요. 압니다."

에노아 후작은 두 손을 깍지 끼며 말을 이었다.

"샤이필드 공작의 유지도 있었거니와 오랜 세월 폐하와 함께 한 시간을 생각하면 제가 거절할 이유가 없지요. 군대를 빌려드리겠습니다."

조마조마하게 듣고 있던 샤를 국왕은 짧게 한숨을 내쉬었다.

"고맙소."

후작은 가볍게 인사하고 자리에서 일어났다. 준비하고 있던 시종이 그의 지팡이와 옷을 내주었다. 카셀은 천천히 후작의 옆으로 다가가 말했다.

"감사드립니다, 후작님."

"누차 강조하지만 난 캡틴을 도울 생각은 없네. 사실 말 많은 어떤 녀석이 아니었다면 당장 자네를 폐하 옆에서 끌어내렸을 게야."

'말 많은 어떤 녀석?'

카셀은 누구일지 짐작이 가질 않았다. 에노아 후작은 말을 이었다.

"지금 파발을 보내 군대를 소집하는 데 사흘, 즉각 출발할 수 있는 선발대가 노르만트에 도착할 때까지 다시 사흘, 나머지 군대가 오는 데는 총 열흘 정도 걸리네. 두 백작이 군대를 모아 부딪칠 때를 생각하면 그리 참기 어려운 시간도 아닐 테지. 선발대의 숫자는 총 300이고, 후발대까지 합치면 1천 명이 조금 넘는군."

갑자기 눈치만 살피고 있던 한 명이 끼어들었다.

"클레에서 온 이네 르 디본 자작입니다. 제게 200명 정도 되는 병사가 있습니다."

"제게도 10명의 기사와 100명의 창병, 50명의 궁수가 있습니다. 두 백작의 군대에 비할 바는 아니지만 부디 왕실을 지키는 데 써주십시오."

두 귀족이 그 말을 하자 에노아 후작은 흡족한 미소를 지었다.

"내 기사들과 왕실의 경비병까지 끌어모으면 병력이 천오백 정도 되는군. 어떤가, 캡틴 울프? 두 백작을 상대할 만한가?"

"제가 지휘하는 게 아니라니까 그러시네요."

카셀은 못을 박았다. 에노아 후작은 피식 웃으며 식당을 떠났다.

모두가 떠나고 이제 남아있는 사람은 샤를 국왕과 두나단, 루오르, 카셀, 그리고 쉐이든뿐이었다. 다른 대신들도 물러나고 경비병이나 시종들도 모두 자리를 비웠다.

"마침내 돌아올 수 없는 강을 건넜군. 두 백작이 내가 군대를 갖는다는 것에 반감을 품고 진짜 노르만트를 침입해도 전혀 이상할 게 없겠어."

샤를 국왕은 자리에서 일어나 벽 쪽으로 서성댔다. 그 바람에 다른 사람도 모두 서서 얘기를 해야 했다.

"기존의 규칙이 깨질 때는 늘 어쩔 수 없는 반발이 있는 법입니다. 그리고 이건 이미 예상했던 일이 아닙니까, 폐하."

두나단이 위로했다. 하지만 루오르 대신은 아직 불안한 얼굴이었다.

"캡틴 울프, 정말 두 백작을 상대로 전쟁을 벌일 자신이 있는가?"

카셀이 고개를 저었다.

"솔직히 말해 거기까지 생각해 보지 않았습니다."

"뭐요?"

루오르와 샤를 국왕이 동시에 외쳤다. 카셀은 변명처럼 들리지 않도록 애쓰며 말했다.

"다른 귀족들 말이 맞습니다. 두나단 대신도 그렇게 생각하던데요. 뤼미에르 백작과 쟌스테인 백작은 노르만트를 침략하지 않을 겁니다. 당분간은요."

"당분간?"

왕은 불안한 얼굴로 다시 자리에 앉았다. 나머지도 다들 자리에 앉았다.

"예, 당분간. 그렇지 않을까요?"

카셀은 동의라도 구하듯 모두를 돌아보았지만 아무도 동의해주지 않았다. 괜히 헛기침을 하고 카셀은 물었다.

"두 백작의 병력이 어느 정도입니까?"

두나단은 준비해놓은 두루마리를 펼쳐 읽었다.

"검은 사자 백작의 병력은 다음과 같습니다. 중무장 보병이 약 사천, 일반 보병이 오천, 궁수가 팔백, 기사가 오백이십, 그중 검은 사자 기사단이 백오십입니다. 공성기도 있다고 했는데, 아직 쓰인 적이 없어 정확한 수치는 모릅니다. 비상시에 동원할 수 있는 전력은 오천이 더 있는데, 그건 영지를 보호할 때 쓰는 병력입니다."

두나단은 두 번째 두루마리를 펼쳤다.

"붉은 장미 백작의 병력은 더 자세히 조사되었습니다. 중무장 창병이 이천, 중무장 보병이 이천, 일반 보병이 삼천 오백, 궁수가 천, 기사가 천, 그중 장미 기사단이 삼백입니다. 숫자상으로는 붉은 장미 백작이 유리하나 대부분 용병들로 이루어져 있어 병사들의 질은 검은 사자 백작 쪽이 우위에 있다고 볼 수 있습니다."

두나단은 두루마리를 접고 말했다.

"이 기록은 반년 전에 조사한 내용입니다. 그 사이 양측은 큰 전투를 한 번, 자잘한 전투를 두 번 정도 치렀으니 전력의 변동이 심할 겁니다. 잃은 병력도 많지만 새로 모은 병력 또한 많아서 아마 여기 적힌 것보다 더 많은 병력을 가지고 있을 테지요."

"어떻게 생각하나, 캡틴 울프? 그대의 말대로 정말 쳐들어오지 않는다면 좋겠지만 만약, 그러니까 만약 정말로 이 정도 병력이 노르만트로 쳐들어오면 과연 막을 수 있겠나?"

국왕이 걱정스러운 표정을 감추지 못하고 물었다.

"아, 전투에 관한 문제라면……."

카셀은 자연스럽게 쉐이든 쪽을 바라보았다. 그러자 쉐이든이 카셀보다 빠르게 말했다.

"우리 캡틴은 전략전술에도 능합니다, 폐하. 하지만 어디까지나 주도하는 건 폐하가 데리고 있는 장수가 맡아야 하지 않겠습니까?"

"그야 그렇겠지. 그런 인물이라면……."

샤를 국왕은 다시 자리에서 일어나 초조하게 걸어 다녔다. 카셀은 그 모습을 지켜보고만 있었다. 하지만 사실 이럴 때 할 말을 미리 정해두고 있었다.

'작전 지휘를 맡아줄 장수 한 명. 그 장수가 지목한 참모 한 명, 실제 전쟁 경험이 많은 장수 세 명, 최전방을 맡아줄 만한 기사 열 명이 필요합니다. 나머지 병력 배치는 그 사람들과 논의하겠습니다.'

하지만 말하지 않았다. 쉐이든의 말이 옳았다. 선택은 국왕의 몫이었다.

"쟝 세이게이. 그래, 그 사람이 있었어!"

국왕은 저녁 만찬을 시작한 뒤로 가장 생기 띤 눈으로 말을 이었다.

"캡틴 울프, 그대는 처음부터 내가 하기를 바랐던 거지? 선택도, 책임도 전부."

"그런 셈이지요."

카셀은 고개를 숙이고 대답했다. 왕은 두나단에게 손짓하며 말했다.

"두나단, 가서 쟝 세이게이 장군을 불러 방금 말한 병력을 얘기하게."

에노아 후작은 노르만트를 떠날 준비를 했다. 경비병들과 시종들이 분주히 짐을 나르고 마차를 준비했다.

후작이 막 마차에 오를 무렵, 두나단이 허겁지겁 달려왔다.

"에노아 후작님."

"아, 게네. 만남이 너무 짧으니 안타깝군. 난 가볼 테니 뒷일을 잘 부탁하네. 왕실에는 도대체 믿을 만한 사람이 없어."

"후작님은 너무 말을 함부로 하십니다."

두나단은 난처한 미소를 지었다.

"그런다고 누가 나한테 욕하지도 않더군. 그보다 지금부터 준비해야 할 일이 많을 텐데, 늙은이 배웅은 왜 나왔나?"

"아무리 바쁜 일이 있다 한들, 감사의 말을 할 사람을 그냥 보내는 건 안될 일이죠. 방금 폐하께서 쟝 세이게이 장군을 지목해서 지휘관으로 임명하셨습니다."

"폐하께서 직접 말인가?"

"직접 하셨습니다."

"놀라운 일이군. 그 소심한 성격에."

후작은 피식 웃었다.

"그나저나 하얀 늑대들의 캡틴 말일세."

"예. 후작님이 보시기에는 어떻던가요?"

"몇 번 떠봤는데 도대체 속을 알 수가 없더군. 긍지 높은 기사도로 똘똘 뭉친 귀족이거나 검술만 아는 바보거나 혀만 굴릴 줄 아는 변설가라면 수없이 보아왔네. 하지만 그 친구는 파악이 안 돼. 마지막 순간에 나는 그 친구와 엄청난 설전을 벌일 줄 알았는데 뱀장어처럼 빠져나가 폐하께 떠넘겼지."

"폐하 내세우기는 후작님을 상대로 한 최고의 무기였죠."

두나단은 웃으며 말했다.

"자네가 그 방법을 가르쳐 준 건 아니겠지?"

"설마요."

"교활한 녀석이야."

후작은 조금 생각해보더니 고개를 저어버렸다. 그리고 조금 간격을 두고 말을 이었다.

"그리고 이상한 녀석이기도 하고."

"어떤 점에서요?"

"나처럼 거칠게 인생을 살아오면 말일세, 게네. 하기 싫어도 사람을 분류하게 된다네. 첫 만남에서는 나한테 위협이 되는지 그렇지 않은지 나누고, 위협이 안 된다면 그 사람들을 다시 믿음을 줄지 말지 가려내지. 그런 식으로 차근차근 머릿속에 울타리를 나누고 그 안에 사람들을 집어넣는 거야. 이를테면 자네와 루오르는 아주 다른 것 같지만 내 안에서는 같은 울타리 안에 들어 있지."

"저, 저와 루오르 대신이요?"

두나단은 실망하며 말했다.

"자네가 어쩔 수 없는 정치가란 뜻이야. 자네라면 어쩌겠나? 오늘 식사에 참가한 귀족들 말일세. 몇 가지 부류로 나눌 텐가?"

"글쎄요, 두 부류요?"

"뤼미에르와 쟌스테인 말인가?"

"아무래도 그렇게 되네요."

두나단은 뒤통수를 긁적였다.

"자네에게는 그렇겠군. 하지만 내 안에서는 한 울타리에 들어가 있다네. 다 똑같아. 생각도, 행동도, 심지어 생긴 모습도 다 똑같아 보이지. 그런 뜻에서 쟌스테인과 뤼미에르도 같은 울타리에 들어 있지. 그 폭발하는 에너지는 내가 젊었을 때 가졌던 야욕이 하찮아 보일 지경이야."

"하얀 늑대들은 어디에 들어갑니까?"

"그들은 그들끼리 한 울타리에 넣어야겠어. 덩치 큰 둘, 예쁘장하게 생긴 여자 하나, 오늘 만찬 자리에는 보이지 않던 말수 없는 사내 하나. 생긴 것도 행동도 다르지만 나는 그 넷을 한 울타리에 집어넣겠네. 다들 어리지만 수백 번의 격전을 치르고 돌아온 노장 같은 패기가 느껴져. 좋은 기사들이야."

그쯤 되자 두나단은 에노아 후작이 무슨 말을 할 지 눈에 보였다.

"캡틴 카셀은 하얀 늑대들과도 다른 울타리에 들어 있습니까?"

"그렇다네. 처음에는 새 울타리를 만들어 넣었지. 하도 특이해서. 그런데 이미 만들어진 울타리가 하나 있더군. 내 안에서 카셀은 거기 들어가 있어."

"어떤 울타리입니까?"

"국왕 폐하가 들어 있는 울타리라네."

두나단은 깜짝 놀라 목소리를 줄였다.

"설마 그가 왕의 자질을 가졌단 뜻입니까?"

"왕의 울타리란 건 없어. 그 울타리는 소심하고 결단력 없고 패기도 힘도 없는 아이를 넣는 곳일세."

두나단은 허탈한 웃음을 터트렸다.

"잘못 보신 겁니다. 캡틴 울프가 얼마나 힘이 넘치는……."

"연기야."

에노아 후작은 단언했다.

"다 연길세. 본성을 숨기고 있고 자기가 처한 상황을 두려워하고 있더군."

두나단은 침을 꿀꺽 삼켰다.

"그 검술의 대가가요?"

"검술을 할 줄 아는 지나 모르겠군. 하지만 그런데도 내가 왜 그에게 믿음을 준 줄 아나?"

에노아 후작은 두나단이 대답하기도 전에 먼저 말했다.

"그 두려움을 솔직하게 표현하고 있다는 점일세. 그 친구는 뭔가를 말할 때 자신의 모든 것, 심지어 생명까지 내던질 것처럼 혼신의 힘을 다해 열변을 토해내지. 논리가 어찌 되었건 그런 식으로 말하면 듣는 상대는 자기도 모르게 거기에 휩쓸리기 마련이라네. 내 장담하건대, 그 친구는 말 한마디 잘못하면 죽는 상황을 수없이 겪어 본 사람이야."

두나단은 고개를 크게 끄덕였다.

"하얀 늑대들의 기사라면 죽을 고비를 몇 번쯤 넘기지 않았겠습니까? 다른 하얀 늑대들처럼 죽음을 넘는 전장을 오갔겠죠."

"그게 이상하다는 거야. 그 정도 검술을 가진 자가 죽을 고비를 혀로 넘겼다고?"

두나단은 너무나 앞서 나가는 에노아 후작의 생각을 따라갈 수가 없어 그저 고개만 갸웃거렸다.

"내가 너무 말이 많았군."

후작은 곧 마차에 올라 문을 닫았다. 그는 창문만 살짝 열어 작별 인사 대신 말했다.

"조심하게. 두 백작뿐 아니라, 하얀 늑대들도. 특히 카셀이라는 자는 절대 방심하지 마."

"그의 언행이라면 어떤 것이든 놓치지 않겠습니다. 살펴 가십시오."

두나단은 손을 들어 인사했고, 에노아 후작이 탄 마차는 느릿느릿 성의 정원을 지나 어둠 속으로 사라졌다. 그리고 그 모습을 먼 곳에서 바라보는 한 팔 없는 검은 기사가 있었다.

검은 기사는 하얀 연기를 뿜어내며 천천히 말을 몰아 에노아 후작의 뒤를 따랐다. 그러나 어둠 속에 묻혀 있는 그것의 존재는 아무도 발견하지 못했다.

◆Chapter 20◆
로일 울프

한 달쯤 전이었다.

마스터 퀘이언이 하얀 늑대들 전원을 호출했다. 로일은 그가 싫은 일을 시킬 거라고 직감했다.

"너희들 카모르트에 좀 다녀와야겠다."

퀘이언은 햇빛 잘 드는 자신의 사무실 창문 앞에서 허리에 손을 얹고 기다리고 있다가 전원이 모이는 순간 대뜸 말했다.

"왜요?"

게랄드도 동물적인 본능으로 움츠렸다. 아즈윈은 아예 문 쪽으로 반 걸음쯤 도망치는 자세를 취했다. 퀘이언은 창문에서 눈을 떼고 모두를 돌아보며 빙그레 웃었다. 모두의 반응이 예상대로라고 생각하는 미소였다.

"카모르트에서 사신이 왔다. 두 명의 백작이 왕을 무시하고 전쟁을 벌인다더군. 요약하자면, 왕실의 수호 가문인 샤이필드 공작이 죽은 후 왕이 힘을 잃은 틈을 타 급성장한 두 백작의 패권 다툼이지. 안타깝게도 왕은 둘에게 전쟁을 멈추라고 명령을 내릴 힘이 없다고 하더군. 비밀리에 갔다 와야 할 일이니 소수 인원이 좋겠지? 폐하께서 너희들을 직접 지목하셨다. 다녀와라."

퀘이언은 일방적으로 쏟아냈다. 아즈윈이 신경질적으로 물었다.

"가서 뭐 하라고요? 설마 그쪽 백작 군대랑 싸우라고요? 남의 나라 쳐들어가는 것 같으니 거절할래요."

쉐이든도 진지한 목소리로 거들었다.

"울프 기사단은 여왕님을 수호하고 아란티아를 지키는 집단이지, 다른 나라의 이권 다툼에 끼는 존재가 아니지 않습니까? 10년 전 대륙 전쟁에서도 움직이지 않았는데, 타국의 귀족 둘 사이에 벌어진 전투에 끼면 모양새가 안 좋을 겁니다."

드물게도 게랄드도 논리 싸움에 나섰다.

"저쪽에서 원군을 원하는 거면, 울프 기사단 전체를 이동시키시죠? 우린 여길 지키고."

"그게 좋겠네!"

아즈윈은 자기만 안 가면 그만이라는 적극적인 의사 표명에 동참했다.

"그렇게들 가기 싫으냐?"

퀘이언은 약 먹기 싫어하는 아이에게 묻듯 자상하게 물었다.

"예! 전 가기 싫습니다."

로일은 강한 어조로 대답했다.

"봤죠? 로일이 싫다면 이제 큰났다. 아무도 얘 고집은 못 말리니까. 하늘 산맥이라도 거꾸로 뒤집히지 않는 이상에야!"

아즈윈은 거의 승리의 미소를 지었다.

"하늘 산맥은 못 뒤집겠지만……."

퀘이언은 늙은 할머니가 다락방에 소중히 보관해둔 꿀단지를 꺼내 듯, 벽에 걸린 아란티아의 보검을 끌어 내려 아즈윈에게 내밀었다.

"이 검으로 내리는 명령은 곧 여왕 폐하를 대신하는 명령이다. 아즈윈을 캡틴으로 임명하며 카모르트에서 온 사신을 따라 내일 즉시 화이트 게이트를 나서도록 하라."

아즈윈과 게랄드가 동시에 소리 질렀다.

"치사하다!"

"날 치사하게 만든 게 누군데? 그리고, 가만있어 보자…… 보검으로 내린 명령에 불복종하면 처분이 뭐였더라?"

퀘이언의 웃는 얼굴에 두 사람은 거절할 명분을 찾지 못해 눈썹만 부들부들 떨었다.

쉐이든이 말했다.

"불복종은 제명인 건 모두 압니다. 고작 이런 일에 먼지만 쌓인 보검을 동원하신 마스터의 의향은 모르겠습니다만……."

"매일 닦아두니 먼지는 안 쌓여. 날 뭘로 보고?"

퀘이언이 반박했다.

"그런 뜻이 아니라…… 아무튼 전 이해가 가지 않습니다. 정말 저희가 가는 이유가 원군이라면, 지금 이 결정은 상당히 위험합니다."

"어떤 식으로, 뭐가, 어떻게 위험한지 모르겠으니, 그 부분은 내가 설명할 수가 없구나. 그럼 너희들의 의혹을 해결하기 위한 폐하의 말씀을 전달하겠다."

퀘이언은 헛기침을 한 번 하고 말을 이었다.

"다섯이서 재밌게 놀다 오너라."

"여왕님 지금 어디 계세요? 제가 직접 따질래요. 내가 오늘 드디어 사고 친다! 여왕님의 멱살을 잡아 풀밭에 자빠뜨려버리겠어! 네? 어디 계시냐고요?"

아즈윈이 바락바락 소리 질렀다.

"나도 모른다. 한 사흘 찾지 말라고 부탁하고 사라지셨지. 가끔 있는 일이잖니? 자, 이제 받아라. 나 팔 아파."

퀘이언은 보검을 또 내밀며 물었다.

"떠날 준비는 언제부터 할 거냐, 캡틴 아즈윈?"

아즈윈은 사색이 된 얼굴로 더듬더듬 말했다.

"알았어요. 제가 졌어요, 마스터. 카모르트는 갈게요. 하지만 캡틴까지 하라고 하시는 건 너무 가혹해요."

"음, 그래? 아즈윈이 딱 맞다고 생각했는데. 그럼 누구 다른 사람이 하겠느냐?"

퀘이언이 게랄드 쪽으로 보검을 돌리자 게랄드는 자못 심각한 얼굴로 턱을 쓰다듬었다.

"저처럼 책임감 없는 녀석이 맡기에는 좀 무리지요. 그런데 짐은 언제 쌀까요, 캡틴 아즈윈?"

"확 그 보검으로 네놈 창자를 구경시켜주랴?"

아즈윈은 게랄드에게 으르렁대다가 얼른 퀘이언에게 애교 부리듯 매달렸다.

"이봐요, 마스터. 제가 하얀 늑대들 중 최강이고 최고의 리더십을 가지고 있는 건 부정할 수 없는 사실이지만 캡틴이란 건 말이죠, 아무래도 쉐디…… 아니, 쉐이든 님처럼 믿음직스럽고 어깨 넓은 사나이가 맡는 게 정석 아닐까요? 마스터도 항상 '우리 쉐이든, 우리 이쁜 쉐이든' 하면서 편애하셨잖아요. 그렇게 생각하지…… 않으십니까, 캡틴 쉐이든?"

"그럼 '우리 이쁜 쉐이든'이 캡틴 할 거냐?"

퀘이언이 보검을 내밀자 쉐이든은 뒤로 한 걸음 물러났다.

"잠깐이지만 캡틴 아즈윈으로부터 캡틴이라는 호칭으로 불리게 된 걸 인생 최고의 명예로 여기겠습니다. 하지만 카모르트에서 일을 제대로 처리하려면, 우리 중 가장 전투 경험이 많은 불의 용병 게랄드가 적절하다고 생각합니다. 캡틴 게랄드만한 인재가 우리 중에 있을 리가……."

쉐이든이 시선을 자기 쪽으로 돌리자 게랄드는 배신감에 치를 떨었다. 퀘이언은 다시 게랄드에게 보검을 내밀었다.

"넌?"

"안 받을래요."

게랄드가 대답하자, 퀘이언은 고개를 끄덕거렸다.

"받을걸?"

퀘이언은 칼을 떨어뜨렸다. 자기 앞에서 뚝 떨어지는 아란티아의 보검을 보고 게랄드는 반사적으로 손을 내밀어 받고 말았다. 퀘이언이 명령했다.

"이게 마지막이다. 게랄드, 네가 정하는 사람을 캡틴으로 임명하겠다. 너 스스로 맡든, 다른 넷에게 맡기든 알아서 해라."

게랄드는 울상이 되어 아즈윈을 돌아보았다. 아즈윈은 눈을 부라리며 주기만 해 봐라, 하고 경고했다. 쉐이든은 고개를 천천히 가로저었다. 던멜은 듣지 못한다는 자신의 단점을 적극적으로 활용해 딴 곳을 보고 있었다. 오직 로일만 반항적인 눈으로 퀘이언을 노려보고 있었다.

"미안해, 로일."

게랄드는 로일에게 보검을 내밀었다.

"일 대 일 실력으로 보자면 아무래도 로일이 최고니까 캡틴을 하기에 부족함이 없지 않겠습니까?"

게랄드는 부가적으로 설명했다. 로일은 거부하지 않고 보검을 받더니 즉시 뽑았다. 감히 그런 행동을 상상 못 한 넷은 동시에 깜짝 놀랐다.

"명령은 따르겠습니다, 마스터. 하지만 전 분명 가기 싫다고 말했습니다."

"안다."

"이 일로 인한 책임도 지지 않겠습니다."

"그러려무나."

"마스터와 여왕님이 후회할 일이 벌어져도 전 상관하지 않겠습니다."

"너희는 날 한 번도 실망시키지 않았다. 그러니……."

퀘이언은 인자한 아빠처럼 로일의 어깨를 두들겨 주었다.

"……한 번쯤 실망시켜도 괜찮아."

다음날 다섯은 제대로 된 작별 인사도 없이 카모르트로 떠났다.

"실망시켜도 괜찮다는 말, 은근히 부담되지 않냐?"

아즈윈은 불안한 얼굴로 나디움을 돌아보았다. 저 멀리 화이트 게이트 옆에 선 키 큰 여인이 손을 흔들고 있는 것이 보였다.

"우와, 여왕님 배웅 나왔네."

게랄드가 멍청하게 마주 손을 흔들었지만 아즈윈은 팔짱 끼고 신경질적으로 떠들었다.

"일 떠맡기고 숨어 있다가 지금 나타나는 거 봐? 죄책감이 들어 사과라도 하는 건가?"

눈 좋은 쉐이든이 눈을 가늘게 뜨고 관찰하더니 말했다.

"음, 즐거워하고 계시는데?"

"우리가 귀찮으셨던 게야. 그래서 우리 떠나니까 좋아하시는 게지."

게랄드가 꽤나 근사한 이론을 제시했다. 옆에 있는 카모르트의 사신은 전설의 기사라는 하얀 늑대들이 그런 대화나 주고받는 것에 놀라는 표정이었다.

카모르트의 사신과 함께 아란티아 국경을 넘을 때까지는 그래도 즐거운 편이었다. 생각해보니 오랜만의 외출이긴 했다. 그러나 마차를 타고 넘은 언덕 뒤에서 느닷없이 얼굴을 가린 괴한들에게 습격당했을 때부터 일이 꼬이기 시작했다.

싸움이 끝난 후 살펴보니 엉뚱하게도 마차 안에 피신해 있던 카모르트의 사신이 화살에 맞아 죽어있었다. 너무 많은 숫자의 적들과 정신없이 싸우던 터라 그를 보호하는 것까지 신경 쓰지는 못했던 것이다.

"어쩌지?"

아즈윈은 죽은 카모르트의 사신을 내려다보며 걱정스러운 얼굴로 물었다. 다들 로일을 돌아보았다. 로일이 의아해하며 물었다.

"왜 날 봐?"

"네가 캡틴이잖아. 네가 결정해야지."

아즈윈이 말했다.

"그래? 어쩔까?"

"바보야, 내가 먼저 물어봤잖아."

로일은 고민 끝에 제안했다.

"그럼 돌아갈까? 안내해 줄 사람도 없어졌잖아."

"안 돼."

게랄드가 단호하게 반대하며 말했다.

"이놈들은 분명 우리가 카모르트로 못 오게 막으려는 누군가가 보냈을 거다. 우리가 여기서 돌아가면 그놈 뜻대로 움직이게 되는 거지."

쉐이든도 같은 의견이었다.

"내 생각도 그래. 계속 가야 해."

"그래. 그럼 그러자."

로일은 모두의 의견에 따랐다.

뭔가 일이 생기면 모두가 캡틴의 의견을 물었다. 그러면 로일은 자신의 의견을 말했다. 하지만 받아들여지는 법은 없었다. 그런 일이 계속 반복됐다.

원래 로일은 뭔가 결정해야 할 일이 생겨도 가급적 의견을 말하지 않는 편이었다. 하지만 캡틴이 되고 난 다음에는 의식적으로 여러 의견을 내놓았는데, 매번 부정당했다. 로일은 점점 우울해졌다. 그리고 결국 패잔병들의 마을에서 칼까지 잃어버리고 나자, 완전히 자신감을 잃었다. 다들 로일의 괴로움을 알고 있었지만, 누가 대신 캡틴 자리를 넘겨받는다고 해결될 상황은 아니었다.

로일은 캡틴으로서 친구들을 옳은 방향으로 인솔하지도 못했고 제대로 된 명령을 내리지도 못했다. 당시에는 의식하지 못했지만 와인 상인을 돕겠다고 나선 것도 책임감으로부터 도피하려고 했던 게 아닐까 하는 생각이 들었다.

'만약 그때 와인 상인을 만나지 않았어도 난 달아났을 거야.'

로일은 보검을 잃어버렸다는 사실도 믿을 수가 없었다. 용병 생활을 하는 동안에도, 울프의 기사가 되어 조금은 편한 생활을 하는 동안에도 로일은 자신의 칼을 잃어버린 적이 없었다.

단 한 번도!

용병 시절 부러질 것을 대비해 칼을 세 자루씩 가지고 다녔어도 단 한 자루도 놓친 적이 없었다. 아무리 혼잡한 시장통을 돌아다녀도 동전 하나 소매치기를 당해본 적도 없었다. 그러니 더욱 미칠 노릇이었다. 쉐이든이 '그건 그냥 네가 잃어버릴 운명이었던 거다'라고 위로해 줬지만, 위안이 되지 않았다.

그렇기에 누군가 보검을 도로 찾아 왔다면, 누군가 캡틴을 대신 맡겠다고 나서 준다면 기뻐서 춤이라도 출 줄 알았다. 하지만 둘 다 이뤄졌는데도 로일은 별로 기쁘지 않았다. 파티장에서 그 주인공인 카셀을 만나자 심지어 화까지 났다. 그래서 마치 그가 칼 도둑인 양 쏘아붙이고 말았다.

'내가 왜 그랬지?'

로일은 자신의 마음을 이해할 수가 없었다.

"아버지께서 기사직을 제안하셨겠죠?"

쟌스테인 백작의 영지는 노르만트에서 말로 이틀거리에 있는 덴모주였다. 그 먼 거리를 마차 안에 갇혀 쉬지 않고 달려온 탓에 라틸다와 안나는 몹시 피곤한 얼굴이었다.

로일은 대답에 한참이나 뜸을 들였다.

"예. 12쏜즈에 들어오라 하셨습니다."

"당신을 아주 높이 평가했군요. 거기에 들기 위해 얼마나 많은 경력과 전적이 필요한지 모르실 거예요. 본 지 이틀도 안 된 사람에게 장미기사단의 최고 자리를 내어준다니, 아무리 파격적인 인사 조치를 좋아하시는 분이라지만 놀라운 일이 아닐 수 없군요."

"인상적이더군요. 노르만트에서만 해도……."

로일은 말을 멈췄다. 괜히 달마르의 죽음을 들추고 싶지 않았다. 하지만 라틸다는 건조한 목소리로 아무렇지도 않게 말했다.

"잘 보셨어요. 전 12쏜즈가 합류한 전투에서 패했다는 걸 들어본 적이 없어요. 언제나 압도적인 승리를 거두었죠. 그 많은 전쟁터를 거쳤으면서도 부상 한 번 입는 모습을 못 봤어요. 노르만트에서 검은 사자기사단을 상대로 싸우는 걸 봤죠? 그 와중에 한 명이라도 다친 사람이 있나요? 부상 중이긴 했지만 달마르도 수많은 전쟁터에서 살아남은 베테랑이에요. 하지만 죽었죠."

대화가 갑자기 끊겼다. 로일은 다시 라틸다가 말을 해주길 기다렸다. 하지만 그녀는 옆에 앉은 안나에게만 말을 걸었다.

"힘드니?"

"괜찮습니다."

안나는 신물을 삼키며 대꾸했다. 흔들리는 마차 안에서 버티기 힘들었지만 내색하지 않으려고 애쓰고 있는 모습이었다.

"너야 항상 그렇게 말을 하지."

라틸다는 마차 밖으로 머리를 내밀고 호위 중인 쏜즈의 기사를 불렀다.

"크라브지크, 잠깐 이리 와봐."

라틸다는 다시 마차 안으로 고개를 돌리고 로일에게 하려고 했던 말을 마무리 지었다.

"칼 맞고 피 한 방울 흘리지 않는 사람들은 아니에요. 자기들끼리 하는 연습 시합 중에 다치는 건 많이 봤으니까. 하지만 전투에서의 그들은 적이 없다고 해도 좋을 정도로 막강해요. 아버지께서 이 전쟁에서 자신감을 잃지 않는 것도 이런 이유죠."

"부르셨습니까, 아가씨?"

크라브지크라는 이름의 기사가 다가왔다. 등에는 보기 부담스러울 정도로 거대한 칼이 메어져 있었다.

"아버님께서는 어디 계시지? 오전부터 보이지 않더군."

"백작님께서는 다른 쏜즈의 기사들과 함께 길을 서두르셨습니다."

"급한 일이 있어?"

"전쟁을 선포하셨으니까요. 영지로 돌아가 군을 정비하셔야지요."

크라브지크는 차갑게 대꾸했다.

"그래, 급하셨겠지. 하지만 우리는 급하지 않아. 조금 쉬어야겠어."

"안 됩니다, 아가씨. 이미 뒤처졌습니다. 점심 식사 때까지만이라도 기다려주십시오. 더 지연시키기는 곤란합니다."

"누구를 기준으로 지연이야? 난 급한 일 없는데? 너희들은 급한 모양이지? 그럼 먼저 가."

"저희는 아가씨의 호위병입니다."

"난 내 호위병 따로 있으니, 급하면 먼저 가라."

라틸다는 큰 소리로 마부에게 명령했다.

"마차를 세워라!"

마차가 멈췄다. 크라브지크는 아주 잠깐 눈썹을 꿈틀거리며 인상을 썼으나 즉시 원래의 냉정한 표정으로 돌아갔다.

그의 표정 변화를 본 건 로일 밖에 없었고 그도 로일과 눈이 마주쳤다. 안나를 부축하여 마차에서 내리는 라틸다를 사이에 두고 둘은 서로를 강한 시선으로 응시했다. 곧 크라브지크는 호위하는 군대에 명령을 내렸다.

"잠시 휴식이다. 짐을 풀고 식사를 준비하라."

이틀간의 강행에 지친 병사들은 환호를 울릴 힘도 남지 않아 한숨으로 대신했다. 어제도 밤을 새며 이동했고, 오늘은 새벽에 식사 후 아무것도 먹지 못한 터라 다들 허기가 져 있었다. 무거운 갑옷을 입고도 힘이 넘치는 사람은 크라브지크 혼자뿐인 것 같았다.

말에서 내린 병사들은 물을 떠 수프를 끓이고 고기를 꺼내 구웠다.

서두르라는 명령도 없었는데 식사를 준비하는 손놀림이 빨랐다. 지켜보니 일손이 부족한 것 같아 로일은 라틸다에게 물었다.

"제가 가서 좀 도와주고 올까요?"

"안 돼요!"

라틸다는 짧게 끊어 말했다. 그리고 뒤늦게 사과했다.

"미안해요. 좀 날카로웠군요. 날 고려하지 않고 움직이는 아버님께 화가 나 있었어요. 어쨌든 로일은 저런 일 하지 않아도 돼요. 당신은 '나의 기사'예요. 나와 관계된 일이 아니면 다른 누가 시키는 일도 하지 말아요. 사람 좋은 당신 성격은 알지만, 지금은 그렇게 하세요."

"예, 그렇게 하겠습니다. 안나는 괜찮은가요?"

안나는 억지로 입을 열어 대꾸했다.

"괜찮아요."

"저도 이렇게 빨리 가는 마차는 타 본 적이 없어요. 말을 자주 타는 저도 견디기 힘든데, 오죽하겠습니까?"

로일은 손수건을 꺼내더니 그녀의 이마에 송글송글 맺혀 있는 땀을 닦아주려 했다. 하지만 안나는 무뚝뚝한 얼굴로 그의 손수건을 붙들었다.

"고맙습니다."

로일이 손수건에서 손을 떼자, 안나는 자기가 직접 이마의 땀을 닦았다.

딱히 노리고 정한 건 아니었지만 가까운 곳에 시냇물이 흐르고 있어 휴식을 취하기 딱 좋은 장소였다.

안나는 극구 사양했지만 결국 라틸다의 끈질긴 권유를 이기지 못하고 언덕 풀밭에 누웠다. 속을 달랠 때까지만이라고 했지만, 결국 안나는 따뜻한 햇살과 싱싱한 풀냄새에 굴복하고 잠들었다.

로일과 라틸다는 안나에게서 조금 떨어진 자리에 앉아 쉬었다.

“대단한 아이죠? 어렸을 때는 안 그랬는데 지금은 나보다 자존심이 더 세요.”

라틸다는 앉은 채로 길게 기지개를 펴고 말했다.

“한 가지 궁금한 게 있어요, 로일.”

“저도요.”

“먼저 물을게요. 하얀 늑대들의 제의도 거절하고 아버지의 제의도 거절하고…… 어떻게 그 모든 유혹을 쉽게 거절하실 수 있나요?”

“입단 제의라면, 저는 거절했다고 말씀드리지 않았는데요.”

“설마요. 울프 기사단의 제의도 거절한 사람이 거기에는 넘어갔다고요? 그렇지 않을 걸요? 대체 어떤 자신감을 품고 있기에 스스로를 팔지 않나요?”

어떻게 말해도 라틸다를 속이는 꼴이 되니, 로일은 대꾸를 하기가 힘들었다. 다행히 라틸다는 스스로 답을 내렸다.

“당신이 명예나 보수에 이끌렸다면 처음부터 내 옆에 남아있지도 않았겠죠. 당신에게는 당신의 사정이 있을 테니까. 내 질문은 됐어요. 당신 질문은 뭔가요?”

“왜 그렇게 12쏜즈를 싫어하세요?”

“당신이 대답하지 않았으니까 나도 안 하겠어요. 공평하죠?”

라틸다는 복수라도 하듯 대답하며 빙그레 웃었다. 딱히 대답을 잔뜩 기대하고 했던 질문이 아니었기에 로일은 대화를 거기에서 접었다.

부드럽게 내리쬐는 햇볕의 마력은 서서히 라틸다도 지배하기 시작했다. 거기다 졸졸 흐르는 시냇물 소리까지 가세하니, 꾸벅거리던 라틸다는 결국 로일의 어깨에 머리를 기댔다.

“그럼 다른 걸 물어도 될까요?”

로일이 말했다.

“글쎄요. 또 쏜즈나 아버지 관련 질문은 대답하지 않겠어요.”

“다른 거예요.”

“그럼 해요.”

로일은 왕실에서 만난 카셀을 떠올리며 말했다.

“보면 아시겠지만 전 검술 외에는 딱히 재주가 없는 녀석입니다. 그런 자신을 비관하거나 자기혐오에 빠진 건 아닙니다. 여태까지 이런 걸 불편해한 적도 없었죠. 친구들도 제게 많은 걸 요구하지 않았고요. 그런데 갑자기 제게 없는 걸 가진 다른 사람을 보자, 저 자신이 초라해졌습니다.”

“최근 일처럼 말씀하시네요? 일단 계속해 봐요.”

라틸다는 졸린 목소리로 답하면서도 흥미로워했다. 그녀는 여전히 악몽이 무서운지 잠을 자려고 하지 않았다.

“어떤 사람이 제가 하고 싶었는데 못했던 일을 해내는 모습을 봤지요. 전 제가 못하는 일을 대신할 사람이 생기면 기쁠 줄 알았습니다. 그런데 아니더군요.”

“그 사람을 보고 화가 났나 봐요?”

“부끄럽지만, 네. 그 사람이 제 자리에 있는 게 무척 화가 나고, 그 사람이 싫어지더군요…….”

라틸다는 로일의 어깨에 기댄 채로 픽 웃었다.

“질투가 나나 보군요.”

“제가요?”

“네. 로일 지금 질투하고 있잖아요. 그래서 뭐가 묻고 싶은 거죠?”

로일은 잠깐 머뭇거렸다.

“그걸 묻고 싶었습니다. 제가 왜 이러는지.”

로일은 김빠진 웃음소리를 냈다.

“질투였군요, 이게.”

“뭐예요? 그게 다예요?”

“네. 다예요.”

“흐음, 그런데 방금 말한 그 일은 언제 일어났던 거예요?”

“곧 말씀드릴 기회가 있을 겁니다. 자세히. 숨김없이.”

라틸다는 희미하게 웃었다.

“곧이라는 순간이 빨리 왔으면 좋겠어요. 로일에 대해 많은 걸 알고 싶어요.”

“저도 그렇습니다.”

라틸다는 눈을 감았다.

“대답을 해드렸으니 그 대가로 다리를 빌려도 될까요?”

그녀는 대답을 기다리지 않고 로일의 다리를 끌어다 그 위에 머리를 눕혔다. 항상 악몽을 걱정하면서 잠을 이루지 못했는데, 지금은 편안하게 잠들어버렸다.

‘이런 게 질투였구나.’

안나와 라틸다 모두 작은 숨소리만 내며 깊이 잠들어 있을 때쯤, 병사들의 식사가 끝났다. 출발을 준비하는 어수선한 소리가 들렸다. 로일은 둘을 깨워야 할지, 그대로 자게 둬야 할지 고민했다. 그때 마침 풀을 밟는 소리에 고개를 돌려보니 크라브지크가 다가오고 있었다. 무슨 의도인지는 모르나 그는 로일의 등 뒤에 바짝 붙어서 섰다.

"내 등 뒤에 서지 마시오."

로일은 라틸다의 어깨에 가볍게 올려놓은 손을 떼고 옆에 놔둔 칼에 손을 가져갔다. 크라브지크는 물러서지 않았다.

"캡틴 링케가 쏜즈를 모두 모아놓고 이런 말을 했다. 로일은 절대 건드리지 말라고."

"그게 무슨 뜻이오?"

크라브지크는 한쪽으로 누워 자고 있는 라틸다의 옆을 돌아 로일의 앞에 쭈그리고 앉았다. 거대한 양날 검을 품에 안고 앉아있는 모습이 워낙 살벌하여, 지금 이 순간 라틸다가 눈을 뜨고 그를 발견하면 도로 기절할 지경이었다. 크라브지크는 잠시 막사를 철거하는 병사들을 살펴보았다.

"아마도 가까운 미래에 쏜즈의 기사가 될 사람이자 라틸다 아가씨의 경호원에게 함부로 시비를 걸지 말라는 뜻인 것 같군. 나로서는 참기 힘들지만."

크라브지크는 호의라고는 티끌만큼도 담기지 않은 말투로 말했다.

로일도 예의를 지키려는 마음을 접었다.

"참기 힘들다니 뭐가?"

"겨루고 싶다."

"그 말, 두 번째지? 링케 옆에서도 그런 말을 했던 게 기억나는군."

"그래서 대답은?"

"싫다."

"그럴 줄 알았다. 그런데 정말 이상한 일이야."

크라브지크는 자기 캡틴만큼이나 차가운 미소로 물었다.

"널 보는 내가 왜 이리 전의에 불타는 거지?"

"그걸 지금 나한테 묻는 건가?"

"혼잣말이다. 아가씨가 깨도 곤란하니 이만 물러나도록 하지. 그런데 혹시나 해서 묻는 건데……."

크라브지크는 코끝을 긁적이며 말을 이었다.

"내가 이 자세에서 널 베려 한다면 막을 수 있겠나?"

라틸다가 무릎을 베고 누워 있지 않았다면 당장 일어나 칼을 뽑았을 정도로 끔찍한 살기가 덮쳤다. 로일은 반사적으로 전투 자세로 들어갔다. 자세에 변화는 없었으나, 상대도 그걸 알았는지 끌어안고 있는 칼의 손잡이로 손을 옮겨 잡았다. 로일은 높낮이 없는 어조로 대답했다.

"그 정도 무게의 칼이라면 라틸다를 깨우지 않고 막기는 힘들겠지."

크라브지크는 한참 노려보더니 자리에서 일어났다.

"굳이 시험해보지는 않도록 하마."

로일은 하마터면 시험해 보라고 도발할 뻔했다. 그러나 라틸다를 생각해 참아낼 수 있었다.

멀지 않은 곳에서 대규모 군대가 이동하는 소리가 들렸다. 뿌연 먼지 속에서도 붉은 장미의 깃발이 선명하게 보였다. 크라브지크는 커다란 칼을 어깨에 짊어지고 말했다.

"후발부대가 도착했다. 아가씨를 깨워라. 다시 이동해야겠다."

"이틀 만에 주무시는 건데, 조금 더 두지 그러나?"

"그럼 주무시는 상태로 마차로 모셔라. 네가 하지 않으면 내가 하겠다."

"부탁이라는 말을 절대 쓰지 않는군?"

"뭐 하러?"

크라브지크는 몸을 휙 돌려 가버렸다. 로일은 그가 열 걸음 밖으로 물러간 후에야 쥐고 있던 칼에서 손을 뗐다.

뒤따르던 후발부대가 잠시 멈춰 섰고, 부대의 지휘관이 말을 달려와 크라브지크와 뭔가 이야기를 나눴다. 그러면서도 크라브지크는 계속 로일을 노려보고 있었다.

익숙한 시선이었다. 그의 주위에는 언제나 그를 두려워하거나, 그에게 도전해 오거나, 그를 고용하려 드는 사람들뿐이었으니까.

◈ Chapter 21 ◈

우물

라틸다는 잠에서 깨어났다. 풀밭에 있었던 모습을 마차 안으로 그대로 옮겨다 놓은 듯 그녀는 로일의 다리를 베고 누워 있었고, 안나는 차분하게 앉아 창 너머 바깥 풍경을 바라보고 있었다. 라틸다는 졸린 눈으로 밖을 내다보며 잠이 덜 깬 목소리로 말했다.

"풍경이 익숙하네요."

"네. 아까 마부가 덴모주에 도착했다고 소리치더군요. 잘 잤어요?"

로일이 희미하게 웃으며 물었고, 라틸다는 형식적인 미소로 대답했다.

푸른 밀이 펼쳐진 밭 한가운데에 커다란 풍차가 돌고 있었고, 근처의 완만한 구릉지를 따라 농가가 산발적으로 흩어져 있었다. 최근 강력해진 잔스테인 백작의 세력을 대변하기라도 하듯 덴모주의 집과 풍차는 모두 새로 지은 티가 났다. 길도 새로 깔아 반듯했고, 밀밭도 잘 정돈되어 있었다. 로일은 덴모주의 풍경이 마치 작은 아란티아 같다는 생각이 들었다.

백작의 성은 언덕의 가장 높은 곳에 위치해 있었다. 아직 미완성인 탑 꼭대기로 돌을 실어 나르는 인부들이 보였다. 아직 공사가 덜 끝난 자리에도 장미의 문양이 그려진 깃발이 내걸려 펄럭이고 있었다.

고향에 돌아왔는데도 라틸다의 굳은 얼굴은 펴질 줄 몰랐다. 말이 힘겹게 마차를 끌어 올리기 시작한 마을 입구로 주민들이 나와 환영해 주고 있었지만, 라틸다는 손도 내밀어주지 않았다.

"다들 좋아하는군요."

로일이 말했다.

"저게 좋아하는 걸로 보이세요? 내 눈에는 만들어진 웃음 같은 걸요."

라틸다는 냉소적으로 말했다. 하지만 로일은 마차를 향해 손수건을 흔드는 할머니를 보고 조금도 억지웃음 같지 않다고 생각했다. 단지 할머니가 목에 건 목걸이를 쥐어 마차 쪽으로 내미는 게 조금 신경이 쓰였다. 목걸이의 문양이 이상했는데, 그것과 같은 모양의 상징물이 한 건물의 지붕 위에 걸려 있었던 것이다. 어느 나라에나 각자 믿는 종교의 상징물을 세우기 마련이지만 그것은 지금까지 한 번도 본 적이 없는 표식이었다.

굳게 닫힌 성문이 열리고, 잘 훈련된 군인들이 줄을 맞추어 기사단과 라틸다의 마차를 호위했다. 성벽 안쪽에 위치한 저택의 입구에 십수 명의 시녀와 시종들이 나와서 라틸다를 맞이했다.

"어서 오십시오, 아가씨."

방금 전까지만 해도 피곤한 눈을 하고 있던 라틸다였지만, 그들 앞에서는 허리를 곧게 펴고 당당하게 걸었다.

"아버님은?"

형식적으로 묻는 그녀의 말에, 나이 많은 집사가 대꾸했다.

"먼저 도착해 계십니다. 그리고 아가씨를 뵈러 온 손님이 세 분 있습니다."

"손님이라니요?"

"예. 한 달쯤 전부터 아가씨를 뵙고자 청했었죠. 이 시기에 온다고 약속했던……."

"아, 그 사람들! 잊고 있었어요. 아버님께선 그분들에 대해 아무 말씀 없으셨나요?"

"없었습니다."

"알아서 해도 된다는 뜻이겠죠. 응접실로 들이세요. 지금 만나겠어요."

"피곤하실 텐데, 쉬고 내일 만나셔도 됩니다."

"그 정도로 공을 들여야 할 사람들은 아니에요."

"그럼 누굴 먼저?"

"먼저 도착한 사람부터 들이세요. 그리고 이쪽은 내 새로운 경호 기사, 로일이에요. 다들 얼굴을 익히도록 하세요. 성의 어디에도 출입할 수 있도록 허락하니 그리 아세요."

"예. 분부하신 대로 하겠습니다. 하지만 지하실은……."

"아, 그렇지. 지하실. 제가 알려줄게요."

라틸다는 빠르게 대꾸하고 그들을 지나쳐 걸었다. 로일은 시종들에게 살짝 목례했고, 그들도 무표정하게 인사를 받아주었다.

"성이 뭔지 알 수 있겠소, 로일?"

나이 든 집사는 낯선 이를 반기지 않는 표정으로 물었다. 가사나 재정만 담당하는 노인이라기에는 눈매가 매서웠다.

"레너입니다."

"로일 레너라…… 카모르트 이름이 아니군."

"이로피스 출신입니다."

"붉은 장미 백작의 성에 온 걸 환영하오. 나는 옹프르드 베네라 하오."

먼저 집 안으로 들어간 라틸다가 손짓했다.

"뭐 해요, 로일? 들어오지 않고?"

베네는 로일을 안으로 인도하듯 손을 내밀었다.

안나는 다른 시녀들과 함께 그 자리에 남았다. 고생이 많았다는 위로의 말이 오고 갔다.

라틸다는 로일에게 식당이나 집무실, 시녀들이 거주하는 곳이나 화장실, 서재 등의 위치를 대강 일러준 후 마지막으로 계단 옆에 달린 철문을 가리켰다. 커다란 괴물의 얼굴이 문고리 대신 달려 있었다.

"저기가 지하실에요. 저곳만 들어가지 않으면 되고, 나머지는 자유예요."

"뭐 하는 곳입니까?"

"나도 몰라요. 관심도 없고요."

"아까 말한 손님이란 건 누굴 말하는 겁니까?"

"아, 또 깜빡하고 있었네. 나랑 결혼하고 싶다고 찾아오는 사람이에요. 오늘 온 세 사람까지 합치면 지금까지 오십 명은 될 거예요."

라틸다는 계단을 오르며 말을 빨리했다.

"내 방은 2층에 있어요. 전에는 2층이 성의 제일 높은 곳이었는데, 지금은 성을 더 높이 올리고 있어서 그렇지 않게 되었죠."

계단에는 돌을 나르다 떨어뜨린 조각들이 흩어져 있었고, 위로 올라갈수록 쿵쾅쿵쾅 두들기는 소리가 커졌다.

"공사가 진행 중인가 보죠?"

"삼 년째예요. 이 속도라면 난 십 년 동안 계속 돌 다듬는 소리를 들으며 지내야 하죠. 그 전에 내가 이 집을 뛰쳐나가든가, 아니면 2층에서 뛰어내리든가 둘 중 하나를 심각하게 고려할 때가 오고 말 거예요."

라틸다는 졸린 목소리로 중얼거리며 방문을 열었다. 깨끗하고 은은한 꽃향기가 가득한 방이었다.

"또 향수를 뿌려놨군."

라틸다는 투덜대며 겉옷을 훽 벗어 던졌다. 뒤따라오는 시녀 두 명 중 한 명이 즉시 옷을 집어 곱게 폈고 다른 시녀는 옷장 문을 열었다. 라틸다는 옷장을 열어 몇 벌의 옷을 꺼냈다가 도로 집어넣기를 반복하더니 마음에 드는 옷을 골랐고 그 사이 시녀들은 병풍을 펼쳐 로일의 시야를 가렸다. 로일은 나가려 했으나 라틸다가 계속 말을 거는 바람에 그냥 뒤로 돌아서 있기만 했다.

"어렸을 때는 정말 남자애들처럼 입고 다녔죠. 아버지도 뭐라 하지 않았고요. 열네 살이 되어서 파티를 위해 처음 불편하게 입은 뒤로 다시는 예전처럼 못 입게 되었군요. 참, 로일에게도 편한 옷을 몇 벌 갖다 주렴."

"예, 아가씨."

조금 더 부스럭거리는 소리가 이어지다가 라틸다가 말했다.

"이제 됐어요. 돌아서도 돼요."

다시 돌아서니 라틸다는 깨끗하지만 장식 하나 없는 하얀 치마를 입고 있었다. 라틸다는 화장대에 앉아 소매를 걷어붙이고 직접 화장을 시작했다. 하지만 그다지 공을 들이는 것 같지는 않았다. 옆에서 보는 시녀들이 오히려 안달이 나 있었다.

"그 사람들 꽤나 실망하겠죠? 내가 화려한 모습으로 나타나길 기대하고 있었을 텐데……."

"제가 보기에는 그 사람들이 여기까지 온 걸 후회하지 않을 정도로 아름다우신데요?"

라틸다는 로일이 재미없는 농담이라도 한 것처럼 뒤를 돌아보았다.

"돈을 보고 결혼을 하자고 하는 거예요. 그렇지 않고서야 어떻게 만나본 적도 없고, 한 마디 얘기도 해보지 않은 사람과 결혼하고 싶다고 이 먼 길을 찾아와 며칠이나 기다리고 있었겠어요?"

"이번에 오는 사람들은 라틸다가 초대한 게 아닌가 보죠?"

"초대한 건 맞아요. 하지만 내가 만나고 싶어서가 아니라, 끈질기게 편지와 선물을 보내오니 한 번 만나주지 않으면 아버님의 입장이 곤란해질까 봐 오라고 한 거예요."

"백작님은 그런 식으로 찾아온 손님에 대해 아무 말씀 안 하시나요? 전쟁 준비로 바쁘다고는 하나, 딸의 결혼 문제인데……."

라틸다는 다시 거울 속의 로일 쪽으로 시선을 돌리고 빗질을 시작했다.

"리제니와 파혼한 후로 내 결혼 문제에는 개입하지 않겠다고 하셨어요. 알아서 하라고……."

라틸다는 빗질을 끝내고 자리에서 일어났다.

"로일, 솔직하게 말해줘요. 내가 그때 노르만트에서 리제니를 떨쳐낸 게 잘못한 걸까요? 그의 죽음이 내 탓일까요?"

로일은 그녀의 표정에서 두려움을 읽었다.

로일은 '당신의 잘못이 아니다.'라는 단순한 대답을 해주지 못했다. 그는 언제나 타인의 고통에 공감을 하지 못했고, 그러지 못하는 자신이 원망스러웠다. 그리고 라틸다 역시 자신과 비슷하다는 사실을 깨달았다.

"라틸다는…… 리제니의 죽음이……."

로일은 더듬더듬 속마음을 털어놓으려다 멈췄다. 집사 베네의 목소리가 가로막았다.

"아가씨, 준비됐습니다."

라틸다는 로일과 베네를 번갈아 살피다가 말했다.

"나는 잠시 그 사람들을 만나고 올게요. 그동안 성 구경이라도 하세요."

로일은 라틸다를 보내고 죄책감에 시달렸다.

라틸다의 말대로 성 안에서는 돌 두들기는 소리가 끝없이 울렸다. 로일은 계단을 내려가며 주방에서 풍겨오는 맛있는 냄새가 섞인 돌가루를 들이마셔야 했다.

로비로 내려왔을 때 로일은 지하실로 통하는 철문을 열고 나오는 링케를 발견했다. 갑옷도 벗고 군데군데 찢어진 옷을 입고 있었는데도 눈빛은 여전히 살벌했다. 지하실이 모두에게 출입금지는 아닌 모양이었다.

링케가 먼저 말을 건넸다.

"여행은 즐거우셨소?"

그가 딱히 반가울 것도 없는 로일은 딱딱하게 대꾸했다.

"즐거울 게 뭐 있겠소? 라틸다가 별일 없이 왔으니 다행일 뿐이오."

링케가 로일이 갈 길을 먼저 가니, 저절로 그의 뒤를 따르는 꼴이 되었다.

"내 부하 하나가 당신에게 무례를 저질렀다고 들었소."

"크라브지크 얘기요?"

"대신 사과하리다. 쏜즈의 기사들은 모두 전장에서 상대를 죽이며 입지를 쌓은 자들이오. 조금이라도 강한 자가 옆에 있으면 겨뤄보고 싶어서 안달이 나지. 머리로 생각하고 하는 짓들이 아니니 마음에 두지 마시오."

링케는 입술 빼고는 다른 얼굴 근육을 거의 움직이지 않고 말했다. 놀라울 정도로 감정 표현이 없는 사람이었다.

"내가 그런 자극을 줄 정도의 뭔가를 했소?"

로일이 물었다.

"노르만트에서 라틸다 아가씨가 공격당했을 때."

"당황해서 막은 것뿐이었소."

"우리가 당황해서 허우적대는 검과 제대로 휘두르는 검도 구분 못 하는 바보들은 아니오."

링케는 좁은 복도를 통해 뒷문을 향했다.

"솔직히 말해 백작께서 당신을 쏜즈의 기사로 쓰고 싶어 하지 않았다면, 나도 승부욕을 참지 않았을 거요. 날 이렇게 자극한 사람은 내 거친 인생 중에도 셋뿐이었으니까."

로일은 링케가 자신의 검술을 높이 평가하는 게 부담스러웠다. 그는 라틸다의 경호원 이상의 존재감을 남기고 싶지 않았다.

"세 사람? 누군지 물어도 됩니까?"

"한 명은 라틸다 아가씨와 같이 있을 때 언급했었소. 게랄드 하란. 내 과거 용병 시절 동료였었소."

로일은 그 이름에 반응을 보이지 않기가 쉽지 않았다.

"녀석이 불의 용병이라는 별명으로 유명세를 떨칠 때 나는 얼음의 악마라는 별명으로 나름대로 유명했소. 용병들이 지은 별명이라 유치하긴 했어도 그때는 그런 게 또 자랑거리였지. 녀석은 검이든 창이든 일단 집으면 닥치는 대로 적을 해치웠소. 사람을 죽이는 방법에 천부적인 재능을 지닌 악마였지. 나더러 그 녀석의 별명을 지으라 했다면 불의 악마라고 지었을 거요."

뒷문을 열자 커다란 공터가 나왔다. 거기에는 웃옷을 벗어젖힌 덩치 큰 사내들이 수십 명 모여 누런 먼지를 뒤집어쓰면서 검술 훈련을 하고 있었다. 그 중 몇 명은 안면이 있었다. 크라브지크도 보였다.

"내가 보기에 무거운 무기, 특히 도끼를 쓸 때 녀석의 장기를 가장 잘 발휘할 수 있을 것 같다고 조언했더니 엉뚱하게 내 실력을 압도해버렸지. 솔직히 그런 조언을 했던 걸 후회했소. 나와 함께 활동했을 때의 실력보다 발전했다면 지금쯤 하얀 늑대들 사이에서 꽤나 높은 위치에 있을 거요, 장담컨대."

"그리 대단한 자요?"

"대단하다마다. 도끼를 휘두르는 힘이 말도 못하게 묵직해서 한 번 막을 때마다 뼈가 부러지는 것 같았소."

링케는 게랄드의 이야기를 하는 동안만큼은 생기가 돌았다.

링케는 훈련장 주위에 쳐진 울타리에 팔을 기대었다. 훈련 중이던 남자들이 목례를 하자, 링케는 손으로만 가볍게 답례했다. 훈련은 조용하면서도 격렬하게 진행되었다. 교단 위에 있는 몇몇 남자들이 가끔 고함을 지르기도 했고, 다쳐서 비명을 지르는 소리도 한두 번 들렸다.

"나머지 두 명은 누구요?"

그다지 궁금하지는 않았지만, 로일은 자신에게서 관심을 돌리기 위해 물었다.

"뭐, 대륙의 엄청난 실력자라는 게 내가 만난 둘뿐이겠소? 넘어갑시다."

'그건 나한테도 관심 끊는다는 소리지? 그럼 됐어.'

둘은 아무 말도 하지 않고 기사단의 훈련을 바라보았다.

이곳의 훈련 방식은 지금까지 로일이 접해본 것과는 사뭇 달랐다. 울프의 기사들은 다 같이 모여 있더라도 개별 훈련에 가까웠다. 그래서 열이 모이면 열 모두 사용하는 검술이 달랐다. 그러나 이곳은 열 명 중 여덟은 같은 검술을 쓰고 같은 동작으로 움직였다. 그리고 그 수준 또한 꽤 높아 저 정도 인원이 동시에 같은 동작으로 공격해 들어간다면 군대로서의 전투력은 상당히 위력적일 거라고 추측해 볼 수 있었다.

훈련장 곳곳에 흩어져 있던 쏜즈의 기사들이 링케의 주위로 다가왔다. 모두 다섯 명이었다. 그들은 허름한 바지 차림에 다른 훈련병들처럼 가슴을 드러내고 있었다. 과시하기 위해 부풀린 게 아니라 순수하게 검을 휘두르기 위한 근육이 매끈하게 단련된 남자들이었다. 그런 근육의 힘이란 것이 얼마나 막강한지 로일은 쉐이든과 게랄드를 통해 잘 알고 있었다. 로일은 장미 기사단의 정예라는 그들의 검술이 어떤지 구경해 보고 싶어졌다. 링케는 쏜즈의 기사들을 차례로 소개했다.

"이쪽부터 데미로프, 크라브지크, 네프, 타르콘트, 알랭. 여긴 알고 있겠지만 로일."

로일은 고개만 끄덕여 인사했다.

링케는 곧 데미로프라는 남자에게 훈련 방식에 대한 지시를 내렸다. 누구누구의 동작이 좋지 않다, 어떤 녀석은 다리의 힘이 부족하다, 누구는 어디를 다쳤느냐…….

데미로프를 제외한 나머지 네 명은 노골적인 관심의 눈길로 로일을 쳐다보고 있었다. 로일은 아까 자리를 뜨지 못한 걸 후회했다.

"훈련에 한 번 끼어 보겠소?"

크라브지크가 엄지손가락으로 훈련장을 가리키며 말을 이었다.

"저기 선발된 아흔 명은 검은 사자 기사단 삼백은 족히 상대할 수준이긴 하지만, 언제나 같은 검술만 지켜봐서 타성에 빠지는 녀석이 가끔 있소. 그럴 때면 체계가 완전히 다른 검술을 보여줘야 틀에서 벗어날 수 있소. 당신이라면 그런 신선함을 부여해 줄 수 있을 것 같은데, 어떻소?"

로일은 크라브지크에 대해 화가 풀리지 않았지만 시비를 걸어올 때처럼 대꾸할 수는 없었다.

"외부인이 어찌 감히 기사단의 훈련에 끼어들 수 있겠소?"

"우린 그런 거 잘 따지지 않소."

네프가 들고 있는 목검으로 목을 두들기며 끼어들었다. 다른 이들도 로일을 상대하고 싶은 마음을 온몸으로 표출하고 있었다.

로일은 문득 어렸을 때 투기장에서 있었던 일이 떠올랐다. 일대일 경기로는 로일이 늘 승리하니 내기가 성립되지 않아, 투기장 관리인들은 다섯 명을 동시에 상대하는 경기를 제안했다. 로일은 한꺼번에 여럿을 상대해 본 적이 없어, 좋은 경험이라 여기고 승낙했다. 하지만 그 싸움에서 로일은 아무런 배움도 얻지 못했다. 그의 기준에서는 그냥 일대일 싸움을 다섯 번 빨리한 것밖에 되지 않았던 것이다.

투기장 관리인은 상대하는 숫자를 점점 늘려 열 명 대 한 명의 싸움까지 시켜 보았다. 로일은 상대가 열한 명으로 늘어나기 전에 투기장을 그만두었다. '일대일 열 번'은 어렵지 않았으나 아무도 죽이지 않고 끝내기가 어려워서였다.

지금도 마찬가지였다. 여기 있는 다섯을 상대로는 아무도 안 죽이고 끝낼 수 없을 것 같았다.

문득 정신을 차려보니 로일은 칼에 손을 올려놓고 다섯 명을 향한 공격 거리를 재고 있었다. 그러자 자신을 에워싼 다섯 명 전원이 일순 긴장하여 방어 자세를 잡았다.

"원한다면 일대일로 하겠소. 목검이 아닌, 당신 칼을 사용해도 좋소."

네프가 침묵을 깨고 말했다. 로일은 이런 곳에서 싸우면 안 된다고 생각하면서도, 말은 그렇게 나오지 않았다.

"다섯 명 한꺼번에 와도 좋소."

로일은 네프의 어깨 뒤로 링케를 넘어다보며 말을 이었다.

"여섯 명이어도 되고."

그때 멀리서 날카로운 라틸다의 목소리가 들렸다.

"뭣들 하는 짓이냐?"

팽팽한 긴장이 순식간에 깨졌다. 쏜즈들은 즉시 로일에게서 한두 걸음씩 물러났다. 라틸다는 로일의 옆으로 성큼성큼 걸어왔다.

"링케! 로일에게 무슨 볼일이라도 있었나?"

"잠시 인사를 나눴습니다."

링케는 여전히 차가운 표정으로 말했다.

"내게는 그리 보이지 않던데, 뭘 하고 있었지? 크라브지크? 네프?"

라틸다는 쏜즈의 다른 기사들을 노려보며 말했다.

"아니, 진짜로 인사만 나눴습니다."

로일이 대신 변명을 했다. 라틸다를 안심시키고자 하는 의도도 있었으나, 거짓말도 아니었다. 좀 거친 인사였을 뿐.

"거짓말인 것 같지만 넘어가도록 하지. 난 로일과 할 이야기가 있으니, 다들 볼일 보도록 해. 알아들었나, 링케?"

"네, 아가씨."

쏜즈의 기사들은 예를 갖춰 인사하고 돌아섰다. 그러던 중 문득, 로일은 링케의 목에 걸려있는 은빛의 목걸이가 성에 들어올 때 본 할머니가 마차 쪽으로 내밀었던 목걸이와 같은 모양이라는 것을 발견했다. 둥근 구슬에 십자가가 박혀 있는 모양이었는데, 다른 쏜즈의 기사들도 모두 같은 것을 차고 있었다.

"외부에서는 용병들을 고용했다고 알고 있지만, 링케와 아버님은 단순히 돈으로 계약된 사이가 아니에요."

라틸다는 링케의 뒷모습을 바라보며 말했다.

"그럼 언제부터 링케가 이 성에 있었죠?"

로일이 물었다.

"자세히는 몰라요. 하지만 아버지께서 전쟁을 시작할 때쯤부터 링케는 당연하다는 듯이 옆에 있었고, 그를 중심으로 쏜즈라는 기사단이 만들어졌어요. 전에 스쳐 가는 말로 왜 아버님께 그렇게 충성을 다 하느냐고 링케에게 물었더니 자기에게 생명을 주신 분이기 때문이라고 대꾸하더군요. 아마 죽을 고비를 아버지 덕에 넘겼거나, 갈 곳 없는 그를 거둬준 거라고 생각했어요. 다른 열한 명도 링케보다 더하면 더 했지, 덜 하지 않고요."

"모두 똑같은 목걸이를 하고 있던데 그것도 그 충성과 상관있는 겁니까?"

"무슨 목걸이요?"

"링케 목에 걸려있던 건데……."

로일이 설명하기 힘들어하며 손짓으로 십자가를 허공에 그리니 라틸다는 금방 알아들었다.

"얼마 전부터 덴모주 사람들이 믿는 새로운 종교에요. 전쟁이 터지거나 흉년만 들면 그런 종교야 열 개도 더 생겼다가 사라지곤 하죠. 나도 그 이상은 몰라요. 농부들이 풍요의 신 말고 대체 무슨 신을 믿는 건지 원. 쏜즈는 물론이고 아버지도 그 목걸이를 가지고 있더군요. 별로 알고 싶지 않아요. 나한테 강요만 하지 않으면."

대화가 우울한 방향으로 진행되는 것 같아 로일은 서둘러 화제를 돌렸다.

"그보다 만났던 남자들은 어땠습니까?"

"예상대로의 남자였고, 예상대로의 대화에, 예상대로의 이별이었죠. 로일이라도 같이 있었더라면 조금은 재미있었을 테지만요."

"제가 있으면 그들이 불편해했겠죠."

"왜, 엄청난 경쟁자가 옆에 붙어있다고 생각해서?"

라틸다는 피식 웃으며 잠시 기억을 더듬었다.

"그러고 보니 그 사람들 이름도 잊어버렸네. 보낼 때 '안녕히 가세요, 자작님'이라고 밖에 못했어요. 나중에 만나면 뭐라고 인사해야 하나?"

"그러고 보니 세 명이나 만난 것 치고는 금방 끝났네요?"

로일은 다시 훈련을 시작하는 쏜즈의 기사들을 유심히 살폈다. 그러나 그들은 가볍게 몸을 푸는 정도로만 검을 휘두르거나, 다른 기사들을 지도하기만 했다. 링케는 아예 앉아서 구경만 했다. 로일은 그들이 의도적으로 검술을 보이지 않으려 한다는 사실을 알았다.

"대화가 길어지지가 않더군요. 책을 읽느냐고 물었더니 자신의 영지를 관할하느라 바빠 그럴 시간이 없다고 그러고, 와인을 좋아한다기에 무슨 와인 좋아하냐고 물었더니 갑자기 와인에 대한 지식만 쏟아내고."

"와인 좋아하지 않아요?"

"와인을 좋아하는 거지, 와인 지식을 좋아하는 게 아니에요."

라틸다는 생각만 해도 질렸다는 듯 한숨을 푹 내쉬었다.

"그래서 작별 인사하고 보냈죠. 더 이상 할 얘기 만들어내기도 쉽지 않아서요."

"가란다고 다들 순순히 가던가요? 며칠이나 기다렸다가 만난 것 같던데."

"아, 참. 내가 말 안 했죠? 집사 베네는 젊었을 때 꽤 이름을 날리던 검사였어요. 지금도 어설픈 검사들은 베네의 옷깃도 못 스칠 걸요. 실력을 보일 것도 없이 눈길 한 번만 주면 어지간한 남자들은 꼬리를 감춰요."

"그래 보이더군요."

"내가 작별인사를 했는데도 안 가려고 버티던 그 사람을 로일도 봤어야 했는데…… 베네가 그 사람을 복도로 데리고 가서 조용히 몇 마디 하니까 어깨를 늘어뜨린 채로 가버렸거든요. 대체 무슨 이야기를 나눈 거냐고 물어도 그냥 인사만 했다고 그러더라고요. 궁금해 죽겠어요."

울타리 근처에서 훈련하던 남자가 넘어지며 먼지를 일으켰다. 라틸다는 얼굴 앞으로 손을 휘휘 저어 먼지를 쫓았다.

"라틸다는 결혼 생각이 없으시군요?"

"적어도 전쟁을 준비하는 아버지 밑에서 개인적인 행복을 찾는 결혼을 할 생각은 없어요."

라틸다는 슬퍼 보였지만 로일은 아무런 위로도 할 수 없었다. 무엇을 위로해야 하는지도 알지 못했다.

"그런데 아까 하려다 말았던 얘기가 뭔가요?"

라틸다가 스쳐 가듯 물었다.

"내가 무슨 얘기를 하려고 했었죠?"

"리제니의 죽음에 대해 뭔가 말하려고 하지 않았나요?"

"들어서 좋을 얘기는 아니었어요."

"하세요. 지금이라면 무슨 얘기를 들어도 괜찮을 테니까요."

"정말이요?"

"그럼요. 하세요."

"라틸다는 리제니의 죽음이 슬픈 게 아니죠?"

"네?"

"슬픔을 느껴야 할 것 같은 상황에 아무 감정도 안 느껴져서 괴로우신 거죠?"

라틸다는 마치 방심하다 칼에 찔린 사람처럼, 너무 놀라서 그 고통을 표정에 드러내지도 못했다. 로일은 말하지 말았어야 했다고, 이미 했다면 여기에서 멈춰야 한다고 생각했지만 잘 되지 않았다.

"어쩌면 라틸다도 마음의 우물이 말라버렸는지도 몰라요."

"난…… 로일이 지금…… 무슨 소리를 하는지 모르겠군요."

라틸다는 당황해 말을 더듬었다.

"제 아버지는 전쟁터에서 한쪽 다리를 잃은 기사였어요. 저에게 기사 얘기를 해주길 좋아하셨죠. 그때는 제 안에 기쁨으로 찬 우물 같은 게 있었어요. 전 아버지 같은 기사가 되고 싶었고 제겐 그럴 재능이 있었죠. 아니, 지나친 재능이었어요. 전 아버지만큼만 되길 바랐지만 그렇게 되지 않았거든요."

로일은 긴 얘기를 이어갔다.

"아버지는 절 기사 양성소 같은 곳에 보냈어요. 이로피스 왕실 기사단에서 데려간 거죠. 그런데 의외로 전 그곳에서 아무런 기쁨도 느끼지 못했어요. 너무 빨리 배웠고, 너무 앞서가는 바람에 친구도 사귀지 못했고요. 그 사이 아버지는 돌아가셨어요. 그때는 아버지가 왜 돌아가셨는지 알지도 못했어요. 전 그때부터 아무것도 하지 못했어요. 훈련도, 뭣도, 아무것도. 양성소의 동료 한 명이 절 죽이려 하자, 그를 죽인 것밖에."

"죽여요? 무슨 일로요?"

라틸다는 약간 겁먹은 얼굴로 물었다. 사람 죽는 얘기라서가 아니라 왜 로일이 이런 얘기를 꺼내 놓는지 몰라서 무서워하는 것 같았다.

"말하자면 길어요. 양성소에 있는 내내 절 괴롭히는 녀석이었죠. 제가 안하무인으로 잘난 척한다는 이유로…… 그런데 어느 날엔가 그 미움이 너무 커졌는지 절 죽이려고 하더군요. 전 늘 갈증이 나면 우물에 가서 물을 마시곤 했어요. 그런다고 마음속 감정의 우물이 채워지는 일은 없었지만요. 그런데 그런 버릇을 노려 녀석이 자기 패거리들과 함께 절 우물에 빠뜨리더군요. 전 저항하지 않았지만 죽지도 않았죠. 다음 날 주방 인부가 구해줬거든요. 그런데 그게 끝이 아니었어요. 녀석들은 저지른 짓을 감추기 위해 저를 훈련 중 사고로 죽이려고 진검을 몰래 숨겨와 공격하더군요. 그래서 반격했지요. 그게 다예요."

로일은 붉은 저녁 해에 비친 라틸다의 얼굴을 바라보았다. 이만큼 붉은빛이 어울리는 여자도 없을 거라는 생각이 들었다. 로일은 라틸다가 더 이상 듣고 싶지 않다는 걸 알면서도 말을 멈추지 않았다.

"더 이상 기사가 될 수 없게 된 전 투기장에 들어갔습니다. 양성소에서 살인죄를 묻지 않는 대신 죽을 곳으로 보낸 셈이었죠. 하지만 전 거기에서 한 번도 지지 않았고, 죽지도 않았죠. 상대를 죽이지도 않았고요. 얼마든지 죽이지 않고 이길 여유가 있었거든요. 그랬더니 어느 은퇴한 검투사가 제게 묻더군요. 왜 여기 있느냐고? 전 있을 곳이 없어서라고 대답했어요. 그랬더니 그는 없는 게 아니라 제가 찾지 못해서라고 하더군요. 그래서 전 있을 곳을 찾으려고 돌아가신 아버지 집으로 갔어요. 그제야 알았죠. 아버지가 그냥 돌아가신 게 아니라 살해당했다는 사실을."

"무슨 일로요?"

"사채업자가 빚 대신 끌고 가 일을 시키고, 겨울에 일터에서 물에 빠져 얼어붙은 아버지를 그대로 방치했다고 하더군요. 전 그 길로 사채업자를 찾아가 연관된 이들을 모두 죽였어요. 양성소에서 저지른 짓은 정당방위라고 변명할 수 있겠지만, 그 일은 그냥 살인이었어요."

"그건 복수잖아요! 부모를 죽인 자에 대한 복수는 정당해요!"

"저도 그렇게 생각했지만 아니었어요. 저는 복수심을 가진 게 아니라 그냥 칼을 휘두른 것뿐이었어요. 감정도, 살기도 없었어요. 심지어 죄책감보다 자기 연민이 더 앞서 있었죠. 아아, 이렇게 많은 사람을 죽이다니, 앞으로 나는 평생 혼자겠구나. 아무와도 어울리지 못하겠구나……."

로일은 자신의 가슴을 주먹으로 툭툭 쳤다.

"몸 안의 우물이 말라버린 느낌이었죠. 그때부터 전 기쁨이나 분노 같은 감정이 전혀 느껴지지 않게 되었어요. 주위 사람들이 제게 그러더군요. 제가 마치 살아있는 칼날 같다고."

라틸다는 고개를 저었다.

"지금 당신은 전혀 그런 모습이 아니에요. 대체 왜 그런 얘기를 하시는 거죠?"

"라틸다한테도 없어요."

"뭐가요?"

"라틸다의 우물도 말라 있어요."

로일은 자신의 가슴에 올린 손을 떨어뜨리며 말을 이었다.

"처음 만났을 때 왜 당신을 두고 가지 못했는지 알겠어요. 저도 모르게 그걸 알아보고 따라온 겁니다."

라틸다는 뒤로 물러났다.

"지금 내가 감정도 없는 인형 같다고 말씀하시는 건가요?"

로일은 라틸다의 눈을 바라보며 말했다.

"적어도 눈빛은 그래요. 라틸다는 누구도 쳐다보지 않아요."

"지금 보고 있잖아요!"

"저한테만 그래요. 다른 사람을 볼 때는 그냥 볼 뿐이에요. 리제니를 상대할 때도, 다른 귀족도, 시녀들도, 쏜즈의 기사들도, 어느 누구도 감정을 담아 쳐다보지 않더군요. 처음에는 귀족이라 다른 사람을 무시하는 건가 싶었지만 그게 아니었어요. 라틸다는 사람들을 바라볼 때 아무런 감정도 생기지 않는 것 같았어요."

"시끄러워요! 더 이상 듣고 싶지 않아요."

라틸다는 휙 돌아서서 저택으로 향했다. 라틸다에게 이미 들리지 않게 된 시점에서 로일은 껄끄럽게 뒷말을 이었다.

"……그리고 그런 자신을 누구보다도 싫어하고 있군요. 저처럼."

라틸다는 정원으로 사라졌고 로일은 긴 한숨을 내쉬었다.

그때 훈련장으로 통하는 큰 문이 열리며 창과 칼, 방패를 든 병사들이 들어왔다. 백여 명의 병사들이 자리를 잡는 발소리가 성벽에 부딪혀 쩌렁쩌렁하게 울렸다. 링케에게 보고하는 지휘관의 목소리가 워낙 커 로일에게도 들렸다.

"군대가 모두 집결했습니다."

명령을 내리는 링케의 목소리는 작아서 잘 들리지 않았고, 대답하는 지휘관의 목소리만 들렸다.

"예, 본대는 던마치 언덕에 집결해 있고 장미 기사단은 알토에, 중무장 보병은 마을에 대기 중입니다. 명령하신 대로 제가 임의로 백 명의 정예군을 뽑아 왔습니다."

링케는 뭔가를 길게 설명했고 이어 지휘관의 힘찬 대답으로 대화가 끝났다.

저 정도 병력이 오늘 모이려면, 며칠쯤 전에 집결 명령을 내려뒀어야 했다. 하지만 쟌스테인 백작이 전쟁을 선포한 시점은 이틀 전 노르만트였다. 그것도 겉으로 보기에는, 뤼미에르 백작이 체포하려는 것에 격분한 나머지 내린 충동적인 결정이었다.

아무래도 순서가 맞지 않았다. 그러자 로일은 무서운 생각이 들었다.

'쟌스테인 백작은 검은 사자 백작이 자길 체포하려는 걸 미리 알고 있었다는 건가?'

링케는 어딘지 우울한 얼굴을 하고서 성으로 돌아가는 로일의 뒷모습을 바라보고 있었다.

“아가씨께서 어디서 주워 오신 녀석인지 모르나, 결코 평범한 녀석이 아닙니다.”

네프가 조용히 다가와 말했다. 링케의 주위에 몰려든 쏜즈의 기사들은 다들 고개를 끄덕였다.

“수상하지 않습니까? 뭔가 노리는 바가 있을지도…….”

알랭의 말을 크라브지크가 받았다.

“아까 보셨습니까? 우리 전체를 한 번에 칠 기세더군요.”

링케는 감정 없이 웃으며 말했다.

“나도 그 순간 너희 전부를 잃는 걸 감수하고 공격해야 할지도 모른다고 생각했다. 꽤나 재미있을 뻔했지.”

“백작께서 정말 저자를 쏜즈로 임명하실 생각이십니까?”

“용병 출신인 둘란이나 루치 같은 놈을, 딱 한 번 성과를 올렸다는 이유로 부관으로 임명한 분이다. 라틸다 아가씨를 구해준 정도면 쏜즈의 기사가 되어도 이상할 게 없지. 하지만 본인이 싫다는데 억지로 시키지도 않으실 거다.”

“저는 어느 쪽이든 상관없습니다. 겨뤄볼 수만 있다면.”

크라브지크가 의욕적으로 말했다.

“그렇게 흥분해 있어서야 전투에 전념할 수 있겠나? 어쩌면 우리의 상대는 하얀 늑대들이 될지도 모르는데, 그 전에 드뤼포처럼 팔을 다치거나 하면 안 되지.”

하얀 늑대라는 말에 쏜즈의 기사들은 일제히 숨을 크게 들이쉬었다.

네프가 진지하게 물었다.

"하얀 늑대들의 전력은 어떻게 생각하십니까?"

"우리 중에 일대일로 싸워 이길 수 있는 이는 없다."

"단언하시는군요?"

크라브지크가 불쾌해하며 물었다.

"그 정도는 각오하는 게 좋다는 뜻이다."

"그럼 캡틴은요? 하얀 늑대들 중 한 명이 옛날 전우라고 들었는데 말입니다."

알랭이 농담조로 물었다.

"딱 세 번, 죽었다 깨어나도 못 이기겠다 싶은 사람을 세 번 만났다. 그중 하나가 게랄드였지. 나머지 둘도 그에 준하거나 그 이상이었다. 특히 세 번째에 만난 놈은 내게 검을 쥘 수 없을 정도의 부상과 치유할 수 없는 마음의 상처까지 안겨주었다."

링케는 필요 이상으로 침묵을 길게 가진 후에 말을 이었다.

"그러나 모두 백작님을 만나기 전 일이다. 날 그 꼴로 만든 가넬로크의 어린 사냥꾼 놈, 날 좌절시킨 게랄드. 그리고 내게 공포를 안겨주었던 그……."

링케는 타오르는 눈동자로 주먹을 꽉 쥐었다.

"그러나 지금은 그 셋 중 누구도 날 건드릴 수는 없다. 조만간 하얀 늑대들을 능가하는 기사가 카모르트에 있음을 세상이 알게 되겠지."

◈ Chapter 22 ◈

제너럴 세이게이

두나단은 아직 쟝 세이게이 장군을 만나본 적이 없었다. 두나단이 왕실에 발을 들였을 때에 그는 이미 은퇴했고, 왕실 기사단의 참모로 잠깐 참여했을 때도 왕실에 얼굴을 보인 적은 없기 때문이었다.

두나단은 다 늙은 장수를 이런 중요한 시기에 부른다는 게 못마땅했으나 대신할 만한 다른 장수도 없었다.

'캡틴 프란시스가 돌아온다면 좋겠지만, 지금까지 돌아오지 못했다면 하얀 늑대들이 카모르트에 올 때처럼 그 역시 국경을 넘다가 살해된 게지…….'

두나단은 자신이 가장 존경했던 왕실의 기사 휴스펠 데이릭이 떠올랐지만, 마찬가지로 그의 행방도 알 길이 없었다.

세이게이는 노르만트 외곽의 저택에 살고 있었다. 크기는 컸지만 워낙 후미진 곳의 허름한 건물이라 한 나라를 호령했던 장군의 화려한 은퇴 생활과는 거리가 멀어 보였다. 몰락한 기사가 은둔해서 지내는 초라한 거처라는 편이 맞았다.

두나단은 문을 두드리고 큰 소리로 사람을 불렀다. 미리 서신까지 보내두었는데 마중 나온 사람 하나 없었다.

'잘못 찾아왔나?'

두나단은 말에서 내려 문을 밀어보았다. 녹슨 문이었으나 경첩에는 기름칠이 잘 되어 있어 삐걱거리는 소리도 거의 나지 않았다. 자세히 보니 건물의 외관만 낡았지, 정원은 잡초 하나 없이 말끔했고 지저분한 구석도 거의 없었다. 최근까지도 잘 관리된 모습이었다.

"계십니까? 왕실에서 왔습니다."

멀리서 사람들의 목소리가 들렸다. 가끔은 고함 소리도 들렸다. 저택 뒤쪽에서 들려오는 것 같았다.

"누구요?"

집사나 하인이 아닌, 땀에 젖은 젊은 남자 두 명이 저택 문을 열고 나타났다. 한 명은 낡은 헝겊 셔츠라도 입었지만 다른 한 명은 헐렁한 바지 외에는 아무것도 입고 있지 않았다. 두나단은 정중히 말했다.

"왕실에서 왔소. 장군께서는 계시오? 어제 미리 편지를 드리고 왔소만."

그나마 좀 입고 있는 남자가 고갯짓을 하며 말했다.

"편지는 잘 모르겠고, 왕실에서 왔다면 따라오시오."

두 남자 중 하나가 작은 목소리로 '거봐. 내가 무슨 소리 들렸다고 했잖아'라며 다른 한 남자를 툭 쳤다.

웃옷을 벗어젖힌 그들의 몸은 근육으로 잘 단련되어 있었다. 기사를 그만둔 후에도 운동과 검술 훈련은 쉬지 않은 두나단이었으나, 그들의 몸을 보니 괜스레 배에 힘이 들어갔다. 늙은 대신들 사이에서는 젊음을 과시하는 그였지만 진짜 스무 살 청년들을 만나면 자신의 나이를 의식하지 않을 수가 없었다.

저택 로비는 걸을 때마다 나무 바닥이 삐걱거리기는 했지만 먼지 한 톨 보이지 않았고 천장도 거미줄 없이 깨끗했다. 대신 그 흔한 초상화나 화병같은 장식물도 없어 삭막해 보였다.

"세이게이 장군은?"

여기가 정말 사람 사는 곳인가 하며 두리번거리다가 물었으나, 앞서 걷던 남자들은 벌써 로비 뒤로 나간 후였다.

문 너머에는 역시나 가구나 장식이 없는 커다란 식당이 있었다. 스무 명쯤 앉을 수 있는 긴 식탁 끝에 한 노인이 홀로 앉아 차와 과자를 앞에 두고 뭔가를 펜으로 긁적이고 있었다. 하얀 머리에 멋지게 기른 흰 수염이 어깨를 들썩일 때마다 살짝 흔들렸다.

"쟝 세이게이 장군이십니까?"

노인은 여기까지 안내한 두 사람에게 손짓해서 가라고 보내더니 마찬가지로 두나단에게도 손짓으로 옆에 앉으라고 권했다.

"상대해야 할 적은 둘인가?"

"예?"

의자에 앉기도 전에 나온 질문에 두나단은 당황했다. 노인은 두나단이 진즉에 올 줄 알고 있었는지 대뜸 준비된 찻잔을 하나 내밀더니 차를 따라주었다.

"가넬로크에서 수입한 찻잎인데, 오래돼서 맛은 없네. 앉게."

"아, 예."

두나단은 얼결에 대답하며 겨우 자리에 앉았다.

"그래서 상대는?"

느긋하게 은퇴한 후의 근황을 묻고, 최근 왕실에서 벌어진 일들을 차례대로 설명하려 했으나 이미 때를 놓쳐버렸다. 늙은 장수는 모든 것을 다 알고 있었고 쉽게 자기 쪽으로 대화를 이끌어갔다.

"검은 사자 백작과 붉은 장미 백작입니다."

"뤼미에르와 쟌스테인."

장군은 명칭을 바꾸었다.

"예에, 그렇지요."

"흐음, 가난 때문에 백작 지위를 팔아먹기 직전이었던 쟌스테인이 도대체 어떻게 뤼미에르 백작과 맞설 만한 군대를 모을 수 있었나?"

"어디서 해적의 보물이라도 얻었나 보죠."

두나단의 농담에도 노인은 꿈쩍하지 않았다. 두나단은 헛기침을 한 번 하고 말을 고쳤다.

"그가 근거지로 삼는 덴모주에서의 수익이 상당한 것으로 보입니다. 당장 그런 엄청난 부를 축적할 정도는 아니지만."

"양측 병력은?"

두나단은 따로 자료를 준비해 온 게 아니었기에 생각나는 대로 더듬더듬 말해주었다. 보병이 몇 명인지, 창병이 몇 명인지, 기사가 몇 명인지.

"두 백작은 최근 서로에게 전면전을 선언했고, 여차하면 노르만트라도 예외로 두지 않겠다고 했습니다. 지금이야 양쪽 다 본래 영지로 돌아갔지만 언제 말을 바꾸어 국왕 폐하를 지킨다는 명목으로 노르만트로 진입할지 그게 걱정입니다. 그래서 지금으로써는…….”

“공성에 대비해야겠군. 까다로운 일이지. 해서 내가 갖게 될 병력은?”

장군은 명확히 ‘내가 군대를 갖는다.’고 말했다. 아직 국왕의 명은 전달하지도 않았지만 그는 개의치 않았다. 두나단도 얘기가 빨리 진행되는 것을 환영했다.

“에노아 후작 등 몇몇 귀족들이 지원해주는 군대와 왕실의 군대를 합하면 천오백 정도 됩니다.”

“양쪽 귀족은 1만이 넘는 군대를 가지고 있는데 내가 가질 군대는 천오백이라. 그거 아주 재미있겠군.”

“거기에 하얀 늑대들 다섯 명이 추가됩니다.”

“아란티아의 울프 기사단 말인가?”

“예, 국왕 폐하의 초청으로 현재 여기 와 있습니다. 캡틴 울프는 이번 기회에 왕의 군대를 갖는 게 어떠냐고 제안했지요. 사실 폐하께서 세이게이 장군을 이번 총사령관으로 임명하신 것도 그의 의견 때문이었습니다.”

캡틴 카셀은 이번 결정이나 두 백작의 일에 간접적인 의사 표현만 했다. 그런데도 이렇게 말해놓고 보니 마치 모든 일을 카셀이 결정한 것처럼 보였다.

“하얀 늑대들이라고?”

대단한 병력을 갖게 될 것을 기뻐하길 바랐지만 장군은 무표정으로 일관했다. 그리고 장군은 자리에서 일어나 따라오라는 말도 하지 않고 식당을 나가버렸다. 이제야 차를 한 모금 마시려 했던 두나단은 아쉽게 찻잔을 놓고 뒤를 따라가야 했다.

"이름이 뭔가, 자네는?"

"게네 두나단. 왕실의 대신입니다."

"두나단. 하나 묻고 싶은 게 있네. 어째서 아란티아의 기사들이 병력에 포함되어 있는 건가? 외국의 기사들이 있어야 할 이유라도 있는가?"

두나단이 대답할 기회도 주지 않고 장군은 계속 말했다.

"설사 그 당위성이 있다 한들, 그들이 뭐가 그리 대단하다고 병력의 한 축을 담당하는 것처럼 말하는 겐가? 설마하니 자네 정도 되는 나이의 청년이 동화 속에나 나올 만한 무용담을 믿는 건 아닐 테고! 다섯 명 밖에 안 되는 마스터 퀘이언의 제자가 할 수 있는 일이란 게 얼마나 된다고? 혹시 내가 그들의 명령이라도 들어야 하나?"

"그런 건 아닙니다, 장군. 하지만 그들이 있음으로 해서 아군 사기에 도움을 주고, 적의 사기는 저하시킬 수 있습니다. 동화 속 얘기를 전략적으로 사용하자는 것이지요."

"터무니없는 소리! 우리에게 필요한 건 '숫자'야! 전투에서 직접 몸으로 뛸 수 있는 병사들의 머릿수, 칼과 창과 화살의 개수, 성벽의 높이, 성문을 지탱할 지지대의 개수 말일세."

장군은 뒤뜰로 통하는 복도를 가로질러 걸어갔다. 사람들의 목소리가 나무 벽을 타고 쿵쿵 울렸다.

"두나단, 나는 퀘이언이라는 자를 아네. 여느 기사보다야 월등히 칼을 잘 쓰겠지. 그럼 그 제자인 하얀 늑대들도 마찬가지일 테고. 그러나 내겐 그런 기사가 다섯 명이 아니라 오십 명이 있다네."

장군은 뒷문을 열었다. 그곳에는 넓은 훈련장이 있었고, 땀 흘리며 검술 연습하는 사내들로 북적이고 있었다. 여긴 은퇴한 장수가 말년을 보내는 한가로운 저택이 아니었던 것이다.

두나단은 그제야 왜 국왕이 세이게이 장군을 지목했는지 깨달았다. 이 노인은 이미 전쟁을 준비하고 있었다. 언젠가 자신을 불러줄 것을 확신하고.

"캡틴 쟈란!"

장군은 쩌렁쩌렁 울리는 목소리로 소리쳤다. 훈련 중이던 남자들이 일제히 움직임을 멈추고 부동자세를 취했다. 그중 한 명이 다가왔다.

"여기 있는 이들은 왕실 기사단의 위명이 땅에 떨어졌던 그때부터 내가 따로 키워온 기사단일세. 그리고 이쪽은 기사단의 캡틴인 트리제이 쟈란."

쟈란은 말없이 고개를 숙여 인사했다.

"반갑소."

두나단도 짧게 인사했다. 세이게이 장군은 쟈란의 어깨에 손을 올린 채 자신 있게 말했다.

"떠들기 좋아하는 음유시인들은 오십 명의 울프 기사단이 몇백 명의 익셀런 기사단을 막았다고 하지. 그럼 조만간 여기 있는 나의 기사단 오십이 검은 사자 기사단과 장미 기사단 수백을 막는 장면을 보게 될 걸세. 그리고 캡틴 쟈란은 하얀 늑대들이 얼마나 과장된 존재인지 보여주겠지. 왕실에 그들이 있나?"

두나단은 마치 자신을 베기라도 할 듯 노려보는 쟈란의 눈빛에 질려 겨우 대답했다.

“장군을 기다리고 있습니다.”

“그럼 가세. 날 이런 곳에 처박은 귀족들에게 아직 내가 살아있다는 걸 보여주러.”

노르만트 내에 있는 왕의 성에서 작은 숲을 하나 사이에 둔 지붕 없는 건물은 과거 왕실 기사단이 쓰던 훈련장이었다. 마상 전투를 익힐 수 있는 트랙과 말 삼십여 마리는 너끈히 키울 수 있는 마구간, 울타리를 쳐놓은 원형 경기장과 전술을 훈련할 수 있도록 바닥에 선을 그려놓은 돌바닥도 온전히 남아있었다. 하지만 오랜 시간 제대로 관리되지 않아 부서지고, 훈련 도구에는 먼지가 쌓였다. 무엇보다 훈련장 특유의 열기가 남아 있지 않았다.

“어떻게 생각해요?”

카셀은 쉐이든에게 조언을 구했다. 하지만 아즈윈이 대신 대답했다.

“엉망이야.”

오늘 만나기로 한 세이게이라는 장수와 그가 데려온다는 기사들을 만날 자리에 카셀은 쉐이든과 아즈윈만 동행했다. 혼자 가는 건 부담스럽고 전원이 가는 것도 모양이 좋지 않아 쉐이든만 동반하려 했으나, 아즈윈이 기어이 따라왔다.

최근 들어 아즈윈은 남아도는 힘을 주체하지 못해 안달이 나 있었다. 게랄드가 욕구불만이라고 놀리자, 당장 칼을 들고 한 판 붙자고 할 정도였다. 게랄드는 아예 그 말을 되돌려 받기 위해 그런 농담을 한 양 당장 도끼를 들었다. 나와 자식아, 오냐 기다렸다, 전부터 네가 마음에 안 들었다, 까불지 마라…… 듣는 것만으로도 소름 끼치는 말에 카셀은 화들짝 놀라 둘 사이를 뜯어놓았다.

호랑이 두 마리가 장난을 치면 구경하는 고양이는 그 모습이 싸우는 건지 장난치는 건지 모르는 법이었다. 하지만 쉐이든이 아무 말도 안 하는 걸 보면 놔두는 게 나았을지도 몰랐다.

어쨌든 아즈윈의 불만은 위험수위에 도달해 있었다. 이런 자리에라도 끼게 해주지 않으면 뛰쳐나가 성문이라도 부술 판이었다.

게랄드와 던멜은 따로 성을 돌아보겠다며 합류하지 않았다. 던멜은 특히 이곳의 구조를 알아둬야 한다고 강조했다. 아즈윈처럼 노골적으로 드러내지는 않았으나, 그 두 사람도 몸을 움직이고 싶어 했다. 쉐이든은 아무 말 하지 않았지만 속마음은 또 어떨지 몰랐다. 카셀은 그들을 통제할 마음도 없고 그렇게 할 수도 없었으나 명목상으로나마 어느 정도 고삐를 풀어놓아야 했다.

쉐이든도 더 둘러볼 것도 없다는 듯 걸음을 멈췄다.

"아즈윈 말대로 엉망이긴 하지만 하루면 수리할 수 있어. 문제는 훈련장이 이 정도로 관리가 안 되었다면 여기 병사들은 그만큼 긴 시간 동안 훈련이 없었다는 거다."

카셀도 녹슨 채 꽂혀 있는 칼, 먼지가 쌓인 목검, 날이 무뎌져 과일도 못 찍어먹을 창을 툭툭 건드려 보며 말했다.

"아버지도 그런 말씀을 하셨죠. 병사의 칼과 농부의 곡괭이를 보면 결과를 알 수 있다…… 제가 부서진 농기구 몇 개 교체하자니까 원래

부지런한 농부의 삽은 조금 부서져 있다면서 한 말이긴 하지만."

"아, 전부터 네 아버지 얘기를 자주 하는데 말이야. 어떤 분이야?"

아즈윈이 물었다.

"농부인데요."

카셀은 숨길 것도 없이 짧게 털어놓았다. 전에는 이런 걸 숨기려고 했을지 모르지만, 지금은 이상하게도 아버지가 무슨 일을 하고 있든 중요한 게 아니라고 생각했다.

"농부? 그럼 어떤 일을 했어?"

"어떤 일을 하긴요? 농부니까 밀농사 짓죠."

"아니 내 말은…… 농부가 되기 전에!"

카셀도 최근 똑같은 의문을 품고 있던 차였다.

"제가 아버지의 과거를 모두 알 수는 없겠지만, 아버지는 태어날 때부터 지금까지 계속 농부였다고 했어요. 아버지 스스로도 그랬고, 마을 사람들도 그렇게 말했죠. 단체로 짜고 절 속이는 게 아니라면."

아즈윈은 조금도 믿는 얼굴이 아니었다.

"아들이 이상하지 않다면 이상할 것도 없지만, 아닌 것 같아서."

사실 아버지는 카셀이 지금 당장 멱살을 잡고 물어본다고 해도 순순히 '내가 사실은 예전에 명문가의 사라진 외동아들이었다.'라는 식으로 고백할 사람은 아니었다. 하지만 태어나서부터 지금까지 계속 농부였다는 말을 믿는 것도 무리였다. 예전부터 조금은 의심했었지만 아버지의 품을 벗어나 보니 더욱 실감이 났다.

주위의 다른 농부들, 이를테면 쟈넷의 아버지라든가 촌장 같은 정말 평범한 농부들은 어디 촌구석 영주의 조카의 친구가 벌이는 생일 파티에 두 번쯤 초대된 꼬마만 지나가도 모자를 벗고 고개를 숙였다. 하지만 아버지는 진짜 귀족이 말을 타고 지나가도 아는 체 안 하고 지나가 버렸다. 하도 무시하는 폼이 당당하니 그것을 본 귀족들도 대충 그럴 만한 사람인가 보다 하고 넘어갈 정도였다.

다른 농부들은 그저 해오던 대로 부지런히 살면 나머지는 풍요의 신께서 정하시는 대로 작물을 거둬들이리라 믿지만 아버지는 비가 얼마나 올지 가뭄이 얼마나 오래 갈지 예측해서 수확량을 늘리기 위해 애썼다. 그래도 수확량이 안 좋으면, 그때서야 하늘에 대고 손가락질하며 소리 질렀다.

'이만큼 하면 됐지, 자꾸 이러기요?'

카셀은 정치에 관심 있는 농부는 본 적도 들은 적도 없었다. 하지만 카셀의 아버지는 평소에는 조용하다가도 술에 취하면 숨겨놓은 얘기 보따리에서 왕실과 기사단의 비밀이 감질나게 새어 나왔다. 카셀의 지식은 대부분 거기에서 나왔다고 봐도 좋았다.

기다리는 동안 카셀의 아버지 이야기를 들은 아즈윈은 단정 짓듯 말했다.

"네 아버지는 절대 그냥 농부가 아니야."

"특이한 분이긴 하지만 제 할아버지도 농부였고, 할아버지의 아버지도 같은 땅에 같은 밀농사를 지었다니까요. 농부 맞아요."

"그래, 그래, 농부. 그런데 정말 그 땅에서 단 한 번도 발을 뗀 적 없어? 언제고 한 번쯤 마을을 벗어나 본 적이 없냐고."

아즈윈이 집요하게 캐묻자 카셀은 아즈윈이 더 얼굴을 들이밀기 전에 대답했다.

“젊었을 때 한 3년 정도 외국에 여행 다녔다는 말은 들었어요.”

“그래. 그거야!”

아즈윈이 드디어 해답을 찾아냈다는 듯 신나했다. 그때 쉐이든이 훈련장 반대편에서 다가오는 무리를 가리키며 말했다.

“제일 나이 많은 사람이 이번에 올 장수인 것 같다. 아, 그리고 카셀. 네 어머니는 어떤 분이셨나? 아버지가 그냥 농부셨다면 어머니는 어떨까 해서.”

“두 분 다 참 집요하시군요. 제가 무슨 핏줄로 내려온 특별한 능력을 가진 마법사라도 되나요?”

카셀이 난처해하니 아즈윈은 키득거리며 말했다.

“우리처럼 머리에 근육만 찬 녀석들은 너 같은 녀석이야말로 대단한 능력자로 보이거든. 손끝에서 불꽃 나가는 것보다 더 말이야. 그래서 어머니는?”

카셀은 포기하고 대답했다.

“어머니는 제가 두 살 때 병으로 돌아가셨어요. 젊었을 때부터 몸이 안 좋으셨다고 들었어요.”

“아, 미안.”

아즈윈과 쉐이든이 동시에 사과했다.

“괜찮아요.”

병사들을 이끌고 오는 두나단이 손짓하자 카셀은 같이 손을 들어 인사를 받았다. 그의 옆에는 벌써 전투라도 나갈 듯이 무장하고 있는 장수와 기사들이 보였다. 그들은 카셀을 비롯한 하얀 늑대들 두 사람을 적이라도 되는 양 노려보고 있었다.

"뭐야, 저것들?"

상대가 처음부터 저렇게 나오니 아즈윈 역시 미소를 던져버리고 같이 노려보았다. 쉐이든도 카셀에게만 보이는 부드러운 표정을 지웠다. 양쪽에서 분위기를 잡아주니 카셀은 무리하게 인상을 쓸 필요가 없었다.

다가오던 병사들은 쉐이든과 아즈윈이 노려보는 걸 보고 은근슬쩍 다른 쪽으로 눈을 돌렸다. 그러나 나이 많은 장수와 그 장수 옆에 있는 키 큰 기사는 조금도 흔들림이 없었다. 두나단은 어색하게 웃으며, 나이 많은 장수를 소개했다.

"과거 왕실 기사단을 이끄셨고 이번 노르만트의 군대를 지휘해주실 샹 세이게이 장군입니다. 그리고 이쪽은……."

"트리제이 쟈란이오. 세이게이 장군 수하 기사들의 캡틴으로 있소."

세이게이 장군보다 오히려 앞에 나서며 쟈란은 커다란 손을 불쑥 내밀었다. 그의 행동에 대해 장군의 표정 변화가 전혀 없는 것으로 보아 단순히 예의 없는 젊은 캡틴의 인사가 아니었다.

카셀은 불길한 예감이 들어 악수하고 싶지는 않았지만 그대로 두면 카셀이 고향에 돌아가서 밀농사 지을 때까지 손을 내밀고 있을 것 같아 하는 수 없이 잡았다.

"나는 하얀 늑대들의 캡틴, 카셀 울……."

카셀은 끝까지 말을 마치지도 못하고 쟈란의 손에 뺨을 얻어맞아 뒤로 휘청거리며 물러났다.

카셀은 아프다기보다 너무 놀라, 뺨을 움켜쥐었다. 쟈란은 마치 다른 사람이 자기 손을 조종해서 치기라도 했다는 듯 자기 손을 바라보며 말했다.

"아, 저런! 설마 이 정도도 못 피할 줄 몰랐소. 사과드리리다."

갑자기 뛰쳐나가려 한 건 아즈윈이었고 말린 건 쉐이든이었다. 쟈란은 아즈윈을 힐끔 보고 감정 없이 웃어 보였다.

"하얀 늑대들에 대한 소문은 무수히 들었소. 그 전설 같은 전적과 보는 이들을 압도한다는 검술. 그러나 아무리 그들이라 해도 카모르트의 운명을 맡길 생각은 없소. 두나단 대신. 두 백작의 전쟁에 폐하께서 소극적인 자세를 버리신 것에 대해서는 크게 환영하며, 이후 내 힘의 전부를 쏟아붓겠소. 그러나 내 위에 세이게이 장군님이 아닌 다른 이가 서는 건 용납할 수 없소."

두나단은 너무 놀란 나머지 쟈란의 말을 제대로 알아듣지도 못한 것 같았다. 세이게이 장군은 조금도 당황하지 않은 목소리로 쟈란의 말에 덧붙였다.

"나는 언제고 폐하께서 홀로 일어서실 때를 대비해 힘을 비축해 두었고, 데이릭과 메오릭스가 떠난 자리를 채우기 위해 많은 인재들을 선발했지. 그중 캡틴 쟈란은 내가 직접 키워 이 나라 누구에게도 지지 않을 검술을 익혔네. 하얀 늑대들이 놀러 온 것은 내 상관할 바 아니나, 나는 이들에게 도움을 받을 생각은 추호도 없네."

두나단은 어찌할 바를 몰라 쩔쩔매며 뺨을 어루만지는 카셀과 느긋하게 허리에 손을 올린 쟈란을 번갈아 보기만 했다.

'데이릭과 메오릭스가 떠난 자리라…….'

카셀은 입안의 찢어진 부분을 혀로 건드려보았다. 피가 조금 났지만 큰 상처는 아니었다. 더 큰 상처는 상대에게 얕잡아 보인 자신의 마음에 있었고, 그보다 더 큰 상처는 하얀 늑대들의 명예에 있었다.

카셀은 조금도 화가 나지 않았다. 어렸을 때부터 루치 패거리나 건달들에게 수도 없이 맞아 이력이 난 몸인 데다가, 맞았다고 꺾일 자존심도 없었다. 사실대로 놓고 보자면 기사가 농부 하나 두들겨 패 죽였다고 해서 어디다 하소연하겠는가.

그러나 지금은 달랐다. 지금 카셀은 농부가 아니라 캡틴 울프였다. 쟈란의 눈이나 주먹은 무서운 축에도 들지 못했다. 등 뒤에서 노려보는 하얀 늑대의 눈동자에 비하면.

'화낼 일은 아니지만 화를 내야 한다. 눈곱만큼도 자존심 상하지 않았지만 여기서 나는 자존심이 꺾여 화가 난 캡틴이어야지.'

앞으로 같이 힘을 합쳐야 할 장군이 벌써 자신의 세력을 주장하고 나섰고, 전투 시 가장 선두에서 싸워줘야 할 기사단의 캡틴은 실력을 내보이고 싶어 안달이 나 있었다. 쟈란은 카셀보다야 두어 살 많은 것 같았지만, 짧은 기간이나마 워낙 나이 많은 왕실 귀족들만 상대하다 보니 그 정도는 풋내 나는 어린애 축으로 보였다. 진짜 상대는 세이게이였다. 아버지의 말대로라면 모든 권력자는 더 많은 권력을 원한다. 그리고 한 번 권력을 잃어 본 권력자는 더욱 권력을 탐한다. 단순하게 그런 원리를 적용시켜 보면 세이게이의 행동은 쉽게 분석할 수 있었다.

하얀 늑대들을 자기 출세의 방해물로 보고 치우고 싶은 것이다. 그럼 돌발적으로 보인 쟈란의 행동은, 세이게이 장군이 카셀에게 내세운 도전장이라는 뜻이었다.

'자, 그럼 난 열 받은 캡틴 울프가 되어야겠군. 어떻게 화를 내야 울프의 기사다운 걸까?'

카셀은 쟈란의 앞으로 다가가 거의 몸이 닿을 듯한 거리에 섰다.

"한 대 더 쳐보시오."

쟈란은 조금도 물러서지 않았다.

"뭐라 했소?"

"한 대 더 치라고 했소."

카셀은 예의 바르게 말했다.

"못 할 것도 없지."

누가 말릴 새도 없이 쟈란은 주먹으로 카셀을 후려쳤다. 카셀은 뒤로 몇 걸음 휘청거렸다가 기어이 주저앉고 말았다. 쟈란은 팔짱을 끼며 대꾸했다.

"왜? 한 대 더 치라고 하면 내가 겁먹을까 봐 그런 거요, 아니면 보란 듯이 피할 생각이었소? 뭐, 둘 중 어느 쪽이라도 실패한 것 같소만."

그의 말에 세이게이 장군을 제외한 병사들 모두 웃음을 터트렸다.

쉐이든과 아즈윈은 차가운 표정으로 그 모든 것을 바라보기만 했다. 카셀은 앉은 채로 맞은 곳을 어루만지다가 일어났다. 아프다는 걸 참거나 굳이 숨기지 않았다. 오히려 실제 고통 이상으로 인상을 구겼다. 운 좋게도 입술이 터져 피까지 흘러, 좀 더 그럴듯한 모습으로 화를 낼 수 있게 되었다.

"제너럴 세이게이!"

카셀은 '아이구, 아파라'라고 일부러 큰 소리로 중얼거리며 말했다. 세이게이는 쟈란이 처음 한 대를 쳤을 때만 해도 카셀을 얕보던 표정이었는데, 지금은 굳어 있었다. 카셀은 그가 자신의 속셈쯤은 금방 눈치챌 수 있는 사람이길 바랐다. 그렇지 않으면 두 백작을 상대할 장수감도 못 될 테니까.

"솔직히 두 가지를 말하고 싶어 쟈란에게 절 공격하라고 했을 겁니다. 하나는 이후의 모든 지휘권을 당신이 가지며, 우리가 거기에 개입하지 않길 원한다는 것. 또 하나는 병사들이 하얀 늑대들의 힘에 의지하지 않길 원해서 환상을 깨기 위한 것. 맞습니까? 아니, 이제 맞든지 틀리든지 상관없지만."

카셀은 피 섞인 침을 뱉어냈다.

"무슨 헛소릴 하는 거요?"

자신을 배제하고 말을 잇는 카셀을 보고, 쟈란은 기분이 상한 모양이었다. 그러나 카셀은 여전히 이야기에서 쟈란을 제외했다.

"그런 뜻에서 당신은 두 가지 실수를 했습니다, 제너럴 세이게이. 이번 건 맞든 틀리든 상관없지만은 않을 겁니다. 하나는 애초에 난 제너럴의 지휘권을 빼앗을 생각이 전혀 없었다는 점입니다. 두나단이 뭐라 전달했는지 모르겠으나 우리들은 이 전쟁에 낄 생각이 전혀 없으니까요. 또 하나의 실수는, 뺨을 친 상대가 하얀 늑대들의 캡틴이었다는 겁니다."

카셀은 그제야 쟈란을 노려보았다. 이미 세이게이에게는 더 할 말이 없었다.

"캡틴 쟈란, 두 번째 치라고 한 건 첫 번째 것을 내가 못 피했던 게 일부러라고 변명할 생각으로 맞아준 거였고……."

카셀은 벌써 빨갛게 물든 뺨을 문지르며 또 한 번 피 섞인 침을 뱉었다. 슬쩍 뒤를 돌아보니 쉐이든이 팔짱을 낀 채 말없이 쟈란을 노려보고 있었다. 아즈윈은 방패를 쥔 손에 힘을 꽉 주고 있었는데, 카셀은 그 모습을 눈여겨 봐두었다.

"세 번째로 치라고 하지 않은 건, 그랬다간 내가 홧김에 당신을 죽여버릴 것 같아 그랬소. 그렇다고 한 대만 맞고 끝내버리면 하얀 늑대들의 명성에 금이 갈 것이고, 한 대 더 맞아두면 내가 화내는 것에 어느 정도 명분이 서니까."

"무슨 명분?"

자란이 묻자 카셀은 웃으며 되물었다.

"캡틴 자란, 하얀 늑대와 진짜로 한 번 겨뤄볼 테냐?"

자란은 커다란 선물이라도 받은 어린아이처럼 크게 웃음을 터트렸다.

"원하던 바요."

카셀은 씨익 웃었다.

"그래, 기대를 채워주마. 하지만 지금 내가 검을 잡으면 곤란하지. 난 댁의 주먹도 못 피한 멍청이니까. 이 결투는 화가 좀 덜 난 내 친구에게 맡기겠다."

카셀은 자란의 동의도 구하지 않고, 뒤로 돌아섰다.

"아즈윈!"

아즈윈은 기다렸다는 듯이 성큼성큼 다가와 카셀의 옆에 섰다. 그 사이 카셀은 돌아선 채로 자란의 얼굴을 보지도 않고 말했다.

"걱정 마라, 자란. 뺨 맞은 분풀이로 죽이지는 않을 거니까."

열이 오를 대로 오른 자란은 흥분을 감추지 못하고 있었다.

"그 여자가 지면 댁이 나설 건가, 캡틴 울프?"

"내 친구가 지면 세 번째 빵은 그쪽 칼로 얻어맞아 주지."

카셀이 대꾸하자 아즈윈이 키득거리며 물었다.

"어떻게 해줄까, 캡틴?"

아즈윈은 조준을 끝낸 화살처럼 튀어나갈 준비를 하고 있었다. 카셀은 늘 그렇듯, 다른 사람 앞에서는 근엄한 캡틴의 말투로 지시를 내렸다.

"죽이지는 마라, 아즈윈. 단."

"단?"

"압도적으로 이겨야 한다."

"전력 누수는 생각 안 해?"

"안 해."

카셀은 냉정하게 대꾸하며 훈련장 언덕 너머를 바라보았다. 성의 병사들 몇 명이 이쪽을 바라보고 있었다.

"한 명을 잃는 것으로 더 많은 것을 얻을 수 있을 테니까."

아즈윈은 끼고 있는 방패의 각도를 조절하며 쟈란의 앞에 섰다. 쟈란은 상대가 여자라는 것이 오히려 불만스러운 표정이었지만 아즈윈은 이미 그런 표정에 익숙한 듯 경고했다.

"어이, 트리제이. 혼날 준비는 됐어?"

쟈란은 어깨를 으쓱했다.

"혼낼 준비는 되어 있지."

"아, 방금 나 농담한 거 아니야. 진짜로 널 처벌할 거야."

아즈윈은 둥근 방패로 자신의 이마를 톡톡 두들기며 히죽 웃어 보였다. 쟈란은 재미있다는 듯 웃으며 칼을 가볍게 뻗었다.

"어떤 식으로 처벌할지 기대되는군."

아즈윈도 방패를 슬쩍 내밀어 그의 칼에 부딪혔고, 둘은 그 소리를 기점으로 거리를 벌렸다. 구경하던 병사들과 두나단, 세이게이 장군 등도 뒤로 물러났다. 훈련장 멀리서 구경하던 성의 경비병들은 가까이 다가왔다.

쟈란은 발을 통통 굴리며 좌우로 빠르게 움직였다. 몸집에 걸맞지 않은 민첩한 몸놀림이었다. 내지르는 칼은 어찌나 빠른지 카셀의 눈에는 보이지도 않을 정도였다. 당황한 두나단이 카셀의 옆으로 다가왔다.

"어, 어째서 싸움을 붙이신 겁니까?"

"기사들에게 있어 결투에 이유가 있습니까? 서로 원하는 싸움이니 내버려 두십시오."

카셀은 세이게이 장군을 바라보았다. 장군도 그를 노려보았다. 둘은 거의 동시에 서로의 눈빛을 읽었다.

'후회하게 될 거다, 캡틴.'

'후회하게 될 거요, 장군.'

병사들 사이에서 커다란 환호가 들렸다. 쟈란의 일방적인 공격에 아즈윈이 밀리고 있었기 때문이었다. 카셀은 아즈윈이 질 거라고는 생각하지도 않았다. 아즈윈이 혹 패하면 정말로 카셀은 한쪽 뺨을 칼날로 얻어맞아도 좋았다. 단, 이런 식으로 밀리다가 겨우 이기는 결투는 안하느니만 못했다. 카셀이 원하는 건 압도적인 결과였다.

"걱정 마라, 캡틴."

쉐이든이 작은 목소리로, 하지만 두나단이 듣고 있다는 것은 의식하며 말했다.

"울프 기사단 모두가 가장 상대하기 싫어하는 사람이 누구인지 알지 않나? 아즈윈의 장난기가 발동하면 그 시합은 언제나 치욕적인 결과가 나오지. 저 눈빛이 안 보여? 아마 캡틴 쟈란은 일평생 오늘 시합을 후회하게 될 거다."

쟈란의 공격 속도가 점점 올라갔다. 그는 마치 아즈윈을 가지고 놀 듯이 칼을 빠르게 휘둘렀고, 아즈윈은 그때마다 겨우겨우 방패로 막아냈다.

"아직인가? 얼마나 기다려주면 날 처벌할 참인가?"

쟈란은 벌써 이긴 것 같은 목소리로 말했다. 그의 부하 병사들도 환호하고 있었다. 두나단 대신도 하얀 늑대가 밀리고 있다는 것에 당혹스러워하고 있었다. 승부는 점점 쟈란 쪽으로 기울어가는 듯했다.

"휴우, 겨우 했다."

아즈윈은 좀 거리를 벌리더니 방패를 내리고 한 손을 허리에 올렸다. 마치 결투를 포기하는 듯한 자세를 보고 쟈란은 순간 공격을 멈췄다.

"벌써 지쳤나?"

아즈윈은 헤헤 웃으며 말했다.

"아닙니다요 기사님. 제가 좀 시간이 남아서 말입죠, 바닥에다 이렇게 '트리제이'라고 발로 글씨를 썼지 뭡니까요? 보실래요?"

쟈란이 뭔 소린가 싶어 바닥을 내려다보니 흙바닥에 그의 이름이 쓰여 있었다. 아즈윈은 그가 잠깐 한눈을 판 사이 쟈란의 바로 앞으로 다가가 있었다. 그녀는 쭈그려 앉아 칼끝으로 글씨를 수정했다.

“어머나, 창피해라. 여기 좀 삐뚤어졌네.”

쟈란은 당황하며 칼을 휘둘렀다. 하지만 아즈윈은 이미 세 걸음쯤 떨어진 곳으로 멀어져 있었다.

병사들의 환호는 진작 가라앉았다. 그들 역시 쟈란의 실력에 취해 아즈윈이 결투 중 딴 짓을 벌였다는 사실을 모르고 있었다.

“기다리셨다굽쇼? 그럼 이제부터 처벌 들어가니까 준비하십쇼, 기사님.”

아즈윈은 흥얼거리는 목소리로 말하더니 들고 있던 칼을 집어 넣어 버렸다. 대신 발목에서 한 뼘 길이의 단검을 뽑았다. 그리고 극단적으로 자세를 낮추더니 으르렁거리는 목소리로 말했다.

“우리 캡틴이 콕 집어서 죽이지 말라고 했으니, 네 입으로 멈춰 달라고 부탁하면 멈춰 주지.”

쟈란은 순간 울컥하며 앞뒤 재지 않고 달려들어 칼을 내리쳤다. 아즈윈은 두 손을 바닥에 대고 기어가듯이 그의 공격을 피하고, 쟈란의 발등을 칼로 찍었다. 발바닥을 뚫고 나간 칼날이 땅까지 박혔다.

“으윽!”

쟈란은 피가 배어나도록 이를 꽉 깨물어 고통을 참고 재빨리 아즈윈의 위치를 살폈다. 그녀는 아직 발등에 꽂은 단검에서 손을 떼지 않고 쟈란을 올려다보고 있었다. 그것도 상대를 도발하듯 사악한 미소를 지으며.

쟈란은 거꾸로 쥔 칼끝으로 아즈윈의 얼굴을 찍었다. 그러나 아즈윈의 방패에 칼날이 빗겨나가며 시큰한 금속음을 내더니 바닥에 박혔다. 쟈란은 멈추지 않고 두 손으로 쥔 칼을 또 한 번 내리쳤다. 하지만 같은 방식으로 방패에 막혔다. 세 번째는 아예 올려친 방패에 칼이 튕겨 나갔다.

쟈란의 공격은 계속 이어졌다. 위에서 찍기도 하고, 옆으로 치기도 하고, 중간에 손으로 방패를 잡아당기고, 반대쪽 발로 걷어차기도 하면서 주저앉아 있는 아즈윈의 균형을 무너뜨리기 위해 노력했다. 그러나 아즈윈은 거의 힘도 들이지 않고 쟈란의 공격을 전부 막아내거나 비껴냈다.

쟈란이 칼을 휘두르는 속도는 점점 무뎌졌다. 단검에 찔린 발등에서 흐른 피가 바닥에 고이고, 지탱하고 있는 다리는 힘을 잃어 휘청거렸다. 그는 마지막 순간 거의 몸무게로 짓누르듯 칼을 찔렀으나 아즈윈은 박아놓은 단검을 축으로 삼아 빙글 돌며 피해버렸다. 쟈란은 끝내 바닥에 칼을 지팡이처럼 박고, 무릎을 꿇었다. 그는 여전히 그 자리에서 벗어나지 못했다.

아즈윈은 마치 개구리 다리에 핀을 꽂아 넣고 고통스러워 꿈틀대는 모습을 바라보는 어린아이처럼 그저 쟈란의 괴로워하는 얼굴을 지켜보기만 했다.

쟈란은 자신의 칼을 놓고 발등에 단검을 박고 있는 아즈윈의 손을 두 손으로 쥐었다. 그러나 힘을 잃은 그의 손으로는 아즈윈의 아귀힘을 당해낼 수가 없었다. 그는 부들부들 떨리는 시선으로 아즈윈을 노려보면서도 항복하지 않았다.

자란은 기사의 체면 따위는 모두 잊어버리고 코앞에 있는 아즈윈의 얼굴을 향해 머리를 들이박았다. 그러나 그녀는 방패를 든 쪽 손바닥으로 그의 이마를 움켜쥐었다.

"끝나지 않았다고 말하려고 했지? 기사라면 이 정도 고통쯤 아무렇지도 않다, 절대 포기하지 않는다, 그렇게 소리칠 차례지? 그런데 어쩌나? 그건 내가 할 말이야. 내 처벌은 안 끝났어!"

아즈윈은 끓어오르는 분노를 숨기듯 나직이 말했다. 그녀의 손가락 사이로 보이는 쟈란의 눈동자가 두려움에 흔들렸다. 아즈윈은 발등을 관통시킨 칼을 잡아끌며 천천히 뒤로 움직였다. 당연히 쟈란의 발도 질질 끌려갔다.

"아아악!"

쟈란은 고통을 견디지 못하고 비명을 지르며 뒤로 쓰러졌다. 그 뒤로도 처절한 발버둥이 이어졌다. 발로 아즈윈을 걷어차려고 꿈틀대고 손으로 밀쳐내려 애썼지만 끝내 그녀의 손에서 벗어나지 못했다. 오히려 그녀가 방패로 후려친 다른 쪽 정강이까지 부러졌다. 쟈란이 끌려가며 바닥에 핏자국이 길게 이어졌다.

"그만두시오."

쟈란의 부하 기사 중 하나가 참다못해 나서려 하자, 쉐이든이 긴 창을 쭉 뻗었다.

"두 기사의 정식 대결이다."

"이런 게 어찌 대결이오? 마치 장난이라도 치는 것처럼 사람을 괴롭히는 게 울프 기사단의 방식이오?"

"길게 끄는 싸움이 싫고 단칼에 죽는 게 영광이라면 대신 나서보겠나?"

쉐이든의 말에 고함쳤던 기사는 대꾸하지 못했다. 그때 아즈윈의 목소리가 들렸다.

"뭐라고 했지?"

뒤이어 다 죽어가는 쟈란의 목소리가 이어졌다.

"내, 내가 졌소."

"으음, 그 말이 아닐걸? 내가 뭐라고 하면 멈춰준다고 했지?"

"멈춰 주시오. 제발 그만……."

아즈윈은 발등을 찌른 칼에서 손을 떼고 자리에서 일어났다. 그리고 쟈란의 부하들에게 손짓했다.

"의사에게 데려가. 칼은 그대로 꽂은 채로. 여기서 뽑으면 출혈이 너무 심해질 테니까. 뽑은 칼은 나중에 돌려줘야 해."

쟈란의 부하들은 적의에 가득 찬 눈으로 아즈윈을 노려봤지만 일단 시키는 대로 쟈란을 업고 급히 성 쪽으로 달려갈 수밖에 없었다.

"잘잘못을 떠나 지나친 처사였소."

두나단 대신이 겨우 말문을 열었다. 카셀은 손을 내밀어 그가 하려는 말을 막았다. 대신 세이게이 장군을 불렀다.

"제너럴, 단둘이 잠깐 얘기할 수 있겠습니까?"

단둘이 만나자는 말에 부하들이 즉시 장군을 말렸다. 하지만 장군은 오히려 그들을 호통쳤다.

"나를 겁쟁이로 만들 셈이냐?"

그는 끝내 부하 한 명 대동하지 않고 카셀 쪽으로 다가왔다.

"좀 걷지, 캡틴."

"좋습니다, 제너럴."

둘은 훈련장을 벗어나 성으로 향하는 길을 걸었다. 한동안 침묵이 이어지자 세이게이 장군조차 긴장할 수밖에 없었다.

방금 하얀 늑대들 중 하나가 자신이 키운 최고의 기사를 가지고 놀 듯 무너뜨렸다. 아무리 그가 경험 많은 장수라도 평정심을 유지하긴 힘들 것이다. 하지만 카셀은 그가 좀 더 긴장을 해주었으면 하고 바랐다. 한참의 침묵 후, 마침내 카셀의 의도대로 장군이 먼저 입을 열었다.

"속셈이 뭔가?"

"돌려 말하기는 싫으시지요?"

"난 정치가가 아닐세."

"행동은 정치가처럼 하시면서?"

"뭐라고?"

장군은 걸음을 멈췄다. 카셀은 멈추지 않고 몇 걸음 더 앞서 걷다가 휙 돌아섰다. 분노로 이글거리는 노인의 눈빛이 강렬했다. 의도했던 분노였기에 받아들일 수 있었던 거지, 그렇지 않았다면 당장 겁에 질렸을 만큼 매서운 눈빛이었다.

"캡틴 쟈란을 이용해 무슨 짓을 하려고 한 겁니까, 제너럴? 절 겁주시려고? 뭘 얻으려고 그런 계산된 행동을 하신 거죠? 그게 정치가 아닙니까?"

"건방진 청년이구나. 네가 태어나기도 전부터 전장을 수없이 겪어온 나다. 함부로 혓바닥 놀리지 마라."

"그럼 절 혼내십시오."

"그건 또 무슨 속셈이냐?"

일순 장군은 혼란스러운 표정이었다.

"혼내시라고요. 그 다음 전 정중히 제너럴 앞에 고개를 숙여 보이면 됩니다."

카셀은 장군의 앞으로 한 걸음 다가가 속삭이는 소리로 말했다.

"방금 저는 제 손가락 하나 까딱하지 않고 제너럴이 내세우는 가장 뛰어난 기사를 은퇴시켜버렸습니다. 이런 악독하기 그지없는 하얀 늑대들이 군대를 이끌 수 있겠습니까? 천만에요. 두려워하겠죠. 그러나 그 두려워 마지않는 하얀 늑대들의 캡틴이 카모르트 왕실의 장군께 혼나고 고개를 숙인다면 어떻게 되겠습니까?"

"저기 보고 있는 내 부하들이 날 더 우러러보겠지……."

"그겁니다. 절 두려워하지 마세요, 제너럴. 그리고 하얀 늑대들을 든든한 아군으로 받아들이십시오. 싸울 상대는 밖에 있습니다."

카셀은 숨 한 번 안 쉬고 말했다.

"속 모를 젊은이군. 지금 천하의 캡틴 울프가 나 같은 늙은 장수에게 고개를 숙이겠다고 스스로 제안하는 건가?"

"맞습니다."

"그런다고 얻는 게 뭔가?"

"캡틴 데이릭."

갑자기 내뱉은 이름에 장군은 또 한 번 놀랐다. 놀라길 바라서 내뱉은 이름이었다.

"여기 오기 전 저는 팔콘이라는 이름의 도적을 만났습니다. 우연이었죠. 그런데 지금 와서는 그게 우연이라는 생각이 들지 않는군요."

"혹시 데, 데이릭이 도적질을 하고 있다고 말하는 건가? 팔콘이라는 이름으로? 난 믿을 수 없네."

"모르셨군요. 그럼 메오릭스가 죽은 것도?"

"메오릭스가 죽어? 그럴 리가 있나!"

"제 말이 진실인지 어떤지는 조만간 아시겠지요. 저는 이 나라에 와서 계속 실망만 하고 있으나 그 두 사람을 통해서 기사도를 배웠습니다. 국왕에 대한 충성심도요. 제가 얻는 게 뭐냐고요? 얻으려는 게 아니라 보답을 하려는 겁니다. 제 목숨을 구해준 팔콘에 대한 보답이지요. 아직도 이 나라를 걱정하는 기사도에 대해서."

카셀은 한 걸음 더 다가가며 말했다.

"자, 혼내십시오, 절. 어서요!"

"뭘 어쩌라는 건가? 나더러 연기를 하라고?"

"연기? 당신은 제 손에 다쳐 실려 나간 캡틴 쟈란에 대해 화도 안 나십니까? 그게 왜 연기예요?"

장군은 당황하며 시선을 피했다.

"무슨 말로 어떻게 혼내야 하는 건가?"

"대사도 가르쳐드려야 합니까? 전장을 수도 없이 거쳐 왔으니 혓바닥 놀리지 말라고 해놓고선? 이 정도는 어떨까요? '네 이놈, 캡틴 울프!' 그 다음에는 계속 이렇게 속삭이면서 얘기합시다. 어차피 멀어서 안 들릴 테니까요. 자, 어서요! 다들 이쪽을 쳐다볼 정도로 큰 소리로. 혹시 못 하시나요? 제 아버지라면 성 안에 있는 시녀들까지 뛰쳐나올 정도로 크게 소리칠 걸요? 에이, 무슨 장수가 목소리를 못 낸답니까? 늙어서 그런가요?"

장군의 얼굴이 사정없이 일그러졌다. 그리고 쩌렁쩌렁 울리는 목소리로 소리쳤다.

"네 이놈, 캡틴 울프!"

카셀은 깜짝 놀라 뒤로 물러났다. 과연 장군의 목소리는 위엄이 있었다.

"딱 좋군요."

"방금은 정말 화가 나 소리친 걸세!"

"괜찮아요. 진짜로 화내셔도."

카셀은 정해진 순서대로 뒤로 두 걸음 물러나 가슴에 손을 올리고 인사했다.

"이제 하고 싶은 대로 하셔도 좋습니다. 이 광경을 본 모두가 하얀 늑대들의 캡틴이 세이게이 장군에게 꾸중을 들은 후 예를 갖췄다고 소문을 낼 겁니다."

"그리 단순히 진행될 리 있나?"

"한두 사람이면 안 통하죠. 하지만 소문은 진실을 왜곡할 겁니다. 솔직히 말해 은퇴했다가 돌아온 늙은 장수를 누가 진심으로 따르겠습니까? 그것도 마음속 깊이 두려워하는 검은 사자 백작과 붉은 장미 백작에 대항하여 싸워야 하는데요. 그런 군대에게는 울프 기사단의 캡틴을 굴복시킬 정도로 대단한 지휘관이 필요할 겁니다."

장군의 표정이 흔들렸다. 카셀은 고개를 저었다.

"자, 이제 제 어깨를 도닥거려 주세요."

"그건 또 왜?"

"화해한 것처럼 보여야죠."

"이젠 아예 날 가지고 노는군."

"연기를 못하신다면서요? 그래서 가르쳐드리는 겁니다."

세이게이 장군은 어색한 손길로 카셀의 어깨에 손을 댔다. 카셀은 고개를 숙이고 그의 옆에 섰다.

"이제 다시 걷죠."

"이 다음에는 무슨 연기를 해야 할지 무섭군."

"이젠 연기 안 하셔도 됩니다. 두 백작을 상대로 끼어 있는 노르만트를 어떻게 지킬지나 얘기해 주세요."

"그건 왜?"

"그야 지금부터 할 일이 그거잖아요. 자세히 듣고 싶습니다. 전 전략이며 전술에 대해선 하나도 모르거든요."

세이게이 장군을 보낸 후 카셀은 커다란 나무쪽으로 걸어가 손을 짚었다. 헛구역질이 나올 것 같았다. 그대로 등을 기대고 주르륵 미끄러져 앉아 있으니 잠시 뒤 쉐이든과 아즈윈이 다가왔다.

"캡틴 카셀이 제너럴 세이게이에게 혼난다? 그거 예정에 없던 설정 아니었나?"

쉐이든이 웃으며 물었다.

"장군이 예정에 없던 행동을 했잖아요. 머리가 아파 죽겠어요."

"뺨이 아니라?"

"머리예요. 혹시라도 말이 헛 나올까, 혹시라도 장군의 자존심을 건드릴까, 그러면서……."

"뭐, 적당히 잘 넘어간 것 같군."

쉐이든도 철창을 나무에 세워놓고 잠시 풀밭에 앉았다. 아즈윈은 카셀의 옆에 어느새 바짝 붙어 앉아 말했다.

"난 어땠어? 잘 했어?"

"효과는 좋았던 것 같아요. 상상했던 결투 장면은 아니었지만요."

"뭘 상상했는데?"

아즈윈은 투덜거렸다. 카셀은 웃다가 이내 한숨을 내쉬었다.

"아까 쟈란이 뺨을 때렸을 때 말이죠, 아즈윈이라면 막을 수 있었어요?"

"뭘 그 정도를 막아? 면상에 주먹을 처박았겠지. 사실 내가 네 바로 옆에 있었다면 막아줄 수 있었을 텐데, 나도 좀 방심했었어. 미안해. 아팠지?"

아즈윈이 카셀의 얼굴을 살살 문질러주며 말했다. 카셀은 오히려 부담스러워 피했고 아즈윈은 더 재미있어 하며 두 손으로 안 맞은 쪽 뺨까지 주물럭거렸다.

"너 쟈란의 주먹을 아즈윈처럼 막고 싶어서 그런 걸 묻는 거냐?"

쉐이든이 물었다.

"맞아요. 제 힘으로 막았다면 더 멋있었을 거예요."

"자기 힘으로 뭐든 척척 해내는 모습이 멋질 수도 있지. 하지만 주변 사람을 활용해 자신의 부족한 면을 채울 줄 아는 것도 멋진 거야. 그런 것도 능력이고."

"자기가 할 일 자기가 못해서 남한테 떠넘기는 게 어떻게 능력이 돼요?"

카셀은 우울한 목소리로 말하며 일어났다.

"먼저 들어가 봐야겠어요. 목이 마르군요."

쉐이든은 성으로 돌아가는 카셀의 등 뒤를 바라보며 팔짱을 꼈다.

옆에서 아즈윈이 그의 자세를 흉내 내며 서서 말했다.

"들었습니까요, 쉐이든 선생님? 그런 게 어떻게 능력이 되냐고 하는뎁쇼?"

"로일이 얼마 전에 했던 말이군."

"카셀 쟤를 처음 만났을 때 되게 기분 나쁘면서도 이상하게 쉽게 받아들일 수 있었던 이유를 알겠다. 쟤, 딱 로일이야. 머리 좋고 말을 잘해서 여태까지 잘 몰랐지만."

로일은 아무런 사전 동작 없이 칼을 휘두를 줄 알았다. 쉐이든이 아는 한 그렇게 검을 휘두를 수 있는 사람은 마스터뿐이었다. 살기도 없이 칼을 휘둘러 사람을 죽인다는 건 배워서 얻을 수 있는 능력이 아니었다.

"쟈란이 카셀의 뺨을 때릴 때 아즈윈 넌 무슨 생각을 했어?"

쉐이든이 물었다.

"화딱지 났지. 열 배로 갚아줄 작정이었어. 물론 이렇게 공개된 장소가 아니라 몰래 하려고 했지만."

"나도 비슷했다. 솔직히 '감히 하얀 늑대에게!'라는 생각이 먼저 들더군. 그런데 카셀은 맞는 순간 한 대를 더 맞을 계산을 했고 아즈윈 너를 내세웠다. 왜 내가 아니라 너였을까?"

"내가 더 화가 나보여서?"

"네가 여자라서였다."

"뭣이?"

아즈윈이 눈을 부라렸다.

"겉보기에 강해 보이는 나보다 약하고 예뻐 보이는 널 내세우는 게

낫다고 판단한 거다. 날씬한 몸매에 허벅지 드러내고 있는 여자애가 제너럴 세이게이가 최강이라고 내세운 기사를 날려버린 거지. 그럼 일반 병사들 눈에는 자연스럽게 나나 게랄드는 그보다 몇 배는 무시무시한 존재로 비춰질 수밖에 없다."

"그렇게 되는군."

아즈윈은 납득하는 듯하다가 바로 고개를 저었다.

"에이, 정말 카셀이 거기까지 생각했겠어?"

"했다."

"네가 어떻게 알아?"

"어제 물어봤거든. 나한테 '누군가 하얀 늑대들의 실력을 알고 싶다'라며 일대일로 청해오면 누굴 내세우면 좋겠냐고."

"그래서 날 추천했구나? 그럼 그건 쉐디 네 생각이지, 카셀 생각이 아니잖아."

쉐이든은 철창을 다시 집어 들고 훈련장에 있는 병사들을 살폈다. 그리고 얼굴도 구별하기 힘든 먼 곳에 서서 이곳을 바라보는 제너럴 세이게이와 두나단 대신을 쳐다보며 말했다.

"아즈윈. 카셀 저 녀석, 한 달 전에는 직책도 없는 졸병이었고 두 달 전에는 농부였다."

"아니 뭘 새삼? 그게 뭐?"

"내가 지금 뭐에 놀라는지 아직도 모르겠나?"

아즈윈은 눈살을 찌푸리며 끙 소리를 냈다.

"또 잘난 척하신다! 모른다, 어쩔래?"

쉐이든은 성 쪽으로 걸어가며 말했다.

"지금 카셀은 학습하지 않은 걸 하고 있는 거다. 검술로 치면 남의 검술을 한 번 보고 그대로 복사하고 있는 거야. 어제 물은 걸 오늘 그대로 적용해? 딱 로일 같군."

"그래, 그래, 적어도 난 못하는 거네."

아즈윈이 싱겁게 말했다.

하얀 늑대들이 성으로 돌아가는 모습을 멀리서 지켜보던 세이게이 장군은 두나단에게 물었다.

"대체 저자는 누군가?"

"누구 말입니까?"

"카셀."

"울프 기사단의 캡틴……."

두나단은 너무나도 당연하다는 듯 말했다가 덧붙였다.

"……임을 여쭌 건 아니시죠?"

훈련장 정비는 캡틴 자란 대신 다른 기사가 맡아 바로 시작되었다.

"만약 아란티아와 전쟁을 하게 된다면 난 절대 지휘관을 맡지 않겠네. 저런 캡틴에, 저런 기사들이 우글거린다고 생각하니…… 끔찍하군."

두나단은 웃으며 대꾸했다.

"무슨 말씀을 하나 했습니다, 제너럴. 아란티아는 침략 전쟁을 하지 않는다는 걸 잘 아시지 않습니까?"

“하지 않아? 이보게 두나단 대신. 지금 왕실에 자리 잡고 있는 다섯 명은 대체 어느 나라 사람이라고 생각하는 건가? 호의적인 뜻을 가지고 있다 하나, 만약 캡틴 울프가 이 나라를 먹겠다고 맘먹으면? 방금 쟈란을 가지고 놀다 기절시켜버린 그 여자 수준의 기사 다섯 명이 동시에 이 왕실을 장악하겠다고 마음먹는다면 누가 막을 수 있단 말인가?”

두나단은 심장이 오그라드는 기분이었다. 에노아 후작은 이런 걸 경고하고 싶었던 건지도 몰랐다. 세이게이 장군은 몇몇 기사들을 수습하여 훈련장을 빠져나가며 말했다.

“지금은 그들이 진심으로 카모르트 국왕을 도우려 하고 있다고 믿는 수밖에 없을 걸세.”

던멜과 게랄드는 성의 3층 복도에 있었다. 던멜은 창문을 통해 성의 구석구석을 살피며 몇몇 위험 장소를 체크했다. 게랄드는 조금 지루한지 하품을 하며 벽에 걸린 그림이나 구경했다. 던멜이 자기 쪽으로 고개를 돌리자 게랄드는 그제야 입을 열었다.

“어떤 거 같냐?”

던멜은 수화로 대꾸했다.

‘암살자가 숨기에 너무 쉽다. 성벽이 높고 해자도 깊어 들어오기에는 쉽지 않으나, 일단 들어오면 그 이후에는 속수무책이다.’

“전쟁 얘기야, 기습 얘기야?”

게랄드가 물었고 던멜은 계속 수화로 대답했다.

'둘 다.'

"전쟁을 한다면 노르만트 성곽에서부터 막아야겠군.

'그쪽 성은 또 너무 낮다. 대군이 들어오고자 마음먹는다면 반나절도 못 버틸 거다.'

"그럼 안 쳐들어오길 바라야 하는 거네."

둘이 조용히 이야기를 나누고 있을 때, 성의 경비병 몇 명이 쭈뼛거리며 다가왔다.

게랄드가 붙임성 있게 인사했다.

"무슨 볼일이라도 있나, 친구들?"

"하얀 늑대들이십니까?"

한 명이 조심스럽게 물었다.

"그렇다."

모두 네 명이었는데, 처음에 인사를 한 병사가 나머지의 의견을 대표하기로 한 듯 나서서 말했다.

"두 백작이 우리를 공격한다는 게 사실입니까?"

"나도 잘 모르지만 그건 아닐걸. 그냥 두 백작 중 하나라도 노르만트에 들어오려고 하면 막겠다는 거지."

"그러다 전쟁이 벌어지는 거지요?"

"그럴 수도 있지만 아닐 수도 있어. 잘 모른다니까."

"만약 전쟁이 일어난다면 우리를 지휘하는 건 여러분들인가요?"

"그건 또 어디서 들은 소리야? 당연히 카모르트 군대를 지휘하는 건 카모르트 장수겠지."

게랄드가 웃으며 대답했다.

"그럼 여러분들은 최소한 우리 편에서 싸우는 거지요?"

"음…… 너희 편이라는 게 어떤 편인지 모르겠지만, 우린 카모르트 국왕을 위해 싸운다."

병사는 마지막 대답에 비로소 안도했다.

"그럼 같이 싸우게 되는 거군요."

"그렇겠지."

그 병사는 용기를 얻었는지 정말 하고 싶었던 말을 털어놓았다.

"사실 저희 넷은 왕실 기사단의 후보였습니다. 하지만 막 기사단에 들어가기 직전 기사단의 캡틴인 프란시스가 실종되는 바람에 계속 경비병으로 남게 되었습니다."

"이곳에서는 기사단이 되기 전에 일반 병사로 복무하나 보군."

"모두 그런 건 아닙니다."

"으음, 그래서?"

"같이 싸우게 된다면 저희에게도 검술을 가르쳐주실 수 없는지요. 그걸 기대하는 병사들이 많습니다. 저희는 모두 왕실 기사단의 꿈을 안고 이 자리에 섰지만, 막상 와서 보니 검술 훈련을 받을 만한 상황도 안 되고, 가르쳐줄 사람도 없어서 개별 훈련에 그치고 있거든요."

"그런 문제라면 캡틴과 의논해 봐야겠군."

"예, 좋은 결과를 기다리겠습니다."

병사들은 잔뜩 기대하는 얼굴을 하고 돌아갔다.

"병사들 사기가 바닥은 아니군. 우리 덕인가 본데?"

게랄드는 도끼를 어깨에 걸치며 중얼거리자 던멜이 수화로 말했다.

'넌 용병 생활 중에 비슷한 일, 없었나? 네가 참전하면 그것만으로

도 아군에게 큰 힘이 되었을 거다.'

"음, 어떤 놈은 노골적으로 '불의 용병이 우리와 함께 한다'라고 고함을 치기도 하더군. 그게 창피해서 후방으로 빠진 채 싸우지도 않았는데 압도적인 승리를 한 적이 있었지. 그런데도 그 승리의 주역은 나였다고, 나의 용맹스러운 싸움에 감동했다며 말도 아니었지. 그 기뻐하는 얼굴에 대고 나 안 싸웠는데! 할 수도 없었지."

게랄드는 그때 일이 생각나 웃었다.

한 병사가 복도 코너를 돌아 창을 잔뜩 들고 오다가 모서리에 부딪혀 창을 와르르 쏟았다. 키가 작은 탓에 군복도 잘 안 맞아 벗겨지려고 하는 것이 어린 병사 같았다. 혼자 애쓰는 꼴이 불쌍하여 게랄드가 도와주려고 나섰다.

"혼자서 이 많은 걸 옮기긴 무리 아냐?"

게랄드가 다가가자, 투구를 눌러쓴 병사는 웃으며 말했다.

"이런 건 막내인 제가 다 해야지요."

그 병사는 대답하며 자연스러운 표정과 행동으로 게랄드의 배에 칼을 찔러 넣었다. 전혀 예상 밖의 공격이었다. 살기도, 표정 변화도, 준비 동작도 없었다.

게랄드는 반쯤은 운이라고 아즈윈이 놀렸어도 할 말이 없을 정도로 아슬아슬한 타이밍에 그의 손목을 잡아냈다.

게랄드는 그에게 도끼를 내리쳤다. 그러나 병사는 뒤로 재주를 두 바퀴 넘어 피하더니 납작 엎드려 착지했다. 다시 자세를 잡은 병사의 손에는 창이 두 자루 쥐어져 있었다. 아까는 하나 들기도 벅차 낑낑대더니 지금은 젓가락 다루듯 양손에 끼고 휘둘렀다. 투구가 벗겨진 그의 얼굴은 이제 보니 어린 것도 아니었다.

"좀 힘들게 되어버렸군."

병사는 잘 들리지도 않는 목소리로 중얼거리며 게랄드와 던멜을 노려보았다. 게랄드는 빼앗은 단검을 집어던지고 소리쳤다.

"또 왔구나! 오냐, 난 니들이 벌써 포기했다고는 생각 안 했다."

그는 화가 머리끝까지 올라 던멜이 뒤에 있다는 사실도 잊고 앞으로 성큼성큼 나섰다. 보통 이런 일이 있으면 자연스럽게 던멜이 처치하는 게 그들 간의 암묵적인 약속이었으나, 지금 게랄드는 아무 생각도 하지 않았다.

그 암살자는 두 자루 창을 치켜세우고 고속으로 휘둘렀다. 그리고 좁은 복도 안에서 피할 곳도 없이 몰아붙이더니 순식간에 게랄드의 목과 가슴, 두 군데를 동시에 노렸다.

게랄드는 피하지 않고 두 자루를 한꺼번에 도끼로 쳤다. 두 자루 창 모두 동강 났을 뿐 아니라, 암살자의 팔뚝까지 깊게 베였다. 암살자는 휘청거리며 물러났다.

"어디 이번엔 세 자루로 해보지그래?"

게랄드는 바닥에 있는 창들을 상대에게 걷어차 주었다. 암살자는 자기 발 앞으로 굴러오는 창을 내려다보았으나 줍지는 않았다. 그는 천천히 뒷걸음질 치며 여전히 알아듣기 힘든 발음으로 말했다.

"기습에 실패하면 그냥 오라더니 이런 거였군."

게랄드가 경고했다.

"그냥 가면 쓰나? 한 번 더 와 봐!"

"후, 다음에 만나도 살아남는다면 그리 해주지. 하지만 그때는 이런 우연이 없을 것이다. 반드시 너부터 죽여주지."

그는 게랄드를 지목하여 말한 후 복도 끝으로 달려갔다. 커튼이 닫혀 있는 창문 밖은 3층이었는데, 그는 속도를 줄이지 않고 창 너머로 뛰어들 준비를 했다.

"가긴 어딜 가냐고, 이 자식아!"

게랄드는 어깨 뒤로 끌어당긴 도끼를 집어던졌다. 도끼는 위잉 하는 귀를 울리는 바람 소리를 내며 직선으로 뻗어갔다. 창문으로 뛰어들기 직전 암살자의 등에 도끼가 꽂혔고, 그는 뛰던 방향으로 미끄러져 창문에 머리를 처박았다.

유리창은 바깥쪽으로 박살났고 암살자는 창틀에 부딪쳐 도로 복도 안으로 쓰러졌다. 남은 유리 조각이 복도 안으로 우수수 떨어졌다. 도끼를 맞은 암살자는 복도에 쫙 퍼진 채로 움직이지 못했다.

"어, 으음."

게랄드는 조금 당황하는 목소리로 던멜의 눈치를 힐끔 봤다. 던멜은 수화로 뭔가 말하려 했다.

'내가 하는 편이 생포를…….'

"됐어."

게랄드는 일부러 수화를 보지 않고 암살자가 쓰러진 자리로 다가갔다. 던멜도 수화를 이어가려던 손을 털어버렸다. 쓰러진 암살자의 몸 주위로 검붉은 피가 넓게 퍼졌다. 게랄드는 머리를 긁적이며 던멜에게 말했다.

"미리 말해두지만 죽일 생각까진 아니었다구."

던멜은 무표정으로 응수했다.

게랄드는 암살자의 목에 손을 대보았다. 맥은 전혀 느껴지지 않았다. 게랄드는 입맛을 다시며 그의 등에 박힌 도끼자루를 쥐고 잡아당겼다. 척추에 박힌 도끼가 뽑히며 피가 한 차례 더 뿜어져 나왔다.

게랄드는 도끼를 바닥에 대고 시체의 옆에 쭈그려 앉았다. 그리고 암살자의 얼굴을 잡아 이리저리 돌려보았다. 그러다 커다랗게 떠 있는 시체의 눈에서 뭔가를 보았다. 게랄드는 혹시 잘못 봤나 싶어 시체의 얼굴 쪽으로 고개를 바짝 붙였다. 한순간 시체의 눈동자에 떠오른 그림이 있었다. 잘못 본 게 아니었다.

"눈에 발바닥이 그려져 있네?"

남자의 흰자위에 마치 피부에 새긴 문신처럼 검은 발바닥이 그려져 있었다. 게랄드는 뭔가 심상치 않아 던멜 쪽으로 손을 내밀었다.

"단검 줘봐. 눈알을 빼보자. 어떤 단서가 될지도 몰라."

던멜은 아직 게랄드가 뭘 보고 그러는지 몰라 같이 옆에 쭈그리고 앉아 단검을 내밀었다. 그리고 그 역시 게랄드가 본 것을 봤다.

던멜은 놀라며 자리에서 벌떡 일어났다.

"어이, 칼 좀 빌려 달라니까."

게랄드가 재촉했다. 그러나 던멜은 오히려 한 걸음 물러섰다.

"왜 그래, 너? 이거 뭔지 아냐?"

던멜은 고개를 저었다.

"아는 눈치인데 왜 그래? 말해봐. 네가 아는 조직이냐?"

던멜은 대답도 않고 그대로 돌아서서 가 버렸다. 게랄드가 달려가 그의 어깨를 잡았다.

"왜 그러냐니까."

갑자기 던멜은 들고 있던 단검으로 게랄드의 목을 겨누며 벽으로 몰아붙였다. 아주 짧은 순간에 일어난 일이었다. 그러나 그 와중에도 게랄드는 던멜의 배 쪽에 도끼날을 붙인 상태였다. 만약 죽이고자 마음먹었다면, 둘 다 서로를 죽였을 정도로 빠른 대치였다. 게랄드는 천천히 던멜의 배에서 도끼를 떼더니 두 손을 들어 보였다.

"과거는 과거. 울프 기사단에서 우리끼리 한 약속 잊었어?"

던멜은 떨리는 손으로 게랄드의 목에서 칼을 뗐다.

"저 검은 발바닥이 뭐……!"

게랄드가 말하려는 순간, 쉬익 하는 바람 새는 소리가 났다. 시체 쪽이었다. 정확히는 죽은 남자의 눈에서 하얀 연기가 나며 불길이 일었고, 기름에 불씨를 던져 놓은 것처럼 온몸이 폭발적으로 타올랐다.

둘은 한 걸음 뒤로 물러났다. 시체가 한 줌 재가 되어버리는 데는 긴 시간이 걸리지 않았다.

"저쪽에 마법사가 있었지? 그럼 저런 것도 이상해하면 안 되는 건가?"

게랄드가 던멜에게 물었다.

던멜은 시체에 불이 붙은 것에는 별로 놀라지 않았다. 오히려 그 전에 자신이 흥분했다는 사실에 더 놀라고 있었다. 게랄드가 보아온 몇 년 동안 던멜이 이렇게까지 감정을 드러낸 적은 처음이었다.

게랄드는 던멜의 어깨를 꽉 쥐었다. 던멜은 그의 입술을 보기 위해 고개를 돌렸다.

"방금 네 모습은 잊겠다. 하지만 생각은 정리해 둬. 이 얘기는 다 같이 있는 자리에서 하자."

식은땀까지 흘리는 던멜의 어깨를 힘주어 꽉 쥐며 게랄드는 대답을 강요했다.

"알았지?"

던멜은 머뭇거리다가 겨우 고개를 끄덕였다.

◈Chapter 23◈

덴모주

로일은 어제에 이어 오늘도 하루 종일 지루함과 싸워야 했다. 덴모주의 성에 도착한 이후 한 번도 백작을 보지 못했고, 라틸다도 '그때' 이후로 로일을 만나주지 않았다. 안나까지 아버지가 편찮으시다는 연락을 받고 집에 가고 나니, 로일은 대화할 상대를 잃었다.

시종들은 로일이 식사를 하든, 혼자 훈련장을 거닐든, 정원에서 제일 커다란 장미꽃을 따든 상관하지 않았다. 그래서 로일은 공사 중인 성 여기저기를 둘러보기로 했다.

그의 호기심을 끌어당긴 건 성을 둘러싼 네 개의 탑이었다. 아무리 봐도 별 쓸모가 없어 보이는데, 그저 미관상 좋아 보이라고 십 년에 걸쳐 건축할 것 같지는 않았다. 로일은 탑의 용도를 알아보기 위해 꼭대기로 올라가 보았다. 아직 난간과 벽이 완성되지 않아 손 짚을 자리가 없어, 서 있기만 해도 아찔했다.

완공에 가깝게 올라간 건 아직 두 개의 탑뿐이었지만, 총 네 개의 탑이 본성을 중심으로 정사각형의 각 모서리에 위치하도록 지어지고 있는 건 확실했다.

"깔끔해 보이긴 하겠지만, 이런 게 의미가 있나?"

로일은 아래를 내려다보며 혼잣말로 중얼거렸다.

"뭐가 깔끔하다는 건가?"

뒤에서 들리는 목소리에 돌아보니 세 걸음쯤 뒤에 쟌스테인 백작이 있었다. 이렇게 가까이 접근했는데도 눈치를 못 챘다는 것에 놀랐지만, 로일은 태연한 척 인사했다.

"좋은 아침입니다, 백작님."

"좋은 아침일세."

백작은 짧게 웃으며 그의 옆에 섰다. 탑 아래 내려다보이는 밀밭 옆으로 보급품을 실은 마차가 줄지어 오르내리고 있었다. 덴마치 언덕이라 불리는 곳에는 많은 병사들이 막사를 짓고 대기하고 있었다. 어림잡아도 마을 안에 주둔해 있는 병력과 마을 바깥에 주둔한 병력을 합하면 오천 명은 될 것 같았다.

로일은 십 년 전 론타몬 정복 전쟁 이후 이렇게 많은 군대는 처음 보았다. 영지 하나를 관리하는 귀족의 군대가 아니라 이 나라 전체의 군대라고 해도 믿을 정도였다.

"성 안 생활은 어떤가?"

붉은 장미 백작은 군의 이동 모습을 바라보며 부드럽게 말했다. 지금까지의 냉철한 모습은 보이지 않았다.

"잘 지내고 있습니다."

"라틸다와는 어떤가? 보통 까다로운 아이가 아닌데."

"제게는 까다로운 모습을 보인 적이 없습니다."

탑 꼭대기는 벽도, 천장도 덜 만들어져 있는 탓에 높은 곳에서 부는 강한 바람이 두 사람을 거세게 밀어붙이고 있었다. 공사 기간이 길어질 수밖에 없는 날씨였다. 작업하던 인부 중 추락해서 죽은 사람이 네댓 명쯤 있다 해도 이상할 게 없었다.

"내가 전쟁 준비하는 것에 대해 라틸다가 어찌 생각하던가?"

"자세히 듣지 못했습니다. 하지만 좋게 생각하지는 않는 것 같더군요."

"그 애도 더 커서 결혼을 하고 아이를 낳으면 내가 무엇을 위해 이토록 피를 흘리는지 이해하게 될 거야. 그보다 깔끔해 보인다고 한 건 이 탑에 대한 이야기인가?"

"탑이 왜 필요한지 몰라 혼잣말 한 겁니다. 궁수를 배치하기에도 적절하지 않으니 방어용으로 짓는 것 같지도 않고요."

"보기 좋으라고 지었다고는 생각 안 하나?"

"그런 건 전쟁 중에 할 일이 아니지 않을까요?"

"그래. 전쟁 중에 할 짓은 아니지."

백작은 로일의 어깨를 친근하게 토닥거리더니, 부실한 벽에 손을 짚고 상체를 앞으로 내밀었다. 로일은 벽이 무너져 백작이 떨어지면 어디를 붙잡아 끌어올려야 하나 고민하며 들었다.

"이 지역을 개발하기 시작하면서 가장 먼저 건설한 게 저 풍차일세. 풍차란 것은 이 지역 사람들에게는 생소한 건축물이라, 처음에는 악마의 제단이라도 본 것처럼 두려워하더군. 아란티아에는 풍차뿐 아니라 수차도 있다더군. 수차를 본 적 있나?"

로일은 하마터면 아란티아에서 그런 건축물은 본 적 없다, 라고 말할 뻔했다.

"가넬로크의 어느 마을에서 본 기억이 납니다만?"

"맞네! 이 지역에 맞는 게 어떤 걸까 공부해 봤더니…… 아란티아 방식보다는 가넬로크 쪽이 더 나았어."

백작은 큰 소리로 웃으며 말했다.

'혹시 방금 아란티아를 언급한 건 날 시험한 걸까? 아니면 그냥 아란티아와 가넬로크 풍차를 비교한 걸까?'

로일은 머리싸움을 할 자신이 없었다. 다행히 백작은 혼자 떠들었다.

"난 가난한 시절에는 어떻게 하면 돈을 벌 수 있을까 항상 머리 빠지게 고민했다네. 하지만 막상 부자가 되고 나서 돌아보니 돈이란 건 너무나도 벌기 쉬운 놈이더군. 내가 가난해 보지 못했다면, 대체 왜 다들 가난하게 사는지 이해하지 못했을 걸세."

백작은 또 탑 바깥쪽으로 머리를 내밀고 밑을 내려다보았다. 높은 곳에 대한 두려움이 던멜만큼도 없는 사람이었다.

"내가 부자가 된 건 풍차 덕분일세. 이 지방의 밀이 다른 어느 곳보다 질이 좋다는 사실을 알아낸 다음부터는 일이 아주 쉬웠지. 덴모주의 질 좋은 밀을 바닷가 도시에 팔아 소금으로 바꾸어 그것을 다시 코홀룬이나 노르만트에 판다…… 간단하지? 누구나 할 수 있어. 하지만 아무도 하지 않더군."

"같은 물건을 싸게 구입해 비싸게 파는 건 다른 장사꾼들도 많이 하는 방식 아닌가요?"

"내가 말하는 '아무도'라는 건 나와 같은 귀족들 얘기일세. 장사꾼들은 규모가 작아. 양이 적으면 사소한 이득에 집착하게 되는 법. 거스름돈 하나에도 신경이 곤두서게 되지. 내 방식은 아예 새로운 시장을 통째로 만든 것이라네. 그럼 작은 이득에 얽매일 필요가 없게 돼. 시장 안에서 도는 돈이 다 내 것이 되니까. 귀족이고 군대를 가지고 있으니까 가능한 일이야. 어떤 도적들이 감히 붉은 장미 백작이 운송하고 있는 소금을 건드리겠나? 어떤 대상인이, 군대가 실어 나르는 소금보다 더 많은 양을 움직일 수 있겠나?"

로일은 잘 이해가 되지 않았지만 고개를 끄덕이며 이해한 척했다.

"소금 수익의 절반은 마을 사람들한테 풀었지. 마을은 부유해지고 덴모주의 밀은 더욱 질이 좋아지고 내 영지민들은 시키지 않아도 알아서 밀의 질과 수확량을 높일 방법을 생각해내지. 내가 최근 1년 동안 이 마을에서 거둔 세금이 얼마일 것 같은가?"

"글쎄요. 그런 건 셈할 줄 몰라서."

"한 푼도! 단 한 푼도 거두지 않았다네."

로일은 놀랐다.

"어떻게 그게 가능하죠?"

"어느 수준 이상의 밀과 일정량 이상의 수확량을 거둔 농가에게는 세금을 안 거둔다고 선언했지. 딱 2년 걸리더군. 아무도 세금을 내지 않게 되는 시점까지."

백작은 웃음을 터트렸다.

"재미있지? 그 전까지는 수확량을 속일 방법만 궁리하던 사람들이 이제는 수확량을 늘릴 생각 외에는 안 하게 되었지 않은가?"

"그럼 백작님은 어디에서 수익을 얻습니까?"

"난 밀을 파는 중계 상인이 되어 돈을 벌었다네. 영지의 백성들에게 있어 잔스테인 백작이라는 영주는 그냥 독점 도매상일 뿐인 거지."

다른 곳에서 같은 얘기를 들었다면 로일은 그런 이상이 가능할 리가 없다고 말했을 것이다. 그런데 지금 그 이상을 실천해낸 마을이 바로 아래에 펼쳐져 있었다.

"보게나. 군대가 마을 안에 주둔해 있는데도 마을 사람들이 눈 하나 깜짝하지 않고 일상생활을 지속하고 있다네. 물론 용병 녀석들이라 문제가 없는 건 아니었지만, 몇 놈을 사형시키니 그런 문제도 없어지더군. 안정은 부를 부르고, 부는 또 다른 부를 낳고, 나는 그 부로 이런 군대를 키웠네."

"소금 만으로요?"

"아, 소금 다음은 금이었다네. 얘기가 복잡해지니 여기까지만 하세."

"놀랍군요. 돈에 대해서 그렇게 생각해 본 적이 없는데……. 그런데 그런 사실을 저에게 알려주어도 됩니까?"

"왜?"

"이런 비법을 제가 다른 데 퍼뜨리면 어쩌시려고요?"

"이쯤은 이 세상 영주들, 다 아는 얘길세. 그러나 누구도 그걸 실천하지 못해. 왜냐고? 다들 자기가 손에 쥐어야 그 돈이 자기 것이 될 거라고 생각하니까. 나와 비슷한 발상을 가진 영주라 봐야 뤼미에르 정도? 개인적으로는 싫어하지만, 그런 관점에서 보면 나와 아주 비슷한 사람이지."

로일은 알아듣기 힘든 돈 얘기를 넘기고 진짜 궁금한 걸 물었다.

"왜 뤼미에르 백작과 전쟁을 하십니까?"

"라틸다와 함께 있으면서 그 이야기도 못 들었나?"

"들었습니다. 리제니 남작과의 약혼 문제라든가, 약혼 선물로 받은 영지 문제라든가."

"자네가 보기에는 어느 쪽 잘못 같나?"

"둘 다입니다. 그런 이유로 전쟁까지 벌일 필요는 없습니다."

쟌스테인 백작은 불어오는 바람을 향해 웃음을 터트렸다.

"이런 맙소사, 자네가 내 아들이었다면 이대로 얼싸안고 바로 내 자리를 물려줬을 걸세. 정말 솔직한 친구로구만. 어느 누가 내게 그런 말을 할 수 있단 말인가? 나는 또한 얼마나 그런 말을 듣고 싶었던가? 맞아. 약혼 따위로 전쟁까지 벌일 필요는 없었어."

로일이 고개를 갸웃하며 물었다.

"그럼 왜 전쟁을 하십니까?"

"자네는, 상대가 칼을 들고 앞에 서 있는데 겨뤄야 할 목적에 대해서 얘기하나? 서로 권력에 대한 욕망을 가지고 있다면 이유란 건 필요 없는 거야. 물론 한쪽만 그런 생각을 해선 성립되지 않지. 내가 뤼미에르의 영지를 빼앗아서 전쟁이 시작되었을까? 핑계야. '우리'는 서로 전쟁을 시작할 이유를 찾았을 뿐이야."

쟌스테인 백작의 눈동자는 열정으로 환하게 빛이 났다. 로일은 그런 눈빛을 가끔 동료들에게서 발견하곤 했다. 새로운 기술로 로일을 쓰러뜨리러 왔다고 선언하는 울프의 기사들.

"뤼미에르도 어떤 계기가 필요했던 거야. 그래서 그걸 핑계 삼아 자신의 군대를 부풀리고 왕을 지키겠답시고 왕의 옆에 찰싹 붙어있는 거지."

"어떤 계기라니요?"

"뤼미에르는 나를 제외하고 나면 누구도 건드릴 수 없는 군대를 가지고 있지. 론타몬 정복 전쟁 이후 내내 자신의 세력을 누르고 있던 샤이필드 공작이 죽고, 겨우 이름을 내세울 수 있는 에노아 후작도 이제 늙어 견제할 힘이 없다? 그럼 권력의 마지막 단계가 뭐겠는가?"

"왕위를 노린단 말입니까? 검은 사자 백작이?"

"아니야, 아니야! 카모르트에서 왕은 권력의 상징이지, 권력의 최종 단계가 아니야."

"네? 왕보다 위가 있다고요?"

"왕의 수호 가문이지."

"그럼 잔스테인 백작께서 뤼미에르 백작의 욕망을 가로막는 장애물이 되어준 셈이군요."

"되어준 셈이라…… 멋진 표현이야. 궁극적으로는 우리 둘 다 싸움을 하는 이유는 같아. 우린 싸우고 싶은 거야. 같은 목표를 향해 돌진하는 황소처럼, 자기가 가진 힘을 상대가 가진 힘에 부딪치고 싶은 거지."

백작은 주먹을 꽉 쥐었다.

'어째서 그 당당한 라틸다가 아버지 상대로는 자기 의견을 말하지 못하는지 이해가 가는군.'

로일은 백작이 이 자리에 설 수 있었던 힘은 풍차도 아니고 소금도 아니고, 바로 저 망설임 없는 열정에 있다는 것을 알았다. 문득 로일은 쉐이든의 나무창에 찔려 쇄골이 부러졌던 순간이 떠올랐다.

'로일, 뭘 망설이는 거냐?'

병실에 누워있는 로일을 찾아온 퀘이언이 말했다. 로일은 마스터의 말을 이해하지 못했다. 내가 망설였다고? 그래서 쉐이든에게 졌다는 건가? 그건 그대로 마스터가 내 준 숙제가 되었고, 로일은 아직 그 숙제를 풀지 못했다.

"이 전쟁에서 승리하리라 장담하십니까?"

로일은 언덕 쪽으로 이동하는 군대를 살펴보며 말했다.

"승리를 장담한다라……?"

백작은 군대의 이동을 확인하며 건성으로 대꾸했다. 다른 기능은 모르겠지만, 이 탑은 주위를 살피기에 아주 좋은 위치에 있었다. 그런 게 왜 네 개나 필요한 건지는 아직도 의문이었으나 질문할 순간을 놓쳐 다시 묻지 못했다.

"이런 멍청한 놈들. 그쪽으로 가면 밀밭을 지나가게 되잖아."

백작은 지휘관이 앞에 있었으면 한 대 쳤을 표정으로 호통을 쳤다.

"저거 보게. 저런 단순한 행군도 못 하는 놈들을 전쟁터에 내보내는데, 어떻게 승리를 장담하겠나!"

그는 금방 웃음으로 화를 풀어버렸다.

"이런 말, 다른 병사들에게 하면 큰일 나겠지만 사실 뤼미에르 백작의 군대는 나의 군대보다 질적으로 우수하다네. 훨씬 오래전부터 훈련을 시켜온 데다가 대대로 가문에 충성하는 병사들이라 사기도 높지. 그에 비하며 나의 군대는 숫자만 많다뿐이지 용병들만 모아놓은 오합지

졸이라 해도 할 말이 없다네."

바람에 펄럭이는 그의 붉은 망토가 찰랑거리는 붉은 머리카락과 묘하게 어울렸다. 카모르트의 일개 영주에 불과한데도 그의 기백만큼은 한 나라의 왕 같았다.

"하지만 12쏜즈는 대단하던데요. 아흔 명의 정예 기사들도 훌륭하고요."

"뤼미에르의 군대보다 유일하게 나은 전력이 그들이지. 그러나 그런 건 한 가지 조건에 불과해. 내 진짜 자신감은 바로 여기에 있다네."

백작은 가슴에 손을 대고 주먹을 쥐었다. 처음에는 열정이라거나 신념 같은 마음가짐에 대해 말하려는 줄 알았지만 자세히 보니 목걸이를 움켜쥔 것이었다. 목걸이에는 둥그런 구슬에 십자가가 박힌 불안한 균형감을 가진 상징물이 달려 있었다.

"그 목걸이…… 링케도 차고 있더군요. 다른 기사들도요. 이 지역에 유행하는 종교라고 들었습니다만……."

백작은 웃었다.

"누가 그러던가, 종교라고? 라틸다? 아, 그 애는 뭐든 그런 식으로 단순화시키지. 이건 종교가 아니야. 진실일세."

백작은 뭔가 더 말하려다 말고 몸을 돌렸다.

"따라오게."

백작은 계단을 따라 탑을 내려갔다. 난간을 보수하는 인부들을 격려하는 그의 모습은, 옆에서 따라가며 보기에는 그저 인자하고 배려가 넘치는 훌륭한 영주였다. 그런데도 뭔가 이상하고 불안했다. 하지만 왜 그런 마음이 드는지 로일은 도무지 알 수가 없었다.

"난 육 년쯤 전 병으로 죽어가고 있을 때 뭔가를 보았네. 그리고 병상에서 다시 일어났을 때 어떤 전쟁에도 지지 않을 거라는 믿음을 얻었지. 미래를 봤다고 해도 좋고, 미래를 지배할 수 있는 힘을 얻었다고 해도 좋아."

계단을 내려오는 백작의 발걸음은 이상할 정도로 빨랐다. 로일은 그를 따라붙는 것만으로 숨이 찰 지경이었다.

백작은 저택의 로비에 다다라서야 걸음을 늦췄다.

"승리를 장담하냐고? 난 승리할 걸세. 이건 자신감 같은 게 아니라, 예언이야."

백작은 지하실로 향하는 철문 앞에서 멈췄다.

"로일. 처음 했던 내 제안, 기억하나?"

"기억합니다."

"지금 다시 묻겠네. 기사단에 들어오지 않겠나?"

"전 이미 했던 답변밖에 드릴 수 없습니다."

"안타깝군."

백작은 어깨를 으쓱했다. 웃고 있었지만 진실로 안타깝다는 표정이었다. 로일은 닫힌 철문을 바라보며 물었다.

"여긴 출입금지라고 들었는데요. 왜 저를 이곳으로……?"

"대답이 긍정적이라면 나는 자네를 지하실로 안내하려 했다네."

"안에 무엇이 있습니까?"

"비밀이니 어쩌니 할 정도로 대단한 건 아니지만, 내 입으로 말해줄 수는 없네. 직접 눈으로 확인하게. 쏜즈의 기사라면 들어갈 자격이 있지."

백작은 문을 열었다. 지하로 통하는 계단 쪽에서 바람이 불어올라와 로일의 머리카락을 흔들었다. 갑자기 마스터 퀘이언의 목소리가 들리는 듯했다.

'로일, 뭘 망설이는 거냐?'

백작이 강요하듯 말했다.

"선택은 자유지만 여길 내려가면 결코 자네가 아는 일상으로는 돌아갈 수 없게 될 걸세. 하지만 그건 그리 나쁜 기분은 아니라고 장담하지. 물론 명령이 아닌 선택일세. 자네 말마따나 난 자네 고용주도, 주인도 아니니까."

그때 로일의 귀에 백작의 목소리가 아닌, 다른 목소리가 섞여 들렸다.

'호이로-모'

로일은 깜짝 놀라 주변을 살폈다. 그 자리에는 백작 외에는 아무도 없었다. 로일은 의아해 하는 백작에게 즉시 대답했다.

"그 말씀대로라면 여길 들어가는 순간, 제가 모시는 분은 라틸다가 아닌 붉은 장미 백작이 됩니다. 그럼 제가 온 본래 목적을 잃게 됩니다."

백작은 열린 문 안쪽을 한 번 내려다본 뒤 팔짱을 꼈다. 어두컴컴한 계단 밑에서 희미한 불빛이 흔들리고 있었다. 백작은 화를 내지도, 실망하지도 않고 말했다.

"그럼 난 부탁을 하나 해야겠군. 내가 떠난 후에도 내 군대의 일부가 남을 것이고 베네도 있겠지만 그래도 덴모주의 경비가 약해질 걸세. 그러니 라틸다를 지켜주게. 그 애는 내 딸이 아니야. 내 전부지."

그 말을 하는 순간 백작의 모습은 전쟁에 미친 군주로 보이지 않았다. 그저 평범한 아버지의 모습이었다.

"백작께서 전쟁의 승리를 장담하는 것 이상으로 라틸다의 안전을 보장할 수 있습니다. 제가 할 수 있는 말은 그것뿐입니다."

"고맙네."

백작은 빙그레 웃으며 로비 밖으로 나갔다. 지하실의 문은 그대로 열려 있었다. 하지만 로일은 들어가지 않았다. 아니, 들어가지 못했다.

혼란스러웠다. 갑자기 자신이 설 자리를 잃은 기분이었다.

'그런데 방금 난 무슨 소릴 들은 거지? 호이로, 모? 어디서 들어본 말 같은데?'

갑자기 갈증이 났다. 그리고 이 성과도 없는데다 성격에도 맞지 않는 첩자 노릇을 그만두고 친구들이 있는 노르만트로 달려가고 싶었다.

서른 명이 앉아도 남을 식탁에 혼자 앉아 저녁을 먹고 있으려니 로일은 쓸쓸함을 넘어 우울할 지경이었다. 하인들은 로일이 그만 내오라고 할 때까지 음식을 날라다 주기만 했을 뿐, 말은 한 마디도 먼저 건네지 않았다. 결국 식사를 끝내고 로일이 먼저 물었다.

"라틸다는 어디 있습니까?"

"화실에 계십니다."

빈 그릇을 내가는 하녀는 훈련받은 군인처럼 빠르게 대답했다.

"화실이 어딘데요?"

"아가씨 방이 있는 2층 복도 끝에 있습니다. 차를 내올까요?"

"차는 됐습니다. 고맙습니다."

로일은 빈 식탁을 앞에 두고 한참이나 고민하다가 자리에서 일어났다. 그의 고민은 로비의 2층 계단에 앉아있는 쏜즈의 기사들을 발견하고서야 멈췄다.

'또 이 녀석들이네. 그냥 차나 마실 걸.'

둘은 전에 봤고 한 명은 처음 보는 이였다. 훈련 중에 다친 건지, 아니면 전투 중에 다친 건지 셋 모두 부상이 심했다. 하지만 등을 펴고 앉아 있는 모양새만 봐선 조금도 부상자 같지 않았다. 셋은 계단과 계단 난간에 기대어 연초 파이프를 피워 물고 대화하다가 로일이 나타나자 멈췄다.

"당신 얘기를 하고 있었소."

로일은 기억을 더듬어 자신에게 말을 건넨 기사의 이름이 네프라는 걸 겨우 떠올렸다.

"내가 얘깃거리를 안겨줄 정도로 뭔가 한 거라도 있소?"

로일은 일부러 그들의 어조에 맞추어 차갑게 말했다. 네프는 대답 없이 웃기만 했다.

"난 드뤼포요. 처음 뵙겠소. 끝내지 못한 임무를 마무리하고 오는 길이라 늦었소."

드뤼포는 왼손으로 악수를 청했다. 오른손은 붕대를 감고 있었다.

"로일이라 하오. 다쳤소?"

로일은 짧게 악수를 끝내며 물었다.

"전투 중에 다치는 거야 비일비재 아니겠소?"

"라틸다는 쏜즈의 기사가 다치는 일이 없다고 그러던데?"

"그럼 아가씨께는 비밀로 해주시오. 아가씨께는 늘 최고의 모습만 보여드리고 싶으니. 한 모금 태우시겠소?"

그는 피우고 있는 파이프를 내밀었다. 독한 연기가 코를 확 찔렀다. 로일은 쉐이든이 뿜어내는 연초 연기를 무척이나 싫어했는데, 이건 그것보다 더 독했다.

"좋아하지 않소."

"이건 다른 거요. 피워보면 좋아할 거요."

"사양하겠소."

로일이 거듭 거절하자 그는 더 권하지 않고 파이프를 도로 입에 물었다.

"좀 지나가도 되겠소?"

좁지 않은 계단이었으나 덩치 큰 남자 세 명이 막고 있으니 비집고 지나가기도 힘들었다. 드뤼포는 그대로 앉아 있는 채로 말했다.

"지금 뒤뜰에 가면 크라브지크가 혼자 훈련하고 있을 거요. 가보시오. 그 친구, 당신과 시합을 하길 원하고 있소."

"거절하겠소."

"어제 얘기를 들어보니 겁 많은 양반도 아닌 것 같고, 할 일 없이 성 여기저기를 어슬렁거리며 돌아다니는 걸 보니 바쁜 것도 아닐 텐데 왜 거절하시오?"

"난 시합을 거절하는 일은 없소. 단지 이게 시합이 아니라 그런 거요."

"시합이 아니면 뭐요?"

"시비."

"그럼 정중하게 요청하는 법 좀 가르쳐주시겠소?"

드뤼포는 기분 나쁜 목소리로 웃었다. 로일은 싸움을 참아야 하는 자신의 처지가 한심해지기 시작했다.

"실내에서의 흡연은 금지다."

집사인 베네가 때마침 지나가며 셋에게 말했다.

"우린 내일 싸움터에 나가는 사람들인데 좀 봐주십시오, 베네."

네프가 양해를 구하며 말했다.

"전에 그런 말 해서 봐줬더니 양탄자에 구멍을 내놓았지. 또 그러면 너희들 가슴에 구멍을 내놓을 줄 알아라."

"나가서 피우죠, 그럼."

셋이 동시에 일어났다. 하지만 베네는 그것조차도 내버려 두지 않았다.

"지금 끄라는 소리다. 꽃병의 물이라도 끼얹기 전에."

쏜즈의 기사 셋은 그 이상 이의를 달지 않고 파이프의 불씨를 비벼 껐다.

네프는 계단에서 일어나며 로일에게 말했다.

"우리는 내일 떠나니, 그 전에 언제든 찾아오시오. 누굴 지목하든 응할 것이오!"

베네가 네프와 로일 사이에 끼어들었다. 베네는 굳은 얼굴로 네프를 향해 손가락으로 문 밖을 가리켰다. 그의 말 없는 명령에 그들은 물러섰다.

베네는 문을 나가는 그들의 등에 시선을 둔 채로 로일에게 물었다.

"라틸다 아가씨에게 가는 길인가?"

"화실에 있다고 들었습니다."

"가면 저녁 식사 좀 하라고 내려보내 주게. 점심때부터 아무것도 드시질 않았으니……."

늙은 집사는 뒷짐을 지고 로비를 가로질러 갔다.

라틸다의 앞치마와 두 손은 물감으로 뒤범벅이 되었고, 탐스럽게 찰랑거리던 붉은 머리는 뒤로 질끈 묶어 놓고 있었다. 그녀는 로일이 문가에 한참이나 서 있는 것도 모르고 그림에 열중하고 있었다.

로일은 그녀를 방해하지 않으려고 조용히 서 있다가 벽에 잔뜩 걸린 그림들을 발견했다. 처음에는 아무것도 안 하고 있기가 뭐 해서 훑어보는 정도였는데, 이내 자신이 이 방에 온 목적을 망각하고 감상에 열중하게 되었다.

방 안을 왔다 갔다 하는 로일의 그림자는 자연스럽게 라틸다의 시야에 들어왔다. 그러나 그녀 역시 자신의 시선을 눈치채지 못하는 로일을 내버려 두었다.

둘이 서로에게 말을 건 것은 로일이 그 방에 들어온 후 한 시간쯤 지난 후였다.

"그림을 좋아하나요?"

잠시 붓을 놓고 라틸다가 물었다. 로일은 마지막 그림을 보고 돌아섰다.

"아니요. 그림을 이렇게 집중해서 본 건 오늘이 처음입니다. 허락도 안 받고 들어와서 죄송합니다."

라틸다는 흐뭇하게 웃었다.

"괜찮아요. 그보다 내 그림 어때요?"

"뭐랄까, 음, 전 그림에 대해 하나도 몰라서요. 이런 정적인 물건을 바라보는 게 즐거울 수가 있다는 것에 놀라고 있습니다."

"영광이군요."

"모두 라틸다가 그린 건가요?"

"어렸을 때부터 쭉. 최근 몇 년 잊고 지냈는데 그래도 오랜만에 잡는 붓이 낯설진 않네요."

라틸다는 물감 묻은 자신의 손을 어린 시절 가지고 놀던 손 때 묻은 인형을 접하는 시선으로 내려다보았다.

"다시 그림을 시작하신 이유라도?"

로일은 라틸다가 방금 막 작업을 끝낸 그림 앞에 서서 물었다.

예전 것은 대부분 정물이나 풍경 위주로, 바라보면 마음이 따뜻해지는 그림이었다. 하지만 지금 그리고 있는 그림은 완성되면 애 하나 가볍게 울릴 수 있는 무서운 분위기였다.

"로일 때문이에요."

"제가 무슨……?"

로일은 안 그래도 주제넘은 얘기 때문에 라틸다가 화가 났다고 생각하던 차라 뜨끔하며 물었다.

"문득 로일이 해준 말을 듣고 우울하게 앉아있다 보니 불쑥 그 말이 옳을지도 모른다는 생각이 들었어요."

"제가 했던 얘기 중에…… 옳은 얘기란 게 있었나요?"

"적어도 나에게는요."

라틸다는 얼굴에 묻은 물감을 닦으려고 손등으로 문질렀다. 하지만 더 번지기만 했다. 라틸다는 뭔가 더 말하려다가 그리고 있던 그림 쪽으로 얼굴을 돌렸다.

"이 그림은 어때요? 조금 유치하다는 생각도 드는데."

"어떤 주제로 그린 건가요?"

"굉장히 오래 고민했어요. 처음에는 로일을 그려볼까 했는데, 사람은 그려본 적이 없어 망칠까 봐 그만두었어요. 그 대신 내 악몽을 그려보기로 했어요. 공포란, 실체를 마주하지 않을 때 더 무서운 법이니, 내 안에 있는 두려움을 끄집어내어 이 존재가 현실의 로일보다 못하다는 것을 직시해 보려고요."

"현실의 저요?"

"전에 자신만만하게 말씀하셨잖아요. 현실에서 당신을 이길 건 없다, 그랬던가요?"

"그 비슷한 말을 하긴 했죠. 그런데 이게 악몽을 그린 그림이라고요?"

"악몽 속의 검은 기사. 로일은 아직 그 검은 기사를 본 적이 없죠? 일부러 공포스러운 분위기를 연출해봤는데, 이런 이미지예요. 막상 그려놓고 보니 우습군요. 그리길 잘 했어요. 이제 다시 그 꿈을 꾸게 되면 이 그림을 생각하며 웃어줄 생각이에요."

라틸다는 웃었지만 로일은 갑자기 입에서 쓴 물이 올라와 그럴 수 없었다. 로일은 조심스럽게 물었다.

"라틸다, 혹시 익셀런 기사단을 본 적이 있나요?"

"당연히 있죠. 아크랜드를 휩쓴 검은 폭풍을 모른다면 말이 안 되죠."

"제가 보기에 지금 그린 이 검은 기사는 익셀런의 기사를 묘사한 것 같은데요."

라틸다는 새삼스러워하며 자신이 그린 그림을 관찰했다. 한동안 뚫어지게 관찰하던 라틸다는 그냥 어깨만 으쓱했다.

"무의식중에 흉내를 내버렸나 보네요. 론타몬의 흑기사를 본 적이 없는 건 아니니까. 하지만 그 오래전 기억에 최근 기억을 잠식당했다고는 생각하지 않는데요."

"하지만 전 익셀런 기사단을 정확히 기억하고 있습니다. 달마르나 안나는 악몽의 기사를 검은 사자 기사단이라고 생각했다지요? 저는 이 그림에 있는 기사를 익셀런 기사단이라고 생각합니다. 단지 분위기 때문에 그렇게 여기는 게 아니라, 갑옷부터 비슷해요."

둘은 잠깐 동안 각자의 머릿속에 담긴 의문을 풀어내느라 입을 다물었다. 하지만 둘 다 해답을 얻지 못했다. 라틸다는 다시 붓을 들고 그림 쪽으로 돌아서며 말했다.

"안나는 아직 안 돌아왔나요?"

"예."

"늦을 아이가 아닌데. 걱정이군요."

"아버지의 병 때문에 간 거라면…… 자리를 비울 수 없는 일이 생겼을지도 모르겠군요."

"로일은 그런 말을 정말 주저 없이 하는군요. 부디 그런 일이 없길 바라야겠지요. 이 그림을 완성하기 전까지는 집중하고 싶으니 잠시만 혼자 있게 해주시겠어요?"

"그러죠. 방해해서 죄송합니다."

"괜찮아요. 그림을 끝내면 또 같이 얘기해요."

"아, 그리고 베네가 식사하러 내려오시랍니다."

"한 시간쯤 후에 식당에서 먹을 테니 준비해두라고 하세요. 하지만 늦더라도 부르러 오지는 말라고 하고요. 내일 아침 식사는 꼭 같이 해요."

"좋습니다."

로일은 문을 닫고 다시 계단을 내려갔다. 그는 일 층 로비로 내려가면서 계속 라틸다의 그림을 떠올렸다. 그 검은 기사를 직접 한 번 보고 싶었다. 라틸다가 보는 앞에서 놈을 말에서 떨어뜨리면 더 좋고.

'친구들도 노르만트에 오기 전에 수상한 검은 기사들을 만났다고 했지? 그럼 혹시 이 사건은 서로 연관되어 있는 건 아닐까?'

로일은 이렇게 알아낸 것들을 친구들에게 알릴 방법을 고민했다. 쟌스테인 백작이 가진 병력 수치도 귀한 정보가 될 것이다. 하지만 좋은 방법이 떠오르지 않아 포기했다. 잘 하지도 못하는 짓을 하다가 들키면 수습할 방법이 없었다. 무엇보다 그런 행동 자체가 라틸다에 대한 배신 같아서 할 수가 없었다.

계단 아래쪽에서 철컹하는 소리가 났다. 난간 아래를 내려다보니, 전에 잠깐 그랬던 것처럼 지하실 문이 열리고 안에서 링케가 걸어 나오고 있었다. 그는 차가운 눈빛으로 계단에 서 있는 로일을 돌아보더니 문을 닫고 그냥 지나쳐갔다.

로일은 한동안 지하실의 철문을 바라보았다. 쏜즈의 기사들이 뿜어내고 간 연초의 냄새가 아직도 맴돌고 있었다. 점점 여기 있는 시간이 불편해졌고, 갈증은 더욱 심해졌다.

이른 아침이 되자 덴모주 전체를 울리는 나팔 소리가 여러 차례 들렸다. 로일은 잠을 설쳐 뻑뻑한 눈으로 창밖을 내다보았다. 멀리 언덕 쪽에 모여 있는 군대가 이동을 시작하고 있었다. 선두에 장미 기사단이 서고 보병 부대와 궁수 부대가 뒤를 이었다.

대충 헤아려 보니 1만이 넘는 병력이었다. 한 나라 전체의 군사 규모라 해도 과언이 아닌 그 군대가 또 다른 비슷한 병력과 싸우기 위해 이동하는 것이었다.

'저 군대는 왕이 있는 노르만트로 향할까, 아니면 검은 사자 백작이 있는 레앙으로 향할까? 친구들은 어떻게 대처하고 있을까? 그리고 새로운 캡틴은 어쩌고 있을까?'

로일이 한참 생각에 잠겨 있을 때 시종이 노크했다.

"라틸다 아가씨께서 방으로 오라고 하십니다."

"알겠소."

로일은 즉시 달려갔다. 라틸다는 잠옷 차림으로 침대 근처를 서성대다가 로일이 들어오자마자 말했다.

"안나가 어제도 안 왔어요."

"이런 일이 자주 있나요?"

"한 번도 없었어요. 정말 무슨 일이 있나 걱정되는군요."

라틸다는 커튼을 젖히고 군대의 이동을 내다보았다.

"백작님께 작별 인사는 하지 않을 겁니까?"

"조만간 또 만날 텐데 뭣 하러 인사해요?"

"항상 당연한 듯 승리하고 돌아오시니 그러나 본데, 이번은 다르지 않습니까?"

"나한테는 같아요. 12쏜즈가 끼어있는 군대가 전투에 진다는 것은 상상도 못 하겠어요. 그리고 난 분명히 이 전쟁을 반대했어요. 차라리 지금까지 했던 것처럼 말도 안 되는 이유를 붙여 영토 싸움이나 할 것이지…… 이건 아니에요. 응원이 되어버릴 작별 인사를 할 수야 없죠."

"이번 전쟁이 계획된 거라고 생각하시나 보군요?"

"맞아요. 아버지는 내가 출발하기도 전에 전쟁 준비를 마쳤어요. 그리고 검은 기사가 날 공격했고, 아버지는 그게 검은 사자 기사단이라고 억지를 부려 전쟁의 계기를 마련한 거예요."

로일은 라틸다의 통찰력에 감탄했다.

'나만 그렇게 생각한 게 아니었군.'

라틸다는 더 앞서간 의견을 말했다.

"어쩌면 내가 본 악몽의 기사란 아버지의 자랑스러운 12쏜즈 중 몇 명이었을지도 모르겠어요. 그 엄청난 실력하며, 언제라도 죽일 수 있었는데도 저만 살아남은 거 하며. 저 붉은 갑옷 대신 검은 갑옷을 입히면 누가 알아보겠어요?"

시녀들이 아침 식사를 갖고 들어오는 바람에 라틸다는 말을 멈췄다. 2인분의 식사가 테이블에 놓였다. 로일은 의자를 끌어다 그 앞에 앉았다.

"아직 앉으라고 허락 안 했는데요?"

라틸다가 따지듯 물었다.

"입고 있는 잠옷이 귀여워 허락을 받아야 할 대상이라는 생각이 사라지는군요. 화려한 드레스를 입고 있으면 옆에 호위하며 서 있어야겠다는 생각이 들지만, 그 모습으로 있으니 여동생이 늦잠 자다 일어나 아침 먹고 있는 느낌이라 좋은 아침이라고 인사하고 키스라도 해주고 싶군요. 그래서 그냥 앉았어요."

"여동생이 있다는 말은 처음 듣는군요."

"있으면 그럴 것 같다는 거죠."

"핑계가 좋으니, 허락하죠."

라틸다는 웃으며 로일 앞에 앉아 빵을 집어 들었다.

"저도 사실 비슷한 추측을 했습니다. 몇 가지 관점에서는 아주 그럴듯한 추측이었는데, 중간에 쟌스테인 백작께서 뤄미에르 백작과 타협을 시도하려 했다는 점이 걸리더군요."

로일이 말했다.

"나도 그 부분은 이해가 안 되네요. 타협을 시도하는 척만 하려고 했는데 때마침 뤄미에르 백작이 공격을 해준 걸까요?"

"그것도 일리가 있군요. 그리고 악몽의 기사들이 12쏜즈라는 부분은 생각도 못 했는데요. 정말 그렇다고 생각하십니까? 저야 본 적이 없으니……."

"그건 그냥 해본 말이에요. 악몽의 기사들은 결단코 인간이라 할 수 없는 존재예요. 쏜즈의 기사는 가끔 보면 인간 같지 않은 면이 있지만,

그렇다고 인간이 아닌 건 아니니까."

"좋습니다. 이건 어때요? 검은 기사와는 별개의 얘기인데, 쟌스테인 백작께선 사실 라틸다가 습격당한 사건을 계기로 전쟁을 시작하려고 했던 게 아닌 겁니다."

라틸다는 달걀 프라이를 포크로 찢어 먹다가 멈췄다.

"그럼 어떤 식으로?"

"악몽의 기사는 사실 어떤 종교 단체가 소환한 마물들인 겁니다."

라틸다는 웃음을 터트렸지만 로일은 계속 말했다.

"바깥의 군대 보셨죠? 저것과 같은 규모의 군대가 카모르트 한가운데에서 전쟁을 벌인다고 생각해 보세요. 모르긴 몰라도 그 피해 규모는 십 년 전 론타몬이 쳐들어온 것 이상이 될 겁니다. 그럼 혼란을 틈타 마물을 소환시킨 마법사들이 어떤 이득을 챙기게 되는 거지요."

"암울한 얘기를 되게 재밌게 하는군요, 로일은. 그리고 그 어떤 종교 집단이라는 건 뭐예요? 설마 이 마을에 정착하고 있는 그 종교를 비꼬는 건가요?"

"종교라는 단어밖에 안 떠올라서 그렇게 말했는데, 흑마법사라고 말을 바꿔보죠."

"그래도 상상력이 지나친 얘기예요."

"그럼 이건 어떻습니까? 검은 기사는 제3국의 음모인 겁니다."

"내 악몽 속에 나타난 건 어떻게 설명할래요?"

"글쎄요, 예지몽?"

"난 그런 능력 없어요."

라틸다는 우유를 마시다가 갑자기 떠오른 듯 말을 이었다.

“그러고 보니 어제 내 그림을 베네에게 보여줘 봤어요. 베네는 그림을 보자마자 나보고 용케 십 년 전 기억을 끄집어내어 그렸다면서 어린 시절에 한 번 본 걸 어떻게 이리 선명하게 그려낼 수 있느냐고 그러더라고요.”

“베네도 익셀런 기사단을 떠올렸다는 거죠?”

맞혔다고 기분 좋아할 일도 아니었다. 로일은 오히려 의문이 더 커졌다.

“그럼 더 이상하네요. 라틸다는 그렇다 치고 왜 다른 사람들은 검은 기사를 보고 익셀런 기사를 떠올리지 못했죠? 저나 베네는 그림만 보고도 알았는데.”

“안나나 난 둘 다 어려서 익셀런을 떠올리지 못했을 거고, 달마르는 그 검은 기사를 본 후 생사를 헤맸었죠. 오래전 기억을 끄집어낼 만한 여력이 아니었을 거예요.”

로일은 다시 던멜의 얘기를 떠올렸다.

‘그러고 보니 던멜도 검은 기사가 익셀런 기사단과 비슷한 모습이라는 것을 언급하지 않았어. 라틸다가 만난 검은 기사와 친구들이 만난 검은 기사는 다른 존재인 걸까?’

라틸다는 식사를 마친 후 냅킨으로 입을 닦다가 손가락을 튕겨 소리를 냈다.

“알겠어요! 그들은 익셀런 기사단과 닮지 않았어요. 달마르는 오히려 검은 사자 기사단이라고 말했죠.”

“그럼 저와 베네의 경우는요? 라틸다가 그림을 못 그려서?”

로일은 농담조로 말했지만 라틸다는 인정했다.

"맞아요. 못 그린 거예요."

"네?"

"달마르는 론타몬 정복 당시 익셀런 기사단과 생사를 다투는 싸움까지 해본 적이 있어요. 그런데 왜 떠올리지 못했을까? 그건 그 검은 기사들이 익셀런 기사들과 다르기 때문이에요. 모습이 아니라 분위기에서."

라틸다는 벽에 걸어놓은 완성된 그림을 가리키며 말을 이었다.

"사람이란 실제 모습보다 당시의 느낌을 더 선명하게 기억하는 법이에요. 난 어렸을 때 같은 남자를 각각 다른 상황에서 만나면 멋지게 보였다가도 바보 같아 보일 때가 있었어요. 그것과 같아요. 달마르는 갑옷 모양을 기억하는 게 아니라 분위기를 기억하는 거예요. 두려움! 그래서 검은 사자 기사단이라고 말한 거죠. 최근 그의 가장 큰 두려움은 검은 사자 기사단이니까."

"그럴듯하네요."

"로일도 직접 내 악몽 속의 기사를 보면 절대 익셀런 기사단을 떠올리지 못할 걸요. 그러니까 저 그림은 제대로 분위기를 살리지 못하고 모양만 표현한, 못 그린 그림이 되는 거죠."

라틸다는 잠시 흥분했다가 호흡을 가다듬었다. 가만히 듣기만 하던 로일은 빵을 우물거리며 물었다.

"그런데 저걸 굳이 벽에 걸어두셨어요?"

"왜요? 안 되나요?"

"안 될 건 없지만, 저기에 걸어두면 주무실 수나 있겠어요?"

"잘 수 있나 없나 해 봤어요. 어쨌든 이 집에 온 이후로는 악몽을 꾸지 않았으니까. 봐요. 지금도 검은 기사 얘기를 거리낌 없이 하잖아요."

"그건 좋은 현상이군요."

라틸다는 침대에 앉은 채로 창문 너머를 바라보았다.

멀리 산등성이 너머로 이동하는 군대가 보였다. 모이는 것도 빠르더니 빠져나가는 것도 빨랐다. 오늘 정오쯤이면 저 많은 병력이 전부 덴모주를 떠날 수 있을 것 같았다.

"이따가 안나의 집에 좀 다녀와야겠어요. 같이 가주실래요? 도저히 못 참겠어요."

"물론 같이 가 드려야죠. 그런데 이 성을 나가려면 집사의 허락이라도 받아야 하나요?"

라틸다는 입을 가리고 웃었다.

"당신도 이미 베네의 분위기에 당해버렸군요. 남자라면 누구든 그의 마력에 지배당하죠. 아버지 외의 누구에게도 고개 숙이는 일 없는 쏜즈조차 베네에게는 함부로 대들지 못하죠."

"이미 한 번 그런 모습 봤습니다."

"하지만 로일은 오직 내 명령만 들으면 돼요."

"잘 알겠습니다. 그럼 전……."

로일이 일어나려는데 라틸다가 손을 잡았다. 로일은 잠깐 균형을 잃고 도로 자리에 앉았다.

"괜찮다면 얘기 좀 더 해줘요."

"무슨 얘기를……?"

로일은 순간 베네나 검은 기사의 얘기를 더 해달라는 뜻인 줄 알았지만, 아니었다.

“로일이 투기장에서 나와 아버지의 복수를 한 다음.”

“재미없을 텐데요.”

“해 주세요.”

단순히 재미있는 얘기를 청하는 표정이 아니었기에 로일은 거절할 수가 없었다.

“사채업자들을 다 죽인 얘기까지 했던가요? 사람을, 그것도 아주 많이 죽였으니 원래대로라면 살인죄로 처형당했어야 했죠. 하지만 론타몬의 전쟁이 벌어지는 통에 묻혔습니다. 대신 과거 아버지의 동료였던 앤더라는 이름의 기사가 절 찾아와 이런 제안을 하더군요. 이로피스의 기사가 되거나 가넬로크의 기사가 되라고. 조건이 있다면, 진짜 스승을 만날 때까지 칼을 들지 말 것. 그러면 살인죄를 묻지 않겠다고 해주었죠. 제 아버지 일 말고도 그 사채업자들이 저지른 죄가 꽤 컸었나 봐요.”

“의미심장한 조건이네요. 그래서 어느 쪽으로 갔나요?”

“둘 다 가지 않았어요. 농사를 지었죠. 전쟁 후 황폐해 일손이 딸리는 마을이 많았거든요. 하지만 그렇게 해서는 결국 마음의 물웅덩이가 채워지지 않았어요.”

“음, 우물이라고 하지 않았어요?”

“그때는 또 희한하게 우물이 아니라 웅덩이라고 생각했어요. 제멋대로 떠올린 표현이라.”

라틸다는 짧지만 소리 내어 웃었다. 전에 얘기했을 때처럼 듣기 무서워하는 표정이 아니라는 것만으로도 로일은 다행으로 여겼다.

“결국 전 칼을 들어야겠다는 결심을 하고 앤더를 찾았죠. 앤더가 말한 진짜 스승이란 건 다름 아닌 앤더일 수 있겠다는 생각이 들더군요. 그래서 이로피스 기사단에 찾아갔지만 앤더는 전쟁 통에 죽고 말았어요. 기사단은 절 받아주겠다고 했지만, 앤더가 없는 곳에 있고 싶지 않아 추천서만 갖고 가넬로크로 떠났죠.”

“가넬로크라면 드래곤 기사단이었나요?”

“네. 드래곤 기사단의 캡틴 데라둘을 찾아갔어요. 하지만 만날 수가 없었죠. 앤더의 추천서를 줬지만 사무관들이 위조일 거라고 믿어주지 않았죠.”

“제가 맞혀보죠. 그때 옷을 제대로 입지 않았죠?”

로일은 고개를 끄덕였다.

“완전 거지꼴이었죠. 그래서 전 제 자신을 입증하기 위해 칼을 들 수밖에 없었어요. 몇 명까지 죽이면 데라둘을 만날 수 있냐고 물었죠.”

“세상에. 막무가내네요.”

“지금도 후회돼요. 앤더와의 약속을 어기려고 했던 거니까.”

“그래서 어떻게 됐죠? 드래곤의 기사들과 싸웠나요?”

“다행히 한 손님이 나타나 절 말렸어요. 자기도 데라둘을 만나러 왔다며 같이 기다리자고 정원으로 안내해 주더군요. 그 사람의 이름은 루밀이었어요. 사람의 속마음을 잘 끌어내는 신비로운 사람이었죠. 그래서 지금 라틸다에게 했던 얘기를 그 사람에게도 해 버리고 말았어요.”

“그냥 로일이 비밀을 못 지키는 사람이 아닐까요?”

“그렇진 않아요. 전 제 친구들에게도 이런 얘기를 안 했는걸요. 특히 물웅덩이 얘기는 절대 안 하죠.”

"왜요? 아픔을 나눌 수 있지 않나요?"

"안 됩니다. 놀림 받을 테니까요. 하지만 루밀은 놀리지 않았어요. 오히려 지나치게 심각하게 받아들였어요. 저더러 사막으로 기어 나온 개구리 같대요. 제 표현을 그대로 따라서, 물웅덩이로 가지 않으면 죽을 거라고 겁주더군요. 전 그런 곳이 있으면 가르쳐 달라고 했어요. 하지만 루밀은 가르쳐 주지 않았어요. 제가 가면 그곳이 더럽혀질 거라면서 갑자기……."

로일은 보이지 않는 막대를 집는 시늉을 했다.

"……정원에 꽂혀 있는 막대를 하나 뽑아 들더군요."

"어째서요?"

"절더러 해 떨어질 때까지 살아남아 보래요. 그리고 다짜고짜 공격했어요."

"네? 그 사람 미친 거 아니에요?"

"아니, 저한테도 막대를 하나 줬어요. 어찌 보면 정식 대결이었죠. 그저 제가 일방적으로 밀렸을 뿐이에요. 달아나고 싶으면 달아나 보라고도 했죠. 그런데 달아나지도 못했어요. 그 사람에게서 달아나면 안 된다는 생각이 들더군요. 전 생전 처음으로 죽음의 공포를 맛보았지만, 한편으로는 그 사람이 물웅덩이를 채워줄 사람이라고 느꼈어요."

"잘 이해가 안 되는군요…… 그 사람은 왜 그런 짓을 한 거죠? 칼을 쓰는 사람들은 다 그런 건가요?"

"제가 라틸다를 보자마자 무의식중에 알아챈 것처럼 그 사람도 알아챘던 것 같아요. 나중에 들었지만, 그때 절 내버려 두면 무자비한 살인자가 되거나 못된 군주의 밑에 들어가 '위대한' 학살자가 될 것 같았대요. 그 사람이 말한 죽음이란 건 육체의 죽음이라기보다 그런 의미였던 거죠. 그래서 루밀이 제게 죽음의 공포를 알려줬던 거예요. 저 같은 놈이 죽음을 두려워할 줄 모르게 되면 죽이는 것밖에 모르는 괴물이 될 거라고 하면서요."

라틸다는 긴장된 얼굴로 물었다.

"지금 로일이 내 앞에 있는 건, 그런 괴물이 되지 않았다는 뜻이겠죠?"

"루밀은 몇 달간 절 가르친 다음에야 겨우 그 물웅덩이를 알려줬어요. 자신이 거기에서 괴물을 털어냈으니, 저도 그렇게 될 거라고 알려주더군요."

"어떤 치유였나요?"

"뭐랄까, 그곳은 제가 아무리 울어도 더 시끄럽게 우는 개구리들이 사는 곳이었죠."

"비유가 알 듯 말 듯 하네요."

"거기에서는 제가 전력을 다해도 됐죠."

울프 기사단 1차 테스트가 끝난 후 아즈윈은 로일에게 당하고서 '너 이 자식, 반년만 기다려' 하고 선언하더니 결국 그 말을 지켰다.

"아무리 최선을 다해도 앞서가는 친구들이 있었죠."

정작 제일 처음 로일을 쓰러뜨린 건 게랄드였다. 쉐이든은 로일의 단점을 지적하고, 못 고치면 그 단점을 공략해 쓰러뜨리는 경지에 올라섰다. 던멜은 아예 로일이 손도 못 댈 실력으로 올라서서 로일이 올라오길 기다렸다.

"그러자 비로소 전 감정을 숨길 필요가 없어졌고, 그제야 제 안의 물이 차오르더군요. 아버지 무릎에 턱을 기대고 기사 이야기를 듣던 그때 처럼요."

로일이 칼만 들면 주변이 공포에 질렸던 상황은 사라지고, 그가 강해질수록 즐거워하는 친구들이 옆에 있자, 로일의 가슴에는 절대 마를 것 같지 않은 물웅덩이가 호수가 되어 파도치게 되었다. 그 후 로일은 한 번도 갈증을 느끼지 않았다.

라틸다는 고개를 끄덕이며 물었다.

"개구리나 물웅덩이는 모두 검술 얘기인 거죠?"

"죄송해요. 제가 요령이 없어 이 이상은 잘 설명을 못 하겠어요."

"잘 모르겠지만 알 것 같기도 해요. 하지만 전적으로 이해하기는 어려워요. 그래서 아쉽네요. 그 물웅덩이가 어디든, 나와는 상관이 없는 곳이라 알려달라고 할 수도 없으니까요."

"그게 무슨 뜻인지……."

"나한테도 그런 곳이 있었으면 좋겠어요."

라틸다는 약간 붉어진 눈을 옆으로 돌린 채 머뭇머뭇 말을 이었다.

"전에…… 방금처럼 옛날얘기를 하면서 로일이 이런 말을 했죠? 난…… 마음속에 가져야 할 뭔가를 잃어버렸다고. 다른 사람의 일에 지나치게 무관심하다고."

"예. 괜한 말이었습니다. 사과드릴게요."

"아니, 사과하지 말아요. 당신 말이 맞아요. 준비 없이 받아들이기에 너무 잔인한 말이라 그랬던 거예요."

어느 순간 그녀의 눈동자에 눈물이 차올랐다.

"실제로 나는 다른 사람에게 화를 내고 소리 지르고, 대화를 나누고 웃고 즐거워하면서도, 돌아서면 아무것도 느껴지지 않을 때가 많아요. 한 번도 의식해 본 적이 없지만 로일 말대로 내 안의 뭔가가 말라버렸던 거죠. 왜인지는 모르겠어요. 언제부터 그랬는지도요."

라틸다는 로일의 손목을 이끌어 그의 손을 자신의 가슴에 댔다.

"로일의 말이 다 옳아요. 리제니가 죽었다는 말을 들었을 때, 아무 슬픔도 느껴지지 않은 것에 더 놀랐어요. 날 앞세운 이 전쟁에서 수많은 사람들이 죽어가고 있지만 그들의 고통도 느끼지 못해요."

로일은 갑작스러운 그녀의 말과 행동에 아무 반응도 할 수가 없었다.

"그날 당신의 그 말에 화가 나서 안나에게 물었더니 안나도 그러더군요. 난 시녀들을 대할 때 눈을 쳐다보지 않는대요. 자기를 포함해서."

라틸다는 로일의 손목을 놓고 얼굴을 가렸다. 그녀는 기어이 울음을 터트렸다.

"오히려 여태까지 항상 다른 곳을 응시하던 내가, 로일의 얘기를 하는 동안에는 눈을 보고 화를 내고 있다고. 조금은 기쁜 목소리로, 조금은 섭섭한 목소리로 그렇게 말하더군요. 아버지가 이 전쟁에서 돌아가셨다는 소식이 들려와도 난 슬픔을 느끼지 않을 것 같아요. 그리고 슬퍼하지 않는 자신에 대해서만 두려워할 것 같아요."

로일은 좀 더 가까이 다가가 앉아 라틸다를 끌어안았다. 그녀는 소리 없이 흐느끼며 로일을 꽉 끌어안았다.

로일의 주위에 그를 두려워하지 않는 사람들만 남았을 때, 울프 기사단의 두 번째 테스트가 끝났다. 그리고 새나디엘 여왕은 남은 이에게 울프의 이름을 내렸다.

로일은 그때 처음으로 있을 곳을 찾았다. 그리고 이제 라틸다를 품에 안으며 처음으로 지켜야 할 것을 찾았다.

“라틸다, 제가 당신이 있을 곳이 되어드리겠습니다.”

군대가 모두 떠난 후에도 덴모주의 주민들은 평소와 다름없는 생활을 이어갔다. 지붕에 예의 그 상징물을 달아놓은 종교 회관의 모임도 계속되는 모양이었다. 회관에서 나오는 사람들은 소풍이라도 갔다 온 사람들처럼 얼굴에 웃음이 가득했고, 다음 모임을 약속하며 헤어졌다.

때마침 그 앞을 지나가는 라틸다를 발견한 마을 사람들은 고개를 깊이 숙여 인사했다. 라틸다는 그들에게 간단히 손만 흔들어 주었다.

안나의 집은 비어 있었다. 로일은 식탁에 엎어진 잔을 들어 뒤집어 보았다. 집 전체에 흐르는 공기는 삭막했고, 온기라고는 없었다. 그리고 희미하게 안 좋은 냄새가 섞여 있었다. 그것은 로일이 어제 한 번 맡아본 냄새였다. 불길한 예감이 들었다.

“적어도 하루는 이 집에 아무도 없었던 모양입니다.”

라틸다도 침실에 들어갔다 나오며 로일의 말에 동의했다.

“편찮으신 아버지가 누워있던 침대라고 하기에는 너무 깨끗하네요. 게다가 아주 안 좋은 걸 발견했어요.”

라틸다는 방 안에 놓인 긴 연초 파이프를 꺼냈다. 모양은 달랐지만 쏜즈의 기사들이 피웠던 파이프와 똑같은 냄새였다.

"이건 연초인가요?"

"즈쿨라라는 건데, 좀 달라요. 내가 악몽 때문에 잠을 못 자 수척해져 갈 때 안나가 궁여지책으로 이걸 구해오더군요. 효과는 있었어요. 정신이 몽롱하게 금방 잠들고, 깨어나 보니 하루가 통째로 지나가 있을 정도로. 하지만 악몽을 꾼 것만큼이나 기분이 나빠져서 그 뒤로는 사용하지 않았어요. 중독성이 심해 딱 한 번 써본 나조차도 가끔 이걸 피우고 싶다는 생각이 들 정도였어요."

라틸다는 파이프의 냄새를 맡아보고는 얼른 고개를 떼었다.

"한두 번 사용한 물건이 아니네요. 안나에게는 특별히 돈을 많이 주는데도 살림살이가 그리 좋지 않은 걸 보면 이걸 사는 데에 돈을 모두 써버렸나 봐요."

로일은 수십 개의 질문이 떠올랐지만 안나에 대한 것만 물었다.

"그건 그렇다 치더라도 왜 아무도 없죠? 안나는 아버지와 단둘이 삽니까?"

"아뇨. 밑으로 남동생과 여동생이 있어요."

"그럼 더욱 이상하군요. 옆집에 한 번 물어보죠."

하지만 옆집 사람도 모르긴 매한가지였다. 심지어 즈쿨라라는 것에 대해서도 전혀 아는 바가 없다고 말했다. 안나의 아버지는 성실한 사람이라 그런 위험한 물건에 손댈 리 없다고 장담하기까지 했다.

"이걸 구할 수 있는 곳으로 가보겠습니다. 라틸다는 먼저 성으로 돌아가 계십시오."

"어딜 찾아보려고요?"

"글쎄요. 술집이나 뒷골목 같은 곳?"

"이 마을에 뒷골목이란 게 있을 거라고 생각하세요?"

"구입 경로도 없는데 어떻게 그런 물건을 손에 넣었겠습니까?"

"모르죠. 이 마을에는 상인들도 많이 오고 가니까. 그쪽을 통하면 다른 나라의 물건도 구할 수 있긴 해요."

"일단 찾아보고 없으면 바로 돌아가겠습니다. 이 마을에 사는 사람이라면 안나가 라틸다의 시녀라는 걸 알고 있을 텐데, 안 좋은 일이야 있겠습니까? 보니까 마을 사람들은 모두 라틸다를 좋아하는 것 같은데."

"그래서 걱정이에요. 나는 항상 그 웃음 뒤에 뭔가 다른 게 있을 거라고 생각해 왔거든요."

로일은 라틸다를 성문 앞까지만 배웅해 주고 다시 마을로 돌아갔다.

즈쿨라에 대해 아는 마을 사람은 아무도 없었다. 처음에는 조심스럽게 술집을 뒤지거나 여관 주인에게 물어보던 로일은 나중에는 노골적으로 마을 사람 하나하나 붙잡고 물었다. 마지막으로 종교 회관까지 찾아갔지만 아무도 즈쿨라를 몰랐다.

안나가 비록 백작의 딸을 보필하는 시녀라 해도 특별히 대단한 신분은 아니었다. 그녀의 아버지 역시 마찬가지였다. 그런데 즈쿨라를 구했다. 그것도 아주 많이, 여러 번. 그럼 그것은 구하기 쉬운 물건이라고 봐야 옳았다. 게다가 쏜즈의 기사들은 계단에 앉아 보란 듯이 피웠고 아무렇지도 않게 외부인인 자신에게 권했으니 비밀리에 거래되는 물건 같지도 않았다. 그래서 로일은 라틸다에게 자신 있게 찾아보겠다고 말한 것이었다. 그런데 구할 수 있기는커녕 이름조차 아는 이가 없다니!

성에 거의 다다랐을 무렵에야 로일은 깜짝 놀랄 만한 사실을 깨달았다. 너무 간단한 사실이라 로일은 한동안 자신의 둔한 머리를 탓했다.

크지도 않은 마을에서 한 가족이 하루 동안 없어졌다는 사실을 아는 사람이 아무도 없었다. 심지어 그 집 사람이 즈쿨라를 하고 있다는 사실도 몰랐다. 그럼 나올 수 있는 가정은 하나뿐이었다.

'마을 사람들이 동시에 거짓말을 하고 있다.'

로일은 해가 지기 전에 서둘러 성 안으로 들어갔다. 라틸다는 장미정원에 등불을 들고 서 있었다. 로일은 그녀가 안전하게 있다는 당연한 사실에 괜히 안심이 됐다.

"안나는 찾았나요?"

라틸다가 피곤한 눈으로 물었다. 하루 종일 로일의 소식을 기다리며 정원에서 시간을 보낸 것임에 틀림없었다.

"아니오. 대신 흥미로운 사실을 하나 알아냈습니다."

'흥미롭다기보다는 위험한 사실이겠지만.'

라틸다는 피곤한 눈을 번쩍 뜨고 물었다.

"무슨 일이죠?"

"들어가서 얘기하는 게 좋겠어요."

"그럼 내 방으로."

라틸다는 로일의 손을 잡아끌며 물었다.

"궁금하군요. 힌트라도 줄 수 없어요?"

"즈쿨라를 사용하는 사람은 어쩌면 안나의 가족만이 아닐지도 모르겠어요."

"무슨 뜻이죠?"

"우선 쏜즈의 기사들은 공공연히 그걸 사용했습니다. 또 어떻게 해석해야 할지 모르지만, 제가 물어본 마을 사람들 전원이 저에게 거짓말을 한 것 같습니다. 어떤 비밀을 숨기려고요."

"어떤 비밀이오? 이런 작은 마을에?"

로비에 들어선 둘은 더욱 목소리를 낮추었다.

"라틸다는 이 시골 마을에 얼마나 신경 쓰셨습니까?"

"난 이 마을을 별로 좋아하지 않아요. 어렸을 때부터 도시에 살고 싶었으니까. 아버지가 전쟁을 좋아하는 바보로 바뀐 후부터 더욱 싫어졌죠. 그런데 내가 이 마을에 어떻게 정을 주겠어요?"

"바로 그겁니다. 라틸다는 이 마을에 대해 저만큼이나 모르고 계십니다."

"변명할 여지가 없군요."

아침에 울면서 했던 말이 있던 터라 라틸다는 순순히 인정했다.

둘은 로비를 가로질러 걷다가 위층으로 향하는 계단 앞에서 멈췄다. 로일은 앞으로 풀어야 할 수많은 의문을 잔뜩 끌어안고 있었다. 하지만 로비에는 그걸 다 합한 것보다 더 많은 의문을 던져주는 일이 벌어져 있었다.

지하실의 문이 열려 있었다. 그리고 그 앞에 온몸이 상처투성이에, 상반신에는 피를 잔뜩 묻힌 전라의 여인이 엎어져 있었다.

안나였다.

라틸다는 뒤도 안 돌아보고 뛰어가 안나를 끌어안았다. 그리고 피로 굳어버린 그녀의 머리카락을 쓸어 올렸다. 핏기 하나 없는 창백한 얼굴이 드러났다. 안나의 가슴과 등, 목덜미에 칼자국이 길게 나 있긴 했지만 이런 출혈이 있을 만큼 깊은 상처는 아니었다. 게다가 이미 하루쯤 지난 상처 같았다. 그런데 그녀의 몸을 적신 피는 방금 흘린 듯 따뜻했다.

로일은 안나의 몸을 옷으로 덮어주면서 냄새로 피의 정체를 알았다. 인간이 아닌, 짐승의 피였다. 염소나 소 같은.

라틸다는 충격에 뭐라 말도 못 하고 떨고 있었다.

안나는 아직 살아 있었다. 그러나 호흡이 약했다. 피 냄새와 더불어 안나의 집에 배인 즈쿨라의 냄새가 올라왔다.

누가 또 이곳에서 즈쿨라를 피운 게 아니라면, 그것은 열린 지하실에서 올라오는 냄새였다.

로일은 안나의 머리를 받쳐 올렸다. 안나가 살짝 눈을 떴다. 그녀는 거의 들리지 않는 목소리로 말했다.

"로일……?"

그녀는 들기도 힘겨워 보이는 손으로 로일의 목을 끌어안았다.

"아직…… 죽고 싶지 않은데……."

"걱정 말아요. 제가 옆에 있겠습니다."

안나는 힘없이 미소 지으며 다시 정신을 잃었다. 로일은 그녀를 라틸다에게 맡기고 굳은 표정으로 자리에서 일어났다. 그리고 지하실 쪽으로 한 걸음 내디뎠다. 아무것도 보이지 않는 계단은 지옥으로 연결되는 듯 끝도 없이 깊었다.

"들어가지 않는 게 좋을 걸세, 로일."

베네가 로비 쪽으로 걸어오며 말했다.

"안나가 어떻게 된 거죠?"

라틸다가 날카롭게 소리쳤다.

"흥분하지 마십시오. 먼저 안나를 치료해야겠습니다, 아가씨."

베네는 얄미울 정도로 침착하게 말했다. 라틸다는 더 쏘아붙이려 했으나, 로일이 그녀를 말렸다.

"일단 안나를 옮기죠."

베네가 손짓하자 덩치 큰 시종 둘이 달려와 안나를 안고 갔다. 그리고 무장한 경비 두 명이 다가와 두꺼운 지하실의 쇠문을 천천히 닫았다. 라틸다가 명령조로 외쳤다.

"지하실 안에 들어갔다 오세요, 로일. 그리고 거기에 뭐가 있기에 안나가 이 꼴이 되었는지 알아보고 오세요. 반드시!"

라틸다는 눈을 부릅뜨고 베네를 노려보고는, 치마를 붙잡고 시종들을 따라갔다.

"아가씨에게 미움을 받아버렸군."

베네는 씁쓸한 미소를 지으며 뒤통수를 긁적였다.

"전 라틸다의 명령을 받아들여야 할 입장입니다, 베네. 저 지하실에 뭐가 있는지 말씀해 주십시오."

"단순한 호기심 때문이라면 관두게."

"들으셨잖습니까? 이건 제 호기심이 아니라 절 고용하신 분의 명령입니다."

"안타깝게도 난 자네 고용주보다 높은 분을 모시고 있네. 내가 들어야 할 명령이 아니야."

로일은 베네와 쇠문 앞의 경비 둘을 번갈아 보았다.

경비병이 칼로 무장한 건 상관없었다. 오히려 베네가 여러 자루의 칼이 걸린 거실의 벽 쪽에 자리 잡은 것이 더 눈에 띄었다. 로일은 이 성에 들어온 후 처음으로 칼에 손을 댔다.

“강제로라도 들어갈 수 있습니다.”

“성급할 거 없네, 로일. 안나가 저 모습으로 돌아온 건 나도 놀랐고 그 원인은 따로 알아봐야겠으나 지하실의 문제라면 자네가 끼어선 안 되네. 이 성에서 지내다 보면 자연스럽게 지하실에 대해 알게 될 걸세. 서두르지 말게.”

“기다리라는 뜻입니까?”

“백작님께서 돌아오시면 답을 주실 걸세. 그 이상은 내 소관이 아니야. 만약 그래도 내 말을 들을 수 없다면 다시 한 번 아가씨께 갔다 오게. 그리고 집사를 죽여도 되냐고 허락을 받게나. 난 백작님으로부터 자네를 죽여도 된다고 이미 허락을 받았네.”

베네와 로일 사이에 서로 칼을 상대의 목에 대기라도 한 것처럼 살기등등한 시선이 오고갔다.

“저도 이 지하실에 대해서 뭔가를 억지로 알아내고 싶지 않습니다. 하지만 제가 하루 종일 찾아 헤맨 사람이 저 꼴로 돌아왔는데, 이대로 모른 척 넘어가지도 않을 겁니다.”

로일은 칼 손잡이에서 손을 뗐다.

“아가씨께 가보게. 솔직히 난 안나보다 아가씨가 더 걱정이니까.”

로일은 계단을 따라 올라가다가 문득 베네의 말에 섞인 묘한 뉘앙스를 눈치채고 멈췄다.

“라틸다가 더 걱정이라니요?”

“기회가 되면 나 대신 말씀드리게. 굳이 자네에게 명령을 내려 조사시키지 않아도, 아가씨께서는 이 모든 일에 대해 알고 계시다고."

베네는 알 수 없는 말을 남기고 로비를 가로질러 사라졌다. 아직도 피 냄새가 복도를 채우고 있었다.

◈ Chapter 24 ◈

드마르프 평원 전투

드마르프 평원은 노르만트에서 말 타고 한 시간 거리에 있는 사막과도 같은 넓은 평원이었다. 흐르는 물도 없고 흙도 고르지 않은 땅이다 보니 농작물을 키우기에도 힘들었다. 결국 아무도 살지 않게 되었고 도적들이 들끓게 되어 여행자들도 피해 가는 곳이었다. 하지만 지금은 붉은 장미 백작과 검은 사자 백작의 군대로 꽉 들어차 있었다.

양 진영에 거의 육칠천 가까운 병력이, 서로 화살을 날려도 닿지 않을 거리만 남겨두고 멈춰 섰다.

"이 정도의 군대가 서로 부딪힌 적이 있었나?"

뤼미에르는 평원의 동쪽 끝에서 말을 타고 대치 상황을 살피고 있었다. 백작의 옆에는 바딩, 검은 사자의 기사 다섯과 자기 키보다 더 큰 깃발을 든 기수 한 명이 서 있었다.

"아니요. 우리도, 그들도 삼천 이상의 병력을 끄집어낸 적이 없습니다. 서로 군대를 아끼기 위해 애썼지요.”

바딩이 대답했다.

“이번 전투를 어떻게 생각하나, 바딩? 자네도 나의 일방적 승리를 점치나? 아부하기 좋아하는 전략가들처럼 말이네.”

“쟌스테인 백작은 자신 있게 전쟁을 선포하였습니다. 자신의 군대가 더 약하다는 걸 알고도 말이지요. 심지어 정찰의 말에 따르면 그가 직접 군을 이끌고 있습니다. 게다가 우리처럼 후방에 사오천 가량의 군대를 남겨두었습니다. 지금도 전력을 다한 게 아니라는 뜻입니다.”

“바르다는 패한 후에 변명을 할 남자는 아니지. 전력을 다하지 않아도 이길 수 있다는 자신감일 게야. 지금까지 숨겨놓은 저력이 어느 정도일지 오늘 보게 되겠군.”

바딩은 패배를 대가로 보게 될지도 모른다는 생각은 말하지 않았다.

“하지만 놀랍군. 바르다가 저 많은 군대를 어떻게 이렇게 빠른 시간 안에 끌고 왔지? 나나 자네나 적어도 일주일은 더 걸려야 할 거라고 생각하지 않았나?”

“덕분에 우린 병력을 다 모으지도 못했지요. 역시 쟌스테인 백작이 미리 준비한 거라고밖에…….”

“그래. 덴모주는 병력을 모아둘 수 있는 마을이 아니니까. 한 수 당했군. 나도 감이 많이 무뎌졌어.”

바딩은 어딘지 기분이 안 좋아 보이는 뤼미에르의 표정을 살피며 물었다.

“아드님의 장례를 너무 급하게 치르신 게 아닌지요? 차라리 이번 전투를 마무리 지은 후에 천천히 하는 편이 낫지 않았을까요?”

"그깟 일 때문에 내가 흔들리는 모습을 보이면 안 된다."

뤼미에르는 피어오르는 먼지 때문에 잠깐 입을 다물었다. 바람에 밀려 깃발이 넘어지지 않도록 기수가 안간힘을 쓰고 있었다.

'그깟 일이라고 하기에는 진심으로 슬퍼하지 않았던가? 그것도 연기였나?'

바딩은 뤼미에르의 냉정한 면을 좋아했지만, 이런 부분은 보기 껄끄러웠다.

"바이올렛은?"

바람이 그치고 먼지가 사라지자 뤼미에르가 다시 입을 열었다.

바딩은 깃발의 흔들림부터 확인했다. 서풍이었다. 군대가 바람을 맞서게 되어 위치가 그다지 좋다고 볼 수는 없었다. 하지만 검은 사자의 지휘관들은 이 바람을 알고 있으니, 크게 문제 될 거 없다고 생각했다. 그들은 붉은 장미 백작의 지휘관들보다 자신들의 능력이 우수하다고 믿어 의심치 않는 장수들이었고, 지금까지는 그런 자신감 덕을 봤기에 바딩은 아무 간섭도 하지 않았다.

"처리했습니다."

바이올렛은 뤼미에르가 아끼는 애첩이었다. 하지만 최근 백작이 바쁜 틈을 타 젊은 남자들과 만나다가 들켰고 밤중에 달아났다. 안 그래도 쟌스테인의 정면 도전을 받아 분개한 뤼미에르는 볼 것도 없이 그녀를 처리하라고 명령했다. 바딩은 자신의 수하들을 보내 반나절 만에 레앙을 벗어나는 바이올렛의 목을 벴다.

바이올렛의 목을 올린 수하가 은밀히 바딩에게만 일러준 내용이 있었다.

'굳이 알아낼 필요가 없는 정보를 입수했습니다, 캡틴. 바이올렛이 만난 젊은 남자란 건 다름 아닌 백작님의 둘째 아들인 쟈크입니다.'

'백작이 그걸 아나?'

'아직 모릅니다.'

'그럼 정말 필요 없는 정보군. 백작이 물어보거든 알아내지 못했다고만 해라.'

'하지만 쟈크는 그리 입이 무거운 남자가 아닙니다.'

'이번 전쟁이 끝날 때까지만 모른 척해라.'

바딩은 잠시 생각을 정리하고 말을 이었다.

"바이올렛 일은 이제 신경 안 쓰셔도 됩니다."

"첫째 녀석은?"

"두 통의 편지가 왔는데, 아무 일도 없다는 안부 편지였습니다. 항상 그렇듯."

"북부에서는 연락 없나?"

"어제 있었습니다. 믿을 만한 상인을 보내 처리했습니다."

뤼미에르는 짧게 고개를 끄덕거렸다.

"이 바쁜 중에도 다 처리했군."

"그리 손 가는 일도 아니었는데요."

"자네가 내게 온 것은 신께 감사드릴 일이야."

바딩은 빙그레 웃었다.

"돌아가신 샤이필드 공작님께 감사드리십시오. 그분께서 살아계셨다면 백작님께서 아무리 좋은 조건으로 불렀다 한들 전 움직이지 않았을 겁니다."

"나 역시 공작이 가장 아끼는 기사를 빼 올 만큼 어리석지는 않네."

"알고 있습니다."

뤼미에르는 말고삐를 쥐고 허리를 길게 폈다.

"피곤하군."

"늦게까지 주무시지 않던데요?"

"아무리 나라도 내 병력 전체를 이끌어냈는데, 긴장하지 않을 수 있겠나?"

"레앙에 두고 온 병력이 아직 많은데, 전체 병력이라고 할 것까지는 없습니다."

"내겐 그렇게 보이네."

백작은 손을 휘휘 저으며 말을 이었다.

"어제 자지 않고 잠깐 생각을 했는데…… 자네가 나한테 온 게 언제지?"

"육 년쯤 전입니다."

"공작이 죽고 난지 한 달 후였지."

"많은 사람들이 절 비난했습니다. 그리고 심지어 제가 공작님을 살해한 거라고 떠들기도 했지요. 아마 백작님께서도 조금은 그런 생각을 하셨을 줄로 압니다."

"그럴 리가 있나? 사실 난 한 번도 자네가 날 찾아온 목적이나 이유에 대해 따로 생각을 해 본 적이 없었어. 새삼스럽긴 하지만 어제 바로 그 부분을 떠올려 봤지. 왜 나한테 왔을까? 에노아 후작도 있었고, 심지어 국왕 폐하 밑으로 갈 수도 있었다. 왜 나였나?"

"무슨 뜻인지 이해되지 않는군요."

바딩은 무덤덤하게 말을 이었다.

“뤼미에르 백작님이 아닌 다른 누가 저를 담을 그릇이 되겠습니까?”

“자네는 아부와 진심이 구별이 안 가. 사실대로 좀 말해 보게.”

“이유 따위야 아무렴 어떻습니까?”

바딩은 바람에 얼굴을 덮은 금발을 쓸어 넘기며 말했다.

“카모르트 내에서 검은 갑옷이 가장 잘 어울리는 기사단을 백작님께서 가지고 계셨기 때문에, 라고 해도 됩니다. 전 익셀런 기사단을 동경해 예전부터 검은 갑옷을 즐겨 입었으니까요.”

“앞으로 누가 묻거든 그 이유를 대게. 좀 낫군.”

사자의 깃발을 든 기마병이 그들에게 달려왔다. 그는 말에서 내려 깃발을 다른 기수에게 넘긴 후 백작 앞에서 한쪽 무릎을 꿇었다.

“저쪽에서 먼저 움직일 기미가 없어 우리 측에서 선공을 시작하려 합니다.”

“모든 지휘 권한은 이미 장수들에게 내렸다. 예정이 바뀐다면 그 권한 역시 그들에게 있다. 뜻대로 하라고 전하라.”

“예. 그리고…….”

병사는 무릎을 펴고 일어나 고개를 숙인 채 말을 이었다.

“울프 기사단의 캡틴이 지금 드마르프 평원에 와 있습니다.”

“캡틴 울프가?”

뤼미에르의 목소리에 날이 섰다.

“예. 북쪽 언덕 위에 있습니다.”

바딩은 금방 캡틴 울프가 있는 언덕을 발견하고, 손님이라도 맞는 양 말했다.

“잘 보이는군요. 저쪽에서도 우리 쪽이 잘 보일 겁니다.”

“혼자인가?”

뤼미에르 백작이 물었다.

“옆에 다른 두 명이 더 있는 것으로 보입니다. 어차피 그 자리는 이 전투의 영향권이 아니라 여러 명을 대동한 게 아닌 듯 합…….”

“그게 아니지! 하얀 늑대들의 캡틴 정도 되면 전투의 여파가 와도 별 지장 없다고 생각하는 거겠지. 그들에게 신경 쓸 것 없다. 됐으니 가 봐라.”

기수는 말에 오른 후 다시 깃발을 옮겨 받았다.

“저건 뭐 하자는 짓인 것 같은가?”

신경 쓰지 않겠다고 말했던 것과는 다르게 뤼미에르의 목소리에는 불쾌함이 가득 차 있었다.

“싸움 구경 중이겠지요.”

바딩은 슬쩍 뤼미에르의 화를 북돋는 말을 했다. 워낙 단단한 남자라 이 정도로는 큰 자극이 안 될 테지만.

바딩도 전쟁터가 아닌, 카셀이 신경이 쓰였다.

‘대체 넌 누구냐?’

바딩은 수하에 카모르트 내의 정보를 모으는 팀을 몇 개 가지고 있었다. 특히 바딩이 가장 신뢰하는 기사 비앙은 귀족들 사이에서 벌어지는 일이라면 모르는 게 없을 정도로 정확하고 빨랐다. 그런 비앙도 놓친 정보가 있었다.

하나는 잔스테인 백작의 등장이었다. 대체 무슨 수로 이렇게 빨리 부를 축적했으며 어떻게 그런 강한 군사력을 보유할 수 있을까? 한정

된 정보로 추측하자면 절반은 영지 내 밀 수확량의 급증이고 또 하나는 즈쿨라라고 불리는 일종의 마약 거래를 통한 수익이었다.

마약이라고는 하나, 왕실에서 금지한 품목이 아니었다. 그랬기에 비난은 할 수 있지만 불법이라고 제재할 방법은 없었다. 하지만 그 정도만으로 지금 국왕을 위협할 존재로 성장했을 리가 없었다. 뭔가가 더 있었다.

바로 그걸 알려주겠다고 제안한 사람이 바딩에게 나타났다. 이를테면, 덴모주의 배신자였다. 바딩은 그 배신자를 통해 라틸다의 모든 일정을 알아낼 수 있었다. 이번에 그녀가 노르만트를 방문할 때도 마치 운이 좋은 것처럼 미리 나가서 준비할 수 있었던 것도 그 때문이었다.

비앙이 놓친 또 하나의 정보는 캡틴 카셀이었다. 바딩은 그와 몇 번 대면해 본 다음 한 가지 놀라운 사실을 알아냈다. 그는 카모르트 사람이었다. 울프 기사단이라는 구성원 자체가 온갖 나라에서 다 모였다고 했으니, 캡틴 울프가 카모르트 출신이라는 게 딱히 이상할 건 없었다.

쉐이든은 이로피스의 왕실 기사단 사무관 출신이었다.

게랄드는 불의 용병이라고 이로피스에서 아주 유명한 용병 출신이었다.

아즈윈도 명성을 떨친 용병들 중에서 어렵지 않게 찾을 수 있는 이름이었다.

던멜은 출신도 뭣도 알 수 없으니 그렇다 치더라도, 정작 카모르트 출신인 게 분명한 카셀이 도통 누구인지 알 수가 없었다. 카모르트 내의 기사들 중에서도, 유명 용병 중에서도, 귀족 가문의 검사 중에서도 카셀이라는 이름은 없었다. 동명을 가진 몇 명은 수십 년 전 죽은 사람들이었고 나머지는 비슷한 이름도 찾을 수 없었다.

'숨어 사는 고수였을 수도 있는데 내가 너무 집착하고 있는 건가? 하지만 분명 카셀은…… 검을 쓸 줄 모른다.'

바딩은 당장 언덕을 달려가 카셀에게 다시 한 번 창을 들이밀고 싶은 충동에 사로잡혔다. 그때 전투의 시작을 알리는 나팔이 울렸다.

검은 사자군이 진군을 시작하자 맞은편에서 붉은 장미군도 움직였다. 양측 모두 방패와 창을 앞세운 첫 번째 라인이 발을 맞추어 거리를 좁혀갔다. 붉은 장미군이 일으킨 먼지가 검은 사자군 쪽으로 노랗게 몰려왔다. 그러나 검은 사자군은 동요하지 않았다.

곧 검은 사자군은 이동을 멈추고 방패를 세웠다. 뒤따르던 궁수 부대가 일제히 활시위를 당겼다. 거의 같은 타이밍에 붉은 장미군의 궁수들도 활시위를 당겼다.

검은 사자군에서 쏘아 올린 효시가 삐이익 하고 날카로운 소리를 울렸다. 거의 동시에 양 진영에서 발사한 화살이 푸른 하늘을 새까맣게 뒤덮었다. 붉은 장미 쪽에서도 화살이 날았고, 공중에서 서로 교차한 후 상대편 진영으로 떨어졌다. 방패병의 방패에 화살이 고슴도치처럼 박혔다.

화살의 정확도나 숫자 면에서 월등히 앞서는 아군의 궁수들에게 만족해하며 뤼미에르가 물었다.

"최근에야 그 소식을 들었는데, 자네 따로 기사단을 키우고 있다더군."

"예. 12쏜즈에 맞설 만한 정예가 필요하다고 오래전부터 생각해 왔습니다."

"쟌스테인이 항상 옆에 끼고 다니는 그놈들? 그것들이 낀 전투는 단 한 번도 패하지 않았다는 소문이 있던데, 정말인가?"

"비공식적으로는……."

바딩은 그 단어가 우스꽝스럽게 느껴져 픽 웃었다.

"……사실입니다. 12쏜즈 전부가 참여했다고 알려진 전투는 규모가 큰 것 두 번, 작은 것 두 번 합쳐 모두 네 번이었고 실제로 그 네 번은 저희 측이 패했습니다. 전에 노르만트에서 쟌스테인 백작을 체포하지 못한 것도 그들 때문이라 해도 과언이 아니지요."

"샤를의 길에서 벌어진 일 말인가? 듣기 싫은 소문이 들리더군. 그들이 상처 하나 입지 않았고 검은 사자 기사들만 말에서 우수수 떨어졌다는 둥, 마차 안에 앉아 있던 마녀가 마법을 썼다는 둥."

"사실이 끼어 있는 소문이긴 합니다."

바딩은 숨기지 않고 말했다. 뤼미에르의 주변 사람들은 대부분 그에게 좋은 말만 하려 들었다. 하지만 바딩은 그렇게 하지 않았기에 뤼미에르는 더욱 그를 신뢰했다.

"하지만 자꾸 그런 소문이 도는 건 좋지 않겠지요. 전투력 문제가 아니라, 군의 사기 문제라서요. 그래서 두어 달 전부터 12쏜즈와 정면으로 승부해도 밀리지 않을 수준의 기사들을 따로 훈련시키고 있습니다."

"어째서 나에게까지 비밀로 했나?"

뤼미에르는 떠보는 투로 물었다.

"특별히 비밀로 하지는 않았습니다. 고작 열 명 정도 선별하는 것마저 보고해야 할 정도로 백작님 일과가 한가하지는 않지 않습니까?"

"그야 그렇지만…… 그런데 그들도 물론 검은…… 갑옷이겠지?"

검은 사자 백작은 '검은'이라는 단어를 슬쩍 강조했다.

"제가 가려 뽑아 키웠다고는 해도 그들 역시 검은 사자 기사단입니다. 검은 갑옷이 당연하지요."

"그래, 열 명의 검은 기사들……."

뤼미에르는 잠시 입을 다물었다.

'뭘 의심하는지는 알겠지만, 하필 지금 묻는군.'

붉은 장미군의 기사들이 먼저 앞으로 달려 나왔다. 검은 사자군은 방패병과 창병을 앞세워 진로를 막아섰다. 붉은 장미군의 보병들도 백여 명 정도 되는 장미 기사단의 뒤를 따라 일제히 함성을 지르며 달려갔다.

"과잉 충성하는 검은 사자의 기사들이 쟌스테인 백작의 딸을 공격했다…… 그런 말이 있더군. 의심을 사지 않기 위해 자기 군주의 아들까지 살해하고."

백작이 떠보는 시늉도 없이 그런 음모론을 꺼내자, 바딩은 자백이라도 하듯 말했다.

"항상 제가 백작님 옆에 있었던 건 아니었지요."

"소문이란 무서운 걸세, 바딩. 진상을 확인해보는 작업은 쟌스테인을 죽인 뒤로 하지. 그 녀석이 죽은 후에도 검은 기사가 나타난다면 어찌 되나 보세."

백작은 피곤한 눈을 깜빡이며 하품을 길게 했다.

"다만 그 검은 기사 놈들이 자네 앞에 나타나 자네에게 죽길 바랄 따름일세."

두 군대의 선두가 마침내 서로 부딪쳤다.

장미 기사단은 검은 사자군의 창과 방패를 뚫고 선두를 무너뜨렸고, 뒤따른 보병들이 흐트러진 진영 안으로 뛰어들어 마음껏 유린했다. 대기하고 있던 검은 사자 기사단이 장미 기사단을 맞아 싸우면서 전투는 빠르게 진행되었다.

"해서 그 열 명의 기사단은 어디 있나? 지금 이 전투에 참여하고 있나?"

"아닙니다. 그들은 따로 임무가 있어 다른 곳으로 보냈습니다."

"나도 모르는 임무가 있나?"

"전투가 끝나면 말씀드리겠습니다."

"그게 중요한 일이라면, 미리 말을 했어야 순서가 맞지."

"제가 늦게 말씀드리는 데에는 이유가 있습니다. 아마 이해하실 겁니다."

"그럼 저쪽 진영에는 12 쏜즈가 있나?"

"지금 끼어 있습니다."

초반에 밀렸던 형세가 회복되지 않고, 전세는 검은 사자군에게 점점 불리하게 돌아갔다. 하지만 그건 예정된 수순이었다. 잠시 후, 평원 오른쪽에서 또 다른 군대가 몰려왔다. 일백의 검은 사자 기사단과 삼백의 일반 기마병이었다.

탁 트인 평원에서 설마 기습을 당할 줄 몰랐던 붉은 장미군의 측면이 순식간에 무너졌다. 속도는 느리지만 기마병과 비슷한 숫자의 보병들이 반대편 측면에서 달려들면서 붉은 장미 군대는 양쪽 옆구리를 동시에 얻어맞은 꼴이 되었다. 기습에 대응하기 위해 진형을 재구성하기는 했지만, 그 이상의 특별한 대처는 보이지 않았다.

"저들에게 숨겨 놓은 작전이 있을 것 같은가?"

뤼미에르는 따분해하는 목소리로 말했다.

"있다 해도 이제 와 쓰기에는 늦었습니다. 보통 저쯤 되면 승기를 되돌릴 방법은 없습니다."

"그럼 끝났군. 저쪽에 쟌스테인이 있다면 정중히 '모셔서' 내 앞에 대령하도록."

"지휘관이 알아서 하겠지요."

"진작 이렇게 끝냈으면 좋았으련만. 오히려 이 전투를 시작해 준 쟌스테인에게 감사해야겠군."

바딩은 조용히 그의 말에 고개를 끄덕이며 전쟁터를 주시했다. 혼란스러운 접전이 계속 유지되었다. 검은 사자군에 둘러싸인 붉은 장미군의 진형은 어째서인지 무너지지 않고 계속 버텨내고 있었다.

바딩은 열세 살 때부터 전쟁터에서 크면서 같은 나이의 누구보다 많은 전쟁을 경험해 보았다. 그래서 군대가 완전히 무너지고 있는 상황에서 도로 일어나는 경우도 겪어봤고, 거의 승기를 잡은 상태에서 거꾸로 무너지는 경우도 겪어 보았다. 하지만 지금은 그렇게 뒤집힐 이유가 하나도 없는 일방적인 싸움이었다. 얼마나 피해를 줄이느냐가 더 중요한 시국이었다. 그런데도 바딩은 이상하게 위험한 기분이 들었다.

"무너지지 않는군요."

바딩이 혼잣말처럼 중얼거린 말을 알아듣고 뤼미에르가 물었다.

"내 보기에는 무너졌다만?"

"이렇게 완벽하게 작전에 걸려들면 설사 병력이 더 많다 하더라도 진영이 흐트러지며, 사기 역시 급격히 떨어집니다. 그 시점부터는 후퇴하기 바쁘게 되고, 달아나는 적의 등을 치는 게 승기를 잡은 군의 마지막 할 일이 되지요. 그런데 그런 현상이 일어나지 않고 있습니다."

"최후까지 희망을 잃지 말라는 훈련이라도 시켜 놓았나 보군."

"대부분 용병들에 불과합니다. 그런 희망 따위는 우선 살고 난 다음에나 있다고 배운 자들입니다."

마침내 바딩은 전투의 핵심을 읽었다. 작전은 실패한 게 아니었다. 적들도 이 단순하며 묵직한 기습에 당황했음에 틀림없다. 그런데도 검은 사자군은 개미지옥처럼 빨려 들어가며 도리어 잡아먹히고 있었다. 전투의 중앙에 쌓이는 시체는 붉은 장미군 것이 아니었다.

기습적으로 붉은 장미군의 옆구리를 치고 들어간 검은 사자 기사단은 전멸해 있었다!

"경호 부대. 전원 백작님을 호위하여 후퇴하라."

바딩이 굳은 목소리로 명령했다. 이미 승리했다고 생각한 뤼미에르는 그 말을 오해하여 손을 저었다.

"아직 갈 때가 아니다. 나는 이 자리에서 쟌스테인을 맞이하겠다."

"그 반대가 될지도 모릅니다. 백작님, 우선 노르만트 쪽으로 몸을 피하십시오. 곧 뒤따르겠습니다."

백작은 커다랗게 뜬 눈으로 바딩을 노려보았다.

"바딩, 내가 알아듣기 쉽게 설명하겠나?"

"우리가 졌습니다."

바딩은 짧게 끊어 말했다.

"지금 이런 상황에서?"

나른해하던 뤼미에르의 얼굴에 살기가 감돌았다. 바딩은 그간 보고 싶었던 백작의 표정을 봤다는 기분에 그만 웃음이 터져 나올 뻔했다. 하지만 꾹 참고 여유를 잃지 않는 자제력 있는 기사처럼 보이도록 살짝만 웃음 지었다.

"시간이 없습니다, 백작님. 저도 오래 막지 못할 겁니다."

바딩은 전쟁터 한가운데를 다시 주시했다. 전투의 핵심은 장미 기사단이었다.

검은 사자군의 병사가 허공으로 올라갔다가 두 동강이 되어 떨어졌다. 말이라도 벨 수 있을 정도로 거대한 칼을 든 장미의 기사가 있었고, 한 자루 은빛 창을 들고 있는 또 다른 붉은 갑옷의 기사가 활약하고 있었다. 투구 속에 감추어진 그의 눈빛과 전쟁터에서 한참 떨어져 있는 바딩의 시선이 부딪혔다. 바딩은 상대가 웃고 있을 거라고 생각했다.

"비앙."

바딩은 존재감을 거의 드러내지 않고 항상 뒤에 서 있는 자신의 부하 기사를 불렀다. 그는 당장 뤼미에르의 옆에 섰다.

"백작님을 모셔라."

아직도 뤼미에르는 납득하지 못했지만 기사 비앙의 안내에 따라 말을 달렸다.

검은 사자군을 뚫고 한 기의 붉은 기사가 이쪽으로 달려오고 있었다. 붉은 갑옷의 기사는 들고 있는 창을 치켜세우더니, 달려오면 숨을 헐떡거릴 만한 먼 거리에서 집어 던졌다. 손에서 떠난 창은 뤼미에르 백작의 뒤통수를 노리고 직선으로 뻗어갔다.

의도한 건 아니었지만 바딩은 창과 백작의 사이에 위치하고 있었다. 바딩은 말 옆에 걸어둔 방패를 들어 올려 뻗어가는 창을 향해 힘껏 들이밀었다. 창은 방패를 뚫고 바딩의 얼굴 바로 앞에서 멈췄다. 창끝이 떨리는 진동에 방패를 든 손까지 떨렸다.

바딩은 방패를 옆으로 던져두고 칼을 꺼냈다. 붉은 갑옷의 기사는 말고삐를 잡아당겨, 바딩에게서 열 걸음 정도 거리를 남겨두고 멈췄다. 바딩은 창을 막은 충격에 아직도 떨리는 손을 가볍게 털며 말했다.

"검은 사자 백작의 수호 기사, 바딩이다. 그쪽은?"

"익히 들어 본 적이 있는 이름이군, 바딩. 나는 네프다."

"네프? 들어본 적도 없는 이름인데도 대단한 실력자인 모양이군. 장미 기사단에는 자네 같은 이가 수없이 있나?"

"열한 명 더 있다."

"아아, 그거 참으로 암울한 이야기군."

바딩은 칼을 내밀고 큰 소리로 말을 이었다.

"쏜즈의 숫자를 열하나로 줄이고 싶지 않다면 물러나라, 기사 네프. 이 전투는 너희들의 것이다. 오늘은 그걸로 만족하라."

"우리는 전쟁을 길게 끌 생각이 없다. 그리고 네가 여길 막고 있다 해도 그건 내게 장해물이 될 수 없다."

바딩은 날개 모양이 좌우에 달린 검은 투구를 쓰며 유쾌한 목소리로 말했다.

"그러신가? 그럼 우리 이대로 누가 더 센지 말싸움이나 계속하겠나? 그사이 나의 군주께서는 안전한 곳으로 달아날 테니 나야 좋지."

바딩의 도발에 네프는 주저하지 않고 칼을 꺼냈다.

바딩이 먼저 말을 몰아 달려 나갔고 네프도 능숙하게 말을 몰아 한 번에 튕겨 나갔다. 둘의 칼이 부딪쳐 아직 끝나지 않은 전쟁터의 굉음을 묻어버릴 정도로 요란한 소리를 내며 공기를 진동시켰다. 둘은 말을 되돌려 한 번 더 칼을 부딪쳤으나, 어느 한 쪽도 밀리지 않았다.

다른 한 명의 붉은 기사가 당도하는 것을 보았지만 바딩은 눈앞의 적을 막느라 거기까지 신경을 쓸 수가 없었다. 그 붉은 기사는 바딩을 엄호하기 위해 남아 있던 창병 다섯을 순식간에 베어 죽이더니 바딩에게 달려왔다.

"12쏜즈의 크라브지크다. 네프가 질 리 없으나 우리에게는 시간이 없으니 나도 합류하겠다."

"사양할 거 없다. 열두 명 모두 데려와도 좋다."

바딩은 한꺼번에 두 명을 상대함에도 전혀 밀리지 않았다. 그가 유연한 동작에 힘을 실어 크라브지크의 거대한 칼을 모조리 막아내고 오히려 반격까지 가하자 두 쏜즈의 기사는 당황했다. 바딩은 최대한 시간을 끄는 방식으로 싸웠다. 그럴수록 그들은 성급하게 밀어붙이려 했다.

"물러나라. 네프, 크라브지크."

우렁찬 목소리의 명령에 둘은 미련을 두지 않고 무기를 접었다.

"기사 바딩인가?"

바딩은 겨우 숨을 돌리고 세 번째 쏜즈의 기사를 맞았다.

"그렇다."

아직도 웃음을 지을 여력은 있었지만 여기에 한 명이 더 가세하면 솔직히 버틸 자신이 없었다. 12쏜즈란 것이 이토록 대단하다면 방금 전쟁터에서 벌어진 반전도 이상할 게 없었다. 앞뒤로 나뉘어 들어간 군대는 저 열두 명의 기사에게 반격당했을 것이다.

'사실상 오늘의 전투는 저 열두 명에게 당한 꼴이군. 그럼 지휘관들 잘못이랄 수도 없겠어. 저런 걸 고려한 작전을 짤 수는 없으니까.'

바딩은 자신의 정예 기사 열 명을 데리고 오지 않은 것을 후회했다.

"내가 벅차 보여서 부하 둘을 물렸다면 사양하겠다. 위험하지도 않았는데 적의 도움을 받을 이유가 없지."

바딩은 투구를 고쳐 쓰며 말했다.

"사양하지 않으면? 이번에는 나를 포함한 세 명을 상대할 텐가?"

그 쏜즈의 기사는 싸늘한 목소리로 말하더니 바딩 쪽으로 말을 몰았다. 바딩은 말을 천천히 뒤로 몰아 정말 세 기사가 달려들어도 막을 수 있는 위치에 섰다. 세 번째 기사가 말했다.

"이미 뤼미에르는 달아나버린 것 같군."

"기사라면 적군의 군주라도 예를 갖춰라. 네 이름이 무엇이냐?"

"링케. 네가 알만한 이름은 아닐 것이다."

"오늘부터 쏜즈의 기사라면 이름을 외워두기로 했다. 크라브지크, 네프, 그리고 링케."

"영광이군."

이미 후퇴 명령이 내려졌지만 검은 사자군은 성급하게 등을 돌리지 않았다. 달아날 때 무기를 내던지면 그 뒤는 학살뿐이었다. 패잔병들의 신중한 행동에 승리한 붉은 장미군도 쉽게 뒤쫓지 못했다.

"기사 바딩, 가서 뤼미에르에게 전하라. 붉은 장미 백작께서 마지막 기회를 주신다고."

"거절한다."

"네가 직접 대답할 사안이 아니다."

"그럼 설마하니 나의 군주께서 고개를 숙이길 기대했단 말이냐?"

링케는 투구가 덜컥거릴 정도로 몸을 떨며 웃었다.

"너와는 제대로 겨룰 일이 기대되는구나. 하지만 이 자리는 너와 나 둘을 위해 마련된 장소와 시간이 아니다, 캡틴 바딩."

"내 생각에도 그런 것 같군."

"돌아가도 좋다. 널 죽이는 영광은 지금보다 구경꾼이 많을 때를 위해 남겨두도록 하지."

바딩은 말머리를 돌리려다 말고 물었다.

"링케, 네놈의 목적이 뭐냐?"

링케도 말을 멈추고 대꾸했다.

"이상한 걸 묻는군. 당연히 붉은 장미 백작님의 승리다."

"거짓말 마라. 넌 군주의 승리를 위해 싸우는 녀석이 아니야. 기사의 명예를 지키는 놈도 아니고. 그런데 왜 그런 척하는 거냐?"

"헛소리 말고 빨리 네 주인한테나 가보시지그래? 내 다른 부하가 실수로 뤼미에르의 목을 따버리기 전에."

링케는 아무렇지도 않게 대꾸했다. 바딩은 그를 노려보는 시선을 거두지 않고 말을 달려 사라졌다. 링케는 재미있다는 듯 바딩을 쫓던 눈으로 네프와 크라브지크에게 말했다.

"정말 저런 인간이 있긴 있구나. 사람을 꿰뚫어 보는 통찰력 말이다. 내가 무슨 말을 했다고 저런 걸 집어내는 거지?"

네프는 어깨만 으쓱하며 말했다.

"그런 건 모르겠지만 대단한 실력자인 건 분명합니다."

크라브지크도 거들었다.

"제 대검을 이렇게 쉽게 막는 사람은 우리 열둘 외에는 처음이었습니다. 저 정도 되는 기사를 살려 둬도 되는 겁니까? 우린 어쩌면 이번 전투의 승리와 저자의 목숨을 맞바꿨어야 했을지도 모릅니다."

링케는 인정한다는 듯 고개를 끄덕였다.

"샤이필드 공작 밑에 있을 때부터 카모르트 최고의 기사라 불리던 자다. 그런 명성 높은 자를 셋이 달려들어 죽였다는 소문이 나면 백작님의 평판에도 좋지 않을 거다. 우리는 승리 후의 상황을 염두에 두어야 한다."

"그럼 혼자서라도 하시지 그러셨습니까?"

네프가 물었다.

"과소평가하지 마라. 저자는 너희 둘을 상대로도 최선을 다하지 않았다. 시간을 끌기 위해 여력을 남겨둔 거지."

링케는 말머리를 돌려 다시 아군의 진지로 향하다가 크라브지크를 돌아보았다.

"방금 말에 자존심 상했나, 크라브지크? 표정에 쉽게 드러내지 마라!"

"……죄송합니다."

"나중에 다시 만났을 때는 혼자서 바딩을 상대하도록 기회를 줄 테니 지금은 잊어버려. 우리 목적이 뭔지 잊은 건 아니겠지, 둘 다?"

링케는 북쪽 언덕 높은 곳에 서 있는 세 명의 구경꾼을 주시하며 물었다.

"잊지 않았습니다."

네프와 크라브지크도 동시에 대답하며, 멀리 떨어져 있는 세 명의 하얀 늑대들을 돌아보았다.

카셀은 지형이 비교적 높은 곳에 자리를 잡고 전투의 마지막을 지켜보는 중이었다. 옆에서 게랄드가 하품을 했고, 쉐이든은 창을 쥐고 경계 태세를 갖추고 있었다. 두 군대의 전투를 꼭 보고 싶다고 카셀이 나서자 혹시나 해서 두 명이 따라와 주었다. 세이게이 장군은 이 전투를 끝낸 군대가 곧장 노르만트로 진격해 올 가능성에 대비해 도시에 남았다.

"돌아가요."

카셀이 말머리를 돌렸다. 게랄드는 즉시 뒤를 따랐으나, 쉐이든은 잠시 전쟁터의 한 부분을 유심히 살펴보고 있었다. 그것은 전쟁터를 관망하는 게 아니라 누군가를 찾는 것처럼 보였다.

"왜 그래?"

게랄드가 물었다.

"웬 놈들이 우릴 사정없이 노려보기에 같이 노려봐 줬다."

쉐이든은 적당히 둘러대고 말머리를 돌렸다.

"누군데? 가서 콕 찔러주고 오지그래?"

게랄드가 농담으로 말했으나 아무도 웃지 않았다.

카셀은 하고 싶은 말이 많았으나 흔들리는 말 위에서 혀를 깨물지 않으려고 입을 꾹 다물고 있었다. 그들은 지름길을 이용해 노르만트로 향했다. 거의 성에 당도해 말의 속도를 줄였을 때야 카셀은 입을 열었다.

"장미 기사단이었지요?"

쉐이든이 대답했다.

"맞아. 일반 병사들로 어찌해 볼 수준이 아니었고, 다른 병사들도 훈련이 잘 되어 있었다. 저 병력이 이대로 노르만트로 쳐들어오면 작전이고 뭐고, 못 막는다고 생각하는 게 속 편하겠더군."

성벽 위에서 경비를 서고 있는 병사가 카셀을 발견하더니 성문을 열었다. 닫힌 문이 느릿느릿 열렸다.

"전 차라리 뤼미에르 백작이 이기길 원했어요. 까다롭긴 하지만 적어도 대화로 풀어갈 여지가 있는 사람으로 보였거든요. 하지만 쟌스테인 백작은……."

카셀은 뒷말을 흐렸다.

"어느 쪽이 이기건 풀어가기 힘들긴 마찬가지다. 솔직히 뤼미에르 백작은 널 싫어하지 않나? 지금은 관망하는 쪽이 좋다. 그보다 그 까다로운 백작이 이쪽으로 올 텐데, 어떻게 할 건가?"

쉐이든이 물었다.

"그 부분은 어제 세이게이 장군과 얘기해 둔 바가 있으니까, 알아서 하시겠죠."

셋은 열린 성문 안으로 들어갔다. 성문 안쪽에는 창살문이 또 있었고, 올라간 창살문은 말을 타고 있는 쉐이든이 머리를 숙여야 통과할 수 있을 정도로 낮았다.

"어떻게 하기로 했는데?"

쉐이든이 안으로 들어선 후 거듭 묻자 카셀은 그제야 생각난 듯 손을 내저었다.

"아, 미리 상의하지 않았었죠? 죄송해요."

성문 근처에 나와 있는 노르만트 시민들의 표정이 어두웠다. 여전히 일상생활을 하는 사람들도 있었으나, 집 안에 틀어박혀 나오지 않는 이가 더 많았다. 카셀은 드마르프 평원 쪽으로 난 동쪽 성문을 향하면서 말했다.

"다들 던멜의 일 때문에 신경이 날카로워져 있어서 말을 못 했어요."

암살자가 게랄드를 기습한 일은 왕실 내에서도 큰 문제가 되었다. 충분히 숨길 수 있는 일이었지만 카셀은 숨기지 않기로 했다. 그리고 암살자들이 국경에서부터 따라온 문제를 공개적으로 회의석상에서 알렸다.

대신들은 펄펄 뛰었다. 안 그래도 소심한 국왕은 그 말을 듣는 것만으로 흰 머리가 오백 개쯤 늘어날 것 같았다. 카셀은 '우리가 물고 온 문제는 우리가 해결하겠다.'라는 말로 국왕을 안심시켰지만 걱정되는 건 어쩔 수 없었다. 그렇게 당했으면서도 또 공격했다는 건 이제 암살 이상의 짓을 해도 이상할 게 없다는 뜻이기도 했다.

던멜은 그 암살자들의 정체를 아는 눈치였다. 그러나 정확히 어떻게 알고 있는 것인지 설명하길 꺼렸다. 모두 그가 마음의 준비가 될 때까지 기다리기로 했다. 그리고 어제가 되어서야 던멜은 얘기를 꺼냈다.

길드의 이름은 블랙풋(Black Foot)이었다. 길드에 속한 이들은 눈동자에 검은 발바닥 모양의 마법 문장을 새겼다. 그 문장에는 비밀을 발설하거나, 임무 수행 중 죽거나, 또는 길드를 배신하고 달아나면 즉시 불에 타버리는 마법이 담겨 있었다. 살아남으려면 눈동자를 뽑아버려야 하는데, 잘못 건드리면 마찬가지로 마법이 발동됐다. 너무나도 강력한 마법이라 본인의 의지로 순순히 받아들이지 않으면 걸 수 없는 마법이기도 했다.

던멜이 그 얘기를 할 때 아즈윈은 키스라도 할 듯 던멜의 얼굴에 눈을 가까이 들이대고 그의 눈동자를 바라보았다. 하지만 혹시나 하는 것은 발견되지 않았다.

던멜은 순순히 자신이 과거에 블랙풋의 암살자였음을 고백했다. 단단히 마음의 준비를 한 던멜의 앞에서 게랄드가 투덜대며 아즈윈에게 은화를 한 개 내밀었다. 던멜의 정체를 두고 내기를 한 모양이었다.

던멜은 자신의 눈에는 이제 검은 발바닥이 없다고 말했다. 그러자 아즈윈이 받은 은화를 게랄드가 돌려받고, 하나 더 받아냈다. 카셀은 둘 사이에 어떤 내기를 했기에, 돈이 저렇게 왔다 갔다 하는지 이해를 할 수 없었다.

하지만 던멜은 둘의 행동을 보고 희미한 미소로 안도했다. 평소에 감정 표현이 워낙 없어서 그런 작은 표정도 금방 드러났다. 카셀은 순간 던멜에게 알 수 없는 동정심이 일었다.

그렇게 던멜은 모든 것을 털어내듯 수화로 천천히 이야기했다.

'지금껏 말하지 않아서 미안하다. 하지만 난 울프 기사단에 들어오기 전에 정말 많은 사람을 죽였다. 그런 죄책감을 안고 너희들을 대할 수는 없었다. 잊고 싶었다. 그리고 앞으로 영원히 과거와 접촉하리라고는 생각하지 않았다. 내가 어떤 경로를 통해 울프 기사단에 들어왔는지 너희들이 알게 된다면 너희들을 대함에 더욱 힘들어질 테니 말하지 않겠다.'

아즈윈은 돈을 잃은 불만을 던멜에게 쏟아냈다.

'네 눈의 마법을 풀어준 건 여왕님이지?'

던멜은 힘겹게 고개를 끄덕거렸다. 그러자 아즈윈은 실연당한 남자를 괴롭히는 것처럼 몰아붙였다.

'그럼 됐어. 사람 죽인 걸로 치면 여기 있는 누구도 예외 없이 죄를 안고 사는 거야. 혼자서 비통한 운명에 사로잡힌 척 잘난 척하지 마. 나만 해도 얼마나 처절한 과거였냐 하면…….'

'그만해라, 아즈윈.'

쉐이든이 비난조로 말했다.

'뭐! 넌 왜 만날 나만 갖고 그래?'

'너만 그러니까.'

아즈윈은 토라진 애인처럼 고개를 홱 돌렸다.

'뭐, 아즈윈이 틀린 말 한 건 아니지. 우린 물론이고 울프 기사단의 누구도 던멜 네 과거를 추궁할 녀석은 없을 거다. 그러니까 네가 과거에 무슨 짓을 저질렀든, 앞으로의 일만 생각하자. 사실 프란츠만 해도 과거에…….'

쉐이든은 말하려다 멈췄지만 아즈윈이 귀를 쫑긋 세웠다.

'응? 프란츠?'

'음, 할 필요 없는 얘기였다. 그보다 던멜, 그들의 작업 방식을 알고 있겠지?'

'프란츠가 어땠는데? 응? 응?'

쉐이든은 대화를 방해하는 아즈윈을 밀어내고 던멜에게만 물었다.

'우릴 죽이라고 의뢰한 인물이 누군지 알아낼 방법이 따로 있나?'

아즈윈은 쉐이든의 무릎에 앉아 목덜미를 끌어안았다.

'프란츠가 왜? 여섯 번째 하얀 늑대들이 될 거라 인정받으신 프란츠 울프 님께서 과거에 무슨 일이 있었는데? 응? 응?'

던멜은 수화로 쉐이든의 질문에만 대답했다.

'없다. 조직 내에서도 누가 누굴 목표로 하고 있는지 서로 알 수 없게끔 되어있다. 그리고 검은 발바닥의 마법에 의해 누가 의뢰했는지 발설할 수 없다. 딱 한 명, 길드 마스터를 제외하고.'

'조직의 위치는?'

'원래는 론타몬에 있었다. 하지만 위치는 항상 바뀌어서, 내가 그쪽 일원이었다고는 해도 도움이 될 만한 건 없다.'

'생각나는 게 있거든 나중에라도 말해 줘. 이후 누구도 던멜과 블랙풋의 관계는 농담으로라도 언급하지 말도록.'

쉐이든은 재판관처럼 결정을 내렸다. 아즈윈은 포기하지 않고 계속 쉐이든을 유혹했다.

'프란츠한테 무슨 일이 있었는데?'

'애인한테 차여서 홧김에 울프 기사단에 들어왔대.'

쉐이든은 아즈윈을 들어서 침대에 내려놓으며 말했다.

'거짓말하지 마! 네 표정의 심각성에 따르면 그런 사안이 아니었어.'

아즈윈은 끝까지 그 문제를 파고들었다.

암살자 문제가 채 해결되기도 전에 또 다른 소식이 이어졌다. 붉은 장미의 군대가 노르만트 쪽으로 이동하고 있다는 소식이었다. 왕실은 발칵 뒤집혔다. 암살자의 공격 따위는 단숨에 잊혀졌다. 카셀도 붉은 장미군이 이토록 빨리 전쟁 준비를 마친 것에 놀랐다.

안 그래도 시간이 촉박하다며 정신없이 준비하던 세이게이 장군은 한숨을 쉬는 일이 많았다. 만약 두 백작의 군대 중 한쪽이 노르만트로 진격하면, 막을 길이 없었다. 무엇보다 아직 왕실의 병사들은 훈련이 덜 되어 있었다.

싸우는 일 없이 둘 사이에서 균형을 잡아야 한다는 결론밖에 나지 않았지만, 그것도 이쪽에 최소한의 군사력이 있을 때 통할 이야기였다. 귀족들이 보내준다던 원군은 이백 명의 보병만 도착했을 뿐, 나머지는 아직 소식이 없었다. 에노아 후작의 군대가 오지 않은 것이 제일 타격이 컸다.

"……그리고 다른 여러 가지 일들이 동시에 벌어지는 바람에 쉐이든과 상의하지 못한 거예요."

카셀이 변명조로 말했다.

"아무리 그래도 중요한 일이라면 상의했어야지."

쉐이든의 딱딱한 표정만으로 카셀은 가슴이 덜컥 내려앉는 것 같았다. 아즈윈의 과감한 감정 표현과 게랄드의 안 웃기는 농담, 던멜의 과묵함에는 익숙해졌지만 아직도 쉐이든의 무표정은 적응하기 힘들었다. 그러자 카셀은 반대로 오기가 생겼다.

"이번에는 제가 먼저 행동한 거예요. 그러니까 따라주셔야죠."

약간 앞서 나가던 쉐이든이 뒤를 돌아보았다.

"뭔 소리야, 그건?"

"다들 제 말을 들을 준비를 안 했으니까 그냥…… 먼저 행동했어요. 그러니 이번에는 여러분들이 절 따라오셔야죠. 말 안 한 건 죄송하지만 어쩔 수 없었어요."

카셀이 조금 목소리를 높여 말하자 쉐이든은 재미있어하는 얼굴로 웃었다. 둘 사이에 하얀 말 한 마리가 끼어들었다. 언제인지 모르게 백마를 탄 아즈윈이 옆에 와 있었다.

"유후, 캡틴께서 화나셨네? 다들 안 들어주면 캡틴은 투정 부리죠, 다들 화내면 캡틴은 울먹울먹하지요, 요호오, 요호오."

"울먹울먹 안 했어요!"

"괜찮아, 괜찮아. 힘들면 이따 와서 내 품에 안기도록 해. 밤새 울어도 소문 안 낼게. 그보다 전투는 어떻게 되었어?"

카셀이 따지기도 전에 아즈윈은 진지하게 다음 얘기로 넘어가 버렸다.

"우리 예상과는 달리 검은 사자군이 패했어."

게랄드가 대답했다.

"그 붉은 머리 아저씨, 자신만만하게 전쟁하겠다고 그러더니 정말 이겼네. 그래서?"

"캡틴이 알아서 하겠지. 울먹울먹하면서."

게랄드가 놀리는 투로 말하자, 카셀은 양손을 휘저었다.

"진짜 왜들 그래요?"

"아니, 이런! 누가 사랑스러운 캡틴의 심기를 건드린 거야? 너희 둘 다 말 좀 가려서 하지 못해!"

제일 못된 아즈윈이 게랄드와 쉐이든에게 손가락질하며 소리쳤다.

카셀은 꾹 참았다.

"그래서 장군과 네가 합의한 부분은 어떤 거냐? 이쪽으로 도망쳐 올 게 분명한 뤼미에르 백작을 성 안으로 들이기?"

쉐이든이 물었다.

동쪽 성문에 대기하고 있던 병사들이 네 명의 하얀 늑대들을 보고 부동자세를 취했다. 성문의 위쪽 망루에서 던멜과 세이게이 장군이 미리 와서 기다리고 있었다.

"아니. 장군은 누구도 들이지 않을 거라고 했어요."

그저께부터 왕실 기사단으로 임명된 세이게이 장군의 부하 기사들 중 하나가 다가와 카셀에게 보고했다.

"캡틴 울프! 지금 동쪽에서 검은 사자 백작이 병사들을 이끌고 이쪽을 향하고 있다고 합니다. 망루에 오르십시오."

"알겠소."

카셀은 굵은 목소리로 대꾸하고 모두와 같이 계단을 올랐다. 일부 병사들은 깃발과 창을 두세 개씩 쥐고 있었다. 그들도 카셀이 지나갈 때마다 공손히 고개를 숙였다. 카셀은 자연스럽게 그들의 인사를 받았다.

"안 들이면 쫓아내는 건데, 안 좋은 거 아니야?"

아즈윈이 물었다. 계단을 몇 개씩 한꺼번에 뛰어오를 때마다 한 갈래로 땋은 그녀의 머리가 위아래로 출렁거렸다.

"비록 오늘 전투에서 졌다고 해도 그자의 어마어마한 후방 병력이 여기에서 하루 거리 밖에 안 되는 영지에 있어. 거기가 레앙이던가? 쫓아내면 나중에 복수 당할걸."

"장군 말로는 복수 못 할 거래요. 붉은 장미 백작도 마찬가지. 어느 쪽도 우릴 공격하지는 못할 거라고 단언하더군요."

"근거 없는 자신감 같은데?"

아즈윈이 말했다. 카셀은 애매한 의미로 고개를 끄덕였다.

카셀은 망루에 올라 세이게이 장군에게 살짝 묵례하며 그 옆에 섰다. 세이게이 장군이 손을 올렸다. 망루에 대기하고 있던 다섯 명의 지휘관이 동시에 깃대를 세웠다. 그러자 대기하고 있던 오십 명의 병사들이 팔에 끼고 있던 깃발과 창을 일제히 치켜세웠다. 밖에서 보면 성 안에 꽤 많은 병력이 있는 것으로 보였다.

카셀은 두 백작을 상대로 그런 속임수를 쓸 필요는 없다고 생각했으나 장군의 생각은 달랐다. 간단한 속임수지만 의외로 알아내기 힘들다는 게 그의 주장이었다.

카셀은 아즈윈과 했던 대화를 작은 목소리로 이어갔다.

"세이게이 장군은 우리에게 최소한의 병력이 있다는 것만 보여주면 된대요. 그럼 정말 국왕 자리를 빼앗으려 하지 않는 이상 함부로 노르만트를 공격할 수 없게 된대요. 우리가 어느 쪽에 붙느냐에 따라 어느 한쪽은 나머지 둘을 상대하게 되는 셈이니까요."

카셀은 바깥쪽에서는 자기 얼굴이 보이지 않도록 자세를 낮췄다. 마찬가지로 그 옆에 쭈그리고 몰래 내다보며 아즈윈이 중얼거렸다.

"반대로 어느 쪽도 신경 안 쓸 수도 있지 않을까? 만 명을 데리고 있는데, 몇백 명이 어느 편에 서느냐를 염두에 두겠어?"

"염두에 두는지 안 두는지는 이제부터 보게 되겠죠."

검은 사자 백작의 검은 말은 멀리서 봐도 눈에 확 들어올 정도로 멋진 말이었다. 들리는 소문에 따르면 카모르트에서 가장 빠른 말이라고 했다. 백작의 기사단 갑옷이 검게 된 이유가 저 말의 털 빛깔에 맞추기 위해서라는 농담이 있었는데 정말 그럴 만한 가치가 있어 보였다. 딱히 백작이 고삐로 어떤 특별한 동작을 하지도 않았는데, 그 영리한 말은 바닥에 네 다리를 박고 고개를 꼿꼿이 세웠다. 저 말에 바딩 정도 되는 기사가 앉아 있으면 기세만으로 능히 병사 일백 명은 쫓아낼 수 있을 것 같았다.

뤼미에르 백작은 동행한 기사들을 뒤에 두고 앞장서서 큰 소리로 외쳤다.

"성문을 열어라."

성문지기가 위를 올려다보자, 세이게이 장군이 이미 내려둔 지시대로 하라는 뜻에서 가볍게 손을 내저었다. 그리고 망루에 서서 아래를 내려다보며 말했다.

"오랜만이오, 뤼미에르 백작."

"쟝 세이게이! 그대가 또 그 자리에 설 정도로 카모르트에 인재가 없었는가? 비록 패했으되, 캡틴 웰치와 정면 승부를 벌였던 길터 장군의 영혼이 울고 있겠군."

뤼미에르의 몇 마디 말에 장군은 그만 말문이 막혀 버렸다.

"어서 성문을 열고 나를 맞으시게, 세이게이 장군. 긴 이야기는 안에서 하고 싶군."

카셀은 장군이 그럽시다, 라고 말할 줄 알았다. 그만큼 장군은 백작의 첫마디에 기가 꺾여 있었던 것이다. 하지만 다행히 장군은 논의했던 대로 진행했다.

"그럴 수 없소, 백작. 폐하께서는 당신과 쟌스테인 백작 둘 모두 노르만트에 입성하는 것을 금지하셨소. 양측 모두 국왕의 안위를 핑계로 노르만트 앞에서 전쟁을 벌인 것에 무척 상심하셨으며 동시에 노하셨소."

"폐하의 옆에 앉은 녀석들이 대체 무슨 헛소리를 고하고 있는 겐가?"

뤼미에르 백작은 한심스럽다는 듯 고개를 젓다가 갑자기 말을 바꾸었다.

"아니면 그 의견, 캡틴 울프를 대변하고 있는 겐가?"

"나는 오직 국왕 폐하의 의견을 대변할 뿐이오."

뤼미에르 백작은 성 여기저기를 눈으로 훑었다.

'날 찾고 있군.'

카셀은 좁은 돌 틈으로 눈만 빼꼼 내밀고 있었는데도 혹여 들킬까봐 조마조마했다.

"설마 날 패잔병 취급하는 건가? 쟌스테인의 일만 병사가 몰려올 경우 고작 왕실의 경비 몇으로 이 넓은 노르만트의 성곽을 막을 수 있겠나? 필시 내가 레앙에 두고 온 병사가 필요할 걸세."

"노르만트의 병력이 적다고 누가 그랬소? 난 그리 생각하지 않소이다."

장군은 보란 듯이 성 외부에 내보인 깃발과 창을 가리켰다.

"어디서 원군이라도 끌고 왔나 보지?"

"날 퇴물로 치부하지 마시오, 백작. 나 역시 준비해둔 바는 있소."

장군은 이제 완전히 자신감을 회복했다. 하지만 카셀은 여전히 불안했다. 직접 대면한 건 한 번뿐이었지만 뤼미에르 백작은 지옥 밑바닥에 떨어져도 기어 올라올 것처럼 강인한 사람이었다.

"과시하는 모습이 꽤나 처량하군, 세이게이 장군. 그럼 어디 그 깃발과 창이 아닌 병사들의 얼굴이라도 모두 보여 보시게. 되지도 않는 허세로 날 협박하지 말고!"

뤼미에르 백작은 쩌렁쩌렁 울리는 목소리로 소리쳤다.

"허세라 생각해도 좋소. 물러나시오. 우린 당신을 공격하고 싶지 않소."

"우리? 거기에 당신이 아닌 다른 누가 또 있나? 아니면 책임을 회피하기 위해 일부러 '우리'라는 단어를 선택한 겐가? 지금 날 쫓아내는 게 자신의 의견이라면 어디 '나'라고 직접 지칭해 보시게. '나 쟝 세이게이가 검은 사자 백작을 성문 안으로 들이지 않고 쫓아내고 있다!'라고 말해보게!"

세이게이 장군도 지지 않고 소리쳤다.

"그렇소, 뤼미에르 백작. 이것은 내 의견이오. 모든 책임을 지고 내가 당신을 이곳에 들이지 않는 거요."

뤼미에르는 일부러 크게 웃으며 말했다.

"다시 얻은 장군의 지위를 유지하기 위해 있는 힘, 없는 힘 다 끌어내 소리 지르는 모습이 불쌍하도다. 지금 그대에게 필요한 건 벽난로 앞의 안락의자와 함께 늙어갈 개 한 마리뿐일세. 칼 한 자루 들 힘도 없이 그 자리에 서서 대체 뭣 하는 짓인가?"

세이게이 장군은 백작의 말에 주먹을 꽉 쥐고 있었다. 아직 나이가 들어간다는 괴로움을 겪어본 적이 없는 카셀은 백작의 말 어디에 이토록 늙은 장수의 힘을 빼버릴 마력이 있는지 잘 와 닿지 않았다. 속마음이야 어찌 되었건, 장군은 지지 않고 백작의 말에 대꾸했다.

"백작, 지금 당신의 모습이 얼마나 추한지 알아야 할 거요. 그런 말을 하여 내 명예를 실추시켰다고 생각하는 거요, 아니면 내가 당신의 말에 넘어가 성문을 열거라 생각한 거요? 그저 자기만족에 불과할 뿐이오. 그런다고 성문은 열리지 않소."

'보고만 있으니, 더 불안하군. 하얀 늑대들도 내가 앞에서 말하고 있으면 이렇게 마음 졸이며 지켜보는 걸까?'

카셀은 언제나 뒤에서 아무 말 하지 않고 기다려 주는 하얀 늑대들이 새삼 대단하다고 느꼈다.

"열리지 않는 성문에 골머리 앓았던 게 어제오늘 이야기는 아니지."

백작은 기분 나쁘게 어깨를 들썩이며 웃었다. 그리고 잠깐 동안 아무 말도 하지 않았다.

창과 깃발을 들고 있는 병사들도 긴장하며 팔을 떨었고, 만일의 사태를 대비하여 무장하고 있는 병사들도 세이게이 장군의 눈치를 살폈다. 장군 역시 지금까지의 격렬한 언쟁보다 백작의 침묵을 견디기 힘들어했다.

장군의 긴장된 분위기는 그대로 병사들에게 전염되었고, 병사들은 이제 몸을 숨기고 있는 카셀의 눈치를 살피기 시작했다. 그러나 카셀은 나서지 않았다. 아직은 아니었고, 계속 아니어야 했다. 백작이 그냥 물러나 주는 게 제일 좋았다. 마침내 뤼미에르가 입을 열었다.

"날 받아들이지 않음으로 인해 생기는 불상사가 언제 터질지는 두고 볼 일이네. 장군, 정말 국왕 폐하가 홀로 설 수 있다고 생각하나?"

백작의 목소리는 점점 커졌다.

"거기 있는 병사들이나 뒤에 숨어있을 대신들도 그리 생각하는가? 정말 지방 영주들로부터 끌어모은 얼마 안 되는 원군이나 왕실의 경비병만으로 쟌스테인의 무자비한 용병들을 상대할 수 있을 거라 생각하느냐?"

그의 목소리는 이제 아예 협박 조였다.

"들거라, 노르만트의 병사들이여. 기회는 더 이상 주어지지 않는다. 그대들이 따르는 군주가 붉은 장미 백작이 아니라 국왕 폐하라면 지금 성문을 열었어야 했다. 이후에 들이닥칠 장미의 군대가 나만큼이나 자비심이 많길 빌어야 할 것이다."

카셀은 눈을 질끈 감았다. 역시나 뤼미에르는 노리는 바를 이루지 못하면 반드시 그에 상응하는 뭔가를 가져가는 자였다. 방금 뤼미에르는 진심으로 쟌스테인의 군대가 노르만트를 무너뜨리길 바란다는 말을 해버렸다. 병사들의 사기를 꺾을 의도였고, 그것만큼은 내버려 둘 수가 없었다.

카셀은 천천히 성루 밖으로 머리를 내밀었다. 뤼미에르 백작은 이미 말머리를 돌린 후였다. 검은 사자의 기사들도 차례로 백작의 뒤를 따랐다. 성 내의 병사들은 숨소리조차 내지 않았다. 그들은 모두 겁에 질려 있었다. 세이게이 장군도 돌아서는 백작의 뒤에 대고 아무 말도 하지 않았다. 백작이 더 이상 따지지 않고 가준다는 것에 안도하고 있었다.

"쏜즈의 기사 열둘도 꺾지 못한 군대로 국왕 폐하를 지키겠다는 건 억지 아닙니까, 뤼미에르 백작?"

카셀이 장군의 옆에 서서 소리 높여 말했다.

세이게이 장군은 깜짝 놀라 눈을 동그랗게 떴고, 뤼미에르 백작은 말을 멈춰 세웠다. 그는 고개만 돌려 뒤를 돌아보았다가 이내 말을 완전히 돌렸다.

"캡틴 울프. 그대가 거기에 있다는 건 내 진작 알고 있었지. 그 참견하기 좋아하는 혓바닥을 지금까지 묶어두느라 수고가 많았겠군."

백작이 지금까지 숨기고 있었던 적의가 한꺼번에 카셀에게 쏟아졌다. 카셀은 괜히 나섰나 하는 후회가 불쑥 일어났다. 어쩌면 마지막 경고는 다른 사람이 아닌 캡틴 울프를 도발하기 위한 작전이었을지도 몰랐다.

'내가 무너지면 안 된다. 노르만트에 하얀 늑대들이 있음을 병사들이 알아야 해.'

카셀은 여유 있게 손을 올리며 말했다.

"수고랄 게 있나요? 하지만 마지막 말에 대해서는 궁금해서 참을 수가 있어야지요. 백작님을 이 성에 들이면 쟌스테인 백작은 경고했던 대로 이곳에 쳐들어올 겁니다. 하지만 들이지 않으면 안 쳐들어오겠지요."

"쟌스테인의 약속 따위를 믿는 건가?"

"외부인인 저야 모르죠. 누굴 믿을지. 전 카모르트의 모든 귀족들이 국왕 폐하께 충성을 다한다는 점을 의심하지 않도록 노력 중입니다."

"감히 나와 쟌스테인을 저울질 하고 있는 건가?"

"제 개인적인 의견입니다. 저야 양쪽 다 무서우니까요."

"현시점에서의 자잘한 위기를 넘기려고 먼 훗날의 내 분노는 생각하지 못하고 있군."

"그럼 쟌스테인 백작이 노르만트를 함락시키길 바라세요. 그때 전 무조건 레앙으로 달려가서 도움을 청하겠습니다, 뤼미에르 백작님. 하지만 그럴 필요 없을 겁니다. 적어도 노르만트는 귀족 한 명의 군대 정도는 막을 수 있을 정도로 튼튼해 보이거든요."

"과신하지 마라, 캡틴 울프. 난 그대가 나라의 손님 자격으로 거기 있다는 사실은 진작 잊었다. 말조심하는 게 좋을 거다."

"손님 자격입니다, 아직도."

카셀은 순진한 척 말을 이었다. 이럴 때면 아즈윈의 행동과 말투를 떠올렸다.

"또 하나 여쭙고 싶군요. 지금 백작님은 패퇴하는 중인데, 추격하는 부대가 있지 않을까요? 괜찮으십니까? 옆에 호위하는 기사가 둘 뿐인데요."

백작은 무섭게 치켜뜬 눈으로 카셀을 한참이나 노려보았다. 옆에서 보는 이가 더 긴장될 정도로 긴 시간이 흘렀다.

"캡틴 카셀, 다음에 날 다시 만날 때는 아마도 네 쪽에서 날 올려다보고 있을 것이다."

그는 마침내 말머리를 돌려 달려갔다. 그의 옆에 붙은 호위 기사들의 말발굽에 뿌옇게 먼지가 일어났다.

세이게이 장군이 지금까지 참았던 숨을 한꺼번에 몰아 내쉬며 카셀에게 말했다.

"왜 굳이 붙잡아서 하지 않아도 될 말을 한 겐가? 그냥 보내지."

카셀은 바싹 마른 입술을 혀로 한 번 핥으며 말했다.

"저도 살짝 후회하는 중입니다. 그보다 붉은 장미 군의 진로는요?"

"곧 정찰병이 돌아올 걸세. 승리한 쪽이든 패배한 쪽이든 군대가 우리 쪽을 향하면 황색 깃발을, 그리고 둘 다 다른 쪽으로 간다면 백색 깃발을 흔들라고 해 뒀지. 만약 뤼미에르 백작이 예고했던 대로 붉은 장미군의 진로가 노르만트 쪽을 향한다면 우리는 끝장일세."

"그렇겠죠. 에노아 후작의 군대도 없으니. 하지만 설마 정말로 쟌스테인 백작이 노르만트를 공격할까요? 국왕 폐하가 있는 곳인데? 만약 제너럴께서 백작의 지휘관이라면 노르만트를 공격하시겠습니까?"

"아니, 나라면 이 기세를 몰아 레앙을 무너뜨리고 노르만트는 차후 생각해 보겠지. 그야말로 이곳은 굳이 지금 손댈 필요 없는 곳이니까."

"쟌스테인 백작도 그렇게 생각하길 바라야겠군요."

카셀이 뒤를 돌아보니 아즈윈과 쉐이든이 들리지 않는 목소리로 대화를 나누고 있었다. 쉐이든이 무슨 이야기를 했는지, 아즈윈은 목을 젖히며 웃음을 터트렸다. 아즈윈의 웃는 모습은 언제 봐도 아름다웠다. 무심코 돌린 시선이 그녀와 마주치자 카셀은 얼른 성벽 너머를 살피는 척했다.

정찰병이 전쟁터 쪽에서 말을 타고 돌아오고 있었다.

그는 흰 깃발을 흔들고 있었다.

◈ Chapter 25 ◈

수화

아즈윈은 횃불을 환하게 밝힌 훈련장에서 땀을 흘리는 병사들을 바라보고 있었다. 이 열정과 열기는 아즈윈과 캡틴 쟈란의 대결이 낳은 의외의 반향이었다. 성 안의 많은 경비병들이 자진해서 찾아와 검술을 배우고자 청한 것이었다. 사실 거기에는 트리제이 쟈란의 대범함도 영향을 끼쳤다.

어제 쟈란은 다친 쪽 발을 절룩거리며 아즈윈에게 다가와 말했다. 그의 부하 기사들과 왕실의 병사들도 함께 있는 자리였다.

"나는 그런 대결을 원한 게 아니었소. 침대에 누워서 계속 그런 생각만 했소. 나도 옛날얘기에나 나오는 기사들의 로맨스를 겪고 싶었던 모양이오. 하지만 그런 멋진 대결을 성사시키지 못한 건 내 잘못이었던 것 같소. 정식으로 사과하겠소. 그러니 혹 내 발이 낫거든 다시 겨뤄볼 수 있겠소? 이번에는 정식으로."

아즈윈은 자기 칼에 찔린 상대가 그렇게 정중히 다가오는데도 가차없이 호통쳤다.

"사과해야 할 사람은 내가 아니라 내 캡틴이야. 뺨을 후려친 상대도 기억 못 하냐?"

"그래도 나는 당신에게 사과하고 싶소."

"흐음, 그래?"

아즈윈은 쟈란에게 다가가더니 목발을 빼앗아 내던지고 그를 덥석 안았다. 쟈란은 놀라 저항도 못 했다.

"거봐. 네가 부드러우면 상대도 부드러워지지? 다리나 다 나아둬. 결투 같은 건 아무 때나 할 수 있어."

아즈윈이 포옹을 풀어주자 쟈란은 허둥지둥 물러나며 옷깃을 여몄다. 아무리 냉정한 기사인 척 해봐야 사실 그도 일평생 여자와 손 한 번 잡아보지 못한 청년에 불과했다. 둘의 재회를 긴장하며 보고 있던 쟈란의 부하들 중 몇 명이 간간히 웃음을 터트렸다. 쟈란은 헛기침을 하고 말했다.

"어쨌든 캡틴 울프에게도 사과를 전해주시오."

"캡틴은 그런 거 신경 잘 안 써. 오히려 내가 너무 과하게 복수했다고 생각할걸."

"그럼 다행이오…… 아, 또 하나 부탁드릴 게 있소. 내 부하 기사들의 훈련을 맡아 주실 수 있겠소?"

아즈윈은 잠시 말을 멈췄다. 자신을 무참하게 짓밟은 여자를 상대로 이런 말을 할 수 있는 남자가 세상에 몇이나 있을까? 아즈윈은 얼결에 대꾸했다.

"뭐, 배울 의향이 있다면야……."

"고맙소."

그렇다고 당장 쟈란의 부하들이 아즈윈에게 배우겠다고 달려들지는 않았다. 그들은 여자에게 배운다는 사실을 껄끄럽게 여겼다. 그때 새치기라도 하듯 왕실의 경비병들이 나섰다. 거기에 게랄드가 약속한 바가 있다며 합세하니, 훈련장은 금방 활기를 띠었다.

병사들은 시키지도 않았는데 알아서 훈련 체계를 만들어갔다. 그리고 자연스럽게 훈련의 중심에는 캡틴 쟈란이 서게 되었다. 쟈란은 절룩거리면서도 매시간 훈련장에 나와 지휘했고, 대장이 그러니 부하 기사들도 내키지 않는 얼굴로나마 나오게 되었다.

상황이 이렇게 되니 그의 발등을 찍어버린 아즈윈은 더더욱 미안해졌다. 하지만 쟈란은 인생의 교훈을 얻은 상처니 괜찮다며 정중하게 말했다. 대체 그 웃기는 대결에서 무슨 교훈을 얻었는지, 아즈윈은 알 수 없었다.

처지가 난처해지자 아즈윈은 카셀에게 부탁했다. 카셀은 세이게이 장군과 작전 회의를 하는 자리에 캡틴 쟈란을 불렀고, 스쳐가는 말로 대뜸 말했다.

"왕실의 경비병 중에서 자질이 뛰어난 병사들을 골라 새로운 왕실 기사단을 꾸려보는 게 어떻겠소, 캡틴 쟈란?"

쟈란은 자신의 뺨을 때린 사람에게 태연하게 높은 직책을 제안하는 카셀을 도리어 의심스럽게 바라보았다.

"이미 두나단 대신과 루오르 대신께서 당신의 행적을 살펴본 바, 캡틴의 자리에 앉기에 충분하다고 판단하셨소. 이 비상 체제가 끝날 때까지만이라도 왕실 기사단의 캡틴을 맡아주시오."

쟈란은 애써 침착해 보이려고 애쓰며 물었다.

"왕실 기사단의 직책이, 이리 쉽게 내려지는 건 아닌 줄로 아오만?"

"나는 폐하의 말씀을 전하는 것뿐이오. 지금은 임시고, 이후에도 캡틴 프란시스가 돌아오지 않는다면 정식으로 직위를 내려주실 거요. 싫으면 폐하를 직접 뵙고 거절하시오."

이 조치가 쟈란을 의욕적으로 만들었는지는 알 수 없으나, 그의 부하들과 하얀 늑대들의 껄끄러운 관계가 개선된 건 분명했다. 지금도 아즈윈이 횃불 밝힌 훈련장을 아무렇게나 활보하는 것에 불만을 가진 사람은 아무도 없었다.

"던멜은 항상 안 보이는군."

카셀이 주변을 두리번거리며 말했다. 주변에 듣는 귀가 많아 근엄한 캡틴의 말투를 유지했다.

"같은 방에서 다른 하얀 늑대들과 함께 한두 시간 얘기한 후에도 그 자리에 있었는지 없었는지 기억이 안 날 때도 있다니까."

카셀의 말에 아즈윈은 짧게 웃음을 터트렸다. 사실 암살자가 숨어들어와 게랄드를 공격한 후부터는 아즈윈의 눈에도 던멜의 모습이 잘 들어오지 않았다.

"어디 지붕에 있겠지."

아즈윈이 말했다.

"지붕은 왜?"

훈련을 받던 병사들은 카셀을 보자 얼른 고개를 숙여 인사했다. 카셀도 정중히 인사를 받았다. 원래대로라면 신분 낮은 농부의 당연한 태도였지만, 겉으로 보이기에는 캡틴 울프의 겸손한 모습이었다. 아즈윈은 카셀이 국왕과 독대하고 제너럴과 작전을 논의할 수 있는 강력한 권력을 가졌는데도 거들먹거리는 일 없이 자신의 행동을 유지하는 것에 감탄했다.

"왜냐고? 왜긴? 음, 그러네? 왜일까? 항상 주위를 확인하지 않으면 불안한 성격이라서 그런가? 한 번도 생각해 본 적이 없는 질문이야."

아즈윈은 뒷짐을 지고 훈련장을 걸어가며 말을 이었다.

"우리도 던이 뭘 생각하는지 잘 모른다는 거 알잖아. 안 그래도 자기표현이 부족한 녀석이었는데, 그 암살자 사건 뒤로는 더욱 줄었어. 가끔은 잡담도 하고 농담도 하고 그랬는데 말야."

카셀은 횃불 옆에 서서 훈련장을 훑어보았다. 어쩐지 자기도 끼고 싶어 하는 표정이라 아즈윈이 슬쩍 충고했다.

"괜히 끼지 마라? 들통나."

"알아. 그런데 병사들은 어떤 거 같아?"

"꽤 괜찮아. 애초에 왕실의 경호를 맡을 정도로 재능 있는 자들의 모임이라 그런지 배우는 것도 빠르고."

"하지만 아무래도 숫자는 모자라겠지?"

"내일부터는 원군으로 들어온 병사들도 훈련에 참여한다고 했는데, 그 숫자 다 합쳐봐야 붉은 장미 군의 한 부대 정도겠지. 세이게이 장군은 거기에 대해 뭐래?"

"지금 지도 펼쳐놓고 머리를 감싸 쥐고 있어. 조만간 자기 머리털을 모두 뽑아버릴 기세더군."

아즈윈은 웃다가 손가락으로 먼 곳을 가리켰다.

"저기 있다."

"뭐가? 별?"

"던멜."

"난 안 보이는데?"

"저기 세 번째 탑 지붕."

"저게 보여? 탑도 잘 안 보이는데?"

"사람이라는 것만 식별될 정도야. 하지만 저 높이의 지붕 위에 있을 사람이 던 말고 누가 있겠냐?"

"그렇군. 그럼 난 가볼게."

"어이, 캡틴. 잠깐."

카셀이 가려 하자 아즈윈이 뒤에서 어깨를 잡고 확 끌어당겼다. 카셀이 간신히 균형을 잡고 서자, 아즈윈은 그를 품에 안았다.

"선생이 다른 남자에게 이러고 있으면 제자들이 질투할걸. 그리고 요새 너무 많은 남자들을 껴안는 것 같은데."

하도 이런 일을 많이 당해서 그런지 카셀은 이제 당황하지도 않았다. 아즈윈은 조금 아쉬워하며 말했다.

"호오, 별 걸 다 신경 쓰셔? 어쨌든, 캡틴. 머리가 빠지는 건 세이게이 장군만이 아닌 것 같더라. 너 요새 매일 밤 뭘 그렇게 열심히 연구하는 거야? 어제도 밤 샜지?"

"알고 있었어?"

"그럼! 옆구리가 허전해서 누굴 껴안고 자면 좋을까 고민하면서 돌아다니다가, 불이 켜져 있는 네 방을 봤지. 양초가 공짜니까 마구 쓰고 보자는 건 아닐 테고 대체 뭘 그리 열심히 하는 걸까 궁금해서 오늘 아침에 들어가 보니 책상 위에 온갖 책이 쌓여있던데?"

아즈윈은 뒤에서 껴안은 채로 카셀의 옆구리를 쿡쿡 찔렀다.

"공부…… 지금부터 알아야 할 게 산더미 같은데 일일이 물어봐서 알 수 없는 것도 있으니까. 이제 가도 돼?"

"흐음, 어째 넌 나한테 적응이 빠르다? 좀 더 당황하는 모습이 보고 싶었는데 말이야."

아즈윈은 카셀을 풀어주었다.

"어차피 아즈윈이 날 남자로 생각해서 그러는 건 아니잖아. 그런 부분을 포기하면 그 다음에는 편해지지."

"그거 엄청 암울한 발상이구나. 넌 좀 더 여자란 존재에게 자신감을 가질 필요가 있다니까. 성 안의 시녀들이나 노르만트 처녀들이 널 보는 시선이 얼마나 뜨거운지 안 보여?"

"거야 내가 캡틴 울프라는 것 때문이지. 카셀이라서가 아니고. 어쨌든 간다."

카셀은 일부러 달아나듯 빨리 걸어가 버렸다. 아즈윈은 그를 더 잡지 않고 손만 흔들어 보였다.

"뭐 해?"

게랄드가 잠시 훈련을 쉬는 동안 걸어오며 물었다. 아즈윈은 허리에 손을 올린 채로 고개를 설레설레 젓고 있었다.

"내 남동생이었으면 패줬을 거야."

"누구? 카셀? 걜 왜 패?"

"남자로서는 최악의 성격이지. 하지만 울프 기사단을 맡을 캡틴이라면 최고의 성격이야."

아즈윈의 말에 게랄드는 새삼 심각하게 고민했다.

"하긴, 그 더럽게 말 안 듣는 녀석들을 상대로라면……."

둘은 같이 고민하다가 동시에 말했다.

"뭘 거기까지 생각……."

"임시인데 뭘 그런 걸……."

둘은 서로의 얼굴을 보며 화들짝 놀랐다.

"너도 그렇게 생각했어?"

게랄드가 먼저 묻고, 아즈윈이 대답하듯 물었다.

"너도?"

"응."

"카셀을 아란티아에 데려가고 싶어졌다고?"

"응."

"나도."

던멜은 제일 높은 탑 지붕 꼭대기에 앉아있었다.

그때 누군가 창문을 열고 지붕에 올라서고 있었다. 카셀이었다. 그는 지붕에 발을 디뎠다가 아래를 내려다보고는 아찔한 듯 눈을 감았다.

"던멜."

카셀은 던멜이 소리를 키울 필요가 없는 상대인 걸 알면서도 큰 소리로 그를 불렀다. 던멜은 그를 향해 손을 흔들어 보였다. 겨우 지붕에 오른 후 카셀이 그를 발견하고 손을 흔들었다. 그의 이마에는 식은땀이 맺혀 있었다. 던멜이 수화로 간단히 말했다.

'조심. 거기 미끄럽다.'

카셀도 간단히 수화로 대꾸했다.

'나, 그쪽, 간다.'

그 순간 카셀은 던멜이 미끄럽다고 말한 그 자리를 밟고 뒤로 미끄러졌다. 필사적으로 자세를 잡아보려 했으나, 지붕 경사가 급해 균형을 회복하지 못했다. 그는 뒤통수부터 지붕 위에 쓰러졌다.

카셀이 그 상태로 굴러 떨어지기 직전, 던멜이 그의 손을 붙들었다. 그리고 지붕 위에 패대기치듯 끌어당겼다.

카셀은 지붕에 머리를 들이박고 한동안 납작 엎드려 있었다. 부들부들 떠는 모습을 보아하니 내일 아침까지 그러고 있어도 진정하지 못할 것 같았다. 던멜은 카셀의 손을 잡고 앉아 있기 편한 곳까지 인도해주었다.

"하얀 늑대들의 캡틴이 지붕에서 실족사했다는 대단한 뉴스거리를 제공하고 세상 하직할 뻔했군."

카셀은 중얼거리며 몇 번이고 자세의 안정성을 따져본 후에야 바닥에 짚고 있던 손을 뗐다. 그리고 수화로 물었다.

'높은 곳, 좋아?'

카셀의 수화는 아주 단순했다. 그래도 아직 외우지 못한 단어를 피해가며 수화로 말하는 것이 제법 적응력 있었다.

'좋아한다.'

던멜도 카셀이 알아듣기 편하게 단순한 단어로 말해 주었다.

'안 무서워?'

'난 떨어지지 않는다. 무섭다는 건 자신이 떨어질지도 모른다는 가정이 있기 때문이다.'

카셀은 모르는 단어를 입술을 움직여 물었고, 던멜은 대답해 주었다. 카셀은 이번 대화에서 '가정'이라는 단어를 배웠고, 그 이후에도 여러 차례 그런 식으로 단어를 익혔다.

던멜은 가르치다 말고, 카셀에게 물었다.

'넌 나와 함께 할 시간이 많지 않을 것이다. 이 일이 끝나면 우리는 헤어질 테니까. 내 수화를 반이나마 익힐 즈음에 넌 그 수화를 더 이상 써먹을 곳이 없어진다는 뜻이다. 그런데도 그리 열심히 배우는 이유가 뭐지?'

카셀은 조금 상처 받은 얼굴로, 더듬더듬 수화로 답했다.

'지금은, 하얀 늑대. 그래서, 배운다.'

카셀은 느릿느릿 수화를 이어갔다.

'하얀 늑대, 계속, 못 한다. 안다. 하지만, 배우고 싶다.'

'하얀 늑대들로 계속 있는 건 아니지만, 배우고 싶다?'

'하얀 늑대들로 계속, 아니지만 배우고 싶다.'

'왜 굳이?'

'대화.'

'대화를 위해서?'

'대화를 위해서.'

카셀은 금방 던멜의 수화를 따라 했다.

'이 정도 의사소통이 된다면 충분하다. 또 주위 친구들도 도와줄 것

이고.'

카셀은 또 '의사소통'이라는 단어를 몰라 쩔쩔맸다. 던멜은 웃으며 그 뜻을 설명해 준 후 수화로 말했다.

'사실 이 수화를 울프들에게 가르치려고 얼마나 많은 공을 들였는지 모른다. 하지만 누구도 너처럼 이렇게 열심히 수화를 배우려고 노력하지 않았다. 울프 기사단은 아직도 내가 수화로 말하면 통역이 필요한 녀석들이 반이다.'

카셀은 웃음을 터트렸다.

'넌 벌써 내 농담을 듣고 웃을 수 있는 정도니까 굉장히 빠른 거다.'

'하얀 늑대들 중, 제일 잘 하는 사람, 누구?'

'쉐이든. 속도가 조금 느릴 뿐 거의 나와 같다. 나머지 셋도 같이 있는 시간이 많아서 알아듣는 것에는 아무 문제가 없다. 하지만 로일은 표현이 조금 서툴지.'

'아즈윈, 어떻게 생각해?'

'어떤 면이?'

카셀은 딱 꼬집어 말하기 힘들어 고민하다가 말했다.

'남자 껴안는 것.'

던멜은 소리 없이 웃었다.

'난 여자에 대해서 특별히 관심을 두지 않는다. 성적인 욕망을 버린 지도 오래고. 하지만 가끔 그런 모습을 보면 유쾌해서 좋다. 적응하면 아즈윈만큼 편한 여자도 없다. 자유분방하지만 아무나 껴안는 건 아니다. 내가 보기에 아즈윈은 널 좋아한다.'

'날 좋아해?'

'아즈윈은 특별한 남자에게 끌린다. 너도 그렇고, 다른 하얀 늑대들도 그렇지.'

'나도 특별?'

던멜은 고개를 끄덕였다.

'어떤 면에서?'

카셀이 다시 물었다.

던멜은 대답 대신 어깨를 으쓱했다.

'거기까지는 나도 모른다.'

카셀도 더 묻지 못했다. 이번에는 던멜이 물었다.

'아직 내 질문에 대답을 안 했다.'

'어떤 질문?'

'잠깐의 대화를 위해서라면 굳이 이렇게 수화를 많이 배우지 않아도 된다는 질문.'

카셀은 잠시 생각했다가 최대한 쉬운 단어를 찾아내어 말했다.

'던멜을 알고 싶어서.'

'내 어디가 궁금해서?'

카셀은 설명하기 위해 열심히 손과 머리를 움직였다.

'친구, 되려면, 그 사람의 세계, 이해해야 한다. 그 사람의 세계는, 대화로 안다. 그래서, 너의 말, 배워야 한다.'

던멜은 수화를 하려고 쩔쩔매는 카셀의 모습에 빙그레 웃어 보이기만 했다.

'하지만 오늘은 그만. 힘들다. 나 간다.'

카셀은 비틀거리며 자리에서 일어났다.

던멜은 카셀이 나타나는 순간, 자신에게 뭔가를 추궁하기 위해 나타났다고 생각했다. 암살자의 왕실 침입은 아직도 왕실 내에서 크게 다뤄지는 부분이고 그 책임의 상당 부분은 하얀 늑대들의 캡틴인 카셀이 떠안고 있었다. 카셀은 서둘러 그걸 해결하고 싶어 할 것이고, 그 사건의 열쇠는 던멜이 쥐고 있었다. 그러니 던멜을 찾아온 카셀이 할 이야기란 그쪽일 것임에 틀림없었다. 그러나 카셀은 열심히 던멜의 수화만 배우고 볼일 다 봤다며 가려 했다.

이렇게 노골적으로 친구가 되고 싶다고 말하니 던멜은 의심부터 들었다. 누가 말도 안 통하는 벙어리와 친구가 되려고 하겠는가? 사실 울프 기사단 내에서도 던멜을 꺼려하는 이는 많았다.

하지만 의도야 어찌 됐든 카셀은 최소한 노력하고 있었다. 던멜은 그 노력에 보답하기로 결정하고 카셀에게 수화로 말했다.

'캡틴. 난 여기 있을 테니, 친구들에게 대신 전해 줘.'

카셀은 균형을 잡기 위해 팔을 펼치고 있느라 수화를 쓰지 않고 물었다. 하지만 수화를 하던 흐름 때문인지 짧은 단어 선택은 그대로였다.

"뭘?"

'놈들이 오고 있다.'

"누구?"

'블랙풋.'

카셀은 지붕을 내려가려던 자세 그대로 굳어졌다. 던멜은 그의 놀라는 모습에 놀랐다. 정말로 블랙풋 생각은 하지 않았던 건가?

카셀이 물었다.

"많아?"

'한둘은 아니다. 하지만 그렇게 많은 것도 아니야.'

"목표는 우리?"

'게랄드가 공격당한 건 나도 의외였다. 하지만 코홀룬에서도 목표는 우리가 아니었다.'

"그럼 누구?"

던멜은 당연하지 않느냐는 듯 수화 대신 지붕 아래를 가리켰다. 카셀은 금방 납득하고 고개를 끄덕였다.

'아, 그리고.'

던멜은 수화를 잠깐 멈췄다. 굳이 이 말까지 안 해도 되지 않을까? 그러나 이미 그는 손을 움직이고 있었다.

'블랙풋에 대해 아무 말도 하지 않아줘서 고맙다.'

"잊고 있었던 것뿐이야."

던멜은 소리 없이 미소 짓고는 다시 수화를 이어갔다.

'블랙풋은 강하다. 일반 사람들에게 그들의 존재란 유령과도 같을 것이다. 나 역시 그곳 출신이었고, 그곳의 수제자였다. 마스터 퀘이언 이전의 내 스승은 블랙풋의 길드 마스터였다.'

카셀은 아무 말도 하지 않았고, 던멜의 수화는 계속되었다.

'우릴 노린 암살 집단이 블랙풋이었다는 사실을 알고 내가 당황했던 이유는 그 때문이다. 그곳에 지금 미련이 있는 것도 아니고, 지금 그곳의 암살자들 중 날 아는 이들도 없을 테지만 어쨌든 예전에 몸담았던 곳이니까.'

"이해한다. 여기서 갑자기 내 고향 사람들을 만나면, 나도 당황할 거다."

'내가 가진 암살 기술, 그쪽의 정예들도 모두 가지고 있을 것이다. 날 가르친 블랙풋의 길드 마스터는 마스터 퀘이언과도 정면 대결을 할 정도로 강했다.'

"그럼 그 길드 마스터는?"

'죽었다. 아란티아의 여왕 앞에서, 퀘이언에게.'

카셀은 무척 놀란 눈을 했지만 더 묻지 않았다. 그리고 대화가 끝났음을 고갯짓으로 대신하고 돌아섰다.

카셀은 곧 지붕 끝에서 멈췄다. 뭔가를 망설이고 있었다. 더 할 말이라도 남았나? 던멜은 카셀이 바라보는 방향을 바라보았다. 지붕 밑으로 개를 끌고 왔다 갔다 하는 경비병들이 개미처럼 작게 보였다.

카셀은 겨우 밑으로 향하는 시선을 떼고 던멜에게 말했다.

"도, 도와줄래? 다리가 안 움직여."

던멜은 다가와 손을 내밀었다. 카셀은 그의 손을 생명줄처럼 꽉 잡았다.

◈Chapter 26◈

블랙풋

'헤더'는 잠시 벽 뒤에 숨어서 기다렸다. 사냥개 한 마리를 끌고 이동 중인 경비병 두 명이 격렬한 토론을 하며 걸어가고 있었다. 그녀는 바닥을 기듯 정원을 가로질렀지만 그 둘은 서로 말하느라 바빠 눈치채지 못했다. 경비견만 귀를 쫑긋 세웠다.

"왜 그래?"

경비병 중 한 명이 개가 살피는 쪽을 무심코 돌아보았다. 그녀는 바닥에 납작 엎드려 기다렸다. 다행히 개도 경비병도 그녀를 발견하지 못했다.

"……그치만 난 게랄드가 가르치는 것보다 아즈윈 쪽이 더 좋아. 어쨌든 여자고 예쁘잖아."

경비병들이 다시 자기들끼리의 얘기에 열을 올리며 횃불이 없는 쪽으로 사라졌다. 그녀는 정원 뒤에 몸을 숨기고 있다가 왕의 침실이 있는 성으로 달려갔다. 그 뒤로도 두 번 더 경비병 옆을 지났지만 들키지 않았다.

그녀는 정원에서 벗어나 성벽에 등을 기대고 찰싹 붙었다. 그리고 횃불이 닿지 않는 어둠 속으로 걸어 들어갔다. 누군가 지켜보고 있더라도 아마 어둠 속에 스며들듯 사라졌다고 생각할 것이다.

그녀는 성의 지하에서 외곽으로 구정물이 빠지는 하수도 안을 걸었다. 천장이 낮고 고인 물이 썩어 있어 불쾌했지만 선택의 여지가 없었다. 여긴 왕실 내부 사람들도 거의 모르는 비밀 통로였다.

그녀는 점점 걸음을 빨리했다. 찰박찰박, 바닥에 고인 물에 발을 디딜 때마다 소리가 났지만 이곳은 소리에 크게 조심할 필요는 없는 자리였다. 걸어가면서 그녀는 네 개의 칼날이 손등 쪽에 달려 있는 장갑을 꼈다. 손가락이 움직이는 대로 칼날이 부드럽게 움직였다.

그녀는 네 방향에서 이어지는 하수구가 만나는 자리에 당도해, 이 사이로 쉬익 하는 바람 소리를 냈다. 안에서 같은 소리로 대꾸하는 소리가 들렸다. 지상으로 치면 별궁 주방 바로 아래쪽이었다. 곧이어 촛불 하나 분량도 안 되는 한 줌 빛이 주변을 밝혔다.

"늦었군, 헤더."

복면을 벗으며 다가가는 그녀에게 먼저 와 기다리고 있던 한 명이 말을 걸었다. 가래가 끓는 듯 듣기 싫은 그의 목소리에 헤더는 친근하게 대꾸했다.

"안녕하십니까, 옌스?"

옌스는 입술 끝에서 뺨으로 찢어진 흉터가 깊게 남아있어 안 그래도 흉악한 인상이었는데 최근 의뢰를 수행하다 앞니까지 부러져 더 흉해졌다. 그런 얼굴인데다 그동안 죽인 사람의 숫자는 조만간 세 자리가 되지만, 헤더는 그가 고양이를 좋아하며 후배들을 챙겨주는 사람이라는 걸 잘 알고 있었다.

"어때? 왕실에는 들어갈 만하던가?"

그는 쇠사슬 끝에 달린 쇠구슬을 만지작거리며 물었다.

"쉽지는 않아 보였습니다. 병사들의 수준이야 어찌 되었든, 체계적으로 경비가 갖추어져 있어요. 들어가고 나갈 수 있는 길은 처음 찾아놨던 길 딱 하나. 더 이상 없습니다."

헤더는 짧은 머리를 긁적이며, 여자 마법사의 옆에 앉으며 말했다.

"메첼, 예정대로 퇴로는 확보됐습니까?"

메첼은 끝이 구부러진 나무 지팡이를 들고 있었다. 불규칙적으로 어두워졌다가 밝아지길 반복하는 지팡이 끝이 이곳의 유일한 불빛이었다. 마법사는 들릴 듯 말 듯 작은 목소리로 대꾸했다.

"성의 정원을 통해 이 자리로 되돌아 왔다가 하수도를 타고 성 바깥까지. 미행하긴 힘들고, 달아나긴 쉬워. 대신 중간에 계획이 틀어진다면 다른 퇴로는 없다. 임의로 움직일 수밖에."

메첼은 한쪽 손목 아래가 없었다. 예전의 아름다운 모습과 달리 지금은 퀭한 눈에 힘이 하나도 없었고, 뺨에는 보기 싫은 흉터가 선명하게 새겨져 있었다. 코홀룬에서 그 부상을 입은 후로 그녀는 입술 화장 한 번 하지 않았다. 같은 여자인 헤더가 보기에도 부러울 정도로 요염했던 예전의 모습은 더 이상 보이지 않았다.

"피곤해 보여요, 메첼."

헤더는 그녀의 손을 잡았다.

"괜찮아."

"미리 말씀드리지만…… 어, 이번 작전은 복수가 아닙니다."

헤더는 조심스럽게 말을 이었다.

"이번 임무에서는 그때 그 하얀 늑대를 죽이는 게 포함되어 있지 않아요."

"알아. 같은 말 여러 번 하지 마."

메첼은 대꾸하고 고개를 돌려버렸다. 그녀가 코홀룬에서 잃은 것은 손만이 아니었다. 이전에 가졌던 냉정과 침착함도 보이지 않았다.

"그런데 헤더, 정말 우리가 하얀 늑대들을 피해야 하는가?"

내내 조용히 있던 리겐이 불만스럽게 말했다. 얼굴이 가늘고 코가 길었고 눈썹은 좌우로 치켜 올라가 겉보기에도 신경질적으로 보였고, 실제로도 신경질적인 남자였다.

"다시 반복해서 말하게 하지 마세요, 리겐. 우리 요원이 몇 명이나 죽었는지 모르시는 건 아니겠지요? 명성은 거짓이 아니었습니다."

"죽은 건 1급 요원들이 아니었잖아."

"1급 요원에 가까운 사람도 두 명이나 죽었어요."

칼라. 루안. 칼라는 메첼에 비해 마법의 힘이 좀 부족하지만 자기를 만난 사람들을 상대로 무서운 인상을 남기는 법을 잘 알았다. 그래서 고디머 백작을 협박하는 임무를 맡겼다.

루안은 옌스에게 배워 옌스와 같은 무기를 썼다. 옌스보다 실력이 약간 떨어지지만 칼라와 같이 행동할 때면 1급 요원으로 부족함이 없었다. 그러나 그 둘은 살아남지 못했다. 정황상 고디머 백작을 협박하는 것에도 실패했다.

결과적으로 코홀룬의 작전에서 살아남은 건 메첼뿐이었다. 그녀는 칼라와 루안이 고디머 백작의 저택 안에서 자유롭게 활동할 수 있도록 하얀 늑대들을 유인하는 역할이었다. 그러나 그 단순한 임무에서조차 그녀는 큰 부상을 입었고, 따라간 부하들도 많이 죽었다. 동료들이 이렇게 많이 죽은 건 처음이었다.

"블랙풋 전체의 질을 떨어뜨리는 발언입니다. 취소하세요."

헤더는 차갑게 쏘아붙였다.

"뭐, 그러지."

리겐은 애매한 뉘앙스로 대꾸했다.

그는 전부터 울프 기사단을 사냥하고 싶다고 몇 번이나 말했다. 계속 그런 임무가 안 떨어지면 언제고 자진해서 아란티아로 떠나겠다는 말까지 했었다. 하얀 늑대들이 카모르트로 왔으며 그들을 암살하라는 의뢰가 들어왔을 때 지었던 리겐의 표정은 잊을 수가 없었다.

길드 마스터는 조용히 헤더만 불러서 말했다.

'우리에게 커다란 도전이 될 것이다.'

그것은 경고와도 같은 말이었다. 그런데 마스터의 표정에는 어째서인지 슬픈 감정이 묻어 있었다.

최후의 보루처럼 임무를 수행하러 떠난 1급 요원인 잭도 죽었다. 그의 눈에 붙은 '검은 발바닥'이 불에 탔다는 신호가, 사흘 만에 수정구를 통해 날아들었다. 검은 발바닥이란 1급 요원에게만 달려있는 마법의 힘으로, 죽거나 암살 정보를 발설하면 저절로 발화를 일으킨다. 잭이 정보를 발설하고 죽었을 리는 없었다.

그런데 잭이 사흘 동안이나 임무를 이어갔다는 점이 이상했다. 왕실

내의 철저한 경비를 생각하면 오랫동안 공을 들이는 것은 이상할 게 없었다. 그러나 잭은 그렇게까지 신중한 성격이 아니었다. 무엇보다 오늘 헤더가 직접 살펴보니 여긴 사흘이나 공을 들일 경비는 아니었다.

'잭이 사흘 동안 신중을 기한 게 아니라, 사흘이나 시도하지 못했다고 봐야 한다.'

아무리 하얀 늑대들이 엄청난 실력을 가졌다고는 하나, 암살이란 것은 별개의 영역이었다. 그런데도 매번 실패한다는 건 그들에게 이쪽 전문가가 있다고 봐야 했다.

'하얀 늑대들 내에 블랙풋보다 더 뛰어난 암살자가 있다!'

헤더가 내린 결론이었다. 그녀는 하얀 늑대들의 암살 의뢰를 포기하기로 결정했다.

리겐이 제일 먼저 반대했다. 1급 요원 하나 죽었다고 의뢰를 포기하는 일은 블랙풋의 수치라면서.

헤더도 치욕적인 일이라 생각했지만 결정을 바꾸진 않았다. 놀랍게도 길드 마스터는 마치 예상했던 일인 양 허락했다. 길드 마스터는 '암살 의뢰인'에게 헤더의 뜻을 전달했다. 의뢰인은 결정을 받아들였으나, 대신 다른 임무를 내렸다.

'왕을 납치하라!'

헤더에게는 이 말도 안 되는 임무가 하얀 늑대들 암살 임무보다 쉬워 보였다.

"포지션 변동 없이 가나?"

지금까지 아무 말도 하지 않았던 네 번째 요원인 발락이 입을 열었다. 그러자 리겐이 툭 내뱉었다.

"내 백업을 맡게 된 게 불만이냐?"

짧은 회색 머리에 가는 눈동자의 발락은 감정이 전혀 담겨있지 않은 눈으로 리겐을 힐끗 바라보았다. 그도 헤더처럼 몸에 딱 붙는 검은 옷을 입었는데, 필요한 근육만 붙어 잘 빠져 있는 그의 몸은 옌스와 다른 의미에서 단련된 몸이었다.

리겐은 항상 자신이 발락에 이은 두 번째라는 점을 불만으로 여기고, 노골적으로 경쟁심을 드러냈다. 발락이 무시해서 큰 싸움이 벌어진 적은 없지만, 헤더는 가급적 둘을 같은 팀에 넣고 싶지 않았다.

헤더는 미리 발락에게 양해를 구해 리겐을 선두에 내세웠다. 안 그래도 불만 많은 리겐이 앞장서고 겉으로 보기에는 리겐의 백업처럼 보이되, 실상은 더 중요한 위치를 발락에게 내주는 것이 가장 좋은 배치였다. 하지만 리겐은 길드에서 나설 때부터 지금까지 발락을 툭툭 건드리는 말을 해대고 있었다.

'또 시작이군. 저런 자존심 싸움에 신경 쓸 틈 없는데.'

헤더는 리겐이 또 쓸데없는 소리를 하기 전에 말했다.

"포지션 변동 없이 갑니다. 리겐과 옌스가 길을 뚫고 메첼은 엄호, 제가 표적에 접근하겠습니다. 발락은 퇴로 확보. 질문?"

"만약 하얀 늑대들과 피치 못할 사정으로 마주치게 되면?"

리겐이 또 하얀 늑대들에 대해 묻자 과묵한 옌스마저 한마디 했다.

"그만 좀 해, 리겐!"

그러나 헤더는 그 질문을 받아들였다.

"만에 하나 그들이 우리의 침입을 알아챘다면 불가피한 싸움도 일어날 수 있겠죠."

헤더는 부디 리겐이 사고를 치지 않길 바라며 말을 이었다.

"최대한 방어 위주의 전투. 그것도 둘 이상이 모였을 때만요. 정면 대결은 무조건 피하도록. 다른 질문?"

리겐도 더 묻지 않았고, 나머지는 묵묵히 듣고만 있었다.

헤더는 크게 심호흡을 한 후에 명령을 내렸다.

"시작합니다."

리겐과 옌스가 즉시 부엌으로 통하는 하수도로 들어갔고, 메첼은 성 외곽으로 통하는 하수도로 들어갔다. 발락이 뒤따라 움직이려 할 때 헤더가 그의 어깨를 잡았다.

"발락, 마스터의 명령이 아니었다면 저는 당신을 이 작전에서 제외했을 겁니다."

얼굴을 모두 가리고 있어 발락의 표정을 읽을 수가 없었다.

"어째서? 넌 언제나 나와 함께 임무 수행을 하고 싶어 하지 않았나?"

"이번 임무로 블랙풋이 당신을 잃으면 안 되니까요……."

과거 블랙풋은 론타몬에서 가장 강한 암살 길드였다. 의뢰인의 비밀을 철저히 지켜주며 맡은 임무는 반드시 해결해주는 것으로, 한때는 론타몬의 황실에까지 영향력을 미친 적도 있었다.

그러나 마스터 칼스텐이 마지막 임무를 띠고 수제자 테마르를 데리고 떠난 후 블랙풋은 급격히 약화되었다. 암살 기술을 전수해줄 두 사람이 사라져버린 후, 1급 요원들은 조금씩 죽거나 떠나면서 인원이 채워지지 않았다. 이제 과거의 영광을 함께 했던 요원들은 하나도 남아 있지 않았다. 길드 마스터도 늙어서 힘을 잃은 마당에 사실상 후계자로 지목된 발락은 블랙풋의 마지막 희망이었다.

"이번 임무가 위험한 줄은 안다."

발락은 헤더의 얼굴을 가만히 쓰다듬었다.

"하지만 난 죽지 않는다. 마스터 칼스텐께서 테마르를 데리고 돌아오실 때까지 내가 블랙풋을 지킨다."

발락은 곧 메첼이 들어갔던 하수구로 들어갔다. 소리 없이 사라지는 그의 뒷모습은 항상 든든했지만 오늘만큼은 불안하기 그지없었다.

'발락, 당신도 아직 포기하지 않았군요.'

마스터 칼스텐이 아란티아로 떠난 이후 얼마 안 되어 그의 검은 발바닥이 불에 탔다는 마법 신호가 들어왔다. 길드 마스터는 뭔가 잘못되었다며 사실을 받아들이지 않았다. 같이 간 수제자 테마르라도 돌아오길 기다렸으나, 그 역시 돌아오지 않았다.

칼스텐이 아란티아로 떠난 이유에 대해 길드 마스터는 끝내 입을 열지 않았다. 헤더는 울프 기사단과 어떤 연관이 있을 거라고 막연히 짐작만 하고 있었다.

헤더는 칼스텐의 죽음을 받아들였다. 그러나 테마르의 검은 발바닥이 탔다는 신호는 오지 않았다. 그래서 그녀는 테마르가 살아 있다고 믿었다. 어떤 모습으로든, 설사 나이가 들어 예전의 기량을 갖추지 못한 모습이라도 좋으니 테마르가 돌아오길 원했다.

그날이 올 때까지 블랙풋을 예전의 명성으로 되돌리기 위해서라도 반드시 이 일을 성공시켜야 했다.

헤더는 복면을 쓰고 하수도의 위로 뛰어 올라갔다.

두 명의 병사가 복도를 완전히 지나갈 때까지 리겐은 천장에 매달려 있었다. 리겐은 그들이 자신의 존재를 알아챌 걱정은 조금도 하지 않았다. 기척을 완전히 죽이고 그림자 속에 숨어 있는 그를 찾아낼 수 있는 사람은 블랙풋 내에서도 발락밖에 없었다.

예상했던 것보다 실내에는 경비 숫자가 적었다. 계단에 선 경비들은 다른 곳의 경비들보다 나름대로 신경 써서 자리를 지키고 있었으나, 벽에 붙어 이동하는 리겐의 움직임을 발견하지는 못했다. 헤더의 지겹도록 반복된 주의가 아니었으면 리겐은 예정된 시간의 반도 안 걸려 목표물 앞에 도착해 있었을 것이다.

계단 입구에 선 병사 하나가 길게 하품을 하고 있었다. 리겐은 과감하게 병사가 서 있는 벽과 그의 등 사이를 통과했다. 사실 방금 지나쳐온 병사 정도는 흔적도 남기지 않고 없앨 수 있었다. 시체는 한 달쯤 후에나 발견될 수 있도록, 심지어 주변 사람들이 그가 죽었는지도 모르게 처리할 수 있었다. 마찬가지로 헤더의 명령만 아니었다면.

'언제까지 내가 스무 살밖에 안 되는 꼬마의 말을 들어야 하지?'

늙어서 자리만 겨우 지키는 길드 마스터는 위험하고 중요도가 높은 작전이면 언제나 헤더를 리더로 뽑았다. 길드 내에서 가장 강력한 마법사인 동시에 발언권이 강한 메첼도 그런 선택을 지지했다.

'어째서? 어렸을 때 칼스텐과 테마르의 귀여움을 받았다는 이유로?'

리겐은 칼스텐의 얼굴을 보지도 못했다. 당시에는 아직 전적을 쌓지 못했기 때문이었다. 테마르의 존재도 이름만 알고 있었다. 기껏해야 조만간 칼스텐을 능가하는 최강의 암살자가 될 거라고 소문과 함께.

리겐은 얼굴 한 번 본 적 없는 젊은 실력자 테마르를 목표로 삼았다. 하지만 테마르는 스승인 칼스텐과 함께 실종됐다. 그의 빈자리에는 자신이 아닌 발락이 들어갔다. 불공평한 처사였다. 실력이 아닌 친분 탓임이 분명했다.

리겐은 자신의 실력을 입증하고 싶었지만 기회가 좀처럼 나타나지 않았다. 애초에 중요도 높은 임무는 늘 발락이 가로채 버리니 경력을 쌓지도 못했다.

'내가 네게 그런 임무를 주지 않는 게 정말 네 실력 탓이라고 생각하느냐?'

한 번은 길드 마스터에게 따졌더니 이런 얘기를 들었다. 리겐은 늙은이의 모호한 미소가 마음에 들지 않았다. 그의 편애가 인재를 썩히고 있었다!

그런 면에서 하얀 늑대들 암살 의뢰는 하늘이 내려준 기회였다. 이보다 멋진 타이밍에 이보다 멋진 사냥감이 나타나 줄 수 있을까? 그것도 찾아가기 힘든 아란티아를 벗어나 자신의 앞마당이나 다름없는 노르만트로 걸어 들어와 주니, 의뢰인에게 고맙다는 인사라도 하고 싶었다.

불행히도 하얀 늑대들이 카모르트의 국경을 넘을 당시 시도한 첫 기습에, 다른 암살 임무가 있던 리겐은 참가할 수 없었다. 코훌룬에서는 마법사 메첼과 칼라에게 임무가 떨어졌다. 그리고 또 실패했다. 리겐은 계속 자신을 투입시켜 달라고 요청했지만 받아들여지지 않았다.

리겐은 안달이 나 있던 터라, 잭이 임무에 실패했다는 말을 듣고 오히려 환호했다.

'발락은 애지중지하니 보내지 못하겠지. 그러니까 다음은 나다!'

그러나 헤더와 길드 마스터는 의뢰를 포기했다. 머저리 같은 선택이었다. 그리고 대신 받아온 의뢰라는 게 고작 납치였다. 그 상대가 국왕이라는 거물이라 해도 리겐에게는 달가운 일이 아니었다. 그래서 그는 납치 임무만 끝나면 개인행동에 들어갈 생각이었다. 그에게는 스치기만 하면 열 걸음도 못 걷고 쓰러져 죽게 할 만한 독이 묻은 단검이 스무 자루 있었다. 하얀 늑대들 다섯 명쯤은 문제없었다.

'임무 수행 중에 하는 수 없이 하얀 늑대들을 죽이게 되면 좋겠군. 임무 이상의 일을 해버려서 죄송합니다, 정도의 사과면 될 거야.'

목표는 3층이었다.

지금까지의 정보에 따르면 카모르트 국왕은 취침 시 침실 바깥에 여러 명이 서성이는 걸 싫어하므로 경비는 두 명 정도만 둔다. 그러나 침실 층으로 올라오는 동안의 계단과 입구에 배치된 경비병의 숫자로 보면 적어도 이 층에는 다섯에서 여섯 명의 경비가 있을 것으로 예상됐다.

헤더는 상대측에 블랙풋의 전략을 잘 아는 전문가가 있다는 가정 하에 속임수를 써뒀다. 리겐은 자신이 속임수의 선방에 선다는 점과 정말 중요한 부분을 발락이 맡는다는 걸 잘 알았다. 하지만 상관없었다. 싸우는 몫만 충분히 자신에게 돌아온다면.

리겐은 벽에 찰싹 붙어 발소리를 내지 않고 이동하며 복도에 있을 경비를 살폈다.

'이쯤 됐으니 한 명쯤은 죽여 둘까?'

옌스도 다른 경로를 통해 반대편 복도에서 대기 중이었다. 둘이 동시에 복도로 진입하면 경비 다섯 정도는 숨 한 번도 안 쉬고 처리할 수 있었다. 그러나 놀랍게도 왕의 침실 입구에는 창을 든 병사 한 명만 서 있었다.

'한 명뿐이라고?'

기름 등불로 희미하게 불이 밝혀진 복도에는 아무리 봐도 앞뒤로 한 명밖에 없었다. 그 남자는 벽에 비스듬히 기대어 창을 품에 끼고 있었다. 꼭 졸고 있는 것처럼 보였다. 진한 갈색인지 검은색인지 모를 곱슬머리에, 드러낸 어깨와 팔뚝은 옌스 못지않은 근육으로 울퉁불퉁했다. 손등과 손목 쪽을 보호해주는 보호구 정도만 끼고 그 외에는 갑옷도 투구도 착용하지 않은 차림이었다.

'아래층까지의 경비가 철저했으니 위층 경비는 없어도 좋다는 것도 아닐 테고.'

리겐은 우선 옌스를 기다렸다. 반대편에 경비가 숨어 있을 수도 있었다. 곧 옌스가 반대편 복도 끝에서 신호를 보내왔다.

상황 변동 없음.

리겐도 같은 신호를 보냈다.

예정대로.

잠시 후 헤더는 표적의 방 창문으로 접근할 것이다.

멀리서 옌스가 손가락으로 의견을 물었다.

'들어가?'

리겐은 망설임을 끝냈다.

'내가 제거한다.'

리겐은 손가락으로 신호를 보낸 후 즉시 달려나가 독이 묻은 단검을 던졌다.

혹 하얀 늑대들이 추적해올 경우를 대비한 스무 개 중 하나였다. 아까웠지만 지금은 충분히 그 정도의 가치가 있었다. 그러나 단검은 경비병의 얼굴 옆을 지나가 벽에 부딪혔다. 빗나갈 거라고는 생각도 하지 않던 리겐은 달려나가던 걸음을 멈추느라 휘청거렸다. 자다 깨서 퉁퉁 부운 눈으로 던져도 열 걸음 안에 있는 표적이라면 날뛰는 생쥐도 놓치지 않는 그였다.

만약을 대비하고 있던 옌스는 리겐이 실패하자, 거의 반사적으로 쥐고 있던 쇠구슬을 경비병에게 집어 던졌다.

경비병은 그제야 팔짱을 풀고 자세를 잡더니 날아오는 쇠구슬을 철로 만든 창으로 쳐냈다. 거의 힘도 안 들이고 날아가는 쇠구슬의 방향만 바뀌었다. 묵직한 쇳덩어리는 벽에 둔탁한 소리를 내며 부딪쳤다. 깨진 돌이 한 움큼 떨어져 나왔다.

옌스는 급히 사슬을 잡아당겨 쇠구슬을 자기 쪽으로 되돌렸다. 그리고 혹시라도 돌아올지도 모르는 반격을 대비해 자세를 낮췄다. 그러나 창을 든 경비병은 그 자리에 선 채 움직이지 않았다.

리겐은 첫 번째 공격이 실패한 즉시 두 자루의 단검을 준비했으나 던지지 않았다. 옌스도 되돌아온 쇠구슬을 또 던지지 않았다.

그 경비병은 리겐의 단검을 고개만 젖혀 피했고, 날아가는 도끼만큼이나 무거운 옌스의 쇠구슬을 한 손으로 막았다. 이것만으로도 뭔가 이상한 자였는데 그는 침입자가 나타났다고 소리도 치지 않았다. 시선도 어느 한 쪽이 아니라 텅 빈 정면만 주시하고 있었다.

"엔스."

리겐은 소리 내어 말했다. 그제야 스무 자루 단검을 모두 써야 할 상대와 만났다는 걸 알았다.

"어."

엔스는 아직 상황 파악을 못 해서인지 대답도 건성으로 했다.

"하얀 늑대다."

그제야 엔스는 깜짝 놀랐다. 그러나 리겐은 오히려 기뻐했다. 드디어 헤더가 말한 피치 못할 상황이 왔다!

엔스는 즉각 사슬을 풀더니 쇠구슬을 빙글빙글 돌리기 시작했다. 위협적인 소음이 울리는데도 창을 든 남자는 느릿느릿 물었다.

"블랙풋이냐?"

리겐은 죽여야 할 상대와 이야기를 나눈 적은 없었다. 하지만 알 수 없는 분위기에 말려 그만 대답해버리고 말았다.

"우릴 아나?"

"그럼 너희 둘도 눈동자에 발바닥이 그려져 있겠군."

"너무 많은 정보를 남겨주고 죽은 녀석이 있었군."

"그 이상도 알고 있다. 때문에 의뢰인을 말하라고도 하지 않겠다. 말할 수 없는 몸일 테니까."

리겐은 놀랐다. 검은 발바닥의 모양뿐 아니라, 그 효력까지 아는 눈치였다. 남자는 낮은 어조로 말했다.

"더 이상 하얀 늑대들을 건드리지 마라. 마지막 경고다. 무시하면 블랙풋이라는 이름을 이 대륙에서 지워버리겠다."

리겐은 양손에 단검을 세 자루씩 들고 말했다.

"울프 기사단을 통째로 끌고 오기라도 하려고? 그거 환영할 만한 일이군. 블랙풋과 울프 기사단의 전투라니? 멋진 싸움이 되겠어."

벽만 주시하던 하얀 늑대가 리겐을 돌아보며 말했다.

"기사단? 이건 나 쉐이든의 단독 결정이며, 개인적인 분노다."

거짓이나 허세라고는 없는 눈빛으로, 그는 말을 이었다.

"블랙풋은 나 혼자 없애버릴 것이다."

그때 옌스가 기척도 내지 않고 빙글빙글 돌리던 사슬의 한쪽 끝을 놓았다. 동시에 리겐도 단검을 집어던졌다. 스치기만 해도 그 자리에서 즉사시킬 독을 묻힌 단검 세 개, 그리고 투구를 써도 두개골을 간단히 박살낼 쇠구슬이 무서운 속도로 창을 든 하얀 늑대의 머리를 향해 날아들었다.

그 사이에 어떤 움직임이 있었는지는 보이지 않았다. 그저 세 개의 단검이 모조리 튕겨 바닥에 떨어지고 쇠구슬마저 방패에 부딪히기라도 한 듯 불꽃을 일으키며 튕겨져 나왔을 뿐이었다. 쉐이든이라는 이름의 하얀 늑대가 휘두른 창의 끝이 바닥에 끌리며 불꽃을 일으켰다. 작은 바람이 복도에 일며 그의 손 안에서 맴돌던 묵직한 철창은 다시 그의 옆구리에 고정되었다.

옌스는 허공에 뜬 쇠구슬을 힘껏 끌어당겨 머리 위로 크게 한 바퀴 돌렸다. 그것은 상대에게 호흡을 되돌릴 여유도 주지 않는 공격이었고, 옌스가 가장 자신 있어 하는 비장의 기술이었다. 정식으로 훈련받은 뛰어난 기사는 대부분 앞에서 날아오는 공격에만 익숙하지, 이렇게 횡으로 날아오는 기술은 받아본 적이 없다. 옌스는 자기보다 강한 상대를 언제나 이 기술로 죽여 왔다.

좁은 복도 안에서 최대한의 반경을 그린 쇠구슬이 쉐이든의 귀 쪽으로 날아들었다.

쉐이든은 쇠구슬이 아닌 쇠구슬 뒤에 연결된 쇠사슬을 후려쳤다. 쇠구슬은 그의 창에 걸려 빠르게 원을 돌며 감겼다. 쇠구슬이 스스로 쇠사슬에 걸려 매듭이 만들어지는 순간 쉐이든은 창을 훽 잡아당겼다. 순간 옌스는 두 걸음이나 끌려갔다.

이 후에도 옌스는 바닥에 발을 고정시키고 버텼으나, 몸이 통째로 주루룩 끌려갔다. 상대에게 사슬을 빼앗기지 않기 위해 왼쪽 손목에 고정한 쥠쇠가 그대로 자신을 묶은 족쇄가 되었다. 끌려가는 자리에는 날카로운 창날이 세워져 있었다.

꼼짝없이 옌스가 창에 찔릴 거라고 생각한 순간, 창날은 엉뚱한 곳을 향했다. 옌스도 리겐도 모르는 위치에서 나타난 메첼이 지팡이로 쉐이든을 겨냥하고 있었다. 공기를 찢는 세찬 소리와 함께 불길이 날아들었다.

쉐이든의 철창은 옌스의 사슬에 묶였는데도 아무 제약 없이 방향을 바꾸고 빙글 돌아 불길을 쳐냈다. 사람 하나를 통째로 덮을 만한 규모의 불꽃이 폭발하며 주변으로 검붉은 혓바닥 같은 불길이 출렁거리며 퍼졌다.

리겐은 메첼에게 원거리 공격을 맡기고 상대의 숨통을 끊기 위해 천장을 가로질러 쉐이든의 등 뒤를 노렸다. 옌스는 리겐을 돕기 위해 쇠사슬을 있는 힘껏 잡아당겨 창을 끌어당겼다. 상대는 무방비 상태에 놓였고, 리겐은 쉐이든의 머리에 단검을 완전히 꽂았다고 생각했다.

전력을 다해 쇠사슬을 잡아당기고 있던 옌스가 갑작스럽게 쉐이든

쪽으로 끌려갔다. 그 사이 리겐의 독 묻은 단검은 허공을 그었다. 쉐이든은 옌스라는 짐을 단 채로 한 손에 쥔 창을 자유롭게 움직여 리겐의 어깨를 뚫었다. 창날은 그의 몸을 관통해 벽에 박혔다.

끌려가던 옌스가 가까스로 균형을 잡았을 때는 이미 리겐이 창에 꿰인 채 벽에 매달린 후였다. 몸의 절반이 불꽃에 휘감긴 쉐이든은 불붙은 팔을 세차게 휘저었다. 마치 입김에 날려가는 촛불처럼 커다란 불길이 한 번에 공기 중으로 떨어져 나갔다. 머리카락이 조금 탔고, 옷과 피부가 그을려졌지만, 그리 큰 화상을 입은 것 같지는 않았다.

그는 창 하나로 리겐과 옌스를 한꺼번에 잡아둔 채로 메첼을 노려보았다. 메첼도 지팡이를 겨냥한 자세를 유지했지만 그 이상의 마법은 엄두를 내지 못했다.

"옌스, 뒤!"

메첼이 다급히 소리쳤다.

옌스와 리겐이 상대의 철창에 신경을 쏟고 있을 때 옌스의 뒤로 다가온 왕실의 경비병들이 있었다. 두 개나 되는 창이 옌스의 등을 찔렀다. 옌스는 거의 반사적으로 몸을 뚫고 나온 창을 움켜쥐고 자신을 찌른 경비를 후려쳤다. 그 경비는 비틀거리며 물러났으나 다른 경비가 칼을 휘둘러 그의 배를 또 베었다.

"침입자다!"

왕실의 경비병들이 소리쳤다.

아래층에서 와르르 병사들이 몰려오는 소리가 들렸다. 이제 작전 성공은 고사하고 목숨부터 챙겨야 할 판이었다. 창에 꽂혀 있는 지금은 그마저도 힘들겠지만.

'빌어먹을, 빌어먹을.'

리겐은 호흡이 달려 비명도 지르지 못했다. 모든 것이 끝났다. 임무만 실패한 게 아니었다. 방금 보인 쉐이든의 창을 몇 번 본 것만으로 지금까지 그를 지탱했던 자존심이 무너져버렸다.

'이게 뭐야?'

리겐은 의미 없는 외침을 내질렀다. 목 안에서만 맴도는 비명이었다.

쾅!

왕의 침실문이 폭발했다. 쉐이든은 리겐의 어깨에 박힌 창을 뽑아내며 경비병들에게 소리쳤다.

"모두 엎드려."

연기 속에서 발락이 뛰어나와 리겐의 배를 감싸 끌어당겼다.

"기대라, 리겐."

리겐은 발락의 몸에 기댔다. 리겐은 그가 끄는 대로 끌려가며 연기를 이용한 헤더의 암습을 또 한 번 막아내는 쉐이든의 창끝을 바라보았다. 끝도 없는 패배감이 등골을 타올라 왔다.

'이게 뭐야? 이게 뭐냐고!'

단순히 문만 부서진 게 아니었다. 국왕의 침실 안쪽에서 파도처럼 연기가 쏟아져 나와 삽시간에 복도를 가득 메웠다. 한순간 아무것도 볼 수 없을 정도로 하얀 연기가 쉐이든의 시야를 가렸다.

"엎드린 채로 움직이지 마…… 윽!"

쉐이든은 병사들에게 소리 지르다가 날아오는 칼날을 창으로 막았다. 칼날은 모두 네 개였고, 각기 따로따로 움직이며 쥐고 있는 창 손잡이를 훑어 내려가며 손가락을 노렸다. 급히 손을 놓아 피하며 뒤로 물러났더니, 칼날은 금방 따라와 얼굴을 노렸다. 연기 속에 갇혀 보이는 것 하나 없는데도 상대는 정확히 쉐이든을 인지하고 따라붙었다.

쉐이든은 크게 창을 휘둘렀으나 상대는 창의 반경을 완벽하게 예측해서 피하고 발목과 허벅지를 노리고 들어왔다.

'이런 실력자가 셋만 더 있으면 혼자서 길드를 없애버리겠다는 말은 허풍이 되겠군.'

녀석은 성급하게 달아나지 않고 오히려 창의 간격 안으로 들어와 적극적인 공격을 펼쳐 동료들이 달아날 시간을 벌고 있었다.

쉐이든은 상대가 가까이 오는 것을 역으로 이용해 한 걸음 다가섰다. 그리고 어깨로 가슴을 들이받았다. 상대는 숨을 터트리며 연기 속으로 나가떨어졌다.

쉐이든은 굳이 따라붙지 않았다. 여전히 상대는 보이지 않았다. 연기가 가라앉으며 탁탁 뛰어가는 발소리만 들렸다.

"움직이지 마시오."

쉐이든은 경비병들에게 소리쳤다. 암살자들을 쫓아가려던 경비들은 즉시 그 자리에서 멈췄다.

어깨에 잠깐 닿았던 느낌은 여자였다. 그 부드러운 움직임과 날렵한 공격은 쉐이든에게 꽤나 익숙했다.

던멜과 같은 기술이었다.

연기가 가라앉을 때까지 꽤 많은 시간이 걸렸다. 복도에는 경비에게 찔려 죽은 덩치 큰 암살자 외에는 아무도 남아 있지 않았다. 경비병 한 명이 연기를 들이마셔 콜록거리며 물었다.

“왕실 경비대 대장입니다. 저희들이 늦었습니까? 시키는 대로 아래층에서 대기하고 있었습니다만…….”

“아니, 딱 맞게 나타나 주었소.”

쉐이든은 몸을 털면서 침실을 확인했다. 침대 위에 있어야 할 사람은 보이지 않았다. 뒤따라 들어온 경비병들은 경악을 금치 못했다.

“폐, 폐하께서, 나, 납치를…….”

다른 경비들도 호들갑이었다.

“맙소사. 이, 이건…… 대장, 어서 추격대를…….”

“조용! 모두 계획했던 일이다. 너희들에게도 말하지 못했을 뿐이다.”

경비대장은 손을 내저으며 모두를 진정시킨 후 쉐이든의 옆으로 다가와 말했다.

“정말 계획대로 되었군요, 쉐이든. 어떻게 저들의 움직임을 고스란히 읽을 수 있었죠?”

“내가 한 게 아니오.”

이번 작전은 모두 던멜이 짰다. 여기를 쉐이든에게 지키라고 지시한 것도, 경비병들을 아래층에 배치하라는 것도.

암살자들이 최선의 퇴로를 준비했다면 아마도 지금쯤 게랄드가 그들의 경로를 막고 있을 것이다. 게랄드는 일 대 다수의 싸움에 있어서는 쉐이든보다 몇 배나 더 능숙하니 문제없이 막을 수 있을 것이다. 만약 그들이 차선책을 택한다면 그 자리에는 아즈윈과 던멜이 있을 것이다.

"정리하시오. 내일부터는 다시 국왕께서 주무실 곳이니까."

쉐이든은 침실에서 나가며 마법의 불길에 탄 머리카락을 몇 개 뽑아 보았다. 꼬부라진 머리카락에서 특유의 탄 냄새가 풍겨 올라왔다. 그는 혀를 끌끌 차며 팔목 보호구도 떼어냈다.

"시체에서 물러나시오."

쉐이든은 복도에 쓰러진 덩치 큰 암살자를 치우려던 경비병들에게 말했다.

"곧 불이 붙을 테니, 모포 같은 걸 준비해 끄시오."

이제 걱정해야 할 것은 카셀이었다.

'네가 직접 나설 건 없었는데…….'

"더 못 가겠어."

하수도를 통과해 노르만트 외곽으로 빠져나가 풀밭을 뛰던 리겐이 무릎을 꿇었다.

일행은 모두 걸음을 멈췄다. 발락은 보따리로 싸서 짊어지고 있던 사람을 바닥에 내려놓았다. 납치하는 순간 기절시킨 덕에 움직임은 보이지 않았다.

"조금만 더 가면 상처를 치료할 만한 곳이……."

헤더가 다가가 리겐의 상처를 보며 하던 말을 멈췄다. 움켜쥐고 있는 어깨에서 피가 물 흐르듯 새고 있었다. 오래 갈 수 있는 출혈이 아니었다.

“버리고 가. 어차피 눈이 잘 안 보이기 시작했으니까.”

약한 소리 하는 법 없는 리겐이 식은땀을 흘리며 말했다. 헤더는 잠시 뒤를 살폈다.

“지혈이라도 하고 가야 해요. 옌스가 죽었는데 여기서 리겐까지 잃으면 임무에 성공했다고도 할 수 없어요. 추격해오는 기미도 안 보이는 것 같으니.”

발락은 고개를 끄덕이는 것으로 동의했다. 메첼도 지쳤는지 그대로 주저앉았다.

실질적인 작전은 끝났다. 이제 약속된 장소에서 기다리고 있을 의뢰인에게 납치한 샤를 국왕을 인도하기만 하면 끝이다. 지금 5분쯤 쉬는 정도는 괜찮을 것 같았다.

그러나 바람 부는 풀밭에서 일어난 그림자를 보고 헤더는 주저앉으려고 엉거주춤 취했던 자세에서 벌떡 일어났다. 발락과 리겐도 즉시 일어났다. 메첼은 갑자기 등장한 인물을 발견하지도 못하고 주변을 두리번거리다가 뒤늦게 지팡이를 짚고 일어났다.

‘추적당한 게 아니야. 미리 대기하고 있었어!’

헤더는 생각했다.

리겐은 어깨에서 손을 떼고 어둠 속에 서 있는 존재를 향해 사나운 눈빛을 보냈다.

“저 앞에 있는 놈이 하얀 늑대라는 것에 내 단검 모두를 걸어도 좋아.”

"그럼 난 저놈이 내 팔을 자른 놈이라는 것에 내 지팡이를 걸지."

메첼은 리겐 이상으로 살의를 드러내며, 지팡이 끝에 불길을 일으켰다.

"헤더, 결정해라."

발락도 샤를 국왕을 가둔 보따리 옆에서 떨어지며 짧은 검 한 자루를 꺼냈다. 그는 결코 리겐처럼 싸움을 밝히는 성격이 아니었으나, 싸울 일이 닥쳤을 때는 과감했다. 헤더는 갈퀴 장갑을 꽉 조이며 대꾸했다.

"상대는 하얀 늑대입니다. 우리 숫자가 더 많다는 생각은 버리겠습니다."

손등에 달린 네 자루의 칼날이 달빛과 마법의 불빛을 반사하며 반짝였다. 서늘한 바람이 초원을 훑고 지나갔다.

풀밭에 나타난 남자는 호리호리한 체구에 무기를 들지 않고 가볍게 손만 늘어뜨리고 있는 모습이 어딘지 발락과 비슷해 보였다. 기사라면 육중한 갑옷에 말을 타고 거창을 끼고 있는 모습만 상상해온 헤더에게는 어색하기 짝이 없는 모습이었다.

"리겐, 참을 만하나?"

발락이 딱딱하게 물었다.

"내가 가지고 온 단검도 다 못 쓰고 죽을 놈으로 보이나?"

"허세를 부릴 정도는 되겠군. 메첼 당신은?"

"마법사에게 그런 걸 묻는 게 아니다, 발락."

메첼도 지팡이를 상대에게 겨눈 채 움직이지 않았다.

"네 명으로 한 명을 이기지 못하면 블랙풋은 오늘로 끝내는 게 낫다.

망설이지 마라, 헤더. 책임은 내가 진다."

헤더는 그래도 망설일 수밖에 없었다. 그러자 발락이 바로 행동으로 나섰다.

"리겐, 신호 보내면 네 단검을 모조리 던져라."

"전부?"

"길게 가면 불리해질 거다. 한 명이 여길 지키고 있다면 뒤따라 다른 놈들이 나타날 것이다."

발락은 칼끝을 앞으로 세우고 준비했다. 리겐은 불만스럽게 콧김을 내뱉더니 손가락 끝에 단검을 네 개씩 끼웠다.

"발락, 하나만 묻자."

"짧게 해라."

"이 단검에는 달루노이의 독이 발라져 있다. 이 단검들로 너와 겨뤘다면 내가 이길 수 있었을까?"

"아니."

발락은 길게 생각하지도 않고 대꾸했다.

"이놈이고 저놈이고, 아무렇지도 않게 날……."

리겐은 허탈하게 웃더니 즉시 두 손을 휘둘러 새로 등장한 하얀 늑대를 향해 단검을 던졌다. 상대의 얼굴도 보이지 않는 어둠을 뚫고 여덟 개의 단검이 휘어져 날아갔다. 동시에 발락이 달려나갔다.

하얀 늑대는 가볍게 뛰어올라 손쉽게 단검들을 피했다. 발락은 이미 그것을 예상하고 같이 점프해 공중에서 맞닥뜨렸다. 하얀 늑대가 쥐고 있는 두 자루 검과 발락의 길지 않은 검이 허공에서 여러 번 부딪혔다.

둘은 착지하자마자 서로 같은 방향으로 풀밭을 달렸다. 달빛 아래에

서 보이는 거라곤 두 사람이 지나간 후에 흐트러지는 풀의 움직임뿐이었다.

자세를 낮추고 상황을 노려보던 헤더가 둘 사이에 뛰어들었다. 하얀 늑대는 뒤에서 날아드는 네 자루 갈퀴 손톱을 보지도 않고 막더니 바닥에 손을 짚고 발로 둘을 동시에 걷어찼다. 헤더는 몸을 숙여 피하고 발락은 팔등으로 막긴 했으나, 이어지는 다음 공격을 피하기 위해 둘 다 급히 물러서야 했다.

그 틈에 리겐이 다시 단검을 던졌고, 하얀 늑대는 바닥에 짚은 손의 힘만으로 뛰어올랐다. 단검은 모두 바닥에 박혔다.

내내 옆에서 기회를 엿보고 있던 메첼이 지팡이를 휘둘렀다. 지팡이 끝에 맺힌 불덩어리가 뻗어 나갔다. 그러나 이번에도 그는 공중에서 몸의 방향을 바꾸더니 불덩어리를 피해 버렸다. 힘을 잃은 불덩어리는 바닥으로 떨어져 폭발했고 메마른 풀밭을 순식간에 불태웠다.

하얀 늑대는 착지하자마자 금방 균형을 잡고 발락을 상대했다. 헤더도 합류해 공격에 들어갔다. 어둠 속에서 요란한 금속성이 빠르게 이어졌다.

공격을 주도하는 건 헤더와 발락이었지만 둘은 짧은 시간 안에 지쳐 갔다. 하얀 늑대의 두 자루 칼은 마치 온몸에 둘러쳐진 방패처럼 필사적인 그녀의 공격을 모조리 막아냈다. 급기야 두 자루 칼이 뱀처럼 휘어져 들어오더니 헤더의 얼굴과 목을 그었다.

발락이 견제하지 않았다면 정확히 동맥이 끊어졌거나 한쪽 뺨이 너덜너덜하게 찢겨졌을 정확한 공격이었다. 헤더는 아슬아슬하게 스친 공격에 놀라 뒤로 쓰러졌다. 몇 걸음 물러나고 나서야 헤더는 당혹스러운 사실을 깨달았다.

방금 발락이 막지 않았더라도 하얀 늑대는 그녀에게 치명상을 입히지 않았을 것이다.

'저자는 지금 전력으로 싸우고 있는 게 아니야. 어째서?'

헤더는 쉽사리 달려들지 못하고 있었다.

"비켜!"

오른손에 단검을 세 개를 쥔 리겐이 헤더를 옆으로 제치고 던질 채비를 했다. 하지만 갑자기 뒤에서 들린 여자의 목소리에 멈췄다.

"그거 던지면 너 죽는다."

리겐은 흠칫 놀라며 뒤를 돌아보았다. 다섯 걸음 떨어진 자리에 방패를 든 여자가 서 있었다. 타오르는 풀밭의 불빛 속에서 드러난 여자의 얼굴에 차가운 살의가 실려 있었다.

"또냐? 네놈들은 얼마나 더 날 깎아내려야……."

리겐의 목소리에는 울분이 섞여 있었다. 그리고 헤더가 채 말릴 틈도 없이 리겐은 단검을 집어던졌다. 그러나 단검이 꽂힌 자리에는 이미 방패를 든 여자가 없었다. 그 여자가 풀밭을 달려와 리겐의 턱밑에 칼을 찔러 넣었다.

"두 번 경고 안 한다."

그녀는 칼을 뽑으며 리겐의 시체를 밀어냈다. 리겐이 채 쓰러지기도 전에 이미 그녀는 다음 타깃인 헤더를 향해 방패를 쥔 손을 내밀고 있었다. 헤더는 코앞까지 다가온 그녀의 방패를 보고 숨을 멈췄다.

"너도 해볼래?"

그녀가 물었지만 헤더는 대꾸하지 못했다.

그 사이 발락은 혼자 하얀 늑대를 상대하고 있었다. 메첼은 계속 지팡이를 겨냥하고 있었으나 둘의 움직임이 너무 빨라 마법을 사용할 수가 없었다. 옮겨 붙은 불길에 주위가 점점 밝아지고 있었다. 여자가 헤더에게 명령하듯 말했다.

“싸움을 중지시켜라. 우리는 너희들을 죽이러 온 게 아니야. 물어볼 게 있어서 온 거지.”

“닥쳐라. 우리가 해줄 얘기 따윈 없다.”

“암살자들 주제에 자랑스럽게 명예를 지키다 가시게?”

여자는 한껏 비꼬는 소리를 내며 리겐의 피가 묻은 칼을 헤더의 턱에 들이밀었다.

“너희들도 돌아갈 집이 있고 먹고 싶은 음식이 있고 사랑하는 사람이 있을 거 아니야? 니들이야 워낙에 선량한 사람들을 많이 죽이고 다녔으니까 그런 거 알까 모르겠다만.”

헤더는 거칠게 숨을 들이마셨다. 그다지 강압적인 명령도 아니었지만 거부하기가 힘들었다. 딱히 칼이 턱 밑에 닿아 있어서가 아니었다.

발락의 움직임은 여느 때처럼 좋았다. 원하는 기술을 원하는 타이밍에 썼고, 몸도 가벼워 보였다. 그러나 상대는 그것보다 훨씬 빨랐고, 발락이 사용하는 기술 전부가 사전에 차단당하고 있었다. 그러고 보니 헤더도 자신의 기술을 제대로 써보지 못했다. 상대가 이미 그들의 모든 기술을 다 알고 있었던 것이다.

“발락, 멈춰요.”

헤더는 작은 목소리로 말했다. 울음이 섞여 나올 것이 무서워 큰 소리를 내지 못했다.

"멈춰요."

헤더는 깨달았다. 블랙풋은 오늘로써 끝났다.

"발락, 멈춰요!"

헤더는 소리 질렀다. 동시에 리겐의 시체에서 불길이 솟아올랐다.

어느 쪽에 반응했는지 몰라도 메첼과 발락이 동시에 고개를 헤더에게 돌렸다. 그리고 사로잡혀 있는 헤더를 발견한 둘은 즉시 물러났다. 발락을 공격하던 하얀 늑대도 상대가 저항 없이 물러서자 공격을 멈추었다.

"미안해요, 발락."

헤더는 딱딱하게 말했고, 발락도 높낮이 없는 목소리로 대꾸했다.

"그자에게 말해라. 우리는 동료가 인질로 잡혀 있다고 해서 멈추는 겁쟁이들이 아니라고."

헤더를 잡은 여자는 깔깔대고 웃었다.

"내가 얠 인질로 잡고 있는 것 같아 보여? 너희들 머리에 잠깐 찬물 좀 끼얹어 준 것뿐이야. 우린 처음부터 싸울 생각 없었고, 이 녀석도 저항이 없었으면 안 죽였어."

그녀는 죽은 리겐을 턱짓으로 가리키더니 붙잡고 있는 헤더를 놓아줬다. 심지어 그녀는 칼을 집어넣어 버렸다.

헤더는 그 순간을 이용해 반격할 수 있었다. 헤더의 손엔 아직 칼이 들려 있었고 상대가 잠깐의 방심만 해주면 그 잘난 척하는 얼굴과 뱃가죽을 만나게 해줄 수도 있었다.

하지만 그녀는 끝내 그 생각을 실천하지 못했다. 상대의 터무니없는 여유를 보고 있자니 엄두가 나지 않았다. 대신 헤더는 대화를 시도했다.

“이제 뭘 하려는 거요? 묻는다고 대답해 줄 것 따윈 없소.”

“알아, 알아. 눈깔에 발바닥 붙이고 있어서 아무 말 못 하는 거. 하지만 너희가 납치해온 사람이 죽었으면 난 지금부터라도 너희를 죽일 거야. 기다리고 있어 봐.”

그녀는 발락이 내려놓은 보따리를 풀었다. 안에 든 젊은 남자는 아직도 정신을 차리지 못하고 있었다.

“어머나, 니들 이 사람한테 무슨 짓 해놓은 거니? 설마 얘한테 못된 짓 하지는 않았겠지?”

헤더는 지금까지 칼을 휘두르고 협박했던 그녀의 모습보다 억지로 웃는 지금이 더 무섭게 느껴졌다.

“살짝 재웠소. 아무 이상 없소. 죽이는 임무였다면 침실에서 처리했을 거요.”

헤더는 얼결에 사실대로 말해버렸다.

“진심으로 사실이길 바란다. 조금이라도 다쳤담 봐라. 언제 깨?”

“10분쯤 후.”

“그럼 10분쯤 뒤에 다시 얘기하지.”

메첼이 붉은 기운이 맺힌 지팡이를 내밀고 그녀에게 말했다.

“마치 언제라도 우릴 죽일 수 있다는 것처럼 말하는군.”

“너 나 한 번 본 적 있지, 코홀룬에서?”

그녀는 보따리에서 꺼낸 남자를 풀밭에 눕히고 일어나 말을 이었다.

“그거 치워라. 네년만 일단 죽이고 남은 둘과 다시 얘길 시작하는 수도 있다.”

메첼은 얼굴이 붉어졌다. 헤더는 재빨리 무언의 경고로 손을 내밀었다. 메첼은 헤더의 손짓을 보고 지팡이를 내렸다.

"어차피 네놈들 작전도 여기까지 왔으면 실패 아니냐? 시키는 대로 해서 살아서 돌아가는 쪽을 택하시지."

여자의 말에 헤더가 냉정하게 물었다.

"어떻게 우리 작전을 알았지?"

"너희들 머리 꼭대기에 선 사람이 우리 쪽에 있지."

"이 작전 전부를?"

"그 이상의 작전까지 대비해뒀어. 지금쯤 너희들의 예상 도주로 1번에 가 있는 녀석은 추위에 콧물 흘리면서 너희들 언제 오나 하고 기다리고 있지."

"몇 번째 탑?"

"세 번째 탑. 꼭대기 지붕."

하수도 사용이 안 되면 경유하려고 헤더가 생각해 뒀던 퇴로였다.

어느 정도 예상했던 일이지만 막상 당사자의 입에서 그 말이 나오니 상당한 충격이었다. 그녀는 자연스럽게 자신과 발락의 기술을 모조리 사전에 차단해 버렸던 하얀 늑대 쪽으로 시선을 돌렸다. 여자는 분명 '우리는 너희 머리 꼭대기에 있다'라고 말하지 않고, '그런 사람이 우리 쪽에 있다'라고 말했다. 자기가 아닌 다른 사람.

여자는 손짓을 하며 그 하얀 늑대를 불렀다. 단순한 손짓이 아니라 수화였다.

'이리로 와라. 도주할 걱정은 없어 보인다. 캡틴을 지키는 걸 우선으로 하자.'

메첼이나 발락은 당연히 그런 내용의 수화를 알아보지 못했다. 그러나 중간에 끼어 있는 헤더는 그녀의 손짓을 알아보았다.

'저들이 어떻게 저 수화를? 저건…… 테마르가 쓰는 수화였는데?'

여자의 수화를 본 남자는 '알았다'고 신호하고 천천히 풀밭을 걸어 헤더의 옆을 지나갔다. 주위 풀밭이 불타며 밝아진 곳으로 남자가 다가왔다. 그의 얼굴을 보고 헤더는 기절할 듯이 놀랐다.

헤더는 달려가 그 남자의 앞을 막았다. 두 하얀 늑대는 그녀의 돌발적인 행동이 공격이라고 생각하고 무기를 꺼냈다. 동시에 발락과 메첼도 헤더가 기습을 할 순간을 포착하고 움직인 거라고 생각하고 동시에 무기를 꺼냈다. 하지만 헤더는 양팔을 활짝 펼치고 무방비로 서 있었다.

네 명 전부가 멈칫한 채로 헤더의 몸짓만 주시했다. 헤더는 눈물을 글썽이며 말을 잇지 못하고 있었다. 모두가 천천히 움직이는 그녀의 손을 유심히 관찰했다. 헤더는 수화로 말했다.

'저를 알아보시겠습니까?'

두 하얀 늑대는 그녀의 수화를 보고 몹시 당황했다.

'너는 누구냐?'

그가 수화로 되물었다.

'헤더입니다.'

헤더는 복면을 벗어던지고 맨 얼굴을 드러냈다. 그녀의 수화와 얼굴을 본 하얀 늑대는 수화를 하던 손을 멈추고 눈을 크게 떴다. 네 명의 암살자에게 협공을 당했으면서도 한 치의 물러남이 없던 하얀 늑대가 헤더의 얼굴을 보고는 뒤로 몇 걸음이나 물러났다. 지금 기습을 하면

한 번에 해치워버릴 수 있을 정도로 자세까지 흐트러뜨렸다.

놀란 건 발락 역시 마찬가지였다.

“헤더! 무슨 일이냐?”

헤더의 눈에 고인 눈물이 뺨을 타고 한 방울 흘러내렸다. 그녀는 떨리는 목소리로 그 하얀 늑대의 이름을 부르며 그의 품에 뛰어들어 안겼다.

“테마르.”

카셀은 정신을 차렸다. 머리가 깨질 듯이 아팠다.

‘여긴 어디지?’

정신을 잃기 전에는 왕의 침대 위였는데, 깨고 보니 풀밭 위였다. 카셀은 어둠 속에 서 있는 아즈윈과 던멜을 발견하고 안도했다. 계획대로 일이 진행된 모양이었다. 최악의 경우 모르는 사람들이 자신의 목숨을 어떻게 할 것인지를 두고 상의하는 자리에서 정신을 차릴 수도 있었다.

모든 사람이 카셀이 국왕의 대역을 맡는 것에 반대했다. 하지만 카셀은 던멜의 말을 믿고 이 일이 절대적으로 안전하다고 주장했다. 만약 일이 안 좋게 벌어졌을 경우, 그들이 납치해온 사람이 가짜 국왕이라는 걸 알아채면 대역을 맡은 사람은 살해당할 것이다. 하지만 만약 납치해 온 사람이 하얀 늑대들의 캡틴이라면 적어도 대화를 시도해 올 것이다. 카셀은 그런 식으로 협상이 가능하다고 믿었다.

하지만 쉐이든은 정반대의 상황도 걱정했다. 지금까지 죽이지 못했던 하얀 늑대들을 잡은 걸 저쪽에서 횡재로 여길 수도 있다는 것이었다.

하지만 카셀은 '그럼에도!' 자신이 나서는 게 보기 좋다고 주장했다. 쉐이든은 끝까지 동의하지는 않았다. 하지만 작전을 반대하지도 않았다.

카셀은 지끈거리는 머리를 짚고 자리에서 일어나려다 풀썩 주저앉았다. 아직 균형이 잘 잡히지 않았다. 카셀은 앉은 채로 잠시 상황을 주시했다.

'이상한 광경이군. 내가 아직 꿈에서 못 깨어난 건가?'

암살자인 게 분명한 사람이 던멜의 품에 안겨 떨어질 줄을 몰랐다.

아즈윈도 팔짱 낀 채로 가만히 서 있기만 했다. 모두 거기에 시선을 빼앗겨 카셀이 정신을 차린 건 알아채지도 못하고 있었다.

던멜에게 안겨 있던 암살자가 겨우 품에서 떨어졌다. 자세히 보니 여자였다.

"헤더라고 했지? 너 던멜을 보고 뭐라고 한 거지?"

아즈윈이 물었다.

"테마르."

헤더는 무덤덤한 목소리로 대꾸하더니 다시 던멜에게 시선을 돌렸다.

"테마르, 당신이 살아 돌아오길 모두 기다리고 있었습니다."

던멜은 대꾸하지 않았다. 그녀는 수화로 말했다. 카셀은 그녀의 수화가 너무 빨라서 알아보기가 쉽지 않았다.

'못 알아보시는 게 당연합니다. 당신이 저를 가르쳤을 때 제 나이는 고작 열 살이었으니까요. 하지만 제가 맞습니다. 당신이 딸처럼 키워 주셨던 바로 그 아이입니다.'

'이제 알아보겠구나.'

던멜도 겨우 수화로 답했다. 헤더는 그의 짧은 대꾸만으로 환한 미소를 지었다. 암살자라고 하기에는 너무도 해맑은 미소였다.

'마스터는 살아계십니까?'

'돌아가셨다.'

헤더는 숨을 크게 들이마셨다. 수화를 하는 손이 흔들렸다.

'누가 죽였습니까?'

'마스터 퀘이언.'

헤더의 눈빛이 변했다.

'하얀 늑대들은 마스터 퀘이언의 제자라고 들었습니다.'

'맞다.'

'그럼 당신은 스승을 살해한 자를 스승으로 모시고 계신 겁니까?'

던멜은 대답하지 않았다. 뒤에 있는 똑같은 복장의 암살자가 말했다.

"헤더, 내가 알아듣게 말해라. 그자가 테마르라고?"

"그렇습니다, 발락. 그리고 테마르께서 말씀하시길, 마스터 칼스텐은 돌아가셨답니다."

"그건…… 안다. 하지만 누구에게?"

"퀘이언."

"헛소리!"

발락의 목소리에 헤더의 어깨가 흠칫 떨렸다. 그는 풀밭이 떠나갈 정도로 큰 소리로 외쳤다.

"테마르, 당신과 마스터 칼스텐이 아란티아로 떠난 후 십 년이 다 되어 가지만 모두들 살아 돌아오길 기다리고 있었소. 그런데 칼스텐은 죽고, 당신은 원수의 제자가 되었다는 거요?"

어둠 속이긴 했지만 던멜은 분명 상대의 입 모양을 잘 알아보고 있을 것이다. 하지만 대꾸하지는 않았다. 예상치 못한 말싸움이 이어지고 있었고 카셀은 눈치만 봤다.

"그만 하세요, 발락."

헤더는 발락을 저지하고 다시 던멜에게 말했다.

"지금 당신의 모습이 어떻든 상관하지 않겠습니다, 테마르. 우선 돌아와 주십시오. 그리고 우리의 마스터가 되어 주십시오."

"지금 네가 무슨 소리를 하는지는 아느냐?"

발락이 으르렁거리며 말했다.

"압니다. 여기, 블랙풋의 후계자가 돌아오지 않았습니까? 칼스텐이 돌아가셨다는 게 확실해진 뒤로 모두 결정된 사항입니다. 뒤를 이을 수 있는 건 테마르 뿐입니다."

"배신자가 우리의 위에 서게 둘 수는 없다."

"예를 지키십시오. 테마르는 당신의 선배이자 앞으로 우리의 마스터가 되실 분입니다."

던멜은 침묵했다. 아니, 지금은 아예 그녀의 입을 보고 있지 않았다. 던멜은 둘의 대화를 바라보고 싶어 하지 않는 것처럼 보였다.

"그럼 지금 당장 저자를 죽이면 다음 후계자인 내가 블랙풋의 마스터가 되겠군."

발락은 칼을 다시 꺼내 들었다. 그러자 즉시 아즈윈이 칼을 뽑았다. 하도 조용해서 있는 줄도 몰랐던 마법사 여인이 황급히 지팡이를 치켜들었다. 헤더도 얼결에 손에 차고 있던 갈퀴 발톱 같은 칼날을 치켜세웠다. 오직 던멜만이 반응하지 않았다. 코앞에서 헤더가 무기를 세웠는데도!

누구라도 먼저 공격을 시작하면 그 자리에 시체가 세 구쯤 생길 것 같은 분위기였다.

"모두 멈추시오!"

카셀은 서둘러 일어나 소리쳤다. 그리고 도로 그 자리에 픽 쓰러졌다. 아직도 머리가 어지러워 쉽게 일어나기가 힘들었다. 그래서 그는 앉은 채로 말했다.

"지금 싸우면 돌이킬 수 없는 일이 벌어질 거요. 블랙풋의 문제에 끼어들고 싶은 생각은 조금도 없지만, 내 생각에는 우선 본인의 의사를 묻는 게 좋을 것 같소만?"

"본인의 의사?"

아즈윈과 헤더가 동시에 말했다가 서로를 휙 노려보았다.

"지금 던멜은 아무 말도 하지 않았잖소?"

자연스럽게 모두의 시선이 카셀을 향했다가 던멜에게로 돌아갔다. 던멜은 잠시 고민하다가 헤더에게 수화로 말했다.

'이 자리에서 모든 것을 말해 줄 정도로 상황이 간단하지 않다, 헤더. 칼스텐의 죽음에 나의 책임이 큰 이상 나는 블랙풋으로 돌아갈 수 없다.'

그는 손가락으로 자신의 눈을 가리켰다. 아무런 마법 주문도 담기지 않은 깨끗한 눈동자였다.

'그리고 지금 나는 블랙풋의 암살자가 아니라 하얀 늑대다. 미안하다.'

던멜은 수화를 하던 손을 힘없이 늘어뜨렸다. 헤더도 그 이상 자신의 바람을 강요하지 않았다.

"저자…… 테마르가 뭐라 말한 거냐?"

마법사 여인이 물었다.

"돌아오길 거부하셨습니다, 메첼."

헤더는 침울한 어조로 말했다.

"자, 그럼 던멜의 문제는 이쯤에서 접고……."

카셀은 헛기침을 하며 다시 일어섰다. 가까스로 균형을 잡고 일어났지만 상체는 아직도 흔들거렸다.

'항상 중요한 순간에는 추한 꼴을 보이는군.'

카셀은 더 이상의 추한 모습을 보이지 않기 위해 애쓰며 말을 꺼냈다.

"던멜의 문제에 대해서는 할 말 없으나, 블랙풋의 암살자들이여. 지금 상황에 대해서는 할 말이 좀 있소."

카셀은 강압적인 말투를 쓰지 않았다. 짧은 경험에서 배웠지만, 하얀 늑대들이 호위로 있을 때는 차분하고 예의 바른 말투로 얘기하는 것이 더 설득력이 강했다.

보아하니 암살자들은 아직 항복한 게 아니었다. 던멜의 문제로 잠시 싸움이 멈춘 것뿐이었다. 언제라도 그들은 캡틴 울프만이라도 죽이고

'영광스러운' 죽음을 맞이할 수도 있었다. 카셀은 보호를 받기 위해서라도 아즈윈 옆에 서고 싶었지만 아직 발이 움직이지 않았다.

"당신들은 카모르트 국경 근처에서도 우릴 죽이려고 했소. 맞소?"

헤더는 순순히 대답했다.

"그래요."

"코홀룬에서도?"

헤더는 고개를 끄덕거렸다.

"그럼 내가 의뢰인이 누군지 묻더라도 그 발바닥 마법 때문에 말할 수 없는 거요?"

"그래요. 그리고 사실 누군지 듣지도 못했습니다."

"그럼 누가 알고 있소?"

"블랙풋의 길드 마스터."

"만날 수 있소?"

"없습니다. 하지만 테마르께서 돌아오신다면 직접 여쭐 수 있겠지요. 대답을 해주실 수 있는지는 모르겠지만."

"국왕 폐하를 데리고 갈 위치에 의뢰인이 있지 않소? 그러니까 날 납치해서 데려가려고 했던 장소."

"설마 의뢰인이 직접 나오겠습니까? 지금 당신들이 합류해 가면 상대가 먼저 알아챌 것입니다. 또한 블랙풋이 의뢰인을 배신했다는 소문이 나돌면……."

쉽게 알아낼 수 없다는 것쯤은 이미 예상했던 바였다.

"알았소. 다른 걸 묻겠소. 검은 기사에 대해 아시오?"

"검은 사자 기사단에 대해서 물어보려는 건 아닐 테죠?"

헤더는 눈썹을 꿈틀하며 되물었다. 카셀은 옳다구나 싶었다.

“아시오?”

“압니다.”

헤더는 씁쓸하게 웃으며 물었다.

“설마 우릴 ‘그것들’과 같은 부류라고 생각하는 건 아니겠죠?”

“양쪽 다 같은 시기에, 양쪽 다 우리를 죽이려 들었으니, 그렇게 생각할 수밖에 없소.”

그렇게 생각하지 않았지만 카셀은 단순하게 떠보았다.

“카모르트 각지에서 갑자기 나타났다 갑자기 사라지는 유령과도 같은 존재! 우리도 그들의 존재를 알아챈 후 조사했으나 정체를 알아내지는 못했습니다.”

“블랙풋과는 아무 관계도 없다는 뜻이오?”

“아무 관계도 없으며 아무것도 모릅니다. 어디 소속인지, 목적이 무엇인지도…… 갑옷의 모양이 익셀런 기사단의 것과 똑같다는 것 외에는.”

“익셀런?”

카셀은 깜짝 놀라 물었다. 헤더는 오히려 이상하다는 듯 되물었다.

“아까 접촉한 적이 있다는 뜻으로 말하지 않았습니까?”

카셀은 아즈윈을 돌아보았다. 아즈윈도 고개를 저었다. 익셀런 기사단을 보고 기사의 꿈을 꿨던 카셀이었다. 몰라볼 리가 없었다.

“아무래도 나의 관찰력이 모자랐던 모양이군. 알았소. 마지막으로 하나만 더 묻겠소, 헤더.”

카셀은 노르만트의 성을 돌아보며 물었다.

"또 우리를 공격할 거요?"

"테마르께서 하얀 늑대들의 일원임을 안 이상 더 이상은 공격하지 않겠습니다."

"좋소. 그럼 우리도 당신들을 모두 돌려보내 드리겠소. 던멜, 뒤를 부탁해. 그리고 아즈윈, 나 좀 부축해 줘."

카셀은 아즈윈에게 한 걸음 다가갔다가 휘청하고 넘어졌다. 옆으로 다가섰던 아즈윈이 재빨리 부축한 뒤 암살자들을 무섭게 노려보았다.

"나중에라도 캡틴의 몸에 문제가 있으면, 너희들 그냥 보내주겠다는 말은 취소다."

발락은 가늘게 뜬 눈으로 말했다.

"고작 그 정도 마취제에 아직도 휘청거리다니, 당신 캡틴이 허약해서가 아닌가?"

"저게 죽으려고!"

카셀은 아즈윈의 팔뚝을 잡았다.

"됐어. 그냥 부축이나 조금 해줘. 균형이 잘 안 잡히는 것뿐이니까."

카셀은 아즈윈의 팔에 매달려 성 쪽으로 돌아갔다. 멀어지는 카셀을 바라보던 메첼은 천천히 시선을 돌려 던멜에게 말했다.

"당신이 그 유명한 테마르였군. 내 팔을 빼앗아간 자가 우리 길드를 이끌어 갈 후계자였고, 나는 그 사람이 돌아오길 기다리고 있었다니……."

던멜은 수화로 메첼에게 말했고, 헤더가 해석해 주었다.

"사과하지는 않겠답니다."

"바라지도 않았어!"

메첼은 더 얘기하기 싫다는 듯 돌아서서 가버렸다. 헤더는 다시 던멜에게로 다가가 수화로 말했다.

'혹시 저 캡틴 때문에 울프 기사단에 있는 겁니까?'

던멜은 미소 지으며 대꾸했다.

'나이를 봐라. 얼마 전에 캡틴을 맡은 자다. 카셀 때문에 남은 게 아니야.'

'하얀 늑대들을 암살하려 했고 이 나라의 국왕을 납치하려 한 자들을 이렇게 쉽게 놓아주다니, 나약한 자군요. 저라면 풀어주는 걸 미끼로 원하는 정보를 닥치는 대로 끌어냈을 텐데…….'

'카셀은 우리 같은 사람과는 생각하는 방향이 전혀 다르다. 의뢰인의 비밀을 밝히면 죽는다는 사실을 듣는 순간, 암살자들로부터 의뢰인을 알아내기를 포기했을 정도니까. 그렇다고 너희를 풀어준 건 아니다.'

'풀어준 게 아니라고요?'

'아직 내가 너희를 잡고 있지 않느냐?'

던멜은 발락을 힐끗 쳐다본 다음 수화를 이어갔다.

'카셀은 아마 네가 나를 대하는 태도를 보고 이런 결정을 내린 것 같다. 네가 나한테까지 말하지 않는 정보라면 굳이 캘 필요도 없다고.'

'치사한 방법이군요? 그렇게 요령 있어 보이는 남자 같지는 않았는데요.'

'그런 녀석이다. 그리고 나 역시 너를 상대로 억지로 뭔가를 캐내고 싶지는 않다.'

던멜은 다른 걸 물었다.

'그런데 지금 길드의 마스터는 누구냐?'

"아직도 제라르입니다."

헤더는 입으로 소리 내어 말했다.

'마스터의 빈자리를 그분이 지키고 계시군. 그리고 너도.'

던멜은 웃었다.

"전 그저……."

헤더가 고개를 돌리자 테마르는 그녀의 턱을 잡아 돌렸다.

'나와 얘기할 때는 항상 입을 보이라 했지?'

헤더는 던멜의 손에 살짝 뺨을 비비며 수화로 말했다.

'보고 싶었습니다, 테마르. 그리고 제가 이렇게 컸다는 걸 꼭 보여드리고 싶었습니다.'

던멜은 마치 아버지가 딸의 머리를 쓰다듬듯 헤더의 짧은 머리카락을 쓸어 올렸다. 둘은 한동안 서로의 눈동자만 바라보았고, 아무 말도, 어떤 수화도 나누지 않았다. 둘은 그것만으로도 언어로 표현할 수 없는 수많은 이야기를 주고받았다.

뒤에서 그 모습을 바라보던 발락은 주먹을 꽉 쥐고 있었다.

"이 반지를 드리겠습니다. 만약 마음이 바뀌어 돌아오신다면, 반지가 그 길을 인도할 겁니다."

헤더는 끼고 있던 반지를 내준 후 그를 한 번 껴안고 떨어졌다.

"그리고 캡틴 카셀에게 전해주십시오. 붉은 장미 백작이 노르만트를 공습할 것입니다."

'어떻게 알아냈느냐? 혹시 국왕을 납치하라고 지시한 게 그 백작이냐?'

"그것까지는 모릅니다. 우리는 그저 백작의 공습 일정을 알아내야 임무 수행을 무사히 할 수 있기에 조사하다가 알아낸 것뿐입니다."

'결행 날짜가 언제냐?'

던멜이 빠르게 물었다.

"내일 아침입니다."

'알았다. 고맙구나.'

헤더는 존경을 담아 인사하고 천천히 물러났다. 하지만 발락은 제자리에 못 박힌 듯 움직이지 않았다.

"돌아오지 마시오, 테마르."

발락이 말했다. 그리고 칼날처럼 날카롭게 검지를 치켜 올렸다.

"블랙풋에 당신 자리는 없소."

던멜은 발락에게 해주고 싶은 말이 있었으나 그가 수화를 알아들을 수 없으므로 하지 못했다. 발락은 뒷걸음질 치며 물러나다가 이내 빠른 걸음으로 헤더를 뒤따라갔다.

던멜은 잠시 풀밭에 서서 불어오는 바람을 맞아 눈을 감고 있었다.

그는 모두의 위치를 기척으로 알아냈다. 헤더의 기운은 점점 희미해지다가 사라졌다. 멀리 있는 아즈윈과 카셀의 기운은 제자리에 고정되어 있었다. 던멜은 둘에게 돌아갔다. 발걸음이 가볍지만은 않았다.

"잘 보내셨나요?"

카셀은 아직 균형 감각이 돌아오지 않았는지 아즈윈의 어깨를 붙잡고 서 있었다. 던멜은 고개를 끄덕였다.

"저렇게 큰 애가 딸처럼 따르는 거면 넌 대체 몇 살인 거냐?"

역시나 아즈윈은 희한한 걸 먼저 물어왔다. 던멜은 고개를 저으며 수화로 답했다.

'잘 모른다. 서른셋? 둘? 헤더는 지금 스무 살 정도 될 것이다.'

"야아, 네 얼굴이 서른셋이면 서른 살도 안 된 게랄드는 뭐가 되는 거냐?"

아즈윈은 또 재미있는 놀림거리를 발견한 걸 좋아했다.

"둘의 관계에 대해서도 알면 안 되는 일이겠죠?"

카셀은 미안한 표정을 하면서도 호기심을 보였다. 던멜은 카셀을 상대로 뭔가를 숨길 때마다 왠지 못된 잘못을 저지르는 것처럼 느껴졌다.

'모두가 있는 자리에서 한 번 더 말해야겠지만 우선 지금 이 순간 말해 둬야 할 일이 있다.'

던멜은 카셀을 위해 수화를 천천히 했다.

'내가 아직 테마르라는 이름이었을 때 블랙풋의 마스터인 칼스텐이 맡은 임무가 있었다. 의뢰인은 나도 모른다. 마스터 칼스텐은 아는 눈치였지만 내게 말해주지 않았다. 아마도 의뢰인의 이름을 들어, 나까지 마법에 종속되기를 바라지 않아서였던 것 같다. 하지만 의뢰 내용은 알고 있다. 당연히 나도 그 임무에 참가했으니까.'

심드렁한 척하던 아즈윈도 이어지는 던멜의 수화에 경악했다.

'그때 우리의 임무는 아란티아의 여왕 새나디엘을 암살하는 것이었다.'

아즈윈은 그녀답지 않게 허둥대다가 카셀에게 괜한 말을 던졌다.

"근데 넌 용케 검은 기사에 대해 생각하고 있었구나. 네가 헤더란 애한테 묻기 전까지 난 까먹고 있었는데."

도리어 카셀이 놀란 눈을 했다.

"그럼 생각 안 하고 있었어요? 전 처음 접촉했을 때부터 지금까지 항상 머릿속에 담고 다녔는데…… 아참, 그보다 그들의 갑옷이 정말 익셀런 기사단과 같은 모양이었어요?"

"봤을 당시에는 전혀 연관성을 못 찾았는데, 지금 생각해보니 그런 것도 같구만. 그런데 너 혹시 아직도 게랄드가 잘라 놓은 그 검은 기사의 팔 가지고 있냐?"

"아, 예. 서랍 속에."

"안 버렸어?"

아즈윈이 윽박질렀다.

"뭔가 그냥 버리기에는 좀 아까워서…… 중요한 증거 자료인 것 같기도 하고……."

카셀이 더듬더듬 말했다. 그렇게 카셀과 얘기하는 동안 충격을 수습한 모양인지 아즈윈이 다시 던멜에게 말했다.

"던멜이 새나디엘 여왕님을 죽이려고 했다…… 라. 으음, 물론 나는 몇 번이나 얘기했듯이 너의 과거에는 상관하지 않아. 하지만 있지……."

아즈윈은 사악하게 웃으며 입가에 손을 올리고 키득거렸다.

"게랄드랑 쉐이든은 그렇게 생각하지 않을걸. 왜냐하면 걔네 둘은 새나디엘 폐하를 정말 좋아하거든. 둘한테 일러줄 테다."

'그건 내가 직접…….'

던멜이 수화로 답하려고 하자, 장난기가 발동한 아즈윈은 그가 수화를 못 하게 손을 내저으며 방해했다. 그건 던멜에게 있어 말 못 하게 입을 막는 것보다 더 치사한 장난이었다.

"말을 모는 건 누가 제일 빠르죠?"

카셀이 갑자기 묻자 아즈윈이 장난을 멈추고 대답했다.

"던멜이랑 쉐이든이 비슷비슷할걸. 하지만 말이 빨라야지, 기수가 좋다고 될 일이냐? 그건 왜?"

"이제 로일을 데려와야 하지 않겠어요? 이미 쟌스테인 백작이 여기 와 있는데 로일이 계속 거기 있을 필요는 없지 싶어요."

"그래! 맞다, 그 녀석. 그러고 보니 왜 안 오는 거야? 소식이라도 알려 주든가."

아즈윈은 퉁명스럽게 중얼거렸다. 가까스로 손의 자유를 얻은 던멜이 다시 수화로 말했다.

'누가 가든 갔다 올 시간이 안 될 거다.'

"어째서요?"

던멜은 헤더에게 들은 정보를 알려주었다.

'붉은 장미 백작이 내일 노르만트로 쳐들어올 것이다.'

◈ Chapter 27 ◈

장미 가시와 하얀 늑대

아즈윈이 화장실에서 나왔을 때 쉐이든은 밖에서 팔짱을 끼고 기다리고 있었다. 쉐이든이 바라보는 시선이 거북한지 그녀는 아랫배를 쓰다듬던 손을 올려 똑같이 팔짱을 꼈다.

"뭘 그리 훑어보고 그러냐? 예의 없는 자식."

쉐이든은 고개로 방향을 지시하고 그쪽으로 걸어갔다. 아즈윈은 따라 걷다가 다시 아랫배를 쓸었다. 쉐이든이 물었다.

"어젯밤에만 해도 괜찮지 않았나?"

"괜찮았지. 아침부터 이러네."

"지금은 좀 덜한 편이지?"

"내일이면 더 심해지겠지. 젠장, 다음 주인 줄 알았는데…… 그런데 넌 왜 내 날짜까지 기억하고 그러냐?"

"대강 이번 주라는 것 정도는…… 그리고 너 말고도 기사단에 여자는 있어. 그런 것도 기억 못 하면 까다로운 녀석들 관리하기 힘들지. 더구나 그 애들은 여자라는 걸 콤플렉스로 여기는데 더더욱 신경 써줘야지. 너라도 있으니 덜하지만 다들 이런 쪽으로는 신경이 날카롭지."

쉐이든은 벌써부터 그리운 울프 기사단의 이름을 입에 올리며 말을 이었다.

"말라는 용병 생활할 때 남장을 하고 다녔다잖아. 실디레는 아기 따윈 낳고 싶지 않다고 그런 마법 없냐고 물어보기까지 했지. 그나마 네가 이런 것에 당당하니까 그 애들도 덜 예민해지는 거다."

"하아, 그랬어? 걔들 나 싫어하는 줄 알았는데."

"인간적으로 싫어하는 것과 기사로서 존경하는 건 달라."

"인간적으로는 싫어하나 보군?"

쉐이든이 부정하지 않으니 아즈윈은 의외로 충격을 받았다.

"근데 붉은 장미 군대는 왜 내가 이럴 때 쳐들어오고 그러냐?"

"글쎄다. 가서 물어봐올까?"

쉐이든의 성의 없는 대꾸에 아즈윈이 그의 엉덩이를 걷어찼다.

"머리나 깎아라. 반만 꼬불꼬불 타서 꼴도 보기 싫네."

왕성의 전망대에서는 노르만트를 둘러싸고 있는 외곽 성 너머에 포진된 붉은 장미 백작의 군대가 한눈에 보였다. 대략 이백여 명씩 무리를 지은 보병 부대가 모두 여덟 부대로 나뉘어서 각각 사각형 모양으로 진을 치고 있었고 기마병이 그 주변을 맴돌고 있었다.

"아직 전투 대열은 아니군. 생각보다 많은 숫자도 아니고. 이천 명 정도 되려나?"

아즈윈이 눈을 가늘게 뜨고 대강 숫자를 헤아려 보았다.

“전체 병력으로 치면 많지 않지만, 이천이면 노르만트를 무너뜨리기에는 충분하다. 우린 고작 삼백뿐이니.”

쉐이든이 말했다.

“카셀은?”

“회의실에.”

“따라간 사람 있어?”

“게랄드.”

“게리는 회의에 도움이 안 될 텐데?”

“게랄드 말이, 도움이 안 되는 사람이 따라가야 한다더군.”

“뭘 근거로?”

“근거가 무슨 상관인가? 게랄든데.”

“아, 참. 게리였지.”

숨 한 번 안 쉬고 대화를 끝내고 아즈윈은 요란하게 웃었다. 그리고 정원 반대편에 있는 회의실 안이 들여다보이기라도 하듯 난간에 두 손을 기대고 바라보았다.

“대신들 난리 났겠네?”

“장미 백작이 정말 이런 식으로 나올 줄은 몰랐을 테니까. 카셀도, 세이게이 장군도, 물론 나도 그리 생각했다. 블랙풋 덕에 다행히 정보를 빨리 접했지만 이런 건 빨리 알아낸다고 어떻게 대처할 수 있는 일이 아니니까.”

쉐이든도 아즈윈의 옆에 서서 난간에 기댔다. 오늘따라 유난히 정원은 조용했다.

“던은 뭐 하고 있어?”

"방에."

"몇 년째 숨겨온 일을 엉뚱하게 여기 와서 들켜버렸으니 창피해진 건가?"

아즈윈이 심각한 얼굴로 분석했다.

"네가 그렇게 단순하게 생각해 주면 던멜에게는 무척 도움이 되겠지. 자신의 과거를 알아도 늘 똑같이 대해 주는 것에 안정감을 느낄 거다."

아즈윈은 그의 어깨를 세게 쳤다.

"지금 너 나 놀린 거냐?"

시녀들은 코빼기도 보이지 않았다. 왕실 관리들의 발걸음은 더욱 바빠졌다. 그래서인지 정원을 가꾸는 정원사의 손길은 평소보다 더 느긋해 보였다. 이런 일이 벌어졌을 때 오히려 평소에 하던 일을 계속 할 수 있다는 게 대단해 보였다.

"던멜이 여왕님을 암살하려 했다라? 진짤까?"

아즈윈이 물었다.

"진짜겠지. 그런 걸 거짓말해서 뭐 하려고?"

아즈윈은 턱을 괴고 한숨을 내쉬었다.

"어째 던이 확 멀어진 느낌이네. 나도 은근히 신경 쓰게 되는 건가?"

"왜? 실망이라도 한 건가?"

"그건 아니야. 아무리 과거는 과거다, 라고 말하지만 그 정도 일은 말해 줄 수 있는 거 아닐까……?"

"던멜 뿐 아니라 당사자인 여왕님조차 우리에게 아무 말 안 했다. 그 수다 좋아하는 분이! 그건 그럴 만한 이유가 있어서겠지."

"바로 그 부분이 속상하다는 거라네, 쉐이든 양. 그럴 만한 이유가 있어도 우리한테는 말해줬으면 하는 거."

쉐이든은 그녀의 어깨를 두들기며 말했다.

"더 아픈 건 던멜이다. 혼자 털고 일어나게 내버려 둬."

"잘난 척하시네."

아즈윈은 혀를 베에 내밀고 휙 가버렸다.

"이번에 난 후방에 설 거야. 그래도 되지?"

아즈윈이 선언하듯 말했다.

"우리야 가급적 전투에는 개입하지 않는다, 라는 초기 방침은 변하지 않았으니 우리 위치를 정할 필요는 없을 거다. 하지만 일이 터져서 네가 뒤에 있게 되면……."

쉐이든은 아즈윈의 잘 빗어 내린 앞머리를 흐트러뜨리며 말을 이었다.

"너 있는 곳까지는 적이 가지 않게 해주지."

"어머, 오라버니! 이거 고마워서 어째요? 저 감동했어요."

아즈윈은 장난스럽게 머리로 쉐이든의 가슴을 들이박았다. 좀 세게 들이박는 바람에 쉐이든은 쿨럭 기침했다.

다시 머리를 정돈하며 키득거리던 아즈윈은 창문 너머 요란하게 떠드는 사람들의 소리를 듣고 밖으로 머리를 내밀었다. 왕성의 도개교를 지나 한 기의 기사가 느릿느릿 말을 타고 들어오고 있었다. 붉은 갑옷을 입은 장미의 기사였다.

그를 에워싼 기사들은 캡틴 쟈란을 비롯한 새로 뽑은 왕실 기사단이었다. 분위기를 보아하니 잡아오는 것도 아니고, 호위하는 것도 아니었다. 기사들의 바짝 긴장한 숨소리가 여기까지 느껴졌다.

아즈윈은 눈을 가늘게 뜨고 상대 기사의 정체를 파악했다. 갑옷만 입고 있을 뿐 투구도 쓰지 않고 무기도 없었다. 그러나 단순한 사신은 아닌 것임에 분명했다.

“저 녀석, 전에 파티에서 봤던 애 아니야? 게랄드가 안다던.”

아즈윈이 말하자 쉐이든은 금방 기억을 떠올렸다.

“링케. 장미 기사단의 캡틴이다.”

간만에 샤를 국왕이 흥분하고 분노했다.

“어떻게 하룻밤 사이에 저 정도 군대가 여기에 들이닥칠 수 있단 말이오? 적어도 사흘은 걸린다 하지 않았소?”

카셀은 블랙풋의 헤더에게 얻은 정보를 대신들과 지휘부에 알렸다. 그 전까지는 드마르프 평원에서 수습한 군대가 노르만트로 오는 데 사흘, 침공 준비를 하는 데 또 사흘은 족히 걸린다는 것이 대신들과 세이게이 장군의 의견이었다. 그러나 헤더가 말한 대로 그들은 하루 만에 노르만트를 포위했다. 오랫동안 훈련을 해 왔던 것처럼 빈틈없이, 그리고 빠르게.

루오르 대신은 점잖은 목소리로 비난했다.

“밤에 군대를 이동시키는 건 품격 높은 귀족의 군대가 할 짓이 아닙니다. 붉은 장미 백작은 애초에 국왕 폐하에 대한 예우를 잊어버린 게 틀림없습니다. 이대로 두면 이 나라의 신하임을 망각하고 군대를 노르만트에 들일까 무섭습니다."

"그럼 루오르 대신이 생각하기에 그들과 싸우는 게 좋겠소? 싸우면 이길 거라 생각하시오? 말해보시오. 구체적으로!"

왕이 물었다.

"전투에 관한 것은 세이게이 장군께서……."

"품격이니 예우 같은 소리는 집어치우시오, 루오르! 대체 쟌스테인 백작이 예의가 있고 없고가 여기서 왜 중요한 거요?"

카셀은 늙은 대신을 호통치는 샤를 국왕을 처음 보았다. 이 급박한 상황에도 왠지 모르게 뿌듯해지는 건 어쩔 수 없었다. 늙은 대신이 얼떨떨해 있는 동안 국왕은 거친 목소리로 세이게이에게 물었다.

"어떨 것 같소, 제너럴? 군의 다음 움직임을 예측할 수 있겠소?"

늙은 장수는 고개를 숙인 채 말했다.

"이미 제 예상은 어긋났습니다. 때문에 이후 상황에 대해서도 말씀드릴 자신이 없습니다, 폐하."

"그래도 말해보시오."

국왕은 장군의 다음 말을 재촉했다.

"예, 폐하. 확실히 많은 숫자이긴 하나 노르만트를 진짜로 칠 것 같지는 않습니다. 제가 직접 병력을 살펴봤으나 공성 무기는 보이지 않았고, 성을 넘을 사다리조차 준비해 오지 않았습니다."

국왕은 카셀에게 물었다.

"캡틴 울프의 생각은 어떤가? 그대가 제일 먼저 이 정보를 가져왔으니 의견을 말해보게."

"섣불리 확신을 하는 건 위험하겠지만 저도 제너럴의 말씀에는 동의합니다."

카셀은 나직이 말했다.

"하지만 쳐들어올 생각이 있든 없든 노르만트를 관광하러 이천 명이 넘는 병력을 이끌고 온 것도 아닐 테지요. 아직 뤼미에르 백작과 대치 중일 텐데도 저 정도 숫자의 병력을 노르만트로 돌렸다면 다른 목적이 있지 않을까요?"

잔스테인 백작이 곧장 뤼미에르 백작의 영지인 레앙으로 진격하지 않은 것은 의외의 일이었다. 전략적으로 보자면 당연히 그쪽을 무너뜨려 전세를 완전히 자기 것으로 잡은 후에야 노르만트를 찾아오는 게 좋다. 레앙을 먹으면 노르만트는 공짜나 다름없다는 건 전략의 초보인 카셀도 알고 있었다. 전쟁 경험이 많은 쟌스테인 백작이 그런 이점을 모를 리가 없었다. 같은 생각인 세이게이 장군이 함부로 앞일을 예측하지 못하고 있는 것도 그 때문이었다. 그러나 곧 의문이 풀렸다.

"레앙이 공격당하고 있다고 합니다."

두나단 대신이 작은 쪽지를 하나 들고 회의실 안으로 급히 들어왔다. 그는 레앙과 덴모주에 있는 자신의 부하가 날려 보낸 까마귀가 도착할 시간이라며 회의에 참가하지 않고 있던 참이었다. 현 시점에서 레앙의 사정을 아는 일은 회의만큼이나 중요했으므로 결석이 허락된 것이었다.

"편지의 내용은 이렇습니다. '사자의 성이 공격당하는 중. 전세는 사자에게 대단히 불리.' 제너럴의 계산이 틀린 게 아닙니다. 단지 쟌스테인 백작의 전력이 우리의 예상을 훨씬 상회했던 거죠. 그는 레앙과 노르만트 양쪽 모두에 군대를 주둔시킬 수 있었습니다."

"병력을 분산시키고도 양쪽 다 꺾을 자신이 있다는 거군."

장군이 고개를 끄덕이다가 갑자기 멈칫했다. 그는 뭔가를 깨달았고, 카셀도 동시에 머리를 스치는 생각에 눈을 번쩍 떴다.

"병력을 분산시킨 게…… 아니군요?"

카셀의 말에 왕이 물었다.

"무슨 소리인가, 캡틴?"

"그러니까. 어어."

카셀은 먼저 세이게이 장군의 눈치를 보았다. 이런 발언은 장군이 하는 게 옳다. 하지만 이번에는 장군이 양보했고 카셀은 즉시 입을 뗐다.

"모든 전력은 레앙에 있는 게 맞습니다. 우리에게는 많아 보이는 저 병력도 쟌스테인 백작에게 있어서는 그리 많은 숫자가 아닌 거죠."

왕은 이해가 안 된다는 눈으로 고개를 갸웃했다. 카셀은 추가로 설명했다.

"노르만트는 애초에 병력을 쓰지 않고도 점령할 수 있다고 생각한 겁니다. 지금 외곽 성에 주둔하고 있는 군대의 숫자는 대략 이천. 현재 쟌스테인 백작에게 이천은 아무렇지도 않게 뺄 수 있는 병력이며, 또한 그 숫자로도 노르만트를 점령하기에 충분하다고 생각한 겁니다."

"하지만 외부에는 노르만트에 이천 이상의 병력이 있다고 알려져 있지 않나? 그렇게 속이고 있다 하지 않았나, 제너럴?"

국왕은 신음했다. 카셀은 껄끄러운 설명을 이어갔다.

"우리에게 원군이 없다는 걸 알고 있다는 소리겠죠."

"어떻게?"

국왕은 군대가 쳐들어올 수 있다는 가정이 점점 확실해지자 당황했다. 세이게이 장군은 침착한 어조로 말했다.

"오래 지킬 수 있는 비밀은 아니었습니다. 모든 것은 백작이 저 정도로 강력한 군대를 가지고 있다는 걸 간과한 제 잘못입니다."

'내 잘못이기도 해.'

카셀도 시인했다. 드마르프 평원의 전투가 끝났을 때 제너럴과 카셀, 지휘관들은 무시무시한 사자가 집으로 돌아가 버린 것에 대해서만 집중했다. 장미의 군대는 전쟁의 승리를 확정 짓기 위해 레앙으로 몰려갈 것이고, 레앙의 높은 성벽을 뚫기 위해 전투는 길어질 것이며, 그 사이 우리는 노르만트의 수비 병력을 정비한다…… 이것이 지휘관들의 작전이었다. 그러나 계산이 틀렸다.

"그럼 우리는 어찌하면 좋겠는가?"

왕이 모두를 돌아보며 물었다. 루오르 대신이 다시 입을 열었다.

"안 좋은 상황이긴 합니다만, 그렇다고 지금 당장 붉은 장미 백작이 쳐들어온 것도 아니지 않습니까? 결정권을 쥔 건 저쪽입니다. 우리는 기다려야 합니다."

"기다리라고? 그것참 굴욕적이군."

국왕은 한숨을 쉬며 웃었다.

'강해지셨군요, 폐하.'

카셀은 그렇게 말하고 싶었지만 굳이 입 밖으로 내지는 않았다. 이미 모두가 그렇게 느끼고 있을 테니까.

그러던 중 회의실 문이 벌컥 열렸다. 그리고 한 병사가 달려와 멀리서 무릎을 꿇고 소리쳤다.

"무례를 용서하십시오. 급한 전갈이 있습니다."

"말하라."

"반시간 전, 쟌스테인 백작의 진영에서 세 기의 기사들이 동쪽 성문 앞으로 달려왔습니다. 다른 두 기사는 즉시 되돌아갔고, 한 명이 단독으로 들어와 폐하께 고할 일이 있다며 자신의 이름과 직책을 밝혔습니다."

"누구라 하더냐?"

"쟌스테인 백작 휘하에 있는 쏜즈의 기사, 링케라고 합니다."

"링케?"

두나단이 왕에게 귓속말로 그가 누군지 설명했다. 카셀은 불길한 예감이 들었다.

"어찌해야 하는가?"

국왕은 모두에게 물었다.

다들 난감해하며 대답하지 못했다. 설사 쳐들어올 게 확실하다 해도 아직 쳐들어온 건 아니었다. 그러니 정식으로 요청하는 알현을 거절하긴 힘들었다. 괜히 거절했다가 노르만트로 들어올 빌미를 제공할 수도 있었다. 알현을 받아들이는 것 역시 마찬가지였다. 어느 쪽도 쉬운 결정은 아니었다.

대신들과 장군은 얘기를 들어보자는 쪽으로 의견을 굳혔다.

카셀도 동의했다. 고작 기사 한 명이 무섭다고 쫓으면 국왕 체면을 구기게 된다. 어쩌면 설득해서 군을 해산시킬 수도 있을 것이다. 왜냐면 이쪽은 왕이니까! 아무리 세력 싸움에서 승리를 앞두고 있다 해도 다른 귀족들의 반발을 사는 건 무서울 테니, 붉은 장미 백작의 입장에서는 지금 협상을 하는 게 옳았다.

그런데도 카셀은 링케를 성문 안으로 들여서는 안 된다는 생각이 자꾸 들었다.

"좋다. 그자를 이곳으로 들여라."

국왕은 대신들의 의견을 받아들여 말했다. 소식을 들고 온 병사는 서둘러 회의실을 나갔다. 카셀은 소리 없이 신음했다.

'국왕의 판단이 맞아. 맞는데, 어째서 이렇게 불안하지?'

카셀은 말없이 뒤에 서 있는 게랄드를 돌아보았다. 게랄드는 머리를 긁적거리다가 국왕에게 양해를 구하고 회의실을 나갔다.

'어디 가요, 게랄드?'

카셀은 입모양으로 물었지만 이미 게랄드가 나간 후였다.

'다들 보지도 않은 전투를 이미 본 것처럼 떠들어 대는군.'

게랄드는 드마르프 평원 전투를 승리로 이끈 장미 기사단의 명성을 병사들의 수다를 통해 듣고 있었다.

캡틴 링케가 안으로 들어서는 순간 경비병들은 그의 자잘한 움직임 하나하나에 한껏 긴장해 있었다. 링케는 무장을 해제하고 투구만 옆구리에 끼고 걸었다. 그의 별거 아닌 행동에도 병사들은 움찔움찔했다.

'드마르프 평원 전투 이전 사건까지 합쳐졌군. 붉은 장미 백작을 노르만트 한가운데에서 체포하려다 실패한 것도 저 녀석의 업적으로 보이겠지. 실제로야 어찌 됐든.'

게랄드는 왕성의 망루에 서서 캡틴 쟈란이 성문 경비들로부터 호위 임무를 인계받는 장면을 내려다보았다. 도개교를 사이에 두고 쟈란과 링케가 서로를 향해 걸어갔다. 하지만 게랄드가 기대한 자존심을 건 두 기사의 눈싸움 같은 건 보이지 않았다. 쟈란이 고개를 숙여 버린 것이다.

'눈빛으로 제압하는 건 예나 지금이나 여전하구나.'

게랄드는 망루를 내려가 그가 지나게 될 복도에 미리 가서 서 있었다. 붉은 갑옷과 붉은 망토가 왕실의 복도를 훑으며 다가오는 소리가 가까워졌다. 철컹 철컹, 경갑이 복도 바닥에 부딪치는 소리가 차갑게 주변을 울렸다. 링케는 여전히 특별한 행동을 보이지 않았다.

마침내 링케는 게랄드를 발견하고 걸음을 멈추었다. 옆에서 나란히 걷던 쟈란과 왕실의 기사들도 같이 멈췄다.

"여어, 링케!"

게랄드는 복도 한쪽 난간에 엉덩이를 기대고 앉아 있다가 방금 그를 발견한 것처럼 손을 흔들었다. 링케는 한참이나 게랄드를 무표정하게 바라보다가 입을 열었다.

"내가 달라져서 못 알아볼 줄 알았더니 기억하나 보군, 게랄드."

"내 인생에서 몇 안 되는 경쟁자였는데 설마 못 알아볼까?"

게랄드가 웃으며 말했다. 링케가 비아냥거렸다.

"내가 네 경쟁자 축에는 드나? 영광이군."

"와아, 네가 언제부터 겸손한 말도 할 줄 알게 됐어?"

"사람이란 변하는 거니까."

게랄드는 느릿느릿 걸어와 링케의 앞에 섰다. 링케는 한 걸음도 물러나지 않았다. 그리고 여전히 무표정하고 차가운 얼굴로 말했다.

"굳이 이럴 때 나와 아는 척하는 이유가 뭐냐, 게랄드? 난 좀 바쁘다만."

"아는 척이라면 파티장에서 했어. 넌 네 주인 신경 쓰느라 바빴었지만."

"그랬었나? 기억 안 나는군. 네 말대로 그때는 정말 바빴었지."

게랄드는 슬쩍 엄지로 손짓했다.

"그렇게 바쁘다니 가면서 얘기할까? 회의실은 이쪽 방향이다."

게랄드는 쟈란에게 눈짓을 하고 링케의 옆에서 걸었다. 자연스럽게 쟈란과 그의 기사들은 뒤로 몇 걸음 물러나 따라가게 되었다.

"잘 지내고 있냐?"

게랄드가 물었다.

"그 질문은 싱겁군, 하란. 하얀 늑대쯤 되었으니 꽤 근사한 질문을 할 거라 기대했는데."

링케는 정면만 바라보며 걸었다.

"울프 기사단에서는 근사하게 질문하는 법을 안 가르쳐줘서 말이지. 예전이랑 달라진 거 없어. 나 원래 이런 거 아는 너까지 그런 말 하면 섭섭하지."

게랄드는 답답하다는 듯 말을 이었다.

"그런데 난 너라면 좀 더 큰일을 저지를 줄 알았는데, 고작 한 가문의 기사 밖에 못 하고 있었냐?"

감정 하나 없던 링케의 눈썹이 살짝 움직였다.

'오오, 내가 뭔가 건드렸군.'

게랄드는 눈치 없는 수다쟁이처럼 계속 떠들었다.

"왜, 그 우드라 나이트라고 말이야. 이름이 그래서 그렇지 그거 기획력은 끝내주지 않았냐? 어렸을 때 구상한 일이었으니까 나이 든 지금 하면 좀 더 나은……."

"그만!"

링케의 목소리가 살짝 커졌다.

"어렸을 때 놀던 얘기는 관두지. 고작 그런 얘기나 하려고 나타난 거냐?"

"재미없냐?"

"그 얘기의 어디가 재미있나?"

"진짜 재미없어 보이네. 어째 활기도 없어 보이고."

"너와 비교하면 누구나 그렇게 보이겠지."

"왜 이러셔? 용병 시절 때 넌 제법 재미있는 녀석이었다? 우리가 관점이 달라서 많이 다툰 거지, 나름대로 서로 검술을 익혀가는 즐거움 같은 건 좀 있지 않았냐?"

"검술에 재미라는 걸 느껴본 적은 없었다. 그때도 지금도."

게랄드는 숨죽여 웃었다.

"왜 재미없어? 나한테 항상 지니까?"

링케의 발걸음이 살짝 더뎌졌다가 다시 원래대로 돌아갔다.

"바우만 기억나나?"

"아, 이로피스의 용병 녀석! 기억나, 기억나. 지 잘난 맛에 사는 놈이었지. 입만 열면 여자 얘기뿐이었고."

"날 꺾은 몇 안 되는 녀석 중 하나였다."

"꽤 세긴 했었지. 그런데 그 녀석은 왜?"

"죽었다."

"호오, 그래? 어디서?"

"어디서인지는 기억 안 나는군. 내가 죽인 것만 기억난다."

링케는 같이 걷기 시작한 후 처음으로 게랄드를 돌아보았다.

"그 이후로 날 한 번이라도 꺾었던 녀석들은 모두 찾아내서 죽였다. 목숨을 건 시합이든, 암살이든 상관하지 않고."

게랄드는 걸음을 멈췄다. 링케도 동시에 멈췄다. 그리고 더욱 낮은 어조로 말했다.

"너와의 싸움을 모두 기억하지는 못한다. 하지만 내가 널 한 번도 꺾지 못했다는 건 확실하게 기억하고 있지."

회의실을 바로 앞에 두고 게랄드는 속으로 말을 골랐다. 늘 나오는 대로 내뱉기만 했으니, 새삼 고른다고 좋은 말이 나오지는 않았다.

"그래서 나도 죽이려고? 뭐, 시합이라면 받아 주지. 그보다 너희들 진짜 노르만트 쳐들어올 거냐?"

뒤에서 계속 듣기만 하던 쟈란이 노골적으로 실망한 눈으로 게랄드를 쳐다보았다.

'뭘 그렇게 보냐, 자식아! 같은 편이면서!'

링케는 싸늘한 미소로 웃으며 말했다.

"다행이군."

"뭐가 다행이냐?"

게랄드는 벌레 씹은 얼굴로 물었다.

"하얀 늑대들이 노르만트에 있다는 점은 무시해도 되겠어."

“뭐! 이 새끼가 지금!”

게랄드는 발끈했지만 다들 보고 있는 앞이라 한 방 날리지 못했다.

‘일일이 남의 시선에 의식하면서 움직이자니 좀이 쑤시는구만!’

그때 회의실 문이 열리며 안에서 경비병 두 명과 카셀이 나왔다. 카셀은 둘의 대화를 모두 들은 모양인지 좀 떨떠름한 얼굴로 게랄드를 바라보았다.

‘카셀 너도 실망하면 어떡하냐?’

게랄드는 낙담했다.

카셀은 링케의 앞에서 부드러운 미소로 바꿔 인사했다.

“오랜만이오, 캡틴 링케. 폐하께서 기다리고 계시오.”

링케는 대꾸 없이 회의실 안으로 들어갔다. 카셀은 문을 닫기 전 돌아서서 게랄드에게 던멜식 수화로 짧게 말했다.

‘거기서, 기다려.’

게랄드는 닫힌 회의실 문을 노려보며 쟈란에게 물었다.

“내가 살짝 말실수했다는 생각이 드는데 어때, 캡틴 쟈란?”

쟈란은 기운 빠진 목소리로 대꾸했다.

“살짝 정도가 아니었소.”

링케는 당당하게 회의실에 들어왔지만 무례하게 굴지는 않았다. 그는 왕 앞에 정중히 무릎 꿇었고, 고개를 들라 할 때까지 고개를 들지 않았다. 대뜸 왕관이라도 내놓으라고 할 줄 알았지만 예를 다하는 모습에 국왕과 대신들은 안도했다. 그러나 카셀은 아까부터 가득 차올랐던 불안감이 링케를 직접 만난 후 극에 달했다.

'방심하면 안 돼! 인사나 하러 온 게 아닐 거야.'

루오르 대신이 명령했다.

"이름을 밝히시오, 쟌스테인 백작의 기사."

"쟌스테인 백작 휘하에 있는 장미 기사단의 캡틴이자 12쏜즈 중 한 명인 링케입니다."

"이름 외의 성은 없나?"

"없습니다."

"이름을 보니 이로피스 출신인 모양인데 어쩌다가 카모르트 귀족의 밑에 있게 되었소?"

"저는 이 자리에 절 소개하기 위해 온 게 아니라 오직 제 군주의 뜻을 전하기 위해 왔습니다."

"이곳은 국왕 폐하의 앞이며, 그대는 자신을 밝힐 의무가 있소."

링케는 대답하지 않았다.

"어떤 경위로 백작의 기사가 되었소?"

루오르는 근엄한 표정으로 그를 내려다보며 다시 물었다. 그러자 무릎을 꿇고 있던 링케가 허락도 없이 자리에서 벌떡 일어났다.

"이제 그만 제 군주의 뜻을 폐하께 전해도 되겠습니까?"

루오르 대신은 대단히 불쾌하다는 뜻으로 손을 내저었다.

"어찌 감히 폐하께 직접 말하느냐, 캡틴 링케! 그대의 군주가 폐하께 전할 말이 있다면 절차를 지켜라."

"절차라 하심은?"

"붉은 장미 가문의 인장이 있을 것이다. 문서로 가져와라. 그렇지 않고서야 그대의 말이 어찌 그대 군주의 말이라고 증명할 수 있겠는가?"

"기사단의 캡틴이 군주의 뜻을 대변할 위치가 못 된다는 뜻입니까?"

"그럼 그대가 장미 기사단의 캡틴임은 어찌 증명하겠나? 폐하의 앞이다. 절차와 형식을 갖추지 않는 말은 어느 것 하나도 인정할 수 없다."

링케는 국왕의 오른쪽에 선 루오르를 힐끗 노려보았다. 하지만 루오르는 꿈쩍도 하지 않았다. 어쩌면 이 무거운 공기를 견뎌내는 유일한 사람은 루오르 대신인지도 몰랐다.

"그럼 문서는 나중에 작성해서 드리겠습니다. 말씀하신 잔스테인 백작의 인장을 포함해서 말입니다."

링케는 뜻밖에도 수긍했다. 루오르는 당연하다는 듯 고개를 끄덕였다.

"그럼 오늘은 돌아가 나중에 그 문서를 가지고……."

"아니, 문서만 나중에 드린다는 뜻입니다. 하려던 말씀은 드리고 가야겠습니다."

링케는 누가 끼어들 틈도 없이 빠르게 말을 이어갔다.

"그리고 지금부터 한 말이 나중에 문서화 되어 날아오기를 기다리십시오. 시간이 걸릴 테지만 증명할 길이 그뿐이라면 그렇게 하겠습니다. 제 군주께서 전쟁통에 덴모주에서 도장을 들고 나왔는지는 모르겠지만 말입니다."

대신들은 모두 깜짝 놀라며 '어떻게 그런 말을 감히?'라는 표정으로 수군거렸다. 그래도 루오르는 흔들리지 않고 소리쳤다.

"네 이놈, 왕실 법도가 있거늘 어찌하여……."

"제 군주의 전언입니다. 샤이필드 공작이 죽은 후 지금껏 비어 있는 카모르트 국왕 폐하의 수호 가문에 붉은 장미의 쟌스테인 백작을 임명해 주실 것이며!"

링케는 루오르와 동시에, 더 낮은 목소리로 더 느리게 말했다. 앞부분은 결국 루오르의 목소리에 묻혀 버렸지만 링케는 개의치 않고 말을 이어갔다. 그러다 보니 루오르가 링케의 중요한 말이 들리지 않게 방해하는 꼴이 되어 버렸다. 루오르는 입을 다물 수밖에 없었다.

"검은 사자의 뤼미에르 백작을 왕국의 적으로 규정하길 원하십니다. 그리한 후 뤼미에르 백작의 보복성 공격으로부터 노르만트를 지키기 위한 경호 부대를 왕실에 일부 주둔시키겠습니다."

링케는 정말로 그 말만 하고 입을 다물었다. 그러나 그 짧은 발언에 대한 파장은 컸다. 두나단은 얼굴을 붉히며 주먹을 부들부들 떨었고, 샤를 국왕은 마른 침을 삼키며 자세를 고쳐 앉았다.

"그것은 이 노르만트를 점령하겠다는 뜻인가?"

예의에 어긋나는 줄 알면서도 루오르는 국왕 대신 나서서 말했다. 그는 흥분해 어찌할 바를 몰랐다. 그러나 링케는 차분히 자기 할 일만 했다. 그는 다시 한쪽 무릎을 꿇어 인사를 올리고 퇴실 명령을 기다렸다.

"캡틴 링케, 대답하라! 그 전언의 뜻이 무어냐?"

루오르가 호통쳤다.

"절 입증할 방법이 없어 설명드릴 수 없겠습니다. 도장이 없어서…… 아니, 이럴 땐 인장이라고 합니까? 제가 둘의 차이를 잘 모릅니다."

링케는 여전히 작은 목소리로 말을 이었다.

"어쨌든 늦어도 한 달 안에 붉은 장미 모양 도장을 찍은 편지로 자세한 설명을 보내겠으니 오늘은 이만 물러나겠습니다. 물론 방금 말씀드린 내용은 한 달이 아니라 일주일 안에 시행해 주시길 원합니다."

루오르는 할 말을 찾지 못했다. 카셀도 어금니를 악물었다.

유치한 기세 싸움에서 링케는 아무렇지도 않게 이겨버렸다. 이런 신경전에 경험이 많은 루오르조차도 감당할 수 없는 도발이었다. 마치 어리광 부리는 어린아이의 억지 같았다. 쿠키 사달라고 조르는 아이의 떼쓰기처럼 링케의 경고는 받아들일 수도, 거절할 수도 없어 난감했다.

"전언은 그게 다인가?"

샤를 국왕은 짧게 물었다.

"그렇습니다."

링케는 정중히 고개를 숙이고 대답했다.

"받아들일 수 없다."

국왕은 낮은 어조로 말했다.

"그리 전하겠습니다."

링케는 반박하지도 않았다. 그러니 오히려 먼저 했던 요구에 더 강한 힘이 실렸다. 의도된 대답이리라. 한 나라의 국왕도, 한 나라의 장군도, 나타나지도 않은 붉은 장미 백작에게 놀아나는 꼴이었다.

"폐하, 이자를 잡아들이십시오. 당장 목이라도 쳐 거리에 내걸지 않으면 폐하의 위신이……."

흥분한 루오르의 목소리에 샤를 국왕은 손을 내저었다. 그리고 힘

있는 목소리로 링케에게 말했다.

"그대의 뜻은 잘 알았다. 가도 좋다, 캡틴 링케."

"예, 폐하."

링케는 즉시 일어나 회의실을 가로질러 나갔다. 그러다 옆에 말없이 서 있는 카셀을 발견하고 멈춰 섰다. 그는 뭔가를 떠올렸다는 듯 이마를 손가락으로 두들기며 말했다.

"아, 백작께서 캡틴 울프에게도 전하는 말이 있었소. 아란티아와 적이 되고 싶지 않으니 즉시 노르만트를 떠나라…… 들으셨소?"

다들 그 말에 놀랐지만 카셀은 빙그레 웃으며 아무렇지도 않게 대답했다.

"들었소."

링케는 짧은 시선을 내던지고 천천히 걸어 회의실을 나섰다.

문이 닫히자마자 사방에서 샤를 국왕에게 간언을 쏟아냈다.

"저자를 당장 잡아들여야 합니다."

"잡아들이는 게 다 뭡니까? 처형합시다!"

"좋은 생각이 아닙니다. 그 핑계로 공격을 시작하면 어쩌려고요? 어쩌면 그러라고 일부러 캡틴 링케를 보낸 것인지도 모르지 않습니까?"

"저자가 방금 한 행동만으로 충분히 처벌받아 마땅하오. 잔스테인 백작이 설사 그런 의도를 가졌다 하더라도 그걸로 노르만트를 침공할 명분이 어디 있소?"

"명분 같은 건 얼마든지 만들어낼 수 있는 상황입니다! 노르만트가 고립되었는데 여유나 부릴 때가 아니지 않습니까?"

"아직 잔스테인 백작을 설득할 시간은 충분합니다. 캡틴 링케를 불러 세워 처음부터 다시 얘기를 하거나, 아니면 이 자리로 백작을 소환하는 게 좋습니다."

"소환한다고 나타날 위인입니까?"

"나타나지 않으면 겁쟁이로 몰릴까 걱정되어서라도 나타나지 않겠습니까?"

"어느 누가 뤼미에르 백작을 물리친 쟌스테인 백작을 겁쟁이로 몰아세울 수 있단 말이오? 그런 소문에 휘둘릴 위인이오? 어찌 그리 답답한 소리만 하시오?"

회의실은 여러 대신들의 목소리로 한바탕 요란해졌다. 혼란은 혼란을 불러왔고 공포가 모두의 머릿속에 각인되어 갔다. 게랄드와의 대화를 엿들으면서 느낀 묘한 이질감의 정체를 지금 알 수 있게 되었다.

"제네럴 세이게이. 조치가 필요합니다."

카셀은 대신들의 격앙된 목소리에는 상관없이 작은 소리로 말했다.

"좋은 생각이라도 있나?"

세이게이도 귓속말로 말했다.

"전군 수비 위치로 모이게 해주십시오."

"전투라도 벌어질 것 같은가?"

"아니요. 아군에게 뭔가를 보여 줘야 할 것 같습니다."

카셀은 시간이 없어 거기까지만 말했다. 걱정스러운 얼굴의 샤를 국왕에게, 카셀은 눈으로만 인사를 하고 회의실을 나갔다. 밖에는 게랄드가 기다리고 있었다.

"링케는?"

카셀은 나오자마자 빠르게 걸어가며 물었다. 게랄드도 빠른 걸음으로 카셀의 옆에 붙었다.

"인사도 안 하고 엄청 급히 가버리더라. 근데 내가 아까 한 말이 그렇게 엉터리였어?"

"아니요. 오히려 게랄드 덕분에 붉은 장미 백작의 의도를 알아낸 것 같아요."

우울했던 게랄드의 표정이 조금 풀렸다. 카셀은 복도 코너를 지나쳐 가며 말했다.

"회의실에서 있었던 얘기 들었죠?"

"대충."

"좀 다른 얘기긴 한데 저게 원래 링케의 성격인가요? 과묵하고 냉정하고 침착하고…… 아까 두 사람 얘기할 때 보니까 링케가 변한 것 같다고 했었죠?"

"확실히 예전보다 재미없어지긴 했더라. 예전엔 불같이 급한 성격인 주제에 자기를 얼음의 악마라고 불러달라고 요구하기도 했거든. 그런데 그건 왜?"

왕성의 도개교에 다다르니 링케는 벌써 말에 오르고 있었다. 그는 쫓아온 카셀과 게랄드를 힐끔 돌아보았지만 여전히 무관심한 눈빛이었다. 그는 서두르지도 않고 옆구리에 끼고 있던 투구를 머리에 쓰더니 말머리를 노르만트 시내로 돌렸다.

"왜 아무 말 안 해? 링케한테 뭔가 말하려고 이렇게 서둘러 온 거 아니야?"

"게랄드."

"어?"

"캡틴 링케, 도발할 수 있어요?"

"뭔 소리야, 그게? 화내게 만들라고?"

"아까 같은 대화든 뭐든 방법은 가리지 말고 저쪽이 먼저 화가 나서 게랄드를 공격하게 만들 수 있냐고요."

카셀은 다급하게 물었다. 링케는 벌써 노르만트 시내의 건물들 사이로 들어가는 바람에 시야에서 사라졌다.

"글쎄다, 아까도 신경 건드려보긴 했지만 말했듯이 워낙 변해서. 내 같잖은 말재주에 넘어올까?"

"근사하게 말하란 뜻이 아니에요! 용병 출신이라면 지저분한 방법도 있잖아요! 어떤 방법을 쓰든 저자를 멀쩡하게 군대로 보내면 안 돼요."

"야, 너 설마 무기도 없이 사신의 자격으로 들어온 기사를 죽이라는 건 아니지?"

게랄드가 놀라 물었다.

"노르만트 내에서 그러라는 게 아니에요. 노르만트를 빠져나갔을 때 해요. 모든 군대가 보는 앞에서! 카모르트의 군대도, 장미의 군대도, 모두 보는 앞에서 링케를……."

카셀은 뒷말을 하길 몹시 망설였다.

"……쓰러뜨려요!"

게랄드는 턱을 쓰다듬더니 옆에 있는 병사 중 하나에게 손짓해 말을 한 마리 부탁했다. 말을 가져오는 동안 게랄드가 물었다.

"하라면 하겠다만, 목적이나 알자. 아즈윈에게 트리제이 쟈란을 쓰러뜨리라고 한 것과 같은 맥락이냐?"

"그거랑 달라요."

카셀은 재빨리 설명했다.

"캡틴 링케가 왜 왔는지 알겠어요. 그런 간단한 메시지를 전하러 굳이 기사단의 캡틴이 직접 올 필요는 없는 거잖아요. 그런데 직접 왔어요. 처음엔 노르만트의 군사력을 살피려고 온 거라고 생각했지만, 아니었어요. 처음부터 이쪽 병력을 완전히 파악하고 있는데 굳이 그걸 확인하려고 위험을 감수할 이유는 없겠죠. 그는 여기 있는 군대와 대신들에게 공포를 확산시키기 위해 온 거예요."

"다들 무서워하긴 하더군. 그렇다고 내가 나서는 게 괜찮을까? 아무리 봐도 이건 정중히 찾아온 손님 뒤통수치러 가는 기분인데?"

"그자의 목표가 하얀 늑대들이라서 이러는 거예요."

카셀은 답답하다는 듯 말을 이었다.

"국왕을 겁주는 것도 좋겠죠. 지휘관이나 대신들에게 무시무시한 병력을 내보이고 협박을 하는 건 좋은 작전이에요. 하지만 그걸 다 해내더라도 여전히 잔스테인 백작에게는 걸리적거리는 게 있어요. 그게 바로 하얀 늑대들이에요. 우리라고요. 링케는 여기 있는 군대에게 '하얀 늑대들을 데리고 있어 봐야 너희에게 희망 같은 건 없다.'라는 걸 보여주기 위해서 온 거라고요."

"뭔가 알 것 같기도 하네."

"캡틴 링케의 괴물 같은 힘은 벌써 소문이 자자해요. 그건 음유시인들이 부르는 울프 기사단 찬양가보다 더 설득력이 강해요. 하얀 늑대들이 아군이라는 것으로 얻은 용기가 캡틴 링케의 방문 한 번으로 송두리째 날아가 버릴 거예요. 그 상태에서 붉은 장미군이 진군이라도 하면……."

카셀이 자신의 느낌을 제대로 설명할 수가 없어 어물거리자 게랄드는 손을 내저었다.

“아아, 됐어. 이제 다 이해했다.”

게랄드는 때마침 병사가 몰고 나온 말의 고삐를 넘겨받으며 말했다.

“어차피 나도 저 녀석을 그냥 보내는 게 좀 껄끄럽긴 했어.”

게랄드는 도끼를 어디다 뒀더라, 하고 중얼거리며 말 위에 휙 올라탔다. 그리고 왠지 즐거워 보이는 목소리로 물었다.

“자, 그럼 어떻게 하면 돼?”

“하얀 늑대들은 이번 전쟁에 끼면 안 돼요.”

“그야 그렇지. 외부인이니까. 그럼 어쩌라고?”

게랄드는 어깨를 으쓱했다.

“개인적인 시합을 하세요.”

“역시나 걱정인데 말이야, 저놈이 내 도발을 받아줄까? 아까 저 녀석 태도 봤지? 지저분한 방법이고 뭐고, 내가 뭘 해도 무시당할 것 같은데? 방법이라도 가르쳐 줘.”

“제 방법 말고 게랄드의 방법으로 해요. 할 수 있어요.”

“어떻게 그렇게 확신해? 저놈이 성문을 나서면 자기를 억누르는 책임감 같은 게 풀려서 순순히 내 도발을 받아준다, 그런 거야?”

카셀은 고개를 저으며 말했다.

“거꾸로예요. 좀 전에 책임감에 묶여 있던 건 게랄드였어요.”

게랄드의 눈썹이 한쪽으로 꺾여 올라갔다. 카셀이 계속 말했다.

“그렇죠? 참은 건 게랄드였어요. 그래서 말을 제대로 못 했던 거지, 원래대로라면 게랄드의 도발이 통하지 않을 기사 따위 없을 거예요. 안 그래요?"

게랄드는 링케와의 대화를 곱씹어보며 고개를 갸웃거렸다.

"그랬었나?"

카셀은 소리쳤다.

"됐으니까 얼른 가요! 놓치겠어요."

게랄드는 쫓기듯 말을 몰았다. 벌써 노르만트의 성문이 열리고 있었다.

링케는 노르만트의 성문 앞에서 다시 무기를 돌려받고 느긋하게 성문이 열리길 기다렸다. 그 사이 그는 차가운 눈길로 자신을 바라보는 경비병들을 하나씩 훑어보았다. 그와 눈이 마주친 병사들은 모두 한 걸음씩 물러났다.

성문이 열리고 링케가 나간 후, 병사들은 그 틈으로 벌레라도 한 마리 들어올까 황급히 닫았다. 캡틴 쟈란도 내내 긴장하고 있다가 성문이 닫히자 비로소 한숨을 길게 내쉬었다.

'아즈윈과는 그래도 싸워보고 절망했건만 링케와는 칼도 대보지 않고 그러고 있군.'

전에 세이게이 장군 밑에서 검술 실력을 쌓을 때는 카모르트 내에서라면 누구에게도 지지 않을 자신이 있었다. 카모르트 최고라는 바딩과 맞붙어도 어느 정도의 검술을 보일 수 있을 거라고 믿었다. 그러나 링케와 싸우면 단칼에 목이 날아갈 것 같았다. 설사 아즈윈에게 당한 부상이 없다 해도.

아무 사고 없이 보낸 것은 안심이지만 정작 그 뒤가 걱정이었다. 병사들은 고작 기사단의 캡틴 한 명이 지나간 것만으로 얼어 있었다. 분하지만 자신의 리더십으로 지금의 병사들을 원래대로 되돌릴 방도는 없었다.

"캡틴 쟈란. 병사들은 다 모여 있습니까?"

어디선가 갑자기 카셀이 숨을 헐떡이며 달려왔다.

"일단 제너럴의 명령이 내려와 모두 성 쪽에 집결시켰습니다."

"그럼 다들 밖을 보라고 지시해 주십시오."

"왜 그러십니까?"

"이유는 묻지 말고 어서! 그리고 성문 좀 열어 주십시오."

"들어올 사람이 있습니까?"

"아니, 나갈 사람이 있습니다."

쟈란은 그가 요구하는 대로 성문을 열고 밑에서 대기하고 있던 병사들에게 성루로 올라서라고 지시했다. 열린 성문을 통과해 말을 타고 나간 사람은 다름 아닌 게랄드였다. 멀리 다른 쪽 성벽을 지키는 병사들도 쟈란의 명령을 받아 차례대로 성루에 올라서고 있었다.

"왜 게랄드 울프가 밖으로 나가는 겁니까?"

쟈란이 물었다.

"저자를 그대로 보낼 수 없어 공격하라 지시했습니다."

"사신 자격으로 온 기사를 공격한단 말입니까?"

"아, 그 부분은…… 아마 저쪽이 먼저 공격을 할 겁니다. 그러니까 뭐라면 좋을까, 시합이 되는 겁니다. 정식으로요."

쟈란은 카셀이 더듬거리는 모습을 처음 봤다. 꼭 변명을 하는 것처럼 보였다.

"군대와 군대 사이에서 벌어지는 싸움이 시합 같은 것으로 보이겠습니까?"

"그, 그럴까요?"

카셀은 당황하며 되물었다.

그 사이 게랄드의 말은 금방 링케의 말을 따라잡았다. 링케는 다가오는 게랄드를 보고도 딱히 경계를 하거나 가던 말을 되돌리지 않았다. 게랄드도 굳이 링케의 길을 막지 않았다.

다짜고짜 길목을 막으면서 시비를 거는 건 아니었다. 두 사람의 대화가 들리지는 않았지만 싸움이 벌어질 분위기는 아니었다.

두 사람이 서로 만나는 광경은 노르만트의 병사들은 물론이고 붉은 장미 군의 병사들도 보고 있었다. 호기심 많은 몇몇 병사들은 좀 더 가까이 다가가기도 했다.

"캡틴 쟈란."

카셀은 게랄드에게서 눈을 떼지 않고 말했다.

"무슨 일이 벌어지든, 아무것도 하지 마십시오."

"예?"

잠시 후 링케와 게랄드가 동시에 무기를 치켜들었다. 링케는 말을 뒤로 몰았고, 게랄드도 거리를 벌렸다. 동시에 장미의 군대 쪽에서 붉은 갑옷을 입은 기사들이 세 명이나 말을 몰고 달려 나왔다. 쟈란은 깜짝 놀라 밑에 대고 성문을 열라고 지시하려다 멈췄다.

"지금도 아무것도 하면 안 되는 겁니까?"

"그냥 계십시오."

카셀이 잔뜩 긴장해 말했다.

"도우러 가야 하지 않습니까? 당신 부하가 저러다 당하기라도 하면……."

"누누이 말하지만 하얀 늑대들은 서로 상하 관계가 아닙니다. 부하라고 하지 마세요. 그리고 게랄드는 괜찮아요."

"4 대 1로 싸워도 된다고 자만하시오?"

"1 대 1일 겁니다. 왜냐하면 저건 시합이니까요."

"이쪽 맘대로?"

"저쪽도 원하겠죠."

카셀은 잘 들리지 않는 목소리로 덧붙였다.

"분명히 원할 겁니다."

잠시 후 링케의 옆으로 달려갔던 세 명의 기사들은 곧 자기 진영으로 되돌아갔다. 카셀과 쟈란은 동시에 안도의 한숨을 내쉬었다.

그때, 되돌아간 장미의 기사들이 갑자기 본대 앞에서 창을 높이 치켜들었다. 붉은 장미 측 병사들이 일제히 함성을 질렀다. 병장기를 부딪치거나 북을 치기까지 했다. 그 모습을 본 쟈란은 그제야 상황을 이해했다.

"두 기사의 시합이 만들어졌군. 전쟁과 전혀 상관없는!"

"네. 서로 과시하고 싶어 안달이 난 두 기사가 양측 장수의 말을 듣지도 않고 독단으로 시합을 했다…… 그렇게 보여야 합니다."

"그럼 우리도 응원을 해야 하지 않겠습니까? 그것도 하지 말아야 합니까?"

"그건 좋은 생각이군요."

쟈란이 손을 높이 치켜들었다. 노르만트의 병사들 역시 일대일 시합이 벌어진다는 정도는 진작 알아채고, 일제히 목청껏 소리를 질렀다. 양 군대의 함성이 대지를 진동시켰다.

"내 실력으로 당신들을 평가할 수 없겠으나, 캡틴 카셀…… 12쏜즈라는 자들은 드마르프 평원의 전투를 승리로 이끈 주역이며 캡틴 링케에 관한 평판은 하늘 끝까지 치솟고 있습니다. 사기 진작을 위한 조치라고는 하나, 만에 하나 게랄드 울프가 지기라도 하면……."

"전에 아즈윈이 당신을 상대할 때 정식으로 대한 게 아니라 장난을 쳤다고 한 말 기억하십니까?"

"그런 치욕적인 일을 벌써 잊어버렸겠습니까?"

카셀은 최대한 목소리에 힘을 실어 말했다. 그의 말투는 꼭 쉐이든 같았다.

"만약 아즈윈이 당신을 상대로 최선을 다해 싸웠다면 어떤 일이 벌어졌을지 지금부터 잘 봐두십시오. 오늘 노르만트의 병사들은 어느 쪽이 정말 무서운지를 눈앞에서 확인하게 될 것입니다."

"여어, 링케."

게랄드는 성문을 나선 직후 링케를 불러 세웠다. 링케는 말고삐를 죄어 속도만 조금 늦췄을 뿐, 멈추지 않고 대꾸했다.

"아직도 나한테 볼 일이 남았던가, 게랄드?"

"어어…… 아, 그게 있잖아. 궁금한 게 있어서."

링케는 아무 말 하지 않았다. 성문을 벗어난 후에도 링케는 계속 냉정하고 과묵한 태도를 유지했다.

"별 건 아니야. 내키면 대답해. 널 한 번이라도 꺾었던 사람을 다 죽인 거 정말이야? 나 빼고."

링케는 그제야 말을 멈추고 게랄드를 돌아보았다.

"한결 생기 넘치는 눈이군. 훨씬 나아 보여."

게랄드는 빙그레 웃으며 말했다.

"시비를 걸러 왔나?"

"그게 아니지. 기회를 주는 거야. 내가 그랬잖아. 노르만트에 쳐들어올 거냐고. 듣자니 쳐들어올 모양이더군. 쳐들어오면 우리는 나설 수가 없어. 카모르트 국내 정세에 아란티아가 끼어드는 게 좋아 보이지도 않고."

게랄드는 장난스러운 말투로 말을 이었다.

"쉽게 말해 지금 안 싸우면 넌 나와 싸울 기회를 영원히 갖지 못할 거라는 소리야."

"필요 없다."

"내키지 않은 척 안 해도 돼. 하고 싶잖아, 솔직히? 그거 알고 일부러 나와 줬는데 나한테 고마워해야지. 그리고 내가 네 성격 알고 있으니까 물었던 건데 말이야, 너 나 말고도 누구한테 진 적이 있지? 그것도 처참하게, 처절하게, 무참히."

게랄드는 결정타라도 날리듯 덧붙였다.

"그리고 심지어 도망쳤지?"

마침내 링케의 냉정한 표정이 일그러지는 모습을 보고 게랄드는 자신이 제대로 짚었다는 걸 알았다. 게랄드는 좀 더 파고들어 보았다.

"만약 네가 정말 나 빼고 패배한 모두에게 복수를 했다면 넌 아예 그 사실을 언급조차 안 했을 거야. 당당했을 거고, 지금 내 말에도 비웃어 줬을 거야. 그리고 어느 날 갑자기 나를 죽인 다음에 조용히 말했을 거야. 이제 날 꺾은 사람은 하나도 남김없이 죽였다고."

링케가 뭐라 말도 꺼내기 전에 게랄드는 살벌한 미소를 지으며 말을 이었다.

"그런데 넌 그러지 못했어. 그리고 앞으로도 그러지 못할 거야. 마음속에 각인된 공포라는 건 쉽게 잊히는 게 아니거든. 너 같은 경우에는 그게 허세로 나타나는 거야. 안 무서운 척하려다 보니까 허풍이 되어 입 밖으로 나오는 거지. 난 널 알아. 내가 똑똑하다는 소리가 아니야. 경험이지."

게랄드는 위로하듯 말을 이었다.

"나한테도 그런 놈이 하나 있거든. 열아홉 살 때였나? 모닥불 앞에서 이름도 모르고 겨룬 괴물 같은 놈이 있었는데, 지금까지 그 녀석보다 무서웠던 사람은 단 한 명도 없었어. 심지어 울프 기사단 내에서도 말이야. 그리고 내 경우에는 그놈을 언젠가 만날 거라고 믿고 지금껏 누구에게도 언급하지 않았지. 왜냐하면 난 진짜로 그놈을 이길 자신이 있으니까."

게랄드는 속삭였다.

"그런데 넌 말 못 하지? 이길 자신이 없는 거야. 안 그래? 나한테만 살짝 말해봐. 널 이런 겁쟁이로 만들어 버린 괴물이 누구야?"

링케는 살기 가득한 차가운 시선으로 천천히 입을 열었다.

"너에 대한 기억은 하나도 잊지 않았다고 생각했는데, 하나 잊고 있었군. 내가 훔쳐 먹지도 않은 빵을 먹었다고 날 지목해 팬 적이 있었지."

"그랬나?"

"일부러 그랬다고 했지."

게랄드도 기억을 떠올리고 두 손을 짝 쳤다.

"아아, 맞다, 맞다. 그거! 그때 난 네가 되게 싫었거든. 생각해보니까 지금도 싫어. 너 그때 죄도 없는 마을 처녀 두 명을 잡아다가 목에 칼 겨누고 네 발가락 핥게 만들었지, 이 개새끼야."

게랄드의 얼굴에도 어느새 미소가 사라져 있었다.

"맞아. 난 링케 네놈이 빵 안 훔쳐 먹은 거 알고 있었어. 그때는 여자 둘 복수한다고 나서는 것보다 빵 핑계 대는 게 더 멋있다고 생각했거든."

"같잖은 영웅심으로 나서는 꼬라지는 여전하구나, 하란 이 빌어먹을 자식."

"멋있는 척하느라 인상 쓰기도 힘들었지, 이 역겨운 개자식아."

둘은 욕을 퍼부으며 말을 뒤로 몰아 거리를 늘렸다. 게랄드는 도끼를 세우고 링케는 창을 들었다. 그때 붉은 장미의 군대 쪽에서 기사 세 명이 달려 나왔다.

"캡틴 링케, 도와드리러 왔습니다."

거대한 칼을 한 손에 든 거한이 말했다. 그 뒤에는 가늘지만 무척 긴 칼을 쥔 기사가 따라왔고 옆에는 창을 든 기사가 있었다.

"괜찮다, 크라브지크. 돌아가라."

방금까지 거친 말을 내뱉으며 으르렁대던 링케는 다시 침착한 목소리로 명령했다.

"백작님께 '부득이' 늑대의 목을 대령해야겠다고 알려라."

"예."

셋은 링케의 명령대로 군말 않고 돌아갔다.

"늑대 목? 이런 젠장!"

게랄드는 굉장히 분해하며 말했다.

"그건 엄청 멋진 표현인데! 난 뭐라고 해야 하지? 장미 꺾어간다? 별론데! 빌어먹을, 난 부하가 없으니 내 말 전달해줄 사람도 없고……."

게랄드의 말에 링케는 싸늘한 웃음을 지었다.

"네놈 새끼 농담은 예나 지금이나 하나도 우습지 않군."

"뭐, 인마? 방금은 농담 아니었어!"

게랄드가 불만스럽게 말할 때 장미의 군대 측에서 함성이 터져 나왔다.

잠시 후 노르만트의 성 쪽에서도 함성이 울려 퍼졌다.

"우리의 대결을 재촉하는 사람들이 많군. 와라, 게랄드."

그 말을 신호로 둘은 서로를 향해 돌진했다.

말의 움직임은 링케 쪽이 두 배는 더 빨랐다. 순식간에 거리를 좁혀온 링케는 창을 강하게 후려쳤고, 게랄드는 가까스로 막았다. 그러나 창끝이 목덜미를 아슬아슬하게 스치며 길게 상처가 났다.

링케는 게랄드를 치고 지나간 다음 멀리서 말을 되돌렸다. 말을 제대로 다루지 못해 머뭇거리는 게랄드를 향해 링케가 다시 달려와 창을 찔러 넣었다. 이번에도 게랄드는 막기만 했고, 창날은 옆구리를 스치고 지나갔다.

링케가 한 번 공격할 때마다 장미의 군대 쪽에서 함성이 터져 나왔다. 링케는 천천히 말을 진정시키고 다시 처음의 간격을 유지했다.

"아직 몸이 안 풀린 거라면 기다려 주마."

링케가 말했다.

"아, 괜찮아. 한 번 더 공격해도 돼."

게랄드는 손을 내저으며 말했다.

"언제부터 불의 용병 게랄드께서 상대를 배려해 세 번의 공격 기회를 헌납하셨지?"

링케는 차갑게 웃었다.

"굳이 말하자면 예의 아닐까? 너는 아마 기억 못 할 테지만, 사실 내가 이 자리에 있는 것도 네가 칼보다는 도끼가 내게 맞는 무기라고 조언해 준 덕분이잖아. 의도야 어찌 되었건 그건 아주 큰 도움이 되었다. 아직 고맙다는 말을 안 했지? 거기에 대한 감사 인사야."

"공격을 허용한 변명치고는 구구절절하군."

링케는 갑자기 창을 쭉 뻗었고 게랄드는 뒤로 슬쩍 피했다. 앞의 두 번에 비하면 그다지 위력적인 공격은 아니었다.

"세 번. 이제 됐나?"

링케의 말에 게랄드는 또 감탄했다.

"너 정말 말솜씨라든가 이것저것 대응하는 요령이 늘었구나?"

딱히 도발한 건 아니었으나 링케의 표정이 일그러졌다.

"그러는 게랄드 너는 왜 실력을 보이지 않나?"

"네 공격 세 번 본 후에 보이려고. 예의란 건 뻥이었고."

"곧 죽어도 헛소릴 지껄일 놈이지, 너란 놈은."

링케는 다시 말고삐를 잡아당기며 다음 공격을 준비했다. 게랄드는 힘 빠진 목소리로 웃었다.

"그런데 세 번 볼 필요는 없었던 것 같다. 어째 창 솜씨는 하나도 안 늘었네?"

게랄드가 말하며 도끼 든 손으로 머리를 긁적거렸다. 그 짧은 틈을 타 링케는 순식간에 거리를 좁혀와 창을 뻗었다. 창날이 바로 앞으로 다가올 때까지 게랄드는 꼼짝도 안 하고 있다가 갑자기 도끼를 두 손으로 쥐고 몸을 뒤로 젖혔다. 그러자 순간적으로 게랄드가 누르는 힘을 버티지 못한 말이 뒷발을 휘청했다. 게랄드는 크게 요동치는 말 위에서 조금도 균형을 잃지 않고 도끼를 내리쳤다.

게랄드의 도끼는 링케의 창을 부러뜨리고, 투구를 깨뜨리고, 링케의 뺨을 한 뼘이나 그었다. 링케의 몸이 뒤로 날아갔다. 육중한 갑옷이 둔탁한 소리를 내며 바닥에 떨어졌다. 쓰러진 링케는 일어나지 못했다.

백작의 군대에서도, 노르만트의 성곽에서도 함성은 없었다.

제일 먼저 반응한 것은 12쏜즈의 기사들이었다. 다섯 명이나 되는 붉은 갑옷의 기사들이 링케가 쓰러지자마자 달려 나왔다.

게랄드는 도끼를 내리고 그들에게 손바닥을 펼쳐 보였다.

"물러나라. 시합이니 목숨을 거두진 않는다."

쏜즈의 기사들은 쓰러진 링케를 보호하듯 막아섰다. 굳이 게랄드를 공격해 오진 않았다.

"빨리 가서 치료나 해줘."

게랄드는 얼굴이 피범벅이 되어 정신을 잃은 링케를 내려다보다가 말을 돌렸다. 세 기사의 무시무시한 시선이 등 뒤로 느껴졌지만 일부러 뒤를 돌아보지 않았다. 뒤늦게 노르만트의 성에서 커다란 함성이 울렸다.

성문이 열리고 게랄드가 안으로 들어서자 병사들이 주먹을 불끈 쥐며 게랄드의 이름을 연호했다.

"게랄드!"

"게랄드!"

"게롱드!"

"어떤 놈이 내 이름 이상하게 불렀어?"

게랄드는 손을 내민 병사와 악수하거나 마주치거나 이름 잘못 부른 놈의 뒤통수를 때리면서 카셀이 있는 망루까지 올라갔다.

"수고했어! 그런데 괜찮아? 상처가……."

카셀이 목을 가리키자 게랄드는 손등으로만 쓰윽 문질렀다. 상처가 깊지는 않았다.

"마지막 공격에서는 좀 아슬아슬하긴 했어. 말이 버티는 힘이 없어서."

게랄드는 자신을 뚫어지게 바라보는 쟈란을 돌아보았다.

"뭐가?"

이겼다고 환호하는 병사들과는 달리 쟈란은 전혀 기뻐하는 얼굴이 아니었다.

"난 병사들처럼 결과에만 환호할 수는 없소. 내가 그간 얼마나 오만

했는지 깨달았기에.”

게랄드는 씨익 웃으며 손바닥을 내밀었다. 쟈란은 얼결에 손바닥을 내밀었고 게랄드는 쟈란의 손바닥을 소리 나게 짝 때렸다.

“축하나 해줘.”

쟈란은 그제야 웃었다.

“승리를 축하하오, 게랄드 울프.”

“마시겠나?”

쟌스테인 백작은 무덤덤한 얼굴로 차를 마시고 있었다. 링케에게 화를 내거나 추궁하는 말투는 아니었다. 한가로운 티타임을 방해받지 않으려고 대충 얘기를 끝내고 싶은 기색이 보일 지경이었다.

“사양하겠습니다. 보시다시피 이런 상태라…….”

검붉은 피로 흥건히 젖은 천을 뺨에 누르고 있어 발음이 뭉개지긴 했지만, 링케는 침착하게 말했다. 천을 흠뻑 적신 피가 바닥으로 뚝뚝 떨어지고 있었다. 그러나 그는 고통스러워하기는커녕 신음 한 번 내지 않았다.

“시합을 못 봐서 미안하네. 진 모양이더군.”

백작은 링케의 상처를 대수롭지 않게 바라보며 차를 한 모금 넘겼다.

“네.”

“방심했나?”

"최선이었습니다."

"변명은?"

"없습니다."

"그런 도발에 말려들다니 너답지 않구나. 난 혹 싸움이 벌어지거든 얌전히 잡혀주라고 했지, 싸워서 지라고 하진 않았어."

"죄송합니다."

"12쏜즈의 캡틴이 패배했다니 군의 사기가 많이 꺾였겠군. 다시 싸워 이기면 회복할 수 있으려나?"

백작은 지나가는 말투로 물었다. 링케는 솔직하게 말했다.

"다시 싸워도 이길 수 없습니다."

"하얀 늑대의 수준이란 게 링케의 입에서 그런 말이 나오게 할 정도군. 알았다. 상처를 치료하고 좀 쉬어라."

링케는 자리에서 일어나며 말했다.

"죄송합니다, 백작님."

"고작 이런 일로 두 번이나 사과하지 마라. 기사가 싸우다 보면 가끔 질 때도 있는 거지. 계획에 변동이 있는 것도 아니니, 그만 잊어라."

링케는 묵묵히 고개를 끄덕거렸다. 백작은 찻잔을 내려놓고 막사를 나서는 링케의 등에 대고 말했다.

"엉뚱하게 복수할 생각도 하지 말고."

링케는 거기에 대꾸하지 않고 물러갔다.

쟌스테인 백작은 잠시 은빛 목걸이를 만지작거리며 중얼거렸다. 그의 얼굴에 못 견디게 즐거워하는 미소가 떠올랐다.

"하얀 늑대들이라."

론타몬
카모르트
노르만
코흘룬
덴도
이로피스
루우룬
패잔병들의 마을
아란티아